KB058962

비밀
秘密

비
밀
秘密

히가시노 게이고 지음 ― 양윤옥 옮김

소미미디어
Somy Media

차례

1

예감 같은 것 따위, 하나도 없었다.

그날 야간근무를 마치고 오전 8시 정각에 집에 돌아온 스기타 헤이스케는 3평짜리 거실에 들어서자마자 텔레비전부터 켰다. 하지만 그건 어제 스모대회의 결과가 궁금해서였다. 올해 마흔이 된 헤이스케는 지금까지의 39년이 그랬던 것처럼 오늘도 평범하고 온화한 하루가 될 게 틀림없다고 믿었다. 아니, 믿는다기보다 그건 이미 그에게는 기정사실이었다. 피라미드보다 더 움직이기 힘든 사실이었다.

그래서 텔레비전 채널을 맞추면서도 화면에 자신이 소스라치게 놀랄 뉴스가 나오리라는 건 상상조차 못했고, 설령 세상을 떠들썩하게 할 만한 사건이 일어나도 그건 자신과는 관계없는 일이라고 굳게 믿고 있었다.

그는 야근한 날 아침이면 반드시 보는 방송에 채널을 맞쳤다. 연예계 스캔들이며 스포츠 경기 결과, 어제 일어난 사건 등을 넓고 얕게 알려주는 프로그램이다. MC는 주부들에게 인기 있는 프리 아나운서였다. 사람 좋은 아저씨 같은 풍모의 그 사회자가 헤이스케는 싫지 않았다.

하지만 화면에 튀어나온 것은 평소에 보던 그의 웃는 얼굴이 아니라 어딘가의 눈 덮인 산이었다. 헬리콥터에서 촬영했는지 남성 리포터의 목소리에 프로펠러 엔진소리가 겹쳐졌다.

뭔가 사고라도 났나, 라고만 생각했다. 무슨 일인지 자세히 들여다볼 마음은 없었다. 지금 당장 그가 알고 싶은 것은 좋아하는 스모 선수가 이겼느냐 졌느냐는 것뿐이었다. 그 스모 선수의 오오제키(大関)* 승격이 걸려 있는 시합인 것이다.

헤이스케는 가슴팍에 회사 이름이 찍힌 점퍼를 옷걸이에 꿰어 벽에 걸고, 언 손을 슬슬 비벼가며 옆의 주방으로 갔다. 3월 중반이라고 해도 온종일 불기가 없었던 터라서 마룻바닥이 선득선득했다. 그는 서둘러 슬리퍼를 신었다. 튤립 무늬가 찍힌 슬리퍼다.

먼저 냉장고부터 열었다. 가운데 칸에 닭튀김과 감자샐러드가 접시에 담겨 있었다. 그 두 가지를 꺼내 닭튀김 쪽

---

*스모 선수 등급 중 하나로, 최상위 요코즈나 아래 3역(오오제키, 세키와케, 고무스비) 중 가장 높은 급에 해당한다.

을 전자레인지에 쓱 밀어 넣고 시간을 입력해 스타트 버튼을 눌렀다. 그러고는 주전자에 물을 받아 가스 불에 올렸다. 물이 끓기를 기다리는 동안 식기건조대에서 밥공기를 찾고 싱크대 서랍에서 인스턴트 된장국 봉지를 꺼냈다. 봉지 끝을 뜯어 밥공기에 부었다. 냉장고 안에는 그 밖에도 햄버그와 비프스튜가 남아 있다. 내일 아침에는 햄버그를 먹어야지, 라고 그는 벌써부터 정해놓고 있었다.

헤이스케는 자동차 부품회사의 생산 공장에서 일하고 있다. 재작년부터 팀장을 맡았다. 각 팀별로 2주일은 주간근무, 1주일은 야간근무라는 식으로 작업 일정이 짜였다. 그리고 이번 주는 그의 팀이 야간근무 차례였다.

생활리듬이 어긋나는 야간근무는 갓 마흔 살의 그에게도 육체적으로 힘든 일이었지만 장점이 전혀 없는 것도 아니다. 첫째로는 수당이 나온다는 것, 그리고 또 하나는 가족과 함께 식사할 수 있다는 것이었다.

올해, 즉 1985년은 다른 대부분의 기업과 마찬가지로 헤이스케의 회사도 경영상태가 지극히 좋았다. 생산량은 순조롭게 증가하고 설비투자도 활발하다. 필연적으로 헤이스케처럼 현장에서 뛰는 인원은 날마다 일에 쫓긴다. 정해진 퇴근시각은 5시 30분이지만 한두 시간의 잔업은 당연하고 때로는 세 시간까지 길어지는 날도 있었다. 그렇게 되면 잔업수당도 장난 아니게 불어난다. 요즘은 기본급보다 잔업수당이 더 많은 경우도 드물지 않다.

하지만 그만큼 회사에 오래 묶인다는 것은 집에 있는 시간이 짧아진다는 뜻이기도 하다. 귀가시간이 9시, 10시가 되어버리니 평일에는 아내 나오코나 딸 모나미와 저녁을 함께할 수 없었다.

그런 점에서 야간근무일 경우에는 오전 8시에는 집에 돌아올 수 있다. 마침 모나미가 아침밥을 먹을 때쯤이다. 이제 곧 6학년이 되는 외동딸과 별스러울 것도 없는 얘기를 주고받으면서 아내가 해준 요리를 먹는 것은 헤이스케에게는 그 무엇과도 바꿀 수 없는 즐거움의 하나였다. 야근의 피곤함쯤은 딸의 웃는 얼굴을 보고 있으면 순식간에 어딘가로 날아간다.

그런 만큼 야근 후에 혼자 아침을 먹는다는 건 따분한 일이었다. 그리고 이 적적한 아침식사는 오늘부터 사흘 동안 이어질 예정이었다. 나오코가 모나미를 데리고 나가노 처갓집에 갔기 때문이다. 그녀의 사촌오빠가 병으로 사망하는 바람에 그 장례식에 참석하기 위해서였다. 말기 암이라 임종이 멀지 않다는 얘기는 전부터 여러 번 들었기 때문에 갑작스러운 부음인 것은 아니었다. 나오코는 이번 일을 대비해 미리 새 상복을 준비했을 정도다.

원래는 아내 혼자서만 나가노에 갈 예정이었다. 그런데 떠나기 며칠 전에 모나미도 가고 싶다고 졸랐다. 그쪽에서 스키를 타고 싶다는 것이었다. 처갓집 바로 옆에 작은 스키장이 몇 군데 있어서 지난겨울에 처음 타본 뒤로 모나미는 완전히 스키의 매력에 빠져들었다.

모처럼 봄방학인데 회사 일에 쫓겨 도저히 가족과 함께 해줄 수 없는 헤이스케로서는 마침 잘됐다고 할 일인지도 모른다. 그래서 섭섭한 것을 꾹 참고 모나미도 함께 보내기로 했다. 게다가 생각해보면 만일 모나미가 따라가지 않는다면 헤이스케가 야근을 하는 동안 어린애 혼자서 밤을 보내야 한다.

주전자의 물이 끓자 헤이스케는 인스턴트 된장국에 붓고 데워진 닭튀김은 전자레인지에서 꺼냈다. 그리고 죄다 쟁반에 얹어 옆의 거실 테이블로 들고 나갔다. 닭튀김과 감자샐러드도, 내일 먹을 예정인 햄버그도, 모레의 메뉴인 비프스튜도, 아내 나오코가 헤이스케를 위해 미리 챙겨준 것이다. 헤이스케는 요리라고는 거의 하나도 못한다. 밥도 나오코가 출발 전에 잔뜩 해놓고 갔다. 그대로 보온밥솥에서 날마다 조금씩 덜어먹을 예정이다. 사흘쯤 지나면 보온 밥솥의 밥이 누렇게 변할 게 틀림없지만, 그런 걸로 투덜거릴 자격은 없었다.

테이블 위에 음식을 차려놓고 그는 책상다리를 틀고 앉았다. 우선 된장국부터 후루룩 마시고 뭘 먹을까 잠시 망설이다가 닭튀김을 집었다. 닭튀김은 나오코가 특히 잘하는 요리이자 헤이스케가 가장 좋아하는 것이기도 했다.

입맛을 다시면서 그는 텔레비전의 볼륨을 높였다. 화면에서는 평소의 MC가 뭔가 얘기하고 있었다. 다만 그 얼굴에 평소의 웃음은 없었다. 표정이 어딘지 긴장한 것처럼 보였다. 그래도 헤이스케는 여전히 주의를 기울이지 않았다. 어제의 스포츠 결과는 아직 안 나오나, 하고 멍하니 생각했을 뿐이다. 다른 때는 야근 중간 중간의 휴식시간에 텔레비전을 보면서 스모 결과를 알았지만 간밤에는 어쩌다 보니 놓쳐버렸던 것이다.

"그러면 여기서 다시 한번 현장 상황을 알아볼까요. 야마모토 씨, 들리십니까?"

MC의 말과 함께 화면이 바뀌었다. 조금 전에 나온 눈 덮인 산인 것 같았다. 스키복을 입은 젊은 남자 리포터가 굳은 표정으로 카메라 쪽을 향해 서 있었다. 그 뒤에서는 검은 방한복 차림의 남자들이 다급하게 뛰어다녔다.

"네, 여기는 사고현장입니다. 여전히 구조대의 수색 작업이 이어지고 있습니다. 현재까지 발견된 사람은 승객 47명, 운전기사 2명으로 알려졌습니다. 버스회사 쪽 정보에 따르면 이 버스에 탄 승객이 도합 53명이라고 하니까 아직 6명의 승객을 찾지 못한 셈입니다."

여기서 헤이스케는 처음으로 진지하게 화면을 지켜보았다. 버스, 라는 말이 머릿속에 걸렸던 것이다. 그래도 아직

강한 관심을 가졌다고 할 정도는 아니었다. 감자샐러드를 입에 넣는 젓가락은 멈추지 않았다.

"야마모토 씨, 그래서 구조된 분들은 좀 어떻습니까? 조금 전 소식으로는 상당히 많은 분들이 사망하셨다고 했는데요." 스튜디오의 MC가 물었다.

"현재 확인된 바로는 유체로 발견된 분들을 포함해 26명이 사망한 것으로 알려졌습니다. 다른 부상자들은 모두 이 지역 병원으로 옮겨졌습니다." 메모를 들여다보며 리포터가 말했다. "다만 살아남은 분들도 대부분 중상으로 위독한 상태입니다. 현재 각 병원 의사들이 필사적으로 치료 중이라고 합니다."

"아아, 정말 큰 사고였네요." MC가 감정을 듬뿍 담아 말했다.

그때 화면 오른편 아래쪽에 자막이 나왔다. '나가노에서 스키버스 추락사고'라는 것이었다.

거기서 비로소 헤이스케는 손을 멈췄다. 텔레비전 리모컨을 움켜쥐고 채널을 바꿔보았다. 모든 채널이 거의 똑같은 영상이었다. 그는 최종적으로 NHK에 맞췄다. 마침 여성 아나운서가 뭔가 얘기하는 참이었다.

"계속해서 버스 추락사고에 관한 뉴스를 전해드리겠습니다. 오늘 아침 6시경, 나가노현 나가노시의 국도에서 시가고원으로 향하던 도쿄발 스키버스가 절벽 아래로 추락

하는 사고가 났습니다. 이 버스는 도쿄에 본사를 둔 '다이
코쿠 교통'의 스키버스로⋯⋯."

거기까지 들은 순간, 헤이스케의 머릿속은 가벼운 혼란
을 일으켰다. 몇 개의 키워드가 연달아 귀에 뛰어들었기
때문이다. 시가고원, 스키버스, 그리고 다이코쿠 교통.

이번에 친정에 가면서 나오코가 고민한 것이 있었다. 어
떤 교통편을 이용하느냐는 것이었다. 처갓집은 열차로 가
기에는 상당히 불편한 곳이다. 다른 때는 헤이스케도 함께
여서 그가 운전하는 10년차 자가용으로 가곤 했다. 하지만
나오코는 운전을 하지 못했다.

불편해도 열차를 이용하는 수밖에 없다, 라는 것이 우선
나온 결론이었다. 그런데 얼마 뒤에 나오코는 전혀 다른
방법을 찾아냈다. 젊은 사람들이 타고 가는 스키버스에 편
승해보자는 것이었다. 스키시즌 중에는 도쿄역 앞을 비롯
해 곳곳에서 스키버스가 많은 날은 2백 편쯤이나 출발한
다는 얘기였다.

여행사에 근무하는 나오코의 친구가 있어서 그녀에게
버스표를 부탁했는데 마침 빈 좌석이 나왔다. 단체손님이
직전에 취소했다고 한다.

"운이 좋았지 뭐야. 그 버스를 타고 가면 형부가 시가고
원까지 차로 데리러올 거야. 짐도 무거운데 그거 들고 오
르락내리락할 것도 없고, 진짜 잘됐어." 빈 좌석이 났다는

소식을 듣자마자 나오코는 가슴 앞에서 손뼉을 치며 기뻐했다.

어, 그게 그러니까, 라고 헤이스케는 그때의 기억을 더듬었다. 그것도 어둠속에서 계단을 내려가듯 머뭇머뭇 더듬어갔다.

맞아, 다이코쿠 교통, 이라고 했어. 도쿄역에서 밤 11시에 출발하는 시가고원행 스키버스, 라고.

온몸이 후끈 뜨거워졌다. 이어서 흥건하게 식은땀이 났다. 심장 박동이 빨라지고 귀 뒤 근처에서 툭툭 맥이 뛰기 시작했다.

한 버스회사에서 동일한 곳으로 가는 스키버스가 하룻밤에 여러 편이 나갈 리는 없다.

헤이스케는 무릎을 짚고 텔레비전 앞으로 주춤주춤 다가갔다. 어떤 소소한 정보든 단 한 마디도 놓치지 않으려고 했다.

"……사망자 중에 현재까지 신원이 밝혀진 분들의 이름은 다음과 같습니다."

화면에 사람 이름이 줄줄이 나왔다. 그것을 여자 아나운서가 천천히 읽어나갔다. 헤이스케는 알지 못하는 이름, 들은 적 없는 이름뿐이었다.

식욕은 완전히 사라지고 입 안이 바싹 말랐지만 그래도 아직 그는 이 비극이 자신들과 관계가 있다는 실감을 갖지 못했다. 스기타 나오코 혹은 스기타 모나미라는 이름이 불리는 것을 두려워하면서도 설마 그런 일은 없을 거라고 머릿속에서는 생각하고 있었다. 우리한테 결코 그런 비극이 일어날 리 없다…….

여자 아나운서의 목소리가 멈췄다. 신원이 밝혀진 사망자의 이름을 모두 말한 것이다. 나오코의 이름도 모나미의 이름도 없었다. 헤이스케는 굵고 긴 한숨을 내쉬었지만, 아직 마음을 놓을 수는 없었다. 신원이 밝혀지지 않은 사람이 열 명이 넘었기 때문이다. 헤이스케는 아내와 딸이 신원이 밝혀질 만한 것을 지니고 있었는지 생각해보았다. 하지만 명쾌한 답을 찾을 수는 없었다.

급하게 거실장 위에 놓인 전화기를 집어 들었다. 나오코의 본가에 전화해보기로 한 것이다. 어쩌면 벌써 도착했는데 괜한 걱정을 하는 것인지도 모른다. 아니, 그러기를 그는 기도했다.

하지만 수화기를 들고 번호 버튼을 누르려다가 손가락 끝이 멈췄다. 전화번호가 도무지 생각나지 않았다. 지금까지 이런 일은 한 번도 없었다. 처갓집 전화번호는 뭔가 단어놀이로 꿰맞추면 아주 쉽게 외워지는 것이라서 실제로 내내 잘 알고 있었다. 그런데 그 단어놀이 자체가 생각나지 않았다.

별수 없이 그는 주소록을 찾으려고 옆의 박스 안을 뒤적였다. 그것은 첩첩 쌓아둔 잡지 밑에서 발견되었다. 급하게 '가' 페이지를 펼쳤다. 나오코의 본가 쪽 성씨가 '가사하라'인 것이다.

마침내 번호를 찾아냈다. 국번 뒤의 마지막 네 자리가 7053이었다. 그걸 보면서도 어떤 단어놀이였는지 생각나지 않았다.

다시 수화기를 들고 번호 버튼을 누르려고 했을 때였다. 텔레비전 화면의 아나운서가 말했다.

"네, 방금 들어온 소식에 의하면 조금 전 나가노 중앙병원에 실려 온 모녀 두 사람은 딸 쪽이 갖고 있던 손수건에 적힌 이름이 '스기타'라고 합니다. 다시 말씀드립니다. 조금 전 나가노 중앙병원에 실려 온……."

헤이스케는 수화기를 내려놓았다. 그리고 그 자리에 정좌했다.

아나운서의 말소리가 귀에 들어오지 않았다. 우우웅, 하는 이명이 울렸다. 잠시 뒤에 그것이 자신의 신음소리라는 것을 깨달았다.

아, 그렇지, 라고 그 순간 퍼뜩 생각이 났다.

전화번호 7053은 '나오코 상'*이라고 외웠었어…….

그리고 2초 뒤, 그는 자리에서 벌떡 일어섰다.

---

*아내의 이름 '나오코' 에 '씨'라는 뜻의 '상'을 붙인 것으로, 7의 일본어 '나나', 영어의 'O', 5의 '고', 3의 '산'의 첫 글자를 따서 전화번호에 맞춘 것이다.

2

헤이스케가 익숙하지 않은 눈길 운전으로 나가노 시내
에 자리한 병원에 도착한 것은 저녁 6시를 지난 무렵이었
다. 회사에 연락하고 병원 위치도 확인해보고 하는 사이에
출발이 조금 늦어져버린 것이다.

3월인데도 주차장 귀퉁이에는 쓸어놓은 눈이 수북하게
남아 있었다. 그 눈에 범퍼를 살짝 들이박은 모양새로 그
는 차를 세웠다.

"헤이스케 씨!"

병원 현관을 들어서자마자 누군가 이름을 불렀다. 나오
코의 언니 요코가 뛰어오는 게 보였다. 청바지에 스웨터를
걸친 차림새에 화장은 하지 않았다.

남편을 데릴사위로 맞아들여 본가의 메밀국수 식당을
물려받은 처형이다.

"나오코와 모나미, 어때요?" 인사도 생략하고 헤이스케

는 다급하게 물었다.

요코와는 집을 나오기 전에 전화로 얘기를 했었다. 그녀도 당연히 사고에 대한 것을 알고 몇 번이나 그의 집에 전화한 모양이었다. 하지만 헤이스케가 아직 퇴근하지 않은 시간이어서 좀체 연결이 안 되었던 것이다.

"아직 의식이 돌아오지 않았어. 지금도 최선을 다해 치료해주시는 것 같은데⋯⋯."

볼 때마다 방금 목욕한 사람처럼 혈색이 좋던 처형의 뺨이 몹시 창백했다. 그녀가 미간을 찌푸리며 울상을 짓는 것은 헤이스케가 여태까지 한 번도 본 적이 없는 모습이었다.

"네에⋯⋯."

벤치가 나란히 놓인 대기실 쪽에서 누군가 일어섰다. 바라보니 장인 사부로였다. 옆에 요코의 남편 도미오도 있다.

사부로는 일그러진 얼굴로 헤이스케 곁으로 다가왔다. 그를 바라보며 몇 번이나 머리를 숙였다. 그건 인사를 하는 것이 아니었다.

"자네한테 미안하네. 참말로 미안해." 사부로는 사과를 하고 있었다. "내가 장례식에 참석하라는 말만 안 했어도 이런 일은 없었을 텐데. 다 내 책임이야."

바짝 여위어 자그마해진 사부로의 몸이 한층 더 오그라들었다. 급격히 늙어버린 것 같기도 했다. 호쾌하게 메밀국수 반죽을 치던 평소의 모습은 지금 그에게는 없었다.

"아뇨, 사과하실 일이 아니에요. 둘이만 보낸 저한테도 책임이 있죠. 게다가 아직 살아나지 못한다고 정해진 것도 아니잖아요."

"그래요, 아버지. 지금은 나오코와 모나미가 깨어나기만을 기도하자고요."

요코가 그렇게 말했을 때, 헤이스케의 시야 끝에 뭔가 허연 것이 들어왔다. 의사인 듯한 중년 남자가 복도 모퉁이에서 나온 것이다.

"선생님!" 요코가 그 의사에게로 뛰어갔다. "어때요, 제 동생하고 조카는?"

아무래도 이 의사가 나오코와 모나미를 담당한 모양이다.

"그게 좀……." 말을 끊고 의사의 눈이 헤이스케에게로 향했다. "남편분이십니까?"

네, 라고 헤이스케는 대답했다. 긴장한 탓에 목소리가 갈라졌다.

"잠깐 이쪽으로." 의사가 손짓을 했다. 헤이스케는 온몸이 바짝 굳은 채 의사를 따라갔다.

안내해준 곳은 두 사람이 치료받는 병실이 아니라 작은 진찰실이었다. 뢴트겐 사진이 여러 장 걸려 있었다. 그중 반절 이상은 머리 부분을 찍은 것이었다. 나오코의 사진인지 모나미의 사진인지 두 사람이 섞인 것인지 아니면 전혀 다른 사람 것인지, 헤이스케는 알 도리가 없었다.

"솔직히 말씀드리면." 선 채로 의사는 입을 열었다. 몹시 힘겨운 말투였다. "어려운 상황입니다."

"어느 쪽이요?" 헤이스케도 선 채로 물었다. "제 아내요? 아니면 제 딸이?"

하지만 이 질문에 의사는 곧장 답하지 않았다. 헤이스케에게서 시선을 돌리고 입을 벌린 채 망설이듯이 딱 정지했다.

그걸로 헤이스케는 사태를 깨달았다. "……둘 다?"

의사는 조용히 고개를 끄덕였다.

"부인 쪽은 외상이 심합니다. 등에 유리파편이 다수 박혔고 그중 하나는 심장에까지 닿았어요. 구조한 시점에 이미 대량의 출혈이 있었습니다. 일반적이라면 실혈로 사망했을 정도의 상태였어요. 이제 남은 건 그 기적적인 체력이 얼마나 유지되느냐는 겁니다. 어떻게든 회복해주기를 빌고 있습니다만……."

"딸은?"

"따님 쪽은." 의사는 입술을 적신 뒤에 말을 이었다. "외상은 거의 없다고 해도 될 정도였어요. 다만 온몸을 장시간 짓눌리는 바람에 호흡을 못 했던 것 같습니다. 그래서 뇌 쪽에 영향이……."

"뇌에?"

벽에 줄줄이 걸린 두개골의 뢴트겐 사진이 헤이스케의 눈에 들어왔다.

"그러면 결국 어떻게 되는 거예요?" 그가 물었다.

"현재 인공호흡기 등으로 생명을 유지하고 있는데 이대로 의식이 돌아오지 않을 가능성이 더 클 것 같습니다." 감정을 억누른 목소리로 의사는 말했다.

"그건 그러니까 식물인간 상태라는 건가요?"

예에, 라고 의사는 조용히 대답했다.

온몸의 피가 역류하는 것을 헤이스케는 느꼈다. 뭔가 말을 해보려고 했지만 얼굴이 아교를 바른 것처럼 굳어버렸다. 그러면서도 입은 바들바들 떨렸다. 그리고 어금니가 딱딱 마주쳤다. 다음 순간, 그는 바닥에 주저앉아 있었다. 온몸의 힘이 빠져버렸기 때문이다. 손발이 얼음처럼 차가워졌다. 일어설 기운 따위, 어디에서도 나오지 않았다.

"스기타 씨……." 의사가 헤이스케의 어깨에 손을 얹었다.

"선생님!" 헤이스케는 그 자리에서 무릎을 꿇었다. "제발 살려주십시오. 어떻게든 좀 해주십쇼. 살려낼 수만 있다면 뭐든 하겠습니다. 돈이 얼마가 들든 상관없어요. 내 아내와 딸의 목숨과 바꿀 수만 있다면 뭐든……. 제발, 제발 부탁드립니다." 그는 납작 엎드렸다. 리놀륨 바닥에 이마를 비볐다.

"이, 이러시면 안 됩니다."

의사가 말했을 때, "선생님, 안자이 선생님"이라고 급하게 부르는 여자 목소리가 들렸다. 헤이스케 옆에 있던 의사가 문 쪽으로 갔다.

"무슨 일이죠?"

"엄마 쪽의 맥박이 갑자기 약해지기 시작했어요."

헤이스케는 얼굴을 들었다. 엄마 쪽이라면, 나오코 얘기인가.

"알았어요, 지금 갈게요." 의사는 그렇게 대답하고 헤이스케 쪽을 돌아보았다. "스기타 씨, 잠시만 대합실에 가서 기다려주세요."

"잘 부탁드립니다." 뛰어나가는 의사의 등을 향해 헤이스케는 다시 한번 머리를 숙였다.

대합실로 돌아가자 요코가 곁으로 다가왔다.

"의사 선생님이 뭐라고 하셔?"

이런 때일수록 다부진 모습을 보이고 싶었다. 하지만 헤이스케는 울먹거리는 얼굴을 어떻게도 할 수 없었다.

"……그게, 좀, 별로 좋지 않다네요."

아아, 하고 요코는 두 손으로 얼굴을 가렸다. 벤치에 앉아 있던 사부로와 도미오도 고개를 떨구었다.

"스기타 씨, 스기타 씨." 간호사가 복도를 달려왔다.

"왜, 왜요?" 헤이스케가 겁에 질린 채 물었다.

"부인이 스기타 씨를 찾고 계세요. 얼른 저랑 함께 가시죠."

"나오코가?"

"네, 이쪽입니다."

간호사가 몸을 돌려 다시 복도를 뛰어가기 시작했다. 헤이스케도 그 뒤를 따라 뛰었다.

집중치료실이라는 팻말이 붙은 방 앞에서 간호사가 멈춰서더니 문을 열었다. 남편 분이 오셨어요, 라고 안에 있는 사람에게 알렸다. 들어오시라고 해요, 라고 조용히 대답하는 소리가 들렸다.

간호사의 안내로 헤이스케는 머뭇머뭇 안으로 들어섰다.

두 개의 침대가 눈에 들어왔다. 마주하고 오른편 쪽 침대에 누운 것은 모나미가 틀림없었다. 그 잠든 얼굴은 어제 집에서 봤을 때와 하나도 다를 게 없었다. 지금이라도 눈을 뜰 것 같은 모습이었다. 하지만 모나미의 몸에 달린 무시무시한 의료기구들이 헤이스케를 다시 현실로 끌어냈다.

그리고 왼편 침대에는 나오코가 있었다. 중상인 것을 한눈에 알 수 있었다. 머리며 상반신이 온통 붕대로 친친 감겨 있었기 때문이다.

나오코 옆에 세 명의 의사가 서 있었다. 그들은 헤이스케를 위해 길을 터주듯이 일제히 침대에서 물러섰다.

헤이스케는 천천히 그쪽으로 다가갔다. 나오코는 눈을 감고 있었다. 얼굴은 의외로 다친 데가 없었다. 그게 그나마 유일한 구원처럼 생각되었다.

나오코, 라고 부르려고 했을 때 그녀가 눈꺼풀을 떴다.

그 작은 움직임조차 한없이 약하게 느껴졌다.

나오코의 입술이 희미하게 달싹거렸다. 목소리는 들리지 않았다. 하지만 헤이스케는 아내가 하려는 말이 무엇인지 알았다. "모나미는?"이라고 물어본 것이다.

"괜찮아. 모나미는 괜찮아." 그는 나오코의 귓가에 대고 말했다.

그녀의 표정에 안도하는 빛이 떠오른 것을 헤이스케는 보았다. 그리고 다시 그녀의 입술이 움직였다. "모나미 보고 싶어." 그렇게 말하고 있었다.

"그래, 지금 보게 해줄게."

헤이스케는 몸을 숙여 침대 다리에 달린 캐스터를 확인하고 그 스토퍼를 풀어 침대를 통째로 옮기기 시작했다. 스기타 씨, 라고 간호사가 말을 건넸지만 의사 한 명이 괜찮다고 간호사를 제지했다.

헤이스케는 나오코의 침대를 모나미 쪽으로 바짝 댔다. 그리고 나오코의 오른손을 잡고 모나미의 왼손을 쥐어주었다.

"모나미 손이야." 그는 아내에게 말하고, 맞잡은 두 사람의 손을 자신의 양손으로 감쌌다.

나오코의 입술이 빙그레 풀렸다. 성모 같은 미소. 헤이스케의 눈에는 그렇게 보였다.

그때 딸의 손을 잡은 나오코의 손이 한순간 뜨거워졌다.

그러더니 다음 순간에는 그 손에서 힘이 사라져갔다. 헤이스케는 흠칫해서 아내의 얼굴을 보았다.

눈물 한 줄기가 그녀의 뺨을 타고 흘렀다. 그걸로 마지막 일을 마쳤다는 듯이 눈이 스르륵 감겼다.

"나오코, 나오코!" 헤이스케는 부르짖었다.

의사가 그녀의 맥을 확인하고 동공을 살펴보았다. 그러더니 시계를 보며 고했다. "임종입니다. 오후 6시 45분입니다."

"어……어어어." 헤이스케는 금붕어처럼 입을 뻐끔거렸다. 온몸에서 힘이 빠져나가 소리를 낼 기운도 없었다. 공기가 무서울 만큼 묵직하게 느껴져 그는 무릎부터 무너졌다. 도저히 서 있을 수 없었다.

급속히 온기를 잃어가는 나오코의 손을 움켜쥔 채 헤이스케는 주저앉았다. 깊은 우물 밑바닥에 가라앉는 듯한 느낌이었다.

얼마나 그러고 있었는지 헤이스케는 알지 못한다. 문득 정신을 차리자 의사와 간호사들의 모습은 사라지고 없었다.

여전히 납덩어리를 삼킨 듯 온몸이 무거웠지만 헤이스케는 자리에서 일어섰다. 그리고 이제는 조용히 눈을 감아버린 나오코를 내려다보았다.

한탄해봤자 소용없다……. 그렇게 스스로를 다그쳤다. 죽은 사람은 돌아오지 않는다. 그보다 지금은 살아 있는 아이를 챙겨야 한다.

헤이스케는 우향우를 해서 모나미 쪽을 향했다. 조금 전까지 나오코와 맞잡았던 손을 이번에는 그가 잡았다.

내 목숨과 바꿔서라도 이 천사 같은 아이를 반드시 지켜내야 한다. 설령 의식이 돌아오지 않는다 해도 살아 있다는 것에는 변함이 없다.

나오코, 내가 지켜줄게, 모나미는 내가 꼭 지켜줄게. 주문을 외우듯이 헤이스케는 마음속으로 중얼거렸다. 그렇게 하는 것으로 세상을 잃은 듯한 슬픔을 견뎌내보려고 했다.

그는 두 손으로 모나미의 손을 잡았다. 꽉 움켜쥐고 싶었지만 열한 살 딸의 손은 자칫 너무 힘을 주면 부러지는 게 아닐까 싶을 만큼 가늘었다.

그는 눈을 질끈 감았다. 그러자 온갖 영상이 뇌리에 되살아났다. 모두 즐거웠던 추억들뿐이다. 기억 속에서는 나오코도 모나미도 웃는 얼굴만 보였다.

어느새 헤이스케는 울고 있었다. 눈물이 뚝뚝 바닥에 떨어졌다. 그중 몇 방울이 그와 모나미의 손에도 떨어졌다.

그때였다.

헤이스케는 자신의 손안에서 묘한 이질감을 느꼈다. 눈물 때문이 아니다. 분명 손에 꿈틀하는 느낌이 잡혔다.

흠칫 놀라서 그는 모나미의 얼굴을 보았다.

인형처럼 잠들어 있던 딸이 천천히 눈을 뜨는 참이었다.

3

스기타 헤이스케의 집은 미타카역에서 버스로 5분 거리에 자리잡고 있다. 좁은 골목이 복잡하게 얽힌 주택가의 북동쪽 모퉁이 땅에 지어졌다. 대지 30평 남짓한 이 작은 중고 주택을 매입한 것은 6년 전이었다. 내 집을, 그것도 단독주택을 마련한다는 건 당시의 그는 전혀 생각도 못했지만, 아내 나오코는 지금 사야 한다고 강력히 주장했다. 임대료를 꼬박꼬박 내느니 그 돈으로 대출금을 갚으면 된다는 게 그녀의 의견이었다.

"지금이라면 30년짜리 대출을 받아도 괜찮잖아. 당신은 30년 뒤에도 분명 회사에 다닐 테니까." 거액의 대출금을 떠안는 것에 난색을 표하는 헤이스케에게 그녀는 말했다.

"우리 회사는 60세 정년퇴직이야."

"글쎄 괜찮다니까. 세상은 점점 고령화되고 있어. 그때쯤이면 정년이 65세나 70세로 연장될 거야."

"그런가?"

"당연하지. 게다가 당신, 60세 넘어서도 건강하게 일할 걸? 내가 다 알아."

그렇게 기대를 해주니 헤이스케로서는 대꾸할 말이 없었다.

"아무튼 지금 사야 해. 지금 안 사면 영원히 내 집 마련은 못 할 거야. 영원히 임대로 사는 거라고. 그건 싫지? 내 집, 갖고 싶지? 갖고 싶다면 사자. 당장 사자."

스피츠가 왕왕거리듯이 떠들어대는 통에 헤이스케는 고개를 끄덕이고 말았다. 그리고 말이 떨어지자마자 나오코는 잽싸게 행동에 나섰다. 그 주 토요일에 스기타 부부는 부동산중개인의 안내를 받아 몇 군데 부동산을 구경했고, 그다음 주에는 벌써 계약금을 냈다. 대출금 상환 상담에서부터 이삿짐센터 선정까지 모든 수속을 나오코가 척척 해치워서 헤이스케로서는 문득 깨닫고 보니 새 집에서 살고 있는 느낌이었다. 그가 한 일이라고는 그녀가 하라는 대로 몇 가지 서류를 떼다준 것뿐이었다.

하지만 그때 마음먹고 사두기를 잘했다고 이제야 헤이스케는 절절히 생각했다. 대출금을 갚는 대신 그만큼 저축을 했을 것인가 하면 그건 아닌 것 같다. 무엇보다 부동산 가격이 상승하고 있다. 특히 최근의 상승세는 눈이 휘둥그레질 정도였다. 전문가에 의하면 아직도 한참 더 오를 것 같다고 한다. 이 집에서 2백 미터쯤 떨어진 곳에 비슷한 면적의 중고주택이 매물로 나왔지만, 지금 형편으로는 도저히 살 수 없을 만큼 가격이 뛰어올랐다.

"어때, 내 말이 맞지? 당신한테만 맡겨뒀다가는 아무 일도 안 된다니까." 의기양양하게 나오코는 말했다.

자기가 선택했으니 더욱 그렇겠지만, 그녀는 이 집을 아주 마음에 들어 했다. 특히 정원을 좋아했다. 작은 정원에는 그녀가 정성껏 키운 화분이 몇 개나 늘어섰다. 꽃을 돌보면서 그녀는 곧잘 콧노래를 부르곤 했다. 〈강아지 순경 아저씨〉, 〈겐코츠 산의 너구리〉 같은 동요였다. 모나미와 날마다 어린이 방송 프로그램을 봤기 때문이다. 정원에서 현관 쪽으로 돌아가 우편물을 꺼내올 때는 〈염소 우편배달부〉라는 노래를 흥얼거렸다.

버스 사고가 나고 나흘 뒤, 헤이스케는 그 정원이 내다보이는 자리에 제단을 만들고 나오코의 유골을 모셨다. 임시 장례는 사고 다음 날 현지에서 치렀지만 어제 다시 도쿄에서 정식으로 조문객을 받고 오늘 근처 화장장에 다녀오는 것으로 장례식을 마쳤다. 원래는 나오코가 사랑했던 이 집에서 하고 싶었는데 앞의 길이 좁고 조문객이 상당히 많을 것 같아 그건 단념했다. 그리고 그게 적절한 판단이었다. 예상대로 조문객도 많았지만 어디서 알아냈는지 텔레비전 방송국 사람들이 몰려와 한때 장내가 소란스러웠기 때문이다. 그런 소란이 이 조용한 주택가에서 일어났다면 헤이스케는 이웃에 일일이 사과하고 다녔어야 할 판이었다.

장례식을 마친 뒤에도 언론 관계자들은 헤이스케 주위를 맴돌았다. 어디를 가든 무엇을 하든 카메라 플래시 세례를 받아야 했다. 하긴 그걸 짜증스럽게 느낄 만한 기력도 지난 이틀 동안 완전히 잃어버렸다.

수많은 유족 중에서도 특히 헤이스케에게 언론 관계자가 몰린 것에는 이유가 있었다. 그는 불행과 행운을 동시에 체험했다는 점에서 화제성이 높았던 것이다. 불행이란 말할 것도 없이 아내의 죽음이고, 행운이란 딸의 기적 같은 소생(蘇生)이었다.

"부인의 장례식을 마치고 현재 어떤 심경이십니까."

"다이코쿠 교통 측 사장의 발언은 어떻게 받아들이셨습니까."

"전국에서 수많은 격려 편지가 도착했다던데요, 그분들께 한 말씀 부탁드립니다."

실은 기자들의 질문이 유난히 다양하고 복잡한 건 아니었다. 그래서 별다른 고민 없이 똑같은 대답만 되풀이하는 것으로도 충분했다. 재능 없는 기자들이라고 할 수도 있겠지만, 그것도 그들 나름의 지혜인가 싶기도 했다.

다만 이런 질문에 대해서는 헤이스케는 항상 대답하기

가 난감했다.

"따님에게는 어머님에 대한 얘기를 어떻게 들려주실 생각이십니까."

그건 나한테 좀 알려줬으면 좋겠는데요, 라고 되묻고 싶은 질문이었다. 명안이 생각나지 않아 계속 고민하고 있는 것이다. 별수 없이 헤이스케는 "지금부터 생각해보겠습니다"라고 대답하기로 했다.

대체 어떻게 얘기해야 될까, 나오코…….

그는 아내의 위패를 향해 중얼거렸다. 최근 들어서는 딸과 찬찬히 대화를 나눠본 기억도 없다. 여리고 상처입기 쉬운 딸아이의 마음을 어떻게 다뤄야 할지, 그는 엄두가 나지 않았다. '여리고 상처입기 쉽다'라는 건 그가 실제로 느꼈던 것은 아니고 사람들이 그렇게 얘기하니까 그런가 보다고 생각한 것에 지나지 않았다. 어떻게 여리고 어떻게 상처입기 쉬운지, 그런 건 지금까지 상상해본 적도 없었다.

죽은 사람이 나였고 그걸 나오코가 모나미에게 얘기해주는 것이라면 그녀는 분명 적절히 잘해냈을 텐데, 라고 헤이스케는 이제 아무 의미도 없는 생각을 하며 멍하니 앉아 있었다.

제단 설치를 끝내고 그는 상복을 평상복으로 갈아입었다. 벽시계는 오후 5시 35분을 가리키고 있었다. 이제 슬슬 병원의 저녁식사 시간이다. 지갑과 자동차 키를 호주머니에 챙겨 넣었다. 오늘은 꼭 잘 먹게 해주시기를, 이라고 그는 마음속으로 빌었다.

모나미는 기적처럼 의식을 되찾았지만 원래의 그녀로 완전히 돌아온 건 아니었다. 마치 중요한 몇 가지를 죽음의 늪에 깜빡 빠뜨리고 온 것 같았다. 그건 표정과 언어였다. 소녀다운 반응도 사라진 것 중의 하나였다. 고개를 끄덕이거나 가로젓는 것으로 일단 의사표시는 해줬지만 아직 예전의 건강한 목소리를 헤이스케에게 들려주지 않았다. 격려하듯이 말을 건네도 감정 없는 눈빛으로 멍하니 허공만 응시할 뿐이었다.

의학적으로는 전혀 이상이 없다는 것이 의사의 진단 결과였다. 한때는 식물인간이 될 우려까지 있었지만 모나미의 뇌는 완전히 그 기능을 되찾았다고 한다.

역시 정신적인 충격이 원인일 거라고 의사는 말했다. 끈기 있게 애정을 갖고 접하는 것이 유일하고도 가장 좋은 치료법이라고 덧붙였다.

어제 낮에 모나미는 집에서 가까운 고가네이 쪽 뇌외과 병원으로 이송되었지만 그곳에서의 진단 결과도 거의 동일하게 나왔다. 오히려 이쪽 담당의사는 그토록 큰 참사였는데도 모나미가 거의 다친 데가 없다는 것에 감탄하고 있었다.

오후 6시 정각에 헤이스케는 병원에 도착했다. 차를 주차장에 세우고 혹시 언론 관계자가 주위에 없는지 확인했다. 그들은 죽음의 심연에서 돌아온 모나미의 모습과 목소리를 어떻게든 따내려고 눈이 벌게져 있었다. 하지만 지금은 도저히 취재에 응할 만한 상태가 아니다, 양해해달라고 헤이스케는 지금까지 거듭 당부해왔다. 일단 오늘 저녁에는 그들도 약속을 지켜준 모양이다.

모나미의 병실로 올라가자 담당 아주머니가 한창 배식 중이었다. 오늘 저녁은 생선구이와 나물, 거기에 된장국이다. 헤이스케는 음식 쟁반을 받아다 침대 옆 탁자에 놓고 딸의 상태를 살펴보았다. 모나미는 잠을 자고 있었다.

헤이스케는 파이프의자를 가져와 딸아이 옆에 앉았다. 지난 며칠 동안의 피로가 진흙 뻘처럼 쌓인 것이 그 스스로도 느껴졌다.

모나미는 잠든 숨소리도 거의 내지 않았다. 가슴도 배도 전혀 오르내리지 않았다. 그래서 이따금 호흡이 멈췄나, 하고 더럭 겁이 났다. 하지만 핑크색 뺨이 그런 불안을 지워줬다. 혈색도 어제쯤부터 한결 좋아졌다.

모나미가 목숨을 건진 것은 헤이스케에게는 가장 큰 구원이었다. 만일 이 딸마저 잃었다면 자신은 아마 미쳐버렸을 게 틀림없다.

하지만 기적처럼 목숨을 건진 딸 옆에 이렇게 앉아 있으면 그런 마음보다 나오코를 잃은 슬픔이 훨씬 더 강하게 가슴을 덮쳤다. 그러면서 분노가 솟구쳤다. 왜 우리가 이런 일을 겪어야 하는가. 이건 결단코 행운 같은 게 아니다, 불행이다. 나는 엄청 불행하다…….

헤이스케는 아내를 사랑했다.

요즘 약간 살이 찌고 잔주름도 눈에 띄었지만 그 애교 있는 동그란 얼굴이 헤이스케는 좋았다. 말수도 많고 자기 주장도 강해서 남편 체면 따위는 세워주지 않는 아내였지만 작은 일에 얽매이지 않고 표리(表裏)가 없는 성격은 함께 살기에 유쾌하고 즐거웠다. 머리 좋은 여자이기도 했다. 모나미에게도 좋은 엄마라고 생각했다.

모나미의 잠든 얼굴을 보고 있으려니 나오코와의 일이 차례차례 머릿속에 되살아났다. 처음 만난 순간, 첫 데이트를 신청했던 날, 처음 그녀의 자취집에 갔던 날 밤…….

나오코는 헤이스케보다 3년 늦게 입사한 여사원 중 한 명이었다. 교제 기간은 2년. 프러포즈의 말은 단순하게 "결혼해줘"였다. 나오코는 그 말을 듣고 왜 그런지 배를 잡고 깔깔깔 웃었다. 그리고 웃음이 가라앉은 뒤에 "좋아!"라고 대답해준 것이다.

신혼생활, 모나미의 탄생, 그리고…….

그의 기억이 문득 며칠 전 임시 장례식날 밤으로 튀었다. 혼자 의자에 앉아 있던 헤이스케에게 말을 건네준 사람이 있었다. 서른 살쯤으로 보이는 체격 좋은 그 청년은 지역 소방대원이라고 했다. 얘기를 들어보니 그의 팀이 나오코와 모나미를 절벽 밑에서 끌어올렸다는 것이었다.

헤이스케는 깊숙이 머리를 숙이며 거듭 감사인사를 했다. 그들이 아니었다면 모나미의 목숨도 없었다는 건 확실했다.

하지만 그는 고개를 가로저었다. "아닙니다, 따님의 목숨을 구해낸 건 저희가 아니에요."

왜냐고 헤이스케가 고개를 갸우뚱하자 그는 찬찬히 설명해주었다.

"저희가 발견했을 때, 한 여자분이 아래쪽에 깔린 것처럼 보였어요. 근데 자세히 보니까 그분 밑에 어린 여학생이 숨어 있었습니다. 아이를 감싸듯이 어머님이 위에서 감싸준 거예요. 온갖 파편이 박혀 어머님은 피투성이였지만 아이는 거의 아무 상처도 없었습니다."

그게 선생님의 부인과 따님이에요, 라고 그는 말했다.

"그 얘기를 꼭 해드려야 할 것 같아서 이렇게 찾아왔습니다."

그의 말을 들었을 때 헤이스케의 가슴속에서 뭔가가 뚝 끊겼다. 동시에 그는 울고 있었다. 꺼억꺼억 소리내어 울고 있었다.

소방대원의 이야기를 떠올리며 헤이스케는 다시 울기 시작했다. 실은 요즘 날마다 울었다. 오늘은 평소보다 눈물이 터지는 게 조금 빨랐던 것뿐이다. 호주머니에서 구깃구깃해진 손수건을 꺼내 눈두덩을 꾹꾹 눌렀다. 콧물이 흘러서 코밑도 훔쳤다. 손수건은 금세 눅눅하게 젖어들었다.

"나오코, 나오코, 나오코……."

크윽크윽 하고 그는 목을 울렸다. 의자에 앉은 채 허리를 꺾고 머리를 부여잡았다.

목소리가 들려온 것은 그때였다.

"……보."

헤이스케는 흠칫해서 입구 쪽을 보았다. 누군가 들어왔나 했던 것이다. 하지만 문은 꼭 닫힌 채였다. 복도 밖에 사람이 있는 기척도 없었다.

잘못 들은 것인가 했을 때, 다시 목소리가 들려왔다.

"여보, 여기……여기야."

4

헤이스케는 소스라치게 놀랐다. 그를 부른 것은 모나미였다. 방금 전까지 인형처럼 잠들어 있던 딸아이가 침대에서 아빠를 올려다보고 있었다. 그 눈은 어제까지의 감정이 담기지 않은 눈빛이 아니었다. 뭔가를 강하게 호소하는 반짝임이 검은 눈동자에 깃들었다.

"모나미⋯⋯. 아, 모나미. 말을 하는구나. 아아, 다행이다, 다행이야."

헤이스케는 의자에서 일어나 딸의 얼굴을 들여다보며 눈물로 일그러진 얼굴이 더욱더 일그러졌다. 그러고는 한시바삐 의사를 불러와야 한다는 생각에 허둥지둥 문으로 가려고 했다.

"잠깐만⋯⋯." 모나미가 힘없는 목소리로 말했다.

헤이스케는 문 손잡이를 잡은 채 뒤를 돌아보았다. "왜 그래, 어디 아파?"

모나미는 짧게 고개를 저었다. "이쪽으로 와서…… 내 얘기…… 들어봐." 띄엄띄엄 흘러나왔지만 그녀는 열심히 목소리를 내고 있었다.

"그야 당연히 들어봐야지. 근데 그 전에 의사 선생님을 모셔와야 해."

그러자 그녀는 다시 고개를 저었다.

"아무도…… 부르면 안 돼. 아무튼 이쪽으로…… 제발."

헤이스케는 잠깐 망설였지만 딸아이가 원하는 대로 해주기로 했다. 어리광을 부리는 것이라고 생각했다.

"응, 아빠 왔어. 뭐지? 뭐든 얘기해봐." 그는 애써 부드럽게 말했다.

하지만 모나미는 곧바로 입을 열지 않고 지그시 그의 얼굴을 들여다보았다. 그 눈빛을 보면서 헤이스케는 퍼뜩 기묘한 감각에 사로잡혔다. 이상한 눈빛이구나, 라고 생각했다. 모나미답지 않다. 아니, 그보다 어린애답지 않은 눈빛이다. 단지 어딘지 반가운 마음도 드는 것이었다. 누군가가 이런 눈빛이었는데…….

"여보, 내가 하는 얘기…… 믿어줄 거야?" 모나미가 물었다.

"그럼, 믿고말고. 모나미가 하는 말이라면 아빠는 뭐든다 믿어." 딸을 향해 웃음을 건네면서 헤이스케는 말했다. 그리고 말한 뒤에 의문을 느꼈다. 여보, 라고?

모나미는 그의 얼굴을 빤히 지켜보면서 말했다. "나, 모나미 아니야."

"뭐라고?" 헤이스케는 웃음을 지은 그대로 얼굴 근육이 정지했다.

"모나미 아니야. 모르겠어?"

이번에는 얼굴 근육이 파들파들 떨렸다. 그래도 헤이스케는 웃는 얼굴을 유지하려고 노력했다.

"무슨 바보 같은 소리야? 하하하. 깨어나자마자 아빠를 놀려먹어? 하하하. 하하하하."

"농담하는 게 아니야. 정말로 나, 모나미 아니야. 당신이라면 알잖아. 나야, 나. 나오코야."

"나오코?"

"그래, 나야." 모나미는 울음 섞인 웃음 같은 표정을 보였다.

헤이스케는 딸의 얼굴을 보았다. 그러고는 그녀가 한 말을 새삼 머릿속에서 곱씹었다. 언어로서는 이해했지만 그 내용을 음미해보려고 하자마자 그는 혼란에 빠졌다. 마음의 거부반응이 작동하고 있었다. 결국 그는 다시 한번 웃는 얼굴을 지었다.

"또, 또, 이런다." 그는 말했다. "뭔 썰렁한 개그야. 그런 얘기에 안 넘어가, 아빠는."

하지만 이 웃음을 몇 초 뒤, 그는 스스로 거둬들였다. 모나미의 진지하고 서글픈 표정을 봤기 때문이다.

헤이스케는 다시 자리에서 일어섰다. 그리고 비척비척 입구로 향했다. 의사를 불러올 생각이었다. 딸의 정신이 이상해진 것이라고 생각했기 때문이다. 만일 딸이 이상해진 게 아니라면 자신 쪽이 이상해진 것이다.

"가지 마." 모나미가 말했다. "아무도 데려오지 마. 내 얘기를 들어줘."

헤이스케는 돌아보았다. 그런 그를 향해 그녀는 말을 이어갔다.

"정말로 나, 나오코야. 믿지 못하는 거 잘 알아. 나도 믿어지지 않지만, 사실이야."

모나미는 울고 있었다. 아니, 모나미의 모습을 한 소녀가 울고 있었다.

그럴 리가, 라고 헤이스케는 생각했다. 그런 일은 있을 리가 없다…….

그는 극심하게 동요했다. 하지만 그것은 그녀의 말을 믿을 수 없었기 때문이 아니었다. 오히려 그 반대였다. 그녀의 말투가 분명하게 아내의 것이었기 때문이다. 그렇게 생각하면서 새삼 바라보니 모나미 주위에서 풍겨오는 분위기는 초등학생의 것이 아니었다. 침착한 성인 여성의 분위기다. 게다가 헤이스케에게는 실로 익숙하고도 정든 분위기였다. 그는 그것을 분명하게 알았다.

"아니, 그래도, 그게, 그럴 리가……."

헤이스케는 자신의 머리를 쥐어뜯었다. 그리고 모나미의 모습을 바라보는 것조차 두려워졌다.

그녀는 울고 있었다. 흐느끼는 소리가 헤이스케의 귀에 들어왔다. 그는 흘끗 침대 쪽을 보았다.

그녀는 왼손으로 두 눈을 가린 채 울었다. 그 왼손에 오른손을 가볍게 포개고 있었다. 그리고 오른손 중지가 왼손 약지의 아랫부분을 비비듯이 만지작거렸다.

헤이스케는 흠칫 놀랐다. 그건 틀림없는 나오코의 버릇이었다. 부부싸움을 할 때, 그녀는 매번 그런 식으로 울면서 약지를 만지작거렸다. 그녀가 오른쪽 손끝으로 비비는 것은 왼손에 낀 결혼반지인 것이다.

"그, 그러면 맨 처음 내가 데이트 신청을 했을 때, 생각나?" 헤이스케는 물어보았다.

"내가 어떻게 그걸 잊어버리겠어." 그녀는 눈물 섞인 목소리로 대답했다. "잠수함이 침몰하는 영화를 보러 갔었잖아."

"잠수함이 아니야. 호화 여객선이라고." 헤이스케는 말했다.

영화 〈포세이돈 어드벤처〉는 그 뒤에도 몇 번 더 봤지만 나오코는 그때마다 포세이돈 호를 잠수함이라고 말했다.

"그다음에는 야마시타 공원에 갔었어."

맞는 말이었다. 둘이 나란히 벤치에 앉아 바다 위를 지나가는 선박을 보았다.

"맨 처음 내가 당신 자취집에 갔을 때의 일은?"

"기억하지. 엄청 추운 날이었어."

"응, 진짜 추웠어."

"당신, 바지를 벗었는데 안에 파자마를 입고 있었어."

"그건 그냥 아침에 급하게 입고 나오다 보니까 그랬지."

"거짓말. 내복 대신 입었으면서." 그렇게 말하면서 그녀는 큭큭 웃었다.

"진짜라니까? 나는 내복 같은 거 지금도 안 입잖아."

"그때도 그렇게 불끈해서 아니라고 하더니."

"별걸 다 기억하고 있네."

헤이스케는 침대로 다가가 바닥에 무릎을 짚었다. 모나미의 모습을 한 소녀는 그를 응시하고 있었다. 그 눈을 똑바로 마주보며 그는 그녀의 얼굴을 두 손으로 가만히 감쌌다.

"그날 밤에도." 그의 손 안에서 그녀는 말했다. "이렇게 해줬어."

"응, 그랬지."

그때는 이대로 입을 맞췄다. 하지만 오늘은 그러지 않았다. 눈앞에 있는 것은 나오코의 얼굴이 아니었다. 그 대신 그는 물었다.

"정말로, 나오코…… 맞아?" 목소리가 떨렸다.

그녀는 꾸벅 고개를 끄덕였다.

5

나오코가 자신의 몸에 일어난 이변을 깨달은 것은 병실
에 실려 오고 조금 지났을 때부터였다고 한다. 그때까지는
머릿속이 몽롱해서 사고를 당했던 것도, 자신이 생사의 경
계를 헤맸던 것도, 제대로 인식하지 못한 모양이었다.

그리고 의식이 또렷해진 뒤에도 왜 모두가 자신을 모나
미라고 부르는지 알 수 없어서 혼자 당황하고 있었다.

아니에요, 나는 모나미가 아니라 나오코예요, 라고 소리
내어 말하고 싶었다. 하지만 뭔가가 그녀를 강하게 가로막
았다. 그걸 말하면 돌이킬 수 없는 일이 된다, 라고 본능적
으로 감지했던 것이다. 그래서 그녀는 내내 침묵을 지켰다.

이윽고 자신의 몸이 딸의 것으로 바뀌었다는 걸 알았지
만, 그래도 아직은 무슨 악몽이거나 자신의 머리가 이상해
진 게 틀림없다고 생각하며 얼른 정상으로 돌아가야 할 텐
데, 라고 초조해했다.

하지만 오늘, 헤이스케가 옆에서 엉엉 울고 있는 것을 보고 아무래도 이건 악몽도 뭣도 아니고 현실이다, 라고 받아들이게 되었다고 그녀는 말했다.

"그러면……." 그녀의 이야기를 듣고 나서 헤이스케는 물었다. "죽은 건 모나미 쪽이라는 얘기인가?"

그러자 그녀는 누운 채 말없이 고개를 끄덕였다. 눈가가 붉게 물들기 시작했다.

"그렇구나." 헤이스케는 고개를 떨구었다. "그런 거였네. 모나미가 죽은 거였어."

그녀—모나미의 모습을 한 나오코—는 담요를 끌어올려 얼굴을 가렸다. 그 담요 밑에서 흐느끼는 소리가 새어나왔다.

"미안해, 정말 미안해. 나보다 모나미가 살았어야 하는데. 내가 살아봤자 별 볼 일도 없는데……."

"무슨 소리야. 그런 말을 하면 못써. 사람들이 많이 죽었어. 당신만이라도 살았으니 정말 다행이지. 당신만이라도……."

헤이스케는 눈물로 목이 메었다. 모나미의 살아 있는 모습을 눈앞에 둔 채 실은 이 아이는 죽었다, 라고 인식하는 것에는 그 죽음을 목도한 것과는 또 다른 슬픔이 있었다.

둘이서 한참을 말도 없이 울었다.

"아니, 근데 아무래도 믿을 수가 없네. 어떻게 이런 일이." 한바탕 울고 난 뒤에 헤이스케는 절절히 딸의 얼굴을 바라보았다. 아니, 아내의 얼굴이라고 해야 할까.

"나도 정말 믿을 수가 없어." 그녀는 손등으로 눈물 젖은 뺨을 닦았다.

"이건 결국 어떻게도 안 되는 건가?"

"어떻게도, 라니?"

"혹시 어떻게든 치료할 수는 없는 건가 해서."

"치료를 하다니……. 이게 병일까?"

"글쎄 나도 그건……."

"만일 이게 특이한 질병이고, 약을 먹거나 수술을 받아서 모나미의 의식이 되살아난다면 난 반드시 그 치료를 받을 거니까 당신도 그렇게 알아." 그녀는 딱 잘라 말했다.

"하지만 그렇게 되면 나오코의 의식 쪽은 어떻게 되지?" 헤이스케가 물었다. "그때는 또 나오코의 의식이 없어지는 거 아니야?"

"그렇다고 해도 상관없어." 그녀는 말했다. "모나미가 살아 돌아온다면 나는 기꺼이 어디로든 없어질 거야."

큼직한 눈망울에 진지한 빛을 담은 채 그녀는 헤이스케를 똑바로 바라보며 말했다. 예전에 모나미가 자기 혼자 공부해서 꼭 성적을 올릴 테니 학원에는 안 다니겠다고 주장하던 때의 표정이 머릿속에 떠올랐다. 그때와 똑같은 눈빛이었다.

"나오코." 딸의 얼굴을 보면서 헤이스케는 아내의 이름을 불렀다. "그런 소리 하지 마."

"하지만 그게 정상이야. 원래 내가 죽을 거였잖아."

"지금 그런 말을 해봤자 소용없어. 한번 떠난 모나미가 돌아올 리 없잖아." 그렇게 말하고 헤이스케는 고개를 떨구었다.

무거운 침묵이 몇 초 동안 이어졌다.

저기, 라고 그녀가 입을 열었다. "앞으로 어떻게 해야 돼?"

"글쎄 어떻게 해야 될지 모르겠네. 남들에게 말해봤자 이런 얘기, 도저히 믿어줄 것 같지도 않고. 이건 의사도 해결해줄 수 없는 일이잖아."

"아마 정신병원에 보내겠지?"

"그렇겠네." 헤이스케는 팔짱을 끼고 끄응 신음했다.

그런 그의 얼굴을 그녀가 빤히 바라보았다. 그러고는 뭔가 알아낸 듯한 얼굴로 물었다. "오늘, 장례식이었어?"

"응? 맞아……. 어떻게 알았어?"

"아니, 그런 때가 아니고서는 당신이 흰 와이셔츠를 입을 일이 없잖아."

"그런가." 헤이스케는 셔츠 깃을 만지작거렸다. 상복에서 평상복으로 갈아입고 왔지만, 안의 와이셔츠는 벗지 않고 위에 카디건 하나만 걸쳤을 뿐이다.

"내 장례식?" 그녀가 물었다.

"……"

"내 장례식이었구나?"

"응, 나오코의……." 고개를 끄덕이며 말하다가 헤이스케는 급히 뒤를 이었다. "하지만 살아 있어. 나오코는 살아 있어."

"그러니까 모나미의 장례식이었던 거네." 다시 그녀의 눈에 눈물이 그렁그렁해졌다. "내가 그 아이의 몸을 빼앗았나봐. 그 아이의 영혼을 밀쳐내고……."

"아니, 나오코가 모나미의 몸을 구해준 거야." 헤이스케는 아내의 가녀린 손을 움켜쥐었다.

6

건물은 예상했던 것보다 훨씬 더 번듯했다. 게다가 새로 지은 건물이다. 역시나 우리가 내는 세금이 이런 곳에 쓰였구나, 라고 헤이스케는 새삼 인식했다. 하지만 이렇게까지 세련된 건물로 지을 필요는 없다는 생각도 들었다. 무엇보다 아무도 돌아보지 않는 내부 정원이나 어떤 가치가 있는지 알 수 없는 오브제 같은 조각품은 필요 없지 않을까.

도서관을 찾은 것은 고등학생 때 이후로 처음이었다. 그때도 책을 보러 왔던 게 아니라 에어컨이 빵빵한 자습실에서 친구와 시험공부를 하려고 왔었다. 즉 헤이스케가 본디 목적을 위해 도서관을 찾은 것은 처음이라는 얘기가 된다.

안에 들어서자 곧장 접수처로 갔다. 카운터 너머에 담당자 두 명이 앉아 있었다. 한 명은 중년 남자, 또 한 명은 젊은 여자다. 남자 쪽이 전화로 누군가와 이야기 중이었다.

"실례합니다." 헤이스케는 담당자에게 말을 건넸다. "뇌 관련 책은 어디에 있습니까?"

"뇌……?"

"예, 뇌요. 머리." 그는 자신의 머리를 가리키며 말했다.

"아, 네에." 여직원은 알겠다는 듯이 고개를 끄덕이고 카운터 밖으로 나왔다. "이쪽으로 오세요."

아무래도 직접 안내해줄 모양이다. 의외로 친절해서 내심 안도하며 헤이스케는 여직원의 뒤를 따라갔다.

공간이 넓어서 책장이 한참이나 이어졌다. 책장마다 두툼한 책이 빽빽하게 꽂혔다. 하지만 그 앞에 서 있는 사람은 놀랄 만큼 적었다. 요즘 점점 책을 멀리하는 경향이라더니 역시 그런 건가.

여직원이 멈춰 섰다. "이쪽에 그 분야의 책들이 있어요."

"아, 예……."

의학서적 코너인 것 같았다. 소화기, 피부, 비뇨기, 라는 식으로 관련서적이 분류되어 있었다. 여직원이 "여기쯤"이라면서 가리킨 곳은 뇌 의학에 관한 책들만 모아놓은 책장이었다.

다른 코너에는 사람이 적었지만 이곳만은 묘하게 책을 찾는 사람이 꽤 많았다. 모두 남자들이고, 생김새는 제각각 달라도 하나같이 무시무시하게 두뇌가 명석해 보이는 분위기다.

헤이스케는 책장에 주르륵 꽂힌 책의 등 표지를 훑어보

왔다. 《대뇌 변연계와 학습에 대해서》,《뇌 호르몬》,《뇌와 행동학》……. 이 책도 저 책도 어떤 내용인지 막연한 이미지조차 잡히지 않았다. 그래도 그는 책 한 권을 골라 책장에서 뽑아냈다.《뇌로 보는 정신과 행동》이라는 제목이었다.

'특이한 기능이 주어지지 않은 광대한 피질 영역은 연합성 피질이라고 불려왔다. 전통적인 뇌 과학은 특이화한 피질 영역 간의 연합이 여기에서 형성되고 그러한 영역으로부터 얻어진 데이터가 통합되는 것으로 이해해왔다. 연합성 피질에서 현재의 정보가 정동(情動)이나 기억과 통합되며 그것으로 인간이 사고하고 결단을 내리고 계획을 하는 것으로 생각된다. 이를테면 두정엽의 연합 영역은 체성감각피질에서 보내온 정보, 즉 신체의 위치나 움직임에 대한 피부, 근육, 무릎, 관절에서 보내온 메시지를…….'

헤이스케는 책을 덮었다. 겨우 그만큼밖에 안 봤는데도 벌써 머리가 지끈거렸다.

그는 조금 전의 카운터로 돌아갔다. 안내해줬던 여직원이 의아한 듯 그를 보았다.

"아, 그게……." 그는 머리를 긁적였다. "불가사의한 이야기 코너 같은 것도 있습니까?"

"네?"

"가끔 그런 얘기가 나오잖아요. 세상에 이런 일이, 라는 불가사의한 얘기. 그런 것만 모아둔 책이 있나 해서요."

"뇌 의학 책이 아니었습니까?"

"그건 이제 다 봤어요. 다음에는 불가사의한 이야기 쪽도 좀 보려고요."

"예에……." 담당 직원은 수상쩍다는 눈빛으로 그를 보았다. "그런 책이라면 오락서적 코너 안쪽에 있을 거예요."

"오락서적 코너?"

"네, 저쪽이 그런 책입니다." 여직원은 한참 먼 곳을 가리켰다. "저 안쪽의 초상현상(超常現象)이라는 코너인데 거기 보면 UFO 같은 서적이 있거든요."

아무래도 이번에는 직접 안내해줄 생각이 없는 눈치였다. "그렇습니까. 고마워요"라고 말하고 헤이스케는 혼자 그쪽으로 향했다.

알려준 자리로 가보니 역시나 그럼직한 책이 잔뜩 구비되어 있었다. 미스터리 서클, 괴기현상, 무(MU) 대륙……. 텔레비전 스페셜 프로그램에서 자주 들었던 단어들이 줄줄이 이어졌다.

헤이스케는 그중 한 권을 꺼냈다. 《초상현상 사전》이라는 제목의 책이다. 린 피크넷*이라는 저자는 여태까지 한 번도 들어본 적이 없는 이름이었다.

---

*Lynn Picknett. 기독교 이단, 초상현상, 역사상의 음모 등의 연구자. 막달라 마리아, 템플 기사단, 다빈치 등에 대한 저작이 유명하다. 1947년 영국 켄트에서 태어나 앤여왕 문법학교에서 영문학 학위를 취득하고 1971년 런던으로 이주, 1980년대에 방송계에서 불가사의 현상에 대한 해설자로 활약했다. 저서로 《빛의 천사 루시퍼의 비밀》《기사단 요한계시록》 등이 있다.

우선 목차부터 훑어봤다. 그가 알아보려는 것은 '인격의 전이', '영혼의 교체' 같은 내용이었다. 하지만 그런 건 그 책에는 나오지 않았다. 그 대신 눈에 띈 것은 '빙의(憑依)' 라는 단어였다.

해당 페이지를 펼쳐보니 첫머리에 이렇게 적혀 있었다.

'인류 발달의 지극히 초기단계의 부족사회가 출현하기 시작했을 무렵, 망상상태에 빠져들어 어떤 종류의 가치 있는 정보를 얻어내는 인간이 극소수 존재한다는 것이 밝혀졌다. 그 상태에서 이들은 평소와는 다른 목소리로 발어(發語)했다. 주위 사람들은 이들의 영혼이 일시적으로 환승한 것 같다는 인상을 받았다. 그것이 '빙의'의 시작이다.'

뭔가 그럴싸하게 써놨구나, 라고 헤이스케는 생각했다. 하지만 그곳에 적혀 있는 것이 모나미의 신상에 일어난 일과 흡사한 건 사실이었다. 모나미가 말했던 것만 보자면 분명 그 몸에 나오코의 영혼이 환승한 것처럼 느껴졌다.

다만 '일시적'이라는 건 들어맞지 않는다. 모나미가, 아니, 나오코가 충격적인 고백을 하고 이틀이 지났지만 그 기묘한 상황에 변화는 없다. 여전히 그녀는 자신을 나오코라고 말하고 있었다.

헤이스케는 조금 더 읽어보았다. 빙의에 대해서는 지역이나 문화의 차이에 따라 받아들이는 방식이 다양했던 모양이다. 초기 문명에서 빙의는 '신의 개입'으로 여겨졌지만, 기원전 5세기가 되자 히포크라테스에 의해 '다른 육체적 질환과 똑같이 신의 행위가 아니다'라는 주장이 나왔다.

그런데 고대 이스라엘에서는 '이것은 영혼을 가로채인 상태이며, 그 영혼은 악한 영혼인 경우도 있다'라는 견해가 지배적이 된다. 초기 그리스도 교도도 '성령이 빙의하는 현상은 매우 바람직하다'라고 받아들이면서도 점차 빙의를 악령의 소행으로 보는 경향이 짙어져갔다. 그러면서 이른바 '악마 퇴치'가 시작된다.

헤이스케는 오래전에 본 〈엑소시스트〉라는 영화가 생각났다. 아, 그거구나, 라고 이해가 되었다. 하지만 현재 모나미의 몸에 깃든, 자신이 나오코라고 밝히고 나선 것의 정체가 악마라고는 도저히 생각할 수 없었다. 그건 틀림없이 헤이스케가 잘 알고 있는 아내 나오코였다.

빙의의 역사적 기록으로 가장 유명한 사례는 1630년대에 프랑스 루덩(Loudun)에서 일어난 '수녀 집단 빙의'가 있다. 빙의된 수녀들은 다음과 같이 말했다. "내 입이 음란한 말을 내뱉고 신을 모독하는 말을 지껄이면서도 그것을 바라보며 귀를 기울이는 또 한 명의 나 자신이 있었다. 게다가 입에서 나오는 말을 멈출 수 없었다. 기괴한 체험이었다."

그 이후에 빙의는 이중인격 혹은 다중인격이라는 것이

일반적인 견해로 자리를 잡는다.

헤이스케는 일단 책에서 얼굴을 들고 고개를 갸웃거렸다.

이중인격이라…….

그런 것이라면 일단 과학적이라는 느낌은 든다. 그래서 모나미의 상태가 그 경우에 해당하는지 어떤지 검토해보았다. 즉 나오코가 말을 하는 게 아니라 모나미의 별개의 인격이 겉으로 드러난 것이라고 생각해보았다.

하지만 그렇다면 해결되지 않는 점이 있다는 것을 그는 곧바로 깨달았다. 그리고 그가 깨달은 것과 똑같은 얘기가 지금 손에 든 책에도 적혀 있었다.

'하지만 빙의와 유사한 형태의 현상들은 이중인격 이론으로는 제대로 설명되지 않는다는 게 이윽고 밝혀졌다. 바로 영매 행위다. (중략) 그 영매가 트랜스상태에 빠지기 이전에는 전혀 알지 못했던 정보를 제공해주는 것이다…….'

바로 이 부분이다. 모나미의 입에서 튀어나오는 몇 가지 얘기는 모나미로서는 전혀 알지 못할 일인 것이다. 이를테면 헤이스케와 나오코의 첫 데이트가 그랬다.

역시 모나미의 인격이 '나오코처럼' 바뀌었다고 보는 것보다는 나오코의 인격 자체가 빙의했다고 보는 게 앞뒤가 맞아떨어진다.

헤이스케는 조금 더 책장을 넘겨보았다. 그러자 '빙의'

다음으로 '다중인격'이라는 게 실려 있었다. 거기에도 심리학적인 접근만으로는 해결되지 않는, 즉 빙의라고 생각할 수밖에 없는 사례들이 나와 있었다.

'이러한 측면에서 더욱더 드라마틱한 사례의 하나로 '왓세카의 불가사의'가 있다. 1877년, 미국 일리노이주 왓세카에서 루란시 벤넘이라는 13세 소녀가 발작을 일으켰고 그것을 계기로 무의식 상태에 빠졌다. 트랜스상태가 되자 다양한 영혼이 그녀에게 빙의했다. 그중에서도 '지배 영'은 메리 로프, 이미 12년 전에 사망한 소녀였다. 거의 1년에 달하는 시간 동안 루란시는 메리로 교체되었다. 그녀는 (메리의 가족에 의하면) 생전의 메리와 똑같이 행동했고 로프 가의 가족이나 관습에 대해 상세한 지식을 내보였다. 1년이 지나자 메리는 천국으로 돌아가야 한다고 말했고 그 즉시 원래의 루란시로 돌아왔다.'

헤이스케는 눈이 둥그레져서 그 부분을 몇 번이나 다시 읽어보았다. 이건 그야말로 모나미의 몸에 일어난 현상과 동일한 것 아닌가.

나아가 이 책에는 또 한 가지, 크게 관심이 가는 사례가 있었다. 그것은 1954년에 자스빌 랄 자토라는 소년에게 일어난 일이었다. 주위 사람들은 그가 천연두로 사망했다고 생각하고 장례를 치렀으나 기적처럼 다시 살아났다. 그런데 그의 인격이 전혀 다른 사람의 것으로 바뀌었다. 거의 같은 시기에 사망한 브라만 계급 소년의 영혼이 옮겨온 것 같았다. 자스빌 소년은 죽은 소년에 관한 것을 속속들이 알고 있었다. 그 상태가 2년쯤 지속된 뒤, 그의 원래의 인격이 돌아왔다는 것이다.

헤이스케는 끄응 신음했다. 아무래도 나오코와 모나미의 경우는 이 사례와 거의 동일한 것 같다. 불가사의한 일이지만 이 세계에는 분명 몇 가지 선례가 있었던 것이다.

그렇다면…….

현재와 같은 상태가 한동안 지속된 뒤, 나오코의 인격은 돌연 사라지고 모나미가 되살아난다고 예상할 수 있다. 바로 그게 참된 나오코의 죽음이고 또한 모나미의 소생(蘇生)인 것이다.

헤이스케는 책을 덮었다. 복잡한 심경이 가슴속을 뒤덮었다. 모나미의 영혼이 되살아나 본래의 그녀로 돌아간다. 그건 물론 바라는 일이었다. 하지만 그때는 나오코와 헤어지지 않으면 안 되는 것이다. 더구나 영원히…….

그는 머리를 쥐어뜯었다. 이제 그만 좀 괴롭혀, 라고 소리치고 싶은 심정이었다. 처음에는 아내를 잃었다고 한탄했고, 그다음에는 딸을 잃었다고 슬퍼했다. 그런데 언젠가는 그게 다시 역전된다고 한다. 자신이 잃은 것이 아내인지 딸인지, 아예 확실히 해달라고 누군가에게 호소하고 싶었다. 그걸 알지 못하는 이상, 깊은 슬픔에 더해 그것을 승

화시킬 수 없는 허탈함만 언제까지고 맴돌게 된다.

헤이스케는 책을 제자리에 꽂고 주먹으로 책장을 쿵 쳤다. 그때 옆에서 누군가 숨을 헉 삼키는 기척이 들렸다. 그는 그쪽을 보았다. 한 여자가 놀란 얼굴로 서 있었다.

"엇, 선생님!" 낯익은 얼굴이라서 헤이스케는 급히 자세를 바로잡았다. "언제부터 여기에 계셨어요?"

"모나미 아버님을 꼭 닮은 분인 것 같아서 와봤죠. 뭔가 집중해서 연구하시길래 미처 인사를 못 드렸어요."

"연구라니, 그런 대단한 건 아니고요." 그는 억지웃음을 지으며 손을 내저었다. "이상한 책이 있어서 잠깐 들여다본 것뿐입니다."

"그러시군요." 그녀는 책장 쪽으로 흘끗 시선을 던졌다. 《초상현상 사전》을 비롯해 줄줄이 수상쩍은 단어가 이어지는 책등을 보면서 선뜻 할 말이 떠오르지 않는 눈치였다.

그녀는 하시모토 다에코, 모나미의 담임선생님이다. 나이는 아직 20대 중반쯤일까. 나오코의 장례식 날 헤이스케는 처음으로 이 호리호리한 선생님을 만났다. 그전까지는 학부모 상담 전화를 몇 번 주고받았을 뿐이다.

"선생님은 왜 이런 곳에?" 헤이스케가 물었다.

"그야…… 찾아볼 게 있어서요."

"아참, 그렇죠. 학교 선생님이 도서관에 오시는 건 전혀 이상한 일이 아니지요, 네."

하하하, 라고 헤이스케는 웃음소리를 냈다. 그러자 주위에 있던 사람들이 차가운 시선으로 흘끔흘끔 쳐다보았다.

"아차, 선생님, 저쪽으로 갈까요? 저기에 빈 의자가 많아요." 입구 쪽을 가리키며 헤이스케는 말했다.

"저쪽은 책 읽는 사람들을 위한 자리예요." 하시모토 다에코는 쓴웃음을 지으며 작은 소리로 말했다. "일단 밖으로 나가죠."

"아, 네."

도서관을 나오자 헤이스케는 저도 모르게 한껏 기지개를 켰다.

"이런 곳에만 오면 이상하게 긴장이 되더라고요. 어깨가 결리네요." 목을 두두둑 돌리면서 헤이스케는 말했다. "근데 졸고 있는 사람도 꽤 많던데요."

"평일 낮 시간에는 회사원들이 잠깐씩 들러서 자고 가는 일이 많아요." 하시모토 다에코가 말했다.

"그래요? 외근하는 친구들한테 이런 좋은 피난처가 있었네."

"스기타 씨는 생산 공장에서 근무하신다던데요?"

"예에." 대답하고 나서 헤이스케는 여교사의 얼굴을 보았다. "어떻게 아셨어요?"

"모나미가 써낸 글에 그런 얘기가 있었거든요. 우리 아빠는 자동차부품회사 공장에서 일합니다, 3주에 1주는 야간근무입니다. 모두 잠든 시간에 일해야 하니까 가엾습니다……. 제 기억으로는 그런 내용이었어요."

"그렇습니까. 모나미가 그런 글을……."

반항기에 접어든 탓인지 최근 들어 모나미는 먼저 말을 걸어준 적이 거의 없었다. 아빠가 하는 일에도 무관심한 것 같았다. 돈 잘 벌고 용돈만 잘 주면 굳이 집에 없어도 괜찮은 사람, 이라는 태도마저 엿보였다. 그건 아마도 연기는 아니었으리라. 하지만 아예 아빠를 무시한 것은 아니었던 모양이다. 그렇게 생각하니 헤이스케는 가슴이 뭉클해졌다. 그 모나미는 지금 이 세상에 없다.

도서관 앞은 작은 공원으로 꾸며졌고 장난감 같은 분수도 있었다. 하지만 물은 나오지 않았다. 그 분수를 빙 둘러싸듯이 벤치가 있어서 헤이스케는 하시모토 다에코와 나란히 그곳에 자리를 잡았다. 앉기 전에 그녀의 자리에 손수건이든 뭐든 깔아주는 게 좋을까, 하고 헤이스케는 한순간 생각했지만 도저히 손이 움직이지 않았다.

"모나미는 그 뒤로 좀 어떤가요?" 자리에 앉은 뒤에 하시모토 다에코가 물었다.

"예? 아, 그게, 덕분에 그럭저럭 건강을 되찾고 있습니다. 그동안 이래저래 걱정을 끼쳐서 죄송합니다." 헤이스케는 머리를 숙였다.

모나미의 말문이 열렸다는 것은 하시모토 다에코 선생

님에게도 이미 전화로 얘기했었다. 물론 인격이 나오코로 바뀌었다는 건 말하지 않았다.

"다음 주쯤에 퇴원할 수 있다고 하셨지요?"

"예, 정밀검사가 한 번 남았는데 거기서 별 이상이 없으면 퇴원할 수 있답니다."

"그러면 이번 신학기에는 학교에 나올 수 있겠네요."

"친한 친구들하고 함께 6학년에 올라갈 거라고 모나미도 좋아했어요."

"그럼 그 전에 병문안을 가도 될까요? 반 친구들이 보고 싶다고 해서 몇 명 데려가려고 하는데요."

"그야, 네, 언제든지 와주시면 좋지요. 나오코도 기뻐하겠네요."

헤이스케의 말에 하시모토 다에코는 한순간 난감한 얼굴을 보였다. 왜 그러나 하고 의아하게 생각한 직후에 자신이 잘못 말했다는 것을 깨달았다.

"아뇨, 아뇨, 나오코가 아니라 모나미예요. 모나미가 기뻐할 겁니다."

그러자 하시모토 다에코는 벤치 위에서 조금 뒤로 물러앉아 그를 향해 자세를 바로잡았다. 표정이 조금 전까지보다 팽팽해져 있었다.

"아버님, 이번 일로 큰 충격을 받으셨겠지요. 부인을 잃고 상심하신 게 눈에 보이네요. 제가 별 도움은 안 될지도 모르지만, 모나미가 어려운 일이 있다면 언제든지 상담에 응할 생각입니다. 아버님도 혹시 필요한 일이 있다면 언제든지 편히 말씀해주세요."

진지한 눈빛으로 여교사는 말했다. 젊은 선생님의 순수한 열의가 그 말에서 느껴졌다. 헤이스케가 깜빡 '나오코'라고 잘못 말한 것을 아내를 잃은 슬픔 때문이라고 해석했는지도 모른다.

"네, 잘 부탁드립니다." 헤이스케는 두 무릎을 반듯하게 모으고 깊숙이 머리를 숙였다. 그러면서 머릿속으로는, 지금 모나미의 인격은 선생님보다 10년은 더 나이 많은 사람인데요, 라고 냉철한 판단을 하고 있었다.

7

도서관에서 우연히 만난 이틀 뒤에 하시모토 다에코는 아이들 다섯 명을 데리고 병원에 찾아왔다. 여학생 세 명, 남학생 두 명이었다. 모나미와 친하게 지낸 반 친구들인 모양이었다.

"텔레비전을 보는데 모나미라는 이름이 딱 나오는 거야. 진짜 깜짝 놀랐지. 처음에는 이름만 똑같은 줄 알았어. 근데 모나미가 흔한 이름도 아니고, 나이도 똑같잖아. 저건 진짜다, 어떡해, 어떡해, 하고 그냥 내내 울기만 했어." 야무진 얼굴의 가와카미 구니코라는 여자애가 말했다. 얼굴은 웃고 있지만 눈가가 불그레해진 것을 헤이스케도 알 수 있었다. 사고 소식을 들었을 때의 충격이 되살아났는지도 모른다.

구니코의 얘기를 듣고 있던 모나미, 즉 나오코의 눈에도 눈물이 글썽해졌다.

"그래, 얼마나 놀랐을까. 구니코는 모나미하고 항상 함께 다니던 친구잖아. 지난번 크리스마스 때는 염치없이 집에까지 따라가고, 게다가 큰 케이크까지 선물로 받아왔는데……." 코를 훌쩍이고 눈가를 훔쳐내며 그녀는 말을 이어갔다.

"실은 그때 버스 안에서도 나가노에 가면 구니코 선물을 꼭 사오자고 얘기했었어. 그런데 그런 사고가 나는 바람에……."

그건 딸을 잃은 엄마의 말투였다. 그 순간 헤이스케까지 눈시울이 뜨거워졌지만, 지금은 그럴 때가 아니었다. 아이들과 하시모토 다에코 선생님이 의아한 듯 모나미를 빤히 보고 있었다.

"그래, 모나미, 선물 사오자고 출발 전부터 얘기했어. 그 얘기는 아빠도 생각나네. 그렇지, 모나미?"

헤이스케의 말에 모나미의 몸을 빌린 나오코는 어리둥절한 얼굴을 한 뒤에 퍼뜩 생각난 듯 급히 입을 가렸다.

"아, 맞다. 얘들아, 걱정하게 해서 미안해." 그녀는 반 친구들을 향해 꾸벅 머리를 숙였다.

"이제 정말 괜찮은 거야?" 하시모토 다에코가 물었다.

"네, 염려해주신 덕분에 이제 다 나은 것 같아요."

"머리가 아프다든가, 그런 건 없어? 교통사고는 한참 나중에야 이런저런 증상이 나타난다던데."

"아직까지는 괜찮아요. 근데 정말 아직은 모르는 일이죠. 교통사고 후유증에 시달리는 사람이 많다고들 하니까요. 아무튼 이제 스키버스라면 지긋지긋해요."

나름대로 조심하면서 얘기했을 텐데도 모나미의 입에서 튀어나오는 말들은 초등학교 여학생과는 거리가 먼 것이었다. 하시모토 다에코는 미간을 좁히며 걱정스러운 표정을 보였지만 애써 웃는 얼굴로 돌아왔다.

"신학기에는 학교에 나올 수 있다는 얘기 듣고 선생님도 정말 기뻤어. 하지만 너무 무리하면 안 되겠지. 몸 상태가 안 좋을 때는 결석해도 괜찮으니까 걱정 말고."

"고맙습니다. 그렇게 말씀해주시니 한결 마음이 놓이네요."

모나미가 다시금 머리를 숙였을 때, 옆에 있던 남학생이 머뭇머뭇 꽃을 들고 한 걸음 앞으로 나왔다. "이거, 병문안 선물."

"와아." 나오코의 표정이 환하게 빛났다. 하지만 다음 순간 그녀의 눈은 꽃이 아니라 남자애 쪽으로 향했다. "어머, 너 이마오카 맞지?"

응, 하고 그는 고개를 끄덕였다. 어리둥절하고 있었다.

"우와아." 모나미의 입에서 괴상한 소리가 새어나왔다. "정말 많이 컸네, 지난번에 만났던 게 아마 2학년 때……."

"어이쿠, 거참, 꽃이 실하구나." 헤이스케가 대신 꽃다발을 받아들며 급하게 끼어들었다. 그녀가 이상한 말을 할 것 같았기 때문이다. "이건 퇴원한 뒤에도 집에 꽂아둬야겠다. 실로 훌륭한 꽃다발이야. 그렇지, 모나미?"

"응? 아, 그래, 꽃병을 사야겠다."

그 뒤에도 잠시 대화가 이어졌지만 모나미의 이상한 말투는 나아지지 않았다. 어떻게든 어린애다운 단어를 써야 한다는 초조함이 부자연스러운 말투에 박차를 가하고 있었다.

"친구들이 이렇게 선물도 보내주고 격려 편지도 보내주고, 그래서…… 답례인사를 해야 할 텐데…… 답례품을 좀 생각해봐야 할 것 같아서…… 정말 감사한 마음은 이루 말로 다할 수 없을 정도고……."

초등학생이 '이루 말로 다할 수 없다'라는 식으로 말할 리가 없잖아, 라고 헤이스케는 조마조마한 심정으로 듣고 있었다.

이윽고 하시모토 다에코와 아이들이 자리에서 일어섰다. 헤이스케는 잠시 후에 몰래 그 뒤를 따라갔다. 그들은 병실 복도 끝에서 엘리베이터를 기다리고 있었다.

"모나미가 좀 이상해." 구니코가 말했다.

"응, 우리 엄마처럼 얘기했어." 또 한 명의 여자애도 동의했다.

"너무 오랜만이라서 긴장했을 거야." 하시모토 다에코가 말했다. "모나미가 얼마 전까지도 말을 못했었잖아. 아직은 얘기하는 게 익숙하지 않겠지?"

"네, 너무 가엾어요."

구니코의 말에 다른 아이들도 고개를 끄덕였다.

담임선생님의 설명을 듣고 아이들이 이해해준 것 같아서 헤이스케는 안도하며 병실로 돌아갔다. 좀 더 어린애다운 말투로 얘기하라고 모나미에게, 아니, 나오코에게, 단단히 주의를 줘야겠다고 생각했다.

병실 앞에서 헤이스케가 문 손잡이를 잡았을 때였다. 안에서 울음소리가 들렸다. 가슴이 철렁해서 조심스럽게 문을 열었다.

모나미는 베개에 얼굴을 묻고 울고 있었다. 작은 어깨가 가늘게 흔들렸다.

헤이스케가 다가가 등에 가만히 손을 얹었다.

"나오코." 그는 아내의 이름을 불렀다.

"미안해." 그녀는 목멘 소리로 말했다. "아이들을 보니까 자꾸 눈물이 나서. 친구들은 모나미가 이미 이 세상에 없다는 것도 모르는데, 우리 모나미, 불쌍해서 어떡해."

헤이스케는 말없이 그녀의 등을 쓰다듬었다. 건네줄 말이 하나도 생각나지 않았다.

8

큰 가방에 짐을 다 넣고 지퍼를 잠그려고 했다. 그런데 마지막으로 넣은 사과가 자꾸 삐져나왔다. 병문안을 온 친척이 놓고 간 사과였다. 별수 없이 헤이스케는 그 사과를 꺼내 옷소매에 쓱쓱 닦아 덥석 베어 먹었다. 사과즙이 몇 방울 그의 뺨에 튀었다.

"잊어버린 건 없지?" 옷을 다 갈아입은 나오코에게 물었다.

"응, 없을 거야." 그녀가 침대 주변을 둘러보며 말했다.

"찬찬히 확인해봐. 작년에 여름캠프 갔을 때도 체육복 잊어버리고 왔잖아."

"그건 모나미 얘기지. 내가 잊어버린 게 아니야."

"어?" 헤이스케는 딸의 얼굴을 돌아보고는 자신의 이마를 찰싹 쳤다. "아참, 그렇지."

"당신, 빨리 익숙해져야지. 나는 이제 거울에 모나미 얼굴이 보여도 별로 이상하지 않아."

"알았어. 잠깐 착각한 것뿐이야."

그때 누군가 문을 노크하는 소리가 났다. 네에, 라고 헤이스케가 대답했다.

문을 열고 담당의사 야마기시가 들어왔다.

"수고가 많으십니다."

"퇴원하는 날, 날씨가 화창해서 참 좋군요."

"예, 가끔은 좋은 일도 있어야지요."

헤이스케의 말에 야마기시는 고개를 끄덕였다. 바짝 마른 중년 남자로 둥근 테 안경 때문인지 처음에는 어쩐지 미덥지 않은 인상이었다. 하지만 완전히 회복된 듯한 모나미의 퇴원을 몇 차례 연장해가며 정밀검사를 거듭해준 그의 신중함과 책임감에 헤이스케는 저절로 머리가 숙여졌다.

"선생님, 그동안 감사했습니다. 안정되는 대로 정식으로 인사드리겠습니다." 나오코도 야구점퍼를 입은 차림새로 허리를 숙이며 감사의 뜻을 전했다.

야마기시 의사는 쓴웃음을 지으며 헤이스케를 돌아보았다.

"따님이 여간 똑똑한 게 아니에요. 매번 다 큰 어른과 대화하는 것 같아요."

"아이구, 아닙니다, 그게…… 얘가 남들이 있을 때만 그렇다니까요."

"그럴 리가요. 아버님도 자랑스러우실 것 같은데요."

"아뇨, 천만에요. 이제 나이도 있는데 의외로 어린애 같은 데가 있어서 큰일이지요." 하하하 웃고 나서야 헤이스케는 야마기시 의사가 의아한 표정을 짓는 것을 보았다. 곧바로 자신의 말이 이상했다는 것을 깨달았다. "아뇨, 그러니까 그게." 그는 고개를 저으며 덧붙였다. "내년이면 중학생인데 이제 좀 어른스러워져야 할 때도 됐잖습니까."

"스기타 씨, 꽤 엄격한 분이시네요. 뭐, 겸손하게 하시는 말씀이겠지만." 의사는 웃으면서 나오코에게로 시선을 옮겼다. "아빠 말 잘 듣고 열심히 살아야 해. 조금이라도 몸상태가 안 좋을 때는 즉시 병원에 오도록 하고. 알았지?"

"네, 그럴게요. 고맙습니다." 나오코는 다시 한번 머리를 숙이며 말했다. 울먹이는 목소리였다.

그동안 돌봐준 간호사들에게도 두루두루 인사한 뒤, 헤이스케는 짐을 들고 나오코와 함께 병원 현관을 나섰다. 그와 동시에 주차장 쪽에서 사람들이 우르르 몰려왔다. 남자도 있는가 하면 여자도 있다. 그중 몇 명은 마이크를 들었고 몇 명은 텔레비전 카메라를 어깨에 떠메고 있었다.

"스기타 씨, 퇴원 축하드립니다." 여성 리포터가 말을 건넸다.

"감사합니다."

"지금의 심정에 대해 한 말씀 해주십시오."

"네, 우선 한시름 덜었다고 할까요."

"모나미, 잠깐만 이쪽 좀 봐줄래?" 어느 방송국인가의 카메라맨이 말했다.

"부인의 묘소에는 언제쯤 가실 계획인가요?"

"그건 좀 안정된 다음에……."

여성 리포터는 한 차례 고개를 끄덕이더니 들고 있던 마이크를 나오코 쪽으로 내밀었다.

"모나미, 병원생활은 어땠어요?"

"덕분에 잘 지냈습니다." 나오코는 무표정하게 대답했다.

"힘들었던 점은 없었나요?"

"별로 힘든 건 없었어요. 남편이, 아니, 아빠가 잘 돌봐주셔서요."

"지금 가장 하고 싶은 건 뭔가요?"

"뜨거운 물에 목욕부터 하고 싶은데……."

"아, 미안하지만 딸아이한테는 그 정도만 해주시죠." 헤이스케가 여성 리포터에게 말했다.

그러자 리포터는 다시 그에게 마이크를 대고 버스회사와의 교섭 등에 대해 질문을 던졌다. 그는 나오코의 손을 잡고 뛰다시피 주차장으로 가면서 그 질문들에 답했다. 그리고 마지막에는 그들이 지켜보는 가운데 차를 타고 병원을 떠났다.

집에 도착해 현관문을 열고 있는데 어디선가 소리가 들려왔다. "어머나, 모나미!"

돌아보니 이웃집 아줌마 요시모토 가즈코가 슈퍼마켓 봉투를 들고 걸어오는 참이었다.

　"오늘 퇴원이었어? 나는 그것도 모르고, 미안하다."

　도착하자마자 수다쟁이 아줌마한테 들켰구나, 라고 헤이스케는 생각했다. 대학생과 고등학생 아들을 둔 이 중년 여성은 온 동네 떠버리 소식통이다. 하지만 결코 나쁜 사람은 아니고 이웃의 어려움에 발 벗고 나서주는 사람이기도 하다.

　"잘 지내셨어요?" 나오코가 즉각 반응을 보였다. "장례식 때 이래저래 신경을 써주셨다면서요. 정말 고맙습니다."

　어린아이답지 않은 말투에 요시모토 가즈코는 허를 찔린 얼굴이었다. 하지만 금세 웃는 얼굴로 되돌아왔다.

　"뭔 소리야, 우리가 남도 아니고. 그보다 몸은 이제 좋아진 거지?"

　"네, 염려해주신 덕분에."

　"그래, 다행이다. 아줌마도 걱정 많이 했어."

　"고맙습니다. 아, 아직 정리할 것도 많고 하니까 나중에 다시 인사드릴게요."

　"그래그래, 몸조리 잘하고."

　나오코는 잽싸게 현관문을 열고 안으로 들어갔다. 그녀가 전부터 요시모토 가즈코에 대해 "한번 얘기 시작하면 한 시간은 붙잡고 수다를 떨고 자칫하면 집에까지 따라온

다니까"라고 말했던 게 생각났다.

"저도 이만 실례합니다." 헤이스케도 인사를 건네고 들어가려고 했다.

그러자 요시모토 가즈코가 그의 귓가에 대고 말했다.

"왜 그런지 한동안 못 본 사이에 모나미가 부쩍 어른스러워졌네요. 역시 엄마가 돌아가시니까 자기라도 정신 바짝 차리고 살아야 한다고 생각한 모양이죠."

"글쎄요, 그런가." 억지웃음을 지으며 헤이스케는 도망치듯이 안으로 들어왔다.

나오코는 불단을 마주하고 합장하고 있었다.

그 불단에는 나오코 자신의 사진이 올려져 있다. 물론 옆에서 보기에는 딸 모나미가 엄마의 영전에 합장하는 모습일 뿐이다.

잠시 후 나오코는 고개를 들고 헤이스케 쪽을 보았다. 그 얼굴에 쓸쓸한 웃음이 번졌다.

"기분이 묘해. 내 사진이 올라간 불단을 보는 거."

"모나미 사진을 올릴 수도 없고……."

"그렇지. 누군가 집에 찾아올 수도 있으니까."

"하지만 전혀 의미가 없는 것도 아니야."

헤이스케는 나오코의 사진이 든 액자를 불단에서 내렸다. 뒤쪽 판을 열고 그 안의 사진을 꺼내자 두 장이 겹쳐져 있었다. 나오코의 사진 뒤에 모나미의 사진을 감춰둔 것이다. 작년 소풍 때 찍은 사진 속에서 모나미는 이쪽을 향해 손가락으로 브이를 그렸다.

이거 봐, 라고 아내에게 내보였다.

나오코는 연거푸 눈만 깜박거리더니 울음 섞인 웃음 같은 표정을 지으며 헤이스케를 올려다보았다.

"오랜만에 진짜 모나미의 얼굴을 본 느낌이야."

"아니, 나오코가 가짜라는 건 아냐."

헤이스케가 인스턴트라면을 끓여서 둘이 간단한 점심을 먹었다. 라면 위에 숙주와 차슈를 얹어냈다. 요리는 아예 못했던 만큼 그 정도의 노력에도 나오코는 무척 감탄했다.

"가끔은 남편을 혼자 두는 것도 나쁘지 않네?" 라면을 후루룩 먹으면서 나오코가 말했다.

"무슨 소릴, 내가 마음만 먹으면 프랑스 요리도 할 수 있어."

"큰소리치기는. 그럼 한번 해보든지."

"마음을 먹으면 그렇다는 얘기야."

그동안 모나미와 함께 식사할 때는 반드시 텔레비전을 끄곤 했다. 아주 어릴 때부터 나오코가 정해둔 규칙이었다. 그래서 텔레비전 좋아하는 헤이스케도 라면을 먹는 동안에는 버튼을 누를 생각을 못했다. 나오코가 다 먹을 때까지 기다렸다가 그는 바닥에 놓인 리모컨을 집어 들었다. 그러면서 '아, 이제 모나미는 없지'라고 새삼스럽게 실감했다.

텔레비전을 켜자 눈에 익은 건물이 화면에 나타났다. 나오코가 입원했던 병원이었다.

"아, 당신 나온다." 나오코가 손끝으로 가리키며 말했다.

방금 전에 헤이스케와 나오코가 리포터들에게 둘러싸였을 때의 모습이었다. 바로 한두 시간 전의 일이 이렇게 방영되는 것을 보고 있으려니 기분이 묘했다.

화면에서 헤이스케는 모나미의, 즉 나오코의 손을 잡고 빠른 걸음으로 주차장으로 향하고 있었다. 그 뒤를 리포터들이 따라서 뛰어간다.

"보상 문제에 대해서는 어떻게 생각하십니까?" 여성 리포터가 질문을 던졌다.

"그 문제는 기본적으로 변호사에게 일임했습니다."

"변호사에게 따로 희망사항을 말씀하셨나요? 이를테면 보상액 등에 대해서?"

"돈 같은 건 문제가 아니고요. 아무튼 진심으로 사죄하기를 바랄 뿐입니다. 딸아이의 목숨을 앗아갔고 제 아내도 깊은 상처를 입었으니까요." 빠른 말투로 대답한 뒤 헤이스케는 나오코를 차에 태우고 자신도 운전석에 올랐다.

텔레비전 카메라는 헤이스케의 차가 멀어져가는 장면도 찍었다. 그 뒤에 여성 리포터가 다시 나왔다.

"스기타 헤이스케 씨는 따님이 무사히 퇴원하면서 일단

한시름 놓았다고 밝혔습니다. 다만 버스회사의 책임 문제에 대한 얘기에 부인과 따님을 바꿔 말하는 등, 겉으로는 안정된 것 같지만 아직도 마음속에 큰 상처가 남았다는 것을 짐작할 수 있었습니다. 이상, 현장에서 전해드렸습니다."

"엇, 내가 잘못 말했었나?" 그제야 자신이 틀렸다는 것을 깨닫고 헤이스케는 혀를 찼다.

텔레비전 화면은 얼마 전 불륜현장을 들켜버린 남자 탤런트의 인터뷰 장면으로 바뀌었다. 헤이스케는 리모컨을 눌러 채널을 돌려보았다. 하지만 퇴원 모습을 보여주는 방송은 더 이상 눈에 띄지 않았다. 그는 텔레비전을 껐다.

"여보." 나오코가 입을 열었다. "앞으로 어떻게 해?"

"어떻게 하냐니?"

"나, 어떻게 살아가야 할까."

"흠……." 헤이스케는 팔짱을 꼈다.

이건 큰 문제였다. 헤이스케는 현재의 기묘한 상황에 가까스로 익숙해져가고 있다. 그리고 나오코 쪽도 표면상으로는 체념한 것처럼 보였다. 다만 이런 상태를 사람들이 이해해줄 것이라고는 도저히 생각할 수 없었다. 그녀가 정신이상자로 내몰리는 건 거의 확실하고, 자칫하면 헤이스케도 똑같은 취급을 받을 것이다. 설령 빙의라는 것으로 설명한다고 해도 그 경우에는 노골적인 호기심을 드러내며 언론 관계자를 비롯한 구경꾼들이 몰려들어 평온한 삶을 무너뜨릴 게 틀림없다.

헤이스케는 끄응 신음했다. 한 가지 생각난 것은 있었지만, 그걸 입 밖에 낼지 말지 망설여졌다.

그러자 나오코가 입을 열었다. "내 생각을 말해볼까? 나도 나름대로 생각한 게 있는데."

"응, 말해봐." 헤이스케는 앉음새를 바로잡았다.

"나는." 그녀는 남편의 눈을 지그시 들여다보았다. "모나미로 살아가기로 했어."

"아……." 헤이스케는 어중간하게 입을 헤벌린 채 침묵했다. 그다음 말이 나오지 않았다.

"스기타 나오코라는 존재와 인생을 잃는 건 섭섭하지만, 지금으로서는 그 방법이 가장 좋을 것 같아. 아무리 생각해봐도 내가 스기타 나오코로 살아가기는 어렵잖아. 어떤 말로 설명을 해봐도 아무도 당신처럼 이해해주지는 않을 거야."

"그렇지……."

"당신 생각에는 어때?"

"나도 그게 좋다고 생각해. 실은 그러는 게 어떻겠냐고 나도 제안하려고 했어. 다만 어쩐지 말을 꺼내기가 어렵더라고."

"나오코라는 사람을 이 세상에서 없애버리는 일이라

서?"

"응."

"그래도." 나오코는 고개를 떨구고 입술을 축인 뒤, 다시 얼굴을 들었다. "당신한테만은 살아 있는 거잖아."

"그야 그렇고말고. 나한테 나오코는 나오코야." 그렇게 말한 뒤에야 헤이스케는 '나오코는 나오코'보다 '모나미는 나오코'라고 했으면 더 좋았을까, 라고 퍼뜩 생각했다. 하지만 모처럼 피어오른 감동적인 분위기를 무너뜨리고 싶지 않아서 정정하지 않고 그대로 넘어갔다.

나오코는 후우 한숨을 내쉬었다. 그러고는 두 손을 번쩍 들고 기분 좋게 기지개를 켰다.

"말해버렸더니 속이 후련해졌어. 결심하는 데 시간이 걸렸지만."

"시간이 걸릴 만도 하지."

"긍정적으로 생각하기로 했어. 다시 한번 인생을 살아볼 기회가 주어졌잖아. 몸은 달라졌지만."

"하지만 생판 타인의 몸이 아니잖아."

"응, 모나미는 나 어렸을 때하고 빼닮았다고 했어."

"우리 둘의 딸 치고는 너무 미인이라고들 했지."

"맞아. 근데 코는 당신을 닮았어. 여기 이 살짝 위로 들린 코."

"무슨 말씀을, 그게 매력 포인트인데."

"흥, 그럴 리가." 나오코는 얼굴을 찌푸렸다. 하지만 눈은 웃고 있었다. 헤이스케도 웃는 얼굴이 되었다. 사고 이후, 진심으로 웃어본 건 처음이었다.

나오코는 차를 내온다면서 주방으로 갔다. 찻주전자를 꺼내 찻잎을 넣고 있었다. 그 손놀림은 틀림없는 나오코의 것이었다.

찻잔 두 개를 쟁반에 얹어 그녀가 거실로 돌아왔다.

"모나미도 벌써 6학년이야. 공부 열심히 해야겠어. 성적이 떨어지면 모나미가 창피하잖아."

"응, 공부를 제법 잘했지. 나오코는 가끔 잔소리를 했지만."

"여학생인데도 수학과 과학을 특히 잘했다니까. 국어하고 사회는 조금 떨어졌지만. 아마 당신을 닮았나봐."

"수학에 과학에, 당신 괜찮겠어?" 헤이스케가 빙글빙글 웃으며 물었다.

"괜찮지는 않지만 어떻게든 해봐야지." 나오코는 떨떠름한 얼굴로 찻잔 하나를 헤이스케 앞에 놓았다. "근데 모나미는 장래의 꿈이 뭐였지?"

"꿈이라……." 헤이스케는 다시 책상다리를 틀고 팔짱을 꼈다.

"가능하면 모나미의 꿈을 이뤄주고 싶어. 그런 목표가 있으면 나도 좀 더 열심히 살 수 있을 거 같아."

"그건 그렇지." 헤이스케는 차를 마셨다. "모나미는 평범한 가정주부가 좋다고 했어."

"평범한 가정주부?"

"응, 엄마 같은 평범한 가정주부가 될 거라면서."

"뭐야, 그럼 지금 이대로 좋다는 거잖아."

"아니." 헤이스케는 찻잔을 든 채 나오코를 보았다. "그건 좀 이상하지."

"왜?" 말을 하고 나서야 그녀는 아차 하는 얼굴로 자신의 손끝을 바라보다가 다시 남편에게로 시선을 돌렸다. 어색한 웃음이 떠올랐다. "바보 같은 소리를. 나는 평생 당신 옆에 있을 거야."

하지만 헤이스케는 고개를 끄덕이지 않고 차만 마셨다.

"아참, 여보, 내 반지, 어디 있어?"

"반지?"

"결혼반지 말이야. 버스 탈 때, 끼고 있었는데."

"아, 그거? 불단 서랍에 넣어뒀을 텐데."

나오코는 서랍을 열고 안에서 작은 비닐봉지를 꺼냈다. 그곳에 그녀가 약지에 끼고 있던 반지를 넣어두었다. 가느다란 백금을 단순히 둥글게 만든 것뿐인 반지다. 같은 모양의 반지를 지금 헤이스케는 약지에 끼고 있었다.

나오코는 봉지에서 반지를 꺼내 자신의 손가락에 끼웠다. 하지만 그녀의 약지에는 너무 컸다. 중지에도 여전히 헐렁하다. 마지막에 그녀는 엄지에 끼워보았다. 그제야 겨우 딱 맞았다.

"엄지에 끼고 다니면 안 되겠지?" 나오코는 자신의 손을 바라보며 한숨을 내쉬었다.

"애초에 초등학생이 반지를 끼는 것부터가 이상하지." 헤이스케가 말했다. "더구나 그런 수수한 반지를."

"하지만 이 반지는 항상 내 곁에 두고 싶은데."

"그런 마음이야 뭐, 기쁘기는 하지만……."

"아, 그래!" 나오코는 따악 손뼉을 치더니 거실을 나가 통통 뛰면서 계단을 올라갔다.

곧바로 그녀가 돌아왔다. 오른손에는 테디베어 인형을, 왼손에는 반짇고리를 들고 있었다.

"뭘 하려고?" 헤이스케가 물었다.

"됐으니까 지켜봐."

나오코는 재봉 가위를 꺼내 테디베어 머리 부분의 실을 뜯었다. 그리고 이음새를 벌렸다.

그 테디베어는 원래 나오코가 모나미를 위해 만들어준 것이었다. 나오코는 바느질을 여간 잘하는 게 아니다.

결혼반지를 인형의 머리 안쪽에 파묻고 다시 천을 맞붙여 바늘과 실로 꼼꼼히 꿰매나갔다. 익숙한 손놀림이었다.

"다 됐다!" 그녀가 말했다.

"그 인형으로 어떻게 하려고?"

"모나미는 이 인형을 애지중지했어. 잘 때도 항상 이불 속에서 껴안고 잘 만큼. 그러니까 나도 항상 곁에 둘 거야. 그러면 당신 아내라는 것도 자각할 수 있을 테니까."

그녀의 말에 헤이스케는 대답할 말이 떠오르지 않았다. 그런 자각에 무슨 의미가 있을까, 라는 마음이 문득 들었다.

"이 테디베어는 우리 둘만의 비밀이야." 나오코가 인형을 껴안으면서 말했다.

9

나오코의 첫 등교 날은 공교롭게도 아침부터 가랑비가 흩뿌렸다. 현관 앞에서 그녀는 장화를 신을지 운동화를 신을지, 한참을 망설였다.

"운동화도 괜찮잖아? 아직 비가 쏟아지는 것도 아니고." 헤이스케는 그녀의 등을 향해 말했다.

"날씨예보에서 오후부터 비가 많이 온다잖아. 그러면 운동화가 엉망이 되지. 이 운동화, 내가 지난달에 사줬는데 모나미가 6학년 올라가면 신겠다고 고이고이 모셔뒀던 거야." 새 운동화를 손에 들고 나오코는 말했다.

헤이스케는 현관문을 열고 하늘을 올려다보았다.

"그래도 아직 장화를 신고 나갈 정도는 아닌데?"

"쏟아진 다음에는 후회해봤자 소용없어. 좋아, 결정했어. 역시 장화 신을래." 그리고 그녀는 신발장에서 장화를 꺼냈다. 가장자리에 흰 선이 들어간 빨간 비닐장화였다. 언제였나, 나오코가 슈퍼마켓에서 경품으로 받아온 것이다.

"장화라는 게 그거야?"

"응."

"그건 별로인데."

"왜?"

"모나미가 그 장화, 촌스럽다고 질색을 했잖아."

"나도 알아. 그래도 새것인데 안 신으면 아까워."

"아니지." 헤이스케는 일단 현관문을 닫았다. "그건 나오코 생각이야. 대외적으로는 나오코는 이제 없고 옷이며 신발이며 모나미가 자신의 판단에 따라 선택한 것이 돼. 근데 모나미가 그런 촌스러운 장화를 신고 학교에 나타나다니, 누가 봐도 이상하잖아."

모나미의 모습을 한 나오코는 잠시 남편을 멀거니 바라보다가 아, 하고 입을 헤벌렸다. "그건 그렇다."

"알아들었어?"

"응, 알았어." 나오코는 고개를 끄덕이고 장화 속의 오른발을 다시 빼냈다. "그럼 운동화로 할게. 그러면 괜찮겠지?"

"그게 좋지."

"어휴, 새 운동화 젖으면 안 되는데." 혼자 투덜거리면서 나오코는 운동화를 신었다.

그동안 염려해준 선생님과 친구들에게 인사라도 하려고

오늘은 헤이스케도 함께 가기로 했다. 이 초등학교는 2년에 한 번씩 반이 바뀐다. 그래서 6학년에 올라가도 하시모토 다에코 선생님과 반 친구들은 그대로다.

"굳이 당신이 따라올 거 없는데? 나 혼자도 괜찮아." 운동화를 신고 나오코가 말했다.

"하지만 이런 때는 부모가 한 마디쯤 인사를 하는 게 도리야."

"그런가?" 나오코는 고개를 갸우뚱하고 옆 눈으로 남편을 보았다. "다른 목적은 없고?"

"다른 목적이라니, 무슨 소리야?"

"담임선생님, 젊고 예쁘잖아. 호리호리한 것도 당신, 좋아하고."

"허참, 쓸데없는 소리를. 빨리 가기나 해. 꾸물거리다가 첫날부터 지각하겠다." 헤이스케는 나오코의 등을 밀면서 말했다. 하지만 마음속으로는 모습은 달라졌어도 여전히 아내의 직감이라는 건 예리하구나, 하고 혀를 내둘렀다. 하시모토 다에코를 보고 싶은 마음도 사실은 아주 쪼끔 있었기 때문이다.

우산을 들고 집 앞으로 나가자 이웃집의 요시모토 가즈코가 쓰레기봉투를 내놓는 참이었다.

"모나미, 오늘부터 학교 가니?"

"안녕하세요? 네, 덕분에 신학기에 맞춰서 나가게 됐어요.”

“그래, 잘했네. 오늘은 아빠도 함께 가시는 모양이지요?” 요시모토가 헤이스케를 향해 물었다.

“예, 잠깐 인사나 드리려고요.” 그는 대답했다.

“나는 괜찮다고 했는데 저이가 꼭 가겠다고 나서는 바람에.”

“그랬구나…….” 요시모토는 입가에는 웃음을 띠면서도 의아한 눈빛으로 나오코와 헤이스케를 번갈아 보았다.

집 앞에서 한참 벗어난 뒤에 헤이스케는 말했다. “나를 ‘저이’라고 하면 안 되잖아.”

나오코가 흠칫해서 손으로 입을 가렸다. “어머, 내가 그렇게 말했어?”

“그랬다니까. 그러니 요시모토 아줌마가 이상한 얼굴을 하지. 제발 조심해.”

“미안해. 영 익숙해지지를 않아서.”

“하긴 나도 그래. 오늘도 실수할까 봐 벌써부터 긴장이 된다.”

“아참, 오후에는 회의가 있다고 했지?”

“응, 신주쿠에서. 몇 시쯤 끝날지는 모르지만 아마 오래 걸리지는 않을 거야.”

“알았어. 모나미를 위해서 분발해줘.”

“아니, 모나미와 나오코를 위해서야.” 헤이스케가 말했다.

오늘 참석할 회의는 피해자 모임이다. 이미 몇 차례 도쿄 시내에서 모여 앞으로의 방침 등을 결정했다. 기본적으로 회의는 휴일에 열기로 했지만 이번에는 변호사의 시간 관계상 평일에 만나기로 한 모양이었다. 헤이스케는 회사에 사정을 얘기하고 하루 유급 휴가를 냈다. 이렇게 나오코와 나란히 학교에 갈 수 있는 것도 그 덕분이었다.

학교 가는 길에 큰 교차로가 있다. 거기서 신호를 기다리는데 반대편 인도에서 손을 흔드는 남자애가 있었다. 처음에는 무심코 넘겼지만 가만 보니 나오코를 향해 보내는 손짓이었다. 키가 크고 마른 소년이다. 잘생긴 얼굴이 깔끔한 머리스타일로 더욱 빛이 났다.

"저 남자애, 모나미 친구인 모양인데?" 헤이스케가 작은 소리로 말했다.

"응, 그런가 봐." 나오코도 작은 소리로 대답했다.

"누구야?"

"글쎄?"

"글쎄, 라니……."

나오코는 빙글 헤이스케 쪽으로 돌아서서 셔츠 가슴팍 주머니에서 사진 한 장을 꺼냈다. 그것은 모나미가 5학년 소풍 때 찍은 단체사진이었다. 나오코는 이 사진으로 반 친구들의 얼굴과 이름을 외우기로 했었다. 다행스럽게도 사진 뒷면에 모나미가 직접 아이들의 배치도와 이름을 적어뒀기 때문이다.

"어쩌지? 신호등이 파란불로 바뀌었어. 지금 안 건너면 다들 이상하게 생각할 텐데."

"알았어." 걸음을 옮기면서 나오코는 사진을 헤이스케에게 쓱 내밀었다. "이건 당신이 갖고 있어."

"내가?"

"응, 얼른 저 남자애 이름 좀 찾아봐. 알아내면 나한테 살짝 알려주고."

"아니, 왜 나한테……."

둘이서 횡단보도를 건너오는 것을 남자애가 선 채로 지켜봤다. 상쾌한 웃음을 짓고 있었다. 교육용 잡지의 표지에 실릴 듯한 멋진 표정이라고 헤이스케는 생각했다.

"모나미, 이제 학교에 나올 수 있어?" 남자애가 물었다. 어른스러운 말투였다.

"응, 덕분에." 나오코는 대답했다. 그러고는 헤이스케 쪽을 올려다보며 "우리 아빠야"라고 소개했다.

"안녕하세요?" 남자애가 머리를 숙였다.

"응, 반갑다." 헤이스케도 서둘러 마주 인사했다.

남자애가 걸음을 옮기자 나오코는 그 옆을 나란히 걸어갔다. 헤이스케는 그들을 뒤따라가는 모양새가 되었다. 아이들에게 들키지 않게 조금 전의 사진을 급히 훔쳐보았다. 소풍은 다카오산으로 갔었다. 아이들 등 뒤로 야쿠오인 절풍경이 보였다. 계절은 초여름인 모양이니까 거의 열 달 전이라는 얘기다.

"나도 병문안 가고 싶었는데 여럿이 몰려가면 모나미가 불편할 수도 있고, 결국 못 갔어. 그래도 구니코가 모나미는 건강하다고 소식을 전해줘서 안심했지."

"그랬구나. 고마워."

"별로 기운이 없어 보이네? 무슨 일 있어?"

"아냐, 그런 건 아니고." 나오코는 흘끗 뒤를 돌아보았다. 빨리 이름을 알아내라는 신호다.

헤이스케는 가까스로 사진 속에서 비슷한 남자애를 찾아냈다. 분위기는 약간 다르지만 아마도 머리스타일이 달라졌기 때문일 것이다. 뒷면을 보니 '田島剛'라는 한자 이름이 적혀 있었다. 이건 '다지마 쓰요시'라고 읽는 건가.

"모나미, 잠깐만." 헤이스케가 뒤에서 말을 건넸다. 나오코는 몸을 돌려 "왜?"라면서 이쪽으로 다가왔다. 헤이스케는 우산으로 남자애의 시선을 가리고 사진 뒷면을 그녀에게 보여주었다. "이 아이인 것 같아"라고 속닥거리면서 한자 이름을 가리켰다.

"다지마 다케시? 아니면 쓰요시?" 그녀는 우산 밑에서 고개를 갸웃거렸다.

"다케시인지 쓰요시인지, 그건 나도 모르지."

"어휴, 됐어. ……응, 알았어, 아빠!" 남자애에게 들려줄 생각인지 묘하게 힘찬 목소리로 말하더니 나오코는 그 아이 옆으로 돌아갔다. "기다리게 해서 미안해."

초등학생끼리 그런 인사까지 하진 않잖아, 라고 헤이스케는 생각했다.

"무슨 일이야?"

"으응, 아무것도 아냐." 나오코가 다시 헤이스케 쪽을 흘끗 돌아보았다. "아빠가 다지마한테 물어볼 게 있나 봐."

"엉?" 헤이스케는 저절로 눈이 둥그레졌다. 그러고는 나오코의 속셈을 깨달았다. 모나미에게 묘하게 친근하게 말을 건네는 이 아이에 대해 실은 그녀가 궁금한 게 많은 것이다.

"뭔데요?" 남자애가 헤이스케에게 물었다.

"아, 그게…… 모나미 친구라니까 그냥 이것저것 좀 알고 싶어서." 헤이스케는 애써 느긋한 웃음을 지으면서 말했다.

"네에……." 남자애 쪽은 당황한 눈치였다. 그럴 만도 하다.

"부모님은 무슨 일을 하시지? 회사원인가?"

"누구 부모님요?"

"그러니까 다지마 말이야."

"생선가게를 하는데요."

"그렇구나, 생선가게. 거참, 좋네." 헤이스케는 별 의미도 없이 말했다. 왜 생선가게가 좋은지, 스스로도 알 수 없었다.

"넌 봄방학 때, 어디 갔었어?" 나오코가 물었다.

"응, 미우라 반도에 갔었어." 남자애가 흐뭇한 얼굴로 대답했다. "큰아빠가 요트를 갖고 있거든. 그래서 바다에 나가서 낚시를 했어. 엄청 큰 고기를 진짜 많이 잡았어. 대구도 잡고 벤자리도 잡고. 아이스박스가 가득 찰 정도였어."

"그랬구나." 나오코는 걸으면서 고개를 끄덕였다.

가게에서 늘 생선을 보면서 또 낚시를 하러 갔다는 건가. 헤이스케는 뭔가 이상하다는 느낌이 들었다. 아니면 평소부터 생선에 익숙하니까 낚시를 더 좋아하는 건가.

"벤자리는 너무 많아서 이웃집에 나눠줬어. 다들 엄청 크다고 깜짝 놀랐어."

"와아, 대단하다. 근데 공짜로 나눠줬어?" 나오코가 물었다.

"응, 공짜로."

"왜? 팔아도 되잖아."

"에이, 쩨쩨하게 뭘." 남자애는 나오코의 말에 피식 웃으며 대답했다.

가게에서 팔아도 됐을 텐데, 라고 헤이스케도 뒤에서 둘의 얘기를 들으면서 생각했다. 크고 싱싱한 벤자리는 요즘 상당히 비싸다.

"근데 다지마는." 헤이스케가 뒤에서 말을 건넸다. "공부는 좀 어때, 잘하는 과목 같은 거, 있어?"

"글쎄요…….." 남자애는 고개를 갸웃거렸다. "수학?"

"오호, 수학 성적이 좋구나."

"근데 다른 과목도 잘해요. 국어도 과학도 사회도."

제 입으로 자랑하듯이 그런 말을 하는 점이 약간 얄밉기는 했다.

"수재인 모양이네."

"그렇다고 할 수도 있죠." 눈썹 하나 꿈틀하지 않고 말했다. "근데 체육은 좀 별로예요."

"그래?" 생긴 건 체육도 잘할 것 같은데, 라고 그의 긴 다리를 내려다보며 헤이스케는 생각했다.

학교가 가까워지자 같은 방향으로 가는 아이들이 부쩍 많아졌다. 걸어가면서 웃고 떠들고 서로 장난을 쳤다. 아이들의 세계다.

"모나미!" 어디선가 부르는 소리가 들렸다. 돌아보니 구니코가 손을 흔들며 뛰어오는 참이었다. 체크무늬 스커트가 팔랑팔랑 춤을 췄다.

까까 소리를 올리며 구니코는 나오코의 팔에 매달렸다.

"근데 너희 둘, 벌써부터 붙어 다니는 거야? 못 말리겠네, 진짜." 구니코는 남자애와 나오코를 번갈아보며 말하더니, 그제야 생각난 듯 헤이스케를 향해 슬쩍 인사를 건넸다. "안녕하세요?"

"응, 반갑다."

헤이스케가 답했을 때, 이미 구니코의 시선은 나오코를 향하고 있었다. 어제 텔레비전 본 얘기를 재잘재잘 늘어놓는다. 나오코 쪽은 웃으면서 듣고 있었다.

헤이스케는 구니코가 처음에 한 말을 머릿속에서 되짚어보았다. 너희 둘은 벌써부터 붙어 다니느냐, 라니 그건 무슨 뜻으로 한 말인가. 말투로 봐서는 은근히 놀려먹는 얘기였다. 그렇다면 혹시 모나미가 저 남자애와 공식커플이라는 건가. 설마, 말도 안 된다, 아직 초등학생인데.

학교가 시야에 들어왔다. 색 바랜 콘크리트 건물 세 동이 서 있다. 모나미네 반 교실은 어느 쪽인지 헤이스케는 물론 알지 못한다. 나오코는 알고 있을지 내심 걱정스러웠다. 그러다 그녀가 수업참관을 위해 몇 번 학교에 왔었다는 게 퍼뜩 생각났다.

그때 한 뚱뚱한 남자애가 옆으로 다가왔다. 아직 날씨가 쌀쌀한데도 관자놀이에 땀이 흐르고 있었다. 더위깨나 타는 아이구나, 라고 헤이스케는 생각했다.

"애들아." 뚱뚱한 남자애가 나오코 일행에게 말을 건넸다. "잘 지냈어?"

"엇, 쓰요시, 너 또 살쪘어?" 나오코 옆에 있던 남자애가 말했다.

"아니거든? 예전하고 똑같아." 뚱뚱한 남자애가 입을 툭 내밀었다. 그러고는 헤이스케 쪽을 흘끔 돌아보며 수줍은 듯 목을 움츠렸다.

교문을 지나 헤이스케는 나오코 일행과 헤어졌다. 나오코는 한 차례 그를 돌아보며 재빨리 한쪽 눈을 찡긋했다. 괜찮아, 잘할게, 라고 말하는 것처럼 보였다.

혼자 남은 헤이스케는 학교 건물을 둘러보았다. 생각해보니 교무실이 어딘지도 모르는 것이다.

그때였다. 조금 전의 뚱뚱한 남자애가 뛰어왔다. 눈을 치뜨고 헤이스케를 올려다보았다.

저기요, 라고 남자애가 말했다.

"왜, 무슨 일이냐?" 헤이스케가 물었다.

"저한테, 왜요?"

"응?" 헤이스케는 뚱뚱한 남자애를 내려다보았다. "왜냐니……. 뭐가?"

"그러니까요." 그가 이따금 뒤를 돌아보며 말했다. "모나미네 아빠가 나에 대해 물어봤다고 해서요……."

"뭐?" 헤이스케는 입을 헤벌렸다. 그제야 어떻게 된 일인지 알 수 있었다. 그는 남자애의 가슴께를 가리키며 물었다. "그럼 네가 다지마?"

뚱뚱한 아이는 꾸벅 고개를 끄덕였다.

"아, 그렇군. 네가 다지마였어? 생선가게 하는?"

"네."

"그래, 하하하, 그런 거였네. 아니, 실은 꼭 다지마에 대해서만 물어본 게 아니야. 나오코, 아니, 아니, 모나미의 친구들에 대해 좀 알아보려고 한 거야."

"그러면 이제 저는 가도 돼요?"

"응, 그래. 아, 근데 잠깐만. 아까 그 친구는 이름이 어떻게 되지? 모나미하고 함께 가던 남학생."

"엔도인데요."

"아, 엔도라는 친구였구나. 고맙다. 자, 그럼 공부 열심히 해라."

헤이스케의 말에 의아한 얼굴을 하면서 다지마는 굵고 짤막한 다리로 종종종 뛰어갔다. 그 뒷모습을 바라보며 아닌 게 아니라 체육은 별로겠다고 헤이스케는 생각했다.

그는 사진을 다시 꺼냈다. 그리고 방금 알아낸 두 명의 이름과 대조해보았다. 역시나 아까 사진에서 찾아낸 남학생은 방금 되돌아온 다지마와 동일 인물이었다. 단지 몸집은 전혀 딴판으로 바뀌었다. 다지마는 지난 열 달 동안 몸무게가 두 배는 불어난 모양이다.

헤이스케는 사진을 뒤로 돌려 줄줄이 적힌 이름 속에서 '엔도 나오토'를 찾아냈다. 위치를 잘 확인한 뒤에 사진 앞면을 보았다.

엔도는 담임선생님 하시모토 다에코 옆에 서 있었다. 하지만 아직 앳된 얼굴인데다 몸집도 작아서 하시모토 다에코와 모자지간처럼 보일 정도였다. 즉 엔도는 다지마와는 대조적으로 지난 열 달 동안 키도 훌쩍 컸고 부쩍 어른스러워진 모양이다.

헤이스케는 나오코 일행이 들어간 건물을 올려다보았다.

나오코, 거기는 눈이 핑핑 도는 세계인 것 같아. 조심해서 뛰어들어야 해.

헤이스케는 마음속으로 아내에게 응원을 보냈다.

10

오후가 되면서 본격적으로 비가 쏟아지기 시작했다. 게다가 여간 쌀쌀한 게 아니었다. 헤이스케는 재킷 위에 레인코트를 걸치고 집을 나섰다. 아침에 나오코와 함께 갔던 통학로에는 군데군데 물웅덩이가 생겼다. 역시 장화를 신고 왔어야 하는데, 라고 나오코가 억울해할 게 틀림없다고 상상하면서 헤이스케는 우산 밑에서 저도 모르게 씨익 웃었다.

신주쿠역 서쪽 출구에서 도보로 10분 거리의 시티호텔 안 회의실이 피해자 모임의 회의장이었다. 입구에 작은 책상을 놓고 젊은 직원이 앉아 있었다. 헤이스케는 거기서 서명을 한 뒤에 입실했다.

회의장에는 책상과 의자가 줄지어 놓여 있었다. 백 명쯤은 앉을 수 있을 것이다. 이미 그중 반절 정도가 채워졌다. 그 버스 사고로 인한 사망자는 29명, 중상으로 아직도 병원에서 치료를 받는 사람은 10여 명이다. 이 정도 넓이의 공간을 준비한 건 당연한 일일 것이다. 그리고 이 회의만은 비가 온다느니 평일이라느니 하는 이유로 출석률이 떨어지는 일은 없을 터였다.

사고 차량이 스키버스였기 때문에 피해자는 대부분 젊은이들이었다. 더구나 거의가 대학생이다. 그래서 참석자는 그들의 부모로 보이는 나이 든 사람들이 많았다. 헤이스케는 여기서는 상당히 젊은 편에 속한다. 여자들이 많을 거라고 예상했는데 남자가 반 이상을 차지하고 있었다. 동네 반상회에는 얼굴을 내밀지 못해도 오늘만은 직장 일을 쉬고 어렵게 나온 것이다.

헤이스케 자리에서 대각선으로 앞쪽에 앉은 사람은 부부인 것 같았다. 남편은 50대, 부인은 그보다 두세 살 연하일까. 깔끔하게 이발한 남편의 머리칼은 거의 백발이었다. 남편이 뭔가 작은 소리로 말을 건네고 거기에 응하듯이 부인이 작게 고개를 끄덕였다. 손에 크림색 손수건을 꼭 쥐고 이따금 눈가를 훔쳤다.

이번 사고로 잃은 게 아들일까 딸일까. 어느 쪽이든 이제 막 피어나려는 청춘이었으리라. 부모도 큰 꿈을 기대했을 게 틀림없다. 헤이스케는 모나미를 잃은 자신의 슬픔을 떠올리며 그들의 심정을 상상해보려고 했지만 역시 가늠조차 할 수 없었다. 저마다의 가슴속에 품은 슬픔은 어느 누구도 다 이해하지 못할 것이다.

"혹시 스기타 씨?" 옆에서 말을 건네는 사람이 있었다. 헤이스케가 돌아보니 50대 남자가 햇볕에 그을린 얼굴에 어색한 웃음을 띠고 있었다.

네에, 라고 헤이스케는 대답했다.

남자는 안도한 듯 한숨을 내쉬었다. "역시 그렇군요. 텔레비전에서 본 적이 있어서."

헤이스케는 아, 하고 고개를 끄덕였다. 방송에 나왔다고 남들이 알아보는 것에는 이미 익숙해졌다. "예, 방송국에서는 뭐든 찍어가더라고요."

"그러시겠죠. 따님은 좀 어때요, 많이 회복된 것 같던데."

"네, 덕분에."

"그렇습니까. 다행이에요. 따님이나마 구해냈으니 참 얼마나 다행입니까." 남자는 몇 번이나 고개를 끄덕였다.

"실례지만, 누구신지……."

"아차, 실례." 남자는 양복 안주머니에서 명함을 꺼냈다. "이런 사람입니다."

남자는 인쇄회사의 경영자였다. 앞에 유한회사라고 적혔다. 이름은 후지사키 가즈로, 회사는 도쿄 고토구에 있는 모양이었다.

예의상 헤이스케도 명함을 건넸다.

"스기타 씨는 이번 사고로 부인을 잃으셨지요?" 명함을 챙겨 넣으면서 남자가 물었다. 네, 라고 헤이스케가 대답하자 남자는 한 차례 고개를 끄덕이고 말했다. "나는 3년 전쯤에 아내가 병으로 세상을 떠났어요. 그런 데다가 이번 사고로 딸까지 잃었으니 이제는 완전히 나 혼자뿐이에요. 무슨 일을 해봐도 의욕이 나지를 않는군요."

정말 그렇겠다고 헤이스케도 고개를 끄덕였다. "그러면 사고 전에는 지금 우리 같으셨겠네요. 부녀간에 둘이서……."

그러자 후지사키는 희미하게 웃으며 고개를 저었다.

"아뇨, 부녀 셋이었어요."

"엇, 그러면……."

"딸이 둘이에요." 후지사키는 손가락 두 개를 세워보였다. "쌍둥이였거든요. 둘이 똑같은 커플 스키복 입고 나란히 죽었어요. 죽은 얼굴까지 아주 똑같더라니까."

죽은 얼굴까지 똑같다는 말을 할 때, 후지사키의 목소리에 흐느낌이 섞였다. 헤이스케의 가슴속에 납처럼 무겁고 차가운 것이 생겨나 위(胃) 밑바닥에 가라앉았다.

"둘 중 하나라도 살았다면 다른 녀석도 함께 있는 듯한 마음이 들었을 텐데……. 둘 다 가버렸어요. 하느님도 참 잔혹하시지." 후지사키의 웃는 얼굴은 이미 구깃구깃 일그러져 있었다.

그야말로 딱 맞는 말이라고 헤이스케는 생각했다. 나오코와 모나미 사이의 이상한 현상이 만일 그 쌍둥이에게 일어났다면 아마 아무도, 어쩌면 본인도 깨닫지 못한 채 단순히 한 명이 살아남은 것으로 그럭저럭 넘어갔을지도 모른다.

문득 둘러보니 회의실 여기저기서 흐느낌 소리가 들렸다. 사고는 아직 끝나지 않은 것이라고 헤이스케는 생각했다.

피해자 모임에서는 4명의 간사가 뽑혔다. 첫 모임 때, 입후보해준 사람들이었다. 대기업의 일 잘하는 부장님 같은 분위기의 인물, 상점 주인이라는 사람, 이미 은퇴하고 느긋하게 지내는 듯한 노인, 그리고 주부. 겉모습은 제각각이지만 네 사람의 표정에는 공통된 박력 같은 게 엿보였다. 이 사람들에게 맡겨두면 괜찮다, 라고 처음 봤을 때 헤이스케는 확신했다.

우선 일 잘하는 부장님—실제로는 어떤지 모르지만—하야시다라는 사람이 현재까지의 상황을 자세히 설명해주었다. 버스회사 측은 운전기사의 실수를 인정하고 배상 및 기타에 대해 가능한 한 성의를 표하겠노라고 밝혔다는 것, 한편으로 과로(過勞) 운전의 혐의도 있어서 그런 방향에서도 회사 측의 책임을 추궁할 필요가 있다는 것 등이었다. 나가노 현경에서 다이코쿠 교통을 도로교통법 위반의 혐의로 가택수색에 들어갔다는 얘기는 헤이스케도 뉴스 등을 통해 알고 있었다.

다음으로 무카이라는 이름의 변호사가 앞으로 나왔다. 체격이 좋고 머리를 짧게 깎아서 유도선수 같은 풍모였다. 그는 우렁우렁한 목소리로, 보상금의 액수에 대해서는 연령이나 남녀에 관계없이 기본적으로 일률 책정될 전망이고, 만일 피해자 모임 명의로 획득하려는 액수에 불만이 있을 경우에는 개인적으로 회사와 교섭해달라는 취지의 말을 했다.

어느 정도나 요구할 예정이냐는 질문이 나왔다. 무카이 변호사는 망설임 없이 "일단 8천만 엔 선을 생각하고 있습니다"라고 대답했다. 말투로 봐서는 아마 상한선이 그 정도일 것이라고 헤이스케는 해석했다.

8천만 엔……. 많은지 적은지 알 수 없는 숫자였다. 물론 제아무리 많은 액수라 해도 슬픔이 희석되는 것도 아니다.

하지만 유족 중에는 헤이스케보다 현실적으로 상황을 내다보는 사람도 있었다. 1억 엔은 받을 수 없겠느냐, 라는 질문이 나온 것이다. 옆의 후지사키가 그 말을 듣고 고개를 끄덕인 것을 보면 각자 나름대로 보상액을 예상하고 나온 사람이 의외로 많은지도 모른다.

"물론 최대한 많은 액수를 목표로 할 예정입니다. 하지만 어떻든 교섭이 필요한 일이니까요, 쌍방이 서로 양보하며 접점을 찾는 게 필요합니다. 일을 길게 끄는 것은 여러

분께서도 원하지 않을 테니까요."

변호사의 말에 많은 사람들이 고개를 끄덕였다. 헤이스케도 그중 한 사람이었다. 길게 끌고 싶지 않다. 완전히 맞는 말이었다. 이런 일은 최대한 일찍 끝내버리고 싶다.

다만, 이라고 주석을 붙였다. 잊어버릴 수는 없다. 세상 사람들에게서도 잊히고 싶지 않았다. 그 가슴 아픈 사고를 이대로 풍화되게 해서는 안 되는 것이다.

간사 하야시다가 다시 자리에서 일어나 이후의 방침 등을 설명해주었다. 나아가 오늘의 회의 내용은 최대한 외부에 발설하지 말아달라는 주의사항을 덧붙였다. 특히 언론의 취재에는 조심해야 한다는 당부였다.

"돈 얘기만 나오면 그 사람들은 흥미 본위로 써대니까요." 하야시다는 미간에 주름을 잡으며 말했다. 그 역시 언론의 무신경함에 상당히 상처를 입은 모양이라고 헤이스케는 짐작했다.

"그리고 또 한 가지, 여러분께 드릴 말씀이 있습니다." 하야시다의 말투가 미묘하게 바뀌었다. 표정도 조금 팽팽해진 것 같았다. "실은 오늘 여러분을 꼭 뵙고자 하는 사람이 있습니다." 그러고는 말하기 힘든 것은 단숨에 해버리는 게 낫다는 듯이 곧장 뒤를 이었다. "가지카와 씨예요."

한순간의 침묵 뒤, 웅성웅성하는 소리로 회의장 안의 공기가 흐트러졌다.

"잠깐만요, 가지카와 씨라면……." 앞자리 쪽에서 질문이 나왔다. 중년 여자의 목소리다.

"네." 하야시다가 고개를 끄덕였다. "가지카와 운전기사의 부인입니다. 지금 옆방에서 우리 회의가 끝나기를 기다리고 있어요. 여러분께 꼭 사죄의 말씀을 드리겠다고 합니다."

조금 전 흐트러졌던 공기가 이번에는 차갑게 굳어버렸다. 그러면서도 각자의 몸속의 피는 급속히 역류하고 있을 게 틀림없다. 헤이스케 자신이 그랬기 때문이다. 얼굴이 후끈 달아오르는 게 느껴졌다. 그러면서도 팔다리는 마비될 만큼 차가워졌다.

갑자기 쾅당 소리를 내며 헤이스케 앞에 앉아 있던 남자가 의자를 젖히고 일어섰다. 둘이 함께 온 듯한 부부 중 남편 쪽이다. 그는 나지막한 소리로 아내에게 "가자"라고 말했다. 날카롭고 짧은 한 마디에 그의 표현할 길 없는 원통함이 담겨 있었다.

아내 쪽도 남편의 뜻에 공감한 것 같았다. 한 차례 고개를 끄덕이더니 몸을 일으켰다. 모두가 주목하는 가운데 두 사람은 뒷문으로 천천히 걸음을 옮겼다. 하야시다는 별다른 말을 건네지 않았다. 그들을 멈춰 세울 수 있는 사람이라고는 아무도 없는 것이다.

몇몇이 그들에게 동조했다. 나가는 사람들은 하나같이

무표정한 가면 같은 얼굴이었다.

남겨진 사람들을 둘러보며 하야시다가 물었다. "그러면 가지카와 씨를 들어오시라고 해도 될까요?"

아무도 대답하지 않았다. 하야시다는 곤혹스러운 얼굴이었다. 헤이스케는 그가 딱하다는 마음이 들었다. 그 역시 수많은 사상자를 낸 운전기사의 아내를 기꺼이 맞아들이고 싶지는 않았을 것이다.

"자아, 야마모토 씨." 하야시다는 유일한 여성 간사인 야마모토 유카리에게 눈짓을 건네며 말했다. 그녀는 고개를 끄덕이고 앞문으로 나갔다.

잠시 어색한 침묵이 흘렀다. 다시 문이 열리고 야마모토 유카리가 얼굴을 내밀었다. "데려왔는데요."

"들어오시라고 해주세요." 하야시다가 말했다.

야마모토 유카리의 뒤를 따라 자그마한 몸집의 여자가 들어왔다. 환한 형광등 불빛을 받는 것이 딱할 만큼 바짝 여위었고 얼굴색도 좋지 않았다. 하얀 카디건의 어깨 부분이 젖어 있었다. 빗속을 걸어왔기 때문이리라.

"저는 가지카와의 아내입니다." 고개를 떨군 채 그녀가 입을 열었다. 몸집과 마찬가지로 가느다란 목소리였다. "이번에 남편의 실수로 여러분의 소중한 가족을 잃는 일이 벌어져서 참으로 죄송합니다." 그리고 그녀는 깊숙이 머리를 숙였다. 가녀린 어깨가 파들파들 떨리는 것이 헤이스케의 자리에서도 또렷이 보였다.

실내의 공기가 털썩 무거워졌다. 그 무게가 모조리 그녀의 가느다란 몸을 찍어 누르는 것 같았다. 금세라도 짓눌릴 듯한 모습이었다. 하지만 그녀는 천천히 머리를 들었다. "남편은 사망해서 이제 없습니다만, 남편을 대신해 제가 가능한 한 보상을 해드리자고 마음먹고 있습니다. 우선 그런 말씀을 꼭 드리고 싶어서 오늘 이 자리에 오게 해달라고 부탁했습니다." 중간부터 목소리가 떨렸다. 손에 들고 있던 손수건으로 눈가를 훔쳤다.

"이봐요, 하야시다 씨." 그때 한 사람이 자리에서 일어섰다. 양복을 입은 남자였다. "대체 왜 이런 사람을 불렀습니까."

"그건 말이죠……."

하야시다가 설명하려고 하자 가지카와의 아내가 "제가 부탁드린 거예요"라고 밝혔다. "제가 무리한 부탁을 드려서……."

"아니, 댁한테 물어본 게 아니에요." 양복 차림의 남자가 가로막았다. "하야시다 씨에게 물어본 거니까 댁은 빠지세요."

등이 써늘해질 만큼 냉랭한 말투였다. 가지카와의 아내는 입을 다물었다.

"그러니까 그건 두 가지 이유가 있습니다." 하야시다가 말했다. "첫째로는, 사죄하고 싶다는 가지카와 씨의 희망을 받아들인 것이고요. 그리고 또 한 가지는, 아까도 말씀드렸지만 과로 운전의 문제를 규명하기 위해서는 말이죠, 가지카와 씨 측의 증언 등도 중요한 점으로 부각될 것이기 때문에 미리 서로 얼굴이라도 알아두는 게 좋다고 생각한 겁니다."

조리 있는 설명이었다. 양복 차림의 남자도 이해는 한 눈치였다. 하지만 자리에 앉으면서 "우리가 굳이 얼굴을 알아둘 필요가 있어?"라고 혼잣말처럼 중얼거렸다.

"이봐요, 당신은요, 사죄할 거 없어요." 어디선가 목소리가 났다. 여자 목소리였다. 헤이스케는 목을 길게 뽑았다. 맨 앞줄에 앉은 초로의 여성이 가지카와의 아내 쪽을 향하고 있었다.

"당신이 운전을 한 것도 아니잖아요. 실은 당신도 내심 그렇게 생각하고 있지요? 하지만 세상 이목도 있고, 아무것도 안 하면 어떤 비난이 날아올지 모르니까 이렇게 사죄하러 나온 거잖아요. 그런 형식적인 사죄 같은 거, 전혀 반갑지 않으니까요, 이제 그만하세요."

"아뇨, 저는 그런……." 가지카와의 아내는 반론을 하려고 했다.

"됐어요, 됐다니까요? 더 이상 아무 말도 하지 마세요. 거기서 그런 식으로 서 있으면 마치 우리가 당신을 괴롭히는 것 같잖아요." 그렇게 말하고 초로의 여성은 후우 한숨을 내쉬었다. 그 한숨소리가 귀에 들어올 만큼 실내는 괴괴하게 가라앉아 있었다.

그녀의 말은 이 자리의 모든 사람들의 마음을 대변하는 것인지도 모른다. 맞는 말이라는 중얼거림이 들려올 것 같았다. 헤이스케도 실은 마음속으로 그렇게 중얼거렸다. 가지카와의 아내도 남편을 잃고 무척 괴로울 것이라고 머릿속으로는 다 이해하면서도 도저히 동지라고는 생각할 수 없었다.

"가지카와 씨, 이 정도면 되겠죠?" 고개를 떨구고 서 있는 그녀에게 하야시다가 말을 건넸다. 이 장면에는 어울리지 않을 만큼 가벼운 말투였다.

가지카와의 아내는 가만히 고개를 끄덕였다. 그것을 보고 하야시다는 야마모토 유카리에게 다시 눈짓으로 신호를 보냈다. 야마모토 유카리는 그녀를 데리고 앞문으로 나가려고 했다.

문이 열렸을 때였다. 헤이스케 옆에 있던 후지사키가 자리에서 일어섰다.

"당신 남편은 살인자야!" 그의 목소리가 쨍하게 울렸다.

회의장 전체가 정지화면 상태가 되었다. 그다음은 순간 캡처처럼 툭툭 끊기면서 흘러갔다. 금세라도 울음이 터질 듯한 가지카와의 아내를 야마모토 유카리가 어깨를 감싸듯이 데리고 나갔다. 유족 중의 누군가는 후지사키를 올려다보고 또 누군가는 애써 그를 외면하려는 것 같았다.

저마다 어떤 생각을 품고 있는지 헤이스케는 알 수 없었다. 확실한 것은 후지사키의 부르짖음으로 구원을 받은 사람이라고는 단 한 명도 없다는 것이었다. 그가 입에 올린 말은 역시 해서는 안 될 말이었다. 틈새바람이 들이친 듯 오슬오슬한 차가움이 공간을 채워갔다. 조금 전에 발언을 했던 맨 앞줄의 노부인은 명백한 불쾌감을 그 표정에 떠올리고 있었다.

하지만 물론 아무도 후지사키를 나무랄 수는 없었다. 모두가 할 수 있는 일은 그의 말을 못 들은 척하는 것뿐이었다.

"그러면." 하야시다가 참석자들을 둘러보며 말했다. "다른 질문은 없습니까?"

11

호텔을 나올 무렵에는 비가 더욱더 세차게 쏟아졌다. 헤이스케는 우산을 들고 혼자 신주쿠역으로 향했다.

나오코에게 케이크라도 사다주자는 생각에 신주쿠역 근처를 오락가락했다. 묘한 일이다. 나오코가 아내의 모습일 때는 선물을 사들고 갈 생각 같은 건 웬만해서는 해본 적이 없다.

마땅한 케이크집이 눈에 띄지 않아 오다큐 백화점으로 가려고 했을 때였다. 역의 기둥 뒤에 한 여자가 쪼그리고 앉아 있는 게 보였다. 가지카와 운전기사의 아내였다. 어디 아픈 건가 했지만 그게 아닌 모양이다. 그녀는 담배를 피우고 있었다. 이따금 바로 옆의 재떨이에 손을 내밀어 재를 떨었다. 역시나 다리는 가지런히 맞췄지만 성인여성이 공공장소에서 쪼그리고 앉아 있는 건 그리 보기 좋은 모습은 아니었다. 하지만 아마도 그럴 만큼 지쳐버렸던 것이리라. 나이는 마흔 전후일 텐데 등을 웅크린 모습이 노파 같았다.

헤이스케는 못 본 척 지나가려고 했는데 순간적으로 때를 놓쳐버렸다. 그녀의 눈이 그를 포착해버린 것이다. 멍하던 눈이 크게 뜨였다. 입도 헤벌어졌다. 앗, 하고 부르짖은 느낌이었다.

별수 없이 헤이스케는 인사를 건넸다. 아마도 그녀 쪽에서는 텔레비전 방송 등으로 헤이스케의 얼굴을 알았을 것이다.

그녀는 급히 자리에서 일어나 마주 인사를 했다. 그대로 총총히 어딘가로 가려고 했다.

하지만 다음 순간, 그녀의 몸이 춤추듯이 흔들렸다. 그리고 허공을 붙잡으려는 것처럼 팔을 허우적거리며 콘크리트 바닥에 무너져 내렸다. 앗, 하는 비명이 그녀의 입에서 흘러나온 것은 그 뒤였다.

헤이스케는 급히 그녀에게로 달려갔다. 지나가던 사람들이 흘끔흘끔 쳐다보았다. 하지만 그녀를 도와주려고 하는 사람은 헤이스케 말고는 없었다.

"괜찮아요?" 오른손을 내밀며 물었다.

"예에……. 괜찮아요."

"현기증이 나신 것 같은데요."

"아뇨, 그냥 잠깐 비틀거린 것뿐이에요." 웅크리고 있다가 갑자기 일어섰기 때문이리라. 게다가 애초에 기운도 없는 것 같았다.

"잡으세요." 그는 다시금 오른손을 내밀었다.

죄송합니다, 라면서 그녀는 그 손을 잡았다. 하지만 일어서려다가 얼굴을 일그러뜨리며 다시 주저앉았다. 오른쪽 발목을 잡고 있었다.

"발목을 삐었군요?"

"아뇨, 괜찮아요. 정말로……. 네." 그녀는 자기 힘으로 일어서려고 했다. 하지만 발목이 몹시 아픈 모양이다. 헤이스케가 손을 내밀어 겨우겨우 일어섰지만 걷는 건 어려울 것 같았다.

"댁이 어느 쪽이에요?" 헤이스케가 물었다.

"괜찮으니까 걱정 마시고……. 혼자 갈 수 있어요." 그 말을 하면서도 얼굴이 잔뜩 찌푸려졌다.

"누구 마중 나올 사람은 없어요?"

"아뇨, 제가 어떻게든 해볼 테니까요."

가지카와 운전기사의 아내는 절대로 헤이스케의 도움은 받지 않겠다고 결심한 기색이었다. 그 심정은 충분히 이해가 되고, 그로서도 얼른 달아나고 싶은 기분이었지만 역시 이대로 버려두고 갈 수는 없었다.

"집이 어딥니까? 그걸 알려주시지 않으면 어떻게도 할 수 없어요." 조금 강하게 말해보았다. 그녀는 흠칫 겁에 질린 얼굴이었다.

"그게…… 조후 쪽이에요."

"조후? 그럼 같은 방향이네요. 택시를 타지요."

"아, 아뇨, 걸어갈 수 있어요."

"힘들어서 못 가세요. 사람들이 흘끗흘끗 쳐다보니까 내가 하라는 대로 하십쇼."

그녀의 소지품은 검은 핸드백과 백화점 종이봉투와 접이식 우산이었다. 헤이스케는 그것들을 한데 몰아 오른손에 들고 왼손을 그녀가 기댈 수 있게 내밀었다. 그렇게 가까스로 이동할 수 있었다.

택시 안에서도 대화다운 대화는 없었다. 그녀는 연거푸 죄송하다는 말만 하고 헤이스케는 그때마다 아뇨, 아뇨, 라고 대답했을 뿐이다.

택시는 2층 연립주택 앞에서 섰다. 패널을 조립해 만든 것 같은 허술한 건물이었다.

택시비는 헤이스케가 낼 생각이었는데 가지카와의 아내는 자신이 내겠다면서 말을 듣지 않았다. 결국 둘이 각자 나눠서 내기로 했다.

이제 괜찮으니 이 택시를 그대로 타고 가라고 그녀는 말했지만 헤이스케는 차에서 내렸다. 집이 2층이라는 말을 들었기 때문이다.

고생고생해가며 2층으로 올라가자 이번에는 이대로 돌

려보내서는 안 된다고 생각했는지 그녀는 차라도 한잔하고 가라고 말했다.

"아뇨, 신경 쓰실 거 없어요. 짐만 넣어드리고 갈 테니까요."

"그래도 일부러 여기까지 와줬는데……. 차 한 잔쯤은 내드리라고 할 테니까요."

그 말이 헤이스케는 마음에 걸렸다. 내드리라고 한다고?

문 옆에 문패가 걸려 있었다. 가지카와 유키히로라는 이름 옆에 세이코, 이쓰미라고 나란히 적혀 있었다. 세이코라는 게 이 여자의 이름인 모양이다. 이쓰미라는 건 아마도 딸일 것이다. 문을 열자 가지카와 세이코는 "이쓰미, 이쓰미!"라고 안쪽을 향해 이름을 불렀다. 곧바로 뭔가 소리가 나더니 중학생인 듯한 쇼트커트의 여자애가 나왔다. 청바지에 티셔츠 차림이었다. 그녀는 헤이스케를 보고 멈칫 놀란 눈치였다.

가지카와 세이코가 딸에게 사정을 설명했다.

"바보같이……." 이쓰미가 답답하다는 얼굴로 말했다.

"아무튼 여기 스기타 씨에게 차 한 잔 드리자. 저기 방석도 꺼내오고." 가지카와 세이코가 지시했다. 헤이스케는 그 자리에 서 있기가 거북했다.

"정말로 이만 실례하겠습니다."

가지카와 세이코가 그를 향해 머리를 숙였다. "차 한 잔

이라도 들고 가세요. 이대로 가버리면 제가 너무 미안해서
요."

바짝 여윈 얼굴에 안타까움이 스쳤다. 이런 때는 지나치
게 사양하는 것도 예의에 어긋나겠다는 마음이 들었다. 그
러면 잠깐만, 이라고 양해를 구하고 헤이스케는 구두를 벗
었다.

방 두 개에 거실과 주방이 딸린 구조인 것 같았다. 들어
서서 바로 앞에 조금 넓은 거실과 주방이 있고 그 안으로
작은 방 두 개가 나란히 붙어 있었다. 그중 한쪽 방에 가지
카와 운전기사의 불단이 차려진 모양이라고 헤이스케는
짐작했다. 향불 냄새가 풍겨왔기 때문이다.

가지카와 세이코가 갑자기 바닥에 주저앉았다. 또 현기
증인가 했는데 그게 아니었다. 그녀는 헤이스케를 향해 무
릎을 꿇은 것이었다.

"스기타 씨, 정말 죄송합니다. 부인 일, 어떻게 사죄를
드려야 할지 모르겠습니다." 이마를 바닥에 대고 있었다.

"아뇨, 가지카와 씨. 그러지 마십쇼. 이런 건 원하지 않
아요. 네, 그만하세요, 부탁합니다." 헤이스케는 급히 그녀
의 팔을 잡아 일으켰다. 그러면서 이렇게 무릎 꿇고 사죄
하기 위해 나를 집 안에 들였구나, 라고 생각했다.

접질린 발목이 어딘가에 닿았는지 아이쿠, 라면서 그녀
가 얼굴을 찡그렸다.

"괜찮습니까?" 헤이스케는 조심조심 그녀를 부축해 의자에 앉혔다.

가지카와 세이코는 한숨을 내쉬었다.

"죄송합니다, 사죄도 변변히 못하고……."

"이제 진짜로 그러지 않으셔도 괜찮습니다, 네." 헤이스케는 말했다.

어색한 침묵이 실내에 퍼져갔다. 주전자가 쉭쉭 소리를 내고 있었다. 이쓰미가 가스레인지의 불을 끄고 차를 내리기 시작했다.

이윽고 헤이스케 앞에 차가 나왔다. 어딘가에서 경품으로 받은 듯한 찻잔이었다.

"응, 고맙다. 중학생인가?"

"네, 2학년이에요."

"그렇구나. 그러면 우리 딸보다 두 살이 많네."

별 의미도 없이 말했는데 가지카와 세이코는 흘려들을 수 없었던 모양이다.

"따님에게도 큰 슬픔을 겪게 하고……. 사실은 직접 만나서 사죄를 해야 하는데." 목이 멘 소리로 말했다.

딸은 죽었습니다, 라고 말해버리고 싶었다. 살아 있는 것은 몸뿐입니다. 그리고 내 아내는 몸을 잃었습니다. 당신 남편 때문에…….

"우리 아빠는요." 옆에 선 채로 이쓰미가 불쑥 입을 열었다. "너무 피곤한 상태였어요."

"그래?"

헤이스케가 되묻자 소녀는 짧게 고개를 끄덕였다.

"작년 연말부터 하루도 안 쉬었고 이번 설날에도 잠만 자고 또 나갔어요. 볼 때마다 진짜 피곤한 얼굴이었어요. 스키버스 운행 때는 잠깐 눈 붙일 새도 없어서 힘들다고 했어요."

"실제로 초과근무가 큰 문제가 된 모양이던데요?" 헤이스케는 가지카와 세이코를 향해 말했다.

세이코가 고개를 끄덕였다.

"1월과 2월은 특히 심했어요. 스키장 호텔에 잠깐 쉬는 곳을 마련해줬다는데 연말연시 연휴로 붐비는 기간에는 그것도 객실로 써버리는 바람에 식당에 앉아서 졸다가 다시 운전하는 일도 많았나봐요. 한 버스에 기사 두 명이 탑승해서 번갈아가며 운전대를 잡긴 했지만 아무래도 차 안에서 숙면을 취하기는 어려웠겠지요. 휴게소에 설 때마다 체인도 끼웠다 풀었다 해야 하니까요."

"네, 힘든 상황이었네요." 헤이스케는 맞장구를 쳤다. 하지만 완전히 공감한 건 아니었다. 사고를 낸 데 대한 변명으로밖에는 들리지 않았다. 비난의 뜻을 담아 넌지시 한마디 건넸다. "하지만 건강관리도 운전기사의 업무 중 하나일 텐데요."

세이코는 눈앞에서 누군가 갑자기 손뼉을 딱 친 듯한 얼굴이 되었다. 눈만 껌뻑거리다가 고개를 툭 떨궜다.

"가난하니까 그렇죠." 이쓰미가 말했다. "한 푼이라도 더 벌려고 무리해가면서 일한 거예요."

"정말로 가난하다면 이런 집에서 살 수도 없겠지."

"그야 아빠가 그렇게 힘들게 일했으니까……." 중간에 말을 멈추고 이쓰미는 홱 몸을 돌려 방으로 들어가버렸다.

"죄송합니다, 아직 철이 없어서." 세이코가 머리를 숙였다.

아뇨, 라고 말하고 헤이스케는 차를 마셨다. 연한 현미 차였다.

"그럼 저는 이만." 그가 막 일어서려는데 전화가 울렸다. 전화기는 벽 쪽의 작은 조립선반 위에 있었다.

세이코가 다가가 수화기를 들려고 하자 방 문이 벌컥 열리고 이쓰미의 날카로운 목소리가 날아왔다. "받지 마! 욕하는 전화야."

그러자 세이코는 잠깐 망설이다가 결국 수화기를 들었다. "여보세요."

그 즉시 그녀는 미간을 좁히고 수화기를 귀에서 조금 뗐다. 몇 초 동안 듣고 있다가 조용히 수화기를 내려놓았다.

"정말로 욕설 전화를?" 헤이스케가 물었다.

그녀는 힘없이 고개를 끄덕였다. "요즘에는 그나마 좀 줄었는데 이따금 생각난 것처럼 그런 전화가 오네요."

오늘도 벌써 몇 번이나 걸려왔던 것이리라. 이쓰미도 그 전화를 받은 게 틀림없다.

불쾌한 기분이 가슴에 퍼져갔다. 그 불쾌감을 끊어내려고 헤이스케는 영차, 기합을 넣으며 자리에서 일어섰다.

"그만 가보겠습니다."

"네, 오늘 정말 고마웠습니다."

그가 구두를 신는데 또다시 전화가 울렸다. 세이코는 그를 올려다보며 슬픈 얼굴을 하더니 아까와 마찬가지로 수화기에 팔을 뻗었다.

헤이스케가 다가가 그 손을 가볍게 잡았다. 세이코는 멈칫 놀라서 그를 올려다보았다. 그 얼굴을 향해 한 차례 고개를 끄덕여주고 헤이스케가 수화기를 들었다.

"살인자!"

깊은 우물 밑바닥에서 중얼거리는 듯한 목소리가 귀에 꽂혔다. 남자인가 여자인가. 선뜻 판단이 내려지지 않을 만큼 낮은 목소리였다.

"언제까지 뻔뻔하게 살아 있을 거야? 빨리 죽어버려. 그거 말고는 죄를 못 갚아. 내일 오전 2시까지 반드시 목을 매라고. 안 그러면……."

"뭐하는 짓이야!" 헤이스케는 고함을 쳤다. 남자가 받을 줄은 생각도 못했는지 상대는 그 즉시 전화를 끊었다. 뚜뚜뚜 하는 발신음만 남았다.

그는 수화기를 제자리에 내려놓았다. "경찰에 신고는 했습니까?"

"아뇨, 괴롭히는 전화는 신고해도 별로 받아주지 않는다는 얘기를 들어서……."

그건 그럴 거라는 생각에 헤이스케는 입을 다물었다. 게다가 악담을 퍼붓는 이유가 명백한 만큼 선뜻 경찰을 찾아가기도 힘들었을 것이다.

전화기 옆에 작은 카드 같은 것이 눈에 띄었다. 헤이스케는 그것을 손에 들었다. 회사 사원증이었다. 세이코의 사진이 붙어 있다. '준(準)'이라는 도장이 찍힌 것은 정사원이 아니라 계절별로 고용하는 비정규직이라는 의미일 것이다.

"다바타 제작소……. 금속가공 회사지요?"

"네. 잘 아시네요."

"우리 회사의 협력업체니까요. 저도 몇 번 갔었어요."

"그래요? 아, 그럼 빅우드 회사?"

예에, 라고 헤이스케는 고개를 끄덕였다. 주식회사 빅우드는 그가 다니는 회사 이름이다. 창업자의 이름 오키(大木)에서 딴 것이다.

"다바타 제작소에는 언제부터 다니셨어요?"

"작년 여름부터예요." 세이코가 대답했다.

"네에……." 의외였다. 가장의 갑작스러운 사망으로 세이코가 별수 없이 일을 시작했을 거라고만 생각했기 때문이다.

"이런 얘기를 스기타 씨에게 하는 것도 이상하지만, 저희가 몹시 쪼들리기는 했어요." 그의 마음속을 짐작한 듯이 세이코가 말했다. "남편이 쉴 새 없이 일하는데 왜 그런지 늘 돈이 없어서……."

"돈은 어떻게 쓰느냐에 따라 달라지는 거니까요."

"그리 함부로 쓴 적도 없는데……."

"그렇게까지 초과근무를 시키는 회사였다면 수당도 꽤 많았을 텐데요?"

"근데 월급이 정말 얼마 안 됐어요. 겨우 적자나 면하는 게 고작이었어요."

"급료 체계가 어떻게 되어 있었지요?" 헤이스케가 고개를 갸웃거리며 물었다.

"잘 모르겠어요. 남편이 나한테 급료명세서 같은 건 보여준 적이 없어서. 생활비는 다달이 남편이 은행에서 뽑아 왔어요. 근데 그걸로는 도저히 꾸려갈 수가 없어서 조금이라도 보탬이 될까 하고 나도 일을 나갔지요."

"그러면 남편분이 바짝 절약해서 차곡차곡 저축했는지도 모르겠네요. 은행에 예금해둔 건 없었습니까?"

헤이스케의 말에 그녀는 고개를 저었다.

"예금이라고는 하나도 없더라고요. 그래서 상만 치르고

내가 또 일하러 나갔어요."

묘한 얘기였다. 버스 운전기사가 그토록 저임금이라면 아무도 일을 안 할 것이다. 하지만 가지카와 세이코가 거짓말을 하는 것처럼 보이지는 않았다.

"뭐, 버스회사의 근로조건 등에 대해서는 차차로 밝혀지겠지요."

방관자 같은 느낌으로 그렇게 대충 얘기를 마무리하고 헤이스케는 구두를 신었다. 동정심이 전혀 안 드는 것은 아니지만 그렇다고 이 부인과 연대의식을 가질 수는 없다고 생각했다. 그건 아까 얼굴을 마주했던 피해자 모임의 동료들을 배신하는 일인 듯한 마음이 들었기 때문이다.

그럼 몸조리 잘 하십쇼, 라고 말하고 헤이스케는 문을 나섰다. 가지카와 세이코 쪽에서도 뭔가 인사를 했지만 그의 귀에는 들어오지 않았다.

12

저녁식사는 죽순밥에 달걀찜, 방어 간장양념구이였다.
모두 헤이스케가 좋아하는 것이다.

"죽순밥의 간이 좀 짠가?"

나오코가 그렇게 말했지만 헤이스케는 평소의 그 맛이
라고 느꼈다. 염분 섭취에 민감한 나오코는 "간이 좀 짠
가?"라고 중얼거리는 게 버릇인 것이다.

"아까 아침에 그거, 어떻게 됐어?"

"아침에 그거라니?"

"다지마와 엔도 말이야. 내가 그 애들 이름을 착각했잖
아."

"아하." 나오코는 웃음을 터뜨렸다. "진짜 조마조마했어.
근데 괜찮아, 다들 별로 이상하게 생각하지는 않은 것 같
아."

"다행이네. 역시 한창 크는 아이들은 대단해. 겨우 1년

사이에 그렇게 달라지다니."

"그래서 나도 오늘 학교에서 엄청 힘들었어. 특히 6학년
은 체격도 그렇고 얼굴 생김새까지 갑작스레 어른스러워
지는 애들이 많더라니까. 얼굴과 이름을 죄다 다시 외워야
할 것 같아."

"그래서 웬만큼 외워졌어?"

"아니, 하루 만에 어떻게 다 외워? 당분간 은근슬쩍 때우
면서 차례차례 외워야지." 나오코는 죽순밥을 입에 넣으면
서 말했다. 손에 든 것은 그녀의 밥공기였다. 모나미의 밥
공기가 아닌 것이 헤이스케의 눈에 생경하게 느껴졌다.

"근데 그 엔도라는 녀석은 대체 누구야? 왜 나오코하고,
아니지, 모나미하고 그렇게 친하지?"

"왜, 신경 쓰여?" 나오코가 빙글빙글 웃었다.

"뭐야, 그 웃음은?"

"아니, 역시 신경이 쓰였겠다 싶어서. 나도 그랬으니까."

"얼른 말해봐. 벌써 알아봤을 거 아냐."

"당연하지. 그 엔도라는 애는 모나미의 1번 남자 친구였
어."

"1번이라니, 무슨 소리야?"

"이를테면 아랍의 왕은 제1부인, 제2부인이라는 식으로
아내가 많잖아. 그런 거하고 똑같아."

"뭐라고? 어이가 없네. 그럼 2번, 3번 남자 친구도 있었

어?"

"누가 2번이고 누가 3번인지 확실하게 정해진 건 아닌 가봐. 아무튼 현재 1번이 엔도라는 건 확실해. 지난겨울부터 부쩍 친해진 모양이야."

"허참, 아직 어린것들이 시건방지기는." 내뱉듯이 말하고 헤이스케는 달걀찜을 듬뿍 입에 넣었다. 가쓰오부시 육수를 제대로 우려내서 정말 맛있었다. 나오코의 맛이구나, 라고 생각했다.

후후후 하고 나오코가 웃었다.

"당신한테는 짜증 나는 얘기인지 모르지만, 우리 모나미가 아주 인기가 많았던 모양이야. 복도 지나갈 때마다 다른 반 남자애들까지 추근추근하더라니까."

"그냥 놀려먹느라 그런 거지."

"아닌데? 초등학생 때 남자애들은 좋아하는 여자애의 관심을 끌려고 거꾸로 싫어할 만한 짓을 하는 거야. 당신도 그런 기억이 있을걸?"

"다 잊어버렸네요, 그땐 거."

저녁식사를 하고 헤이스케는 주방에 나가 설거지를 함께 했다. 그녀가 그릇에 세제를 묻혀주면 그걸 헹궜다. 전에는 이런 건 한 번도 안 해줬는데, 라고 그녀는 말했다.

"속내가 나오코라는 건 알지만, 그 작은 손을 보면 도저히 가만있을 수가 없잖아. 접시니 뭐니 떨어뜨려서 깨뜨릴

125

것 같고."

"근데 키도 그렇고 손 크기도 그렇고 나하고 모나미, 별 차이도 없었어. 좀 더 가늘었던 것 말고는."

"그래, 가늘었지." 나오코의 원래 모습을 머릿속에 떠올리며 헤이스케는 말했다. 키 158센티미터, 몸무게는 50킬로그램 플러스 알파였다.

"게다가 당신도 아는지 모르겠는데 모나미도 요즘 집안일을 제법 많이 배웠어. 오늘 내가 만든 요리도 분명 할 수 있었을걸?"

"그래?"

"바느질도 척척 했다니까. 당신의 그 차콜그레이색 양복 단추, 모나미가 달아줬어. 당신, 그거 몰랐지?"

"전혀 몰랐었네. 오, 우리 모나미가." 그렇게 말하고 나오코의, 즉 모나미의 모습을 찬찬히 바라보았다. 그 양복 단추는 언제까지고 소중히 간직해야겠다고 생각했다.

"근데." 나오코가 오른쪽 어깨를 빙빙 돌리면서 말했다. "힘은 좀 딸린다. 그릇을 한참 씻다 보면 팔 힘이 빠져서 흐늘흐늘해져."

팔뚝 굵기가 반절밖에 안 되니 그럴 만도 하지, 라고 헤이스케는 마음속으로 중얼거렸다.

"그나저나 오후에 참석한 회의는 어땠어?"

"응, 별다른 진전은 없었어."

헤이스케는 보상금 얘기를 전해주었다. 8천만 엔이라는 액수를 듣고도 나오코는 선뜻 감이 오지 않는 기색이었다. 흐음, 하고 고개를 갸웃거릴 뿐이었다.

"목표가 8천만 엔이라는 얘기일 거야. 아마 실제로는 한참 낮춰질 것 같아."

"그렇겠지?" 그릇 닦기를 끝낸 나오코는 손에 묻은 세제를 따뜻한 물에 씻어냈다.

"그보다 회의 끝에 기분이 묘해지는 일이 있었어."

"무슨 일?"

"응, 그게⋯⋯." 헤이스케는 가지카와 세이코가 회의장에 왔던 것이며 돌아오는 길에 그 여자를 집에까지 배웅해주는 처지가 되었던 것 등을 얘기했다. 나오코는 검은 눈동자를 데굴거리면서 듣고 있었다.

"아이구, 고생했네. 수고했어."

"뭘, 그냥 잠깐 해프닝이었지."

두 사람은 거실로 돌아왔다. 평소 같으면 곧장 텔레비전을 켤 타이밍이었다. 하지만 그 전에 나오코가 말했다. "나, 방금 당신 얘기 듣다가 생각난 게 있어."

"뭔데?"

"스키버스 안에서 있었던 일."

"무슨 일 있었어?"

"운전기사 둘이 얘기하는 걸 잠깐 들었거든. 어딘가 휴게소에 도착했을 때였을 거야. 다른 승객들은 휴게소에 가려고 다들 차에서 내렸는데 나하고 모나미는 그대로 앉아 있었어. 모나미가 너무 기분 좋게 자고 있어서 깨우기가 힘들더라고. 그래서 어떡하나 하고 있는데 앞자리 쪽에서 둘이 얘기하는 소리가 들렸어. 우리 바로 앞자리가 교대 운전기사가 잠깐 눈을 붙이는 좌석이고 다시 그 앞이 운전석이었으니까."

"무슨 이상한 얘기라도 했어?"

"아니, 이상한 얘기는 아니고. 근데 좀 마음에 걸리기는 했어. 둘이서 피로회복 드링크제를 마셔두는 게 좋을까, 커피는 아직 남아 있나, 하는 얘기를 하더라니까. 둘 중 누가 한 얘기인지, 그것까지는 모르겠지만."

흐음, 하고 헤이스케는 팔짱을 꼈다. 그 말만으로도 초과 노동이었다는 게 드러나는 얘기다.

"그거, 경찰에 가서 얘기해야 하나……." 그는 고개를 갸웃거렸다.

실은 사고 직후에 나가노 현경에서 헤이스케에게 따님의 진술을 듣게 해주셨으면 한다는 요청이 들어왔다. 구조된 사람들의 증언을 수집하는 모양이었다. 그때 헤이스케는 딸이 충격을 받아 말을 못하는 상태라는 것을 이유로 거절했었다. 그리고 며칠 지나 다시 현경에서 똑같은 요청이 있었다. 스기타 모나미가 말을 할 수 있게 되었다, 라는 뉴스를 봤기 때문일 것이다. 하지만 헤이스케는 다시금 거절했다. 정신상태가 아직 불안정한 데다 사고 때는 잠이 들어서 아무것도 못 본 것 같다, 라고 설명했다. 사실은 모나미를 섣불리 사람들 앞에 내놓을 수 없었기 때문이었다. 그 이유는 굳이 말할 것도 없다.

"괜찮지 않을까, 그 정도 일은?" 나오코가 말했다.

"그런가." 헤이스케는 고개를 끄덕였다. 나오코를 증언대에 세우고 싶지 않은 마음은 변함이 없었다.

"그보다 이 얘기, 그다음 편이 있어."

"뭔데?"

"둘 중 한 운전기사가 이런 말을 했어. 자네도 참 열심이네, 오늘쯤은 일을 쉬어도 좋았을 텐데, 그렇게 많이 벌어서 뭐하려고⋯⋯."

"역시 지나치게 장시간 운전이라는 걸 의식하고 걱정했었다는 얘기네."

"아니, 그보다 좀 이상하지 않아? 그렇게 많이 벌어서 뭐하려고, 라는 거 말이야. 그 가지카와 씨 부인이, 쉴 새 없이 일했는데도 월급이 그리 많지 않았다고 했다면서."

"응, 그 부인 얘기로는 그랬지."

"아무리 잔업을 해도 수당이 그리 많지 않은 경우였다면, '그렇게 많이 벌어서 뭐하려고'라고 말했겠어? 역시 그에 합당한 보수는 받았다는 얘기잖아."

"하지만 합당한 보수라는 건 각자 생각하기 나름이야."

"근데 당신이 보기에는 가지카와 씨 가족이 사치를 부리 거나 낭비를 하는 것 같지는 않았다고 했잖아."

"그건 그랬지."

방 두 칸의 연립주택, 싸구려 조립가구, 어딘가에서 경품으로 받아온 듯한 찻잔······.

"그럼 이거, 어떻게 된 거야. 돈을 꽤 많이 벌었는데도 집에서는 쪼들렸다는 얘기잖아."

"그렇지."

"가지카와 운전기사가 집에는 돈을 주지 않고 다른 데 써버린 건가?"

"아마도."

"도박이라든가?"

"여자인지도."

"아하." 그런 것도 있구나. 아니, 가능성으로서는 그쪽이 더 높은가. "하지만 그 부인은 그런 얘기는 전혀 안 했는데?"

"몰랐거나 시치미를 뗐거나, 둘 중의 하나야."

"아, 그렇겠네."

헤이스케는 가지카와 세이코의 바짝 여윈 얼굴을 떠올렸다. 거짓말을 하는 것처럼은 보이지 않았다. 아니면 연기를 잘하는 사람이었던 것뿐일까.

갑작스럽게 나오코가 소리 없는 웃음을 지었다. 헤이스케는 흠칫해서 그녀의 얼굴을 보았다. 뭔가 재미있어서 웃은 건 아니다. 모나미의 특징이었던 양 끝이 살짝 치켜 올라간 큼직한 눈이 허공의 한 점을 응시하고 있었다. 왜 그래, 라고 그는 물었다.

"너무 어이없어서." 그녀가 말했다. 입가에는 아직도 의미 불명의 웃음이 있었다.

"어이없다니, 뭐가?"

"아니, 그렇잖아." 그녀는 헤이스케를 보았다. "사고 원인이 그런 거라니 너무 어이가 없다. 여자한테 갖다 바쳤는지 경륜경마에 쏟아부었는지 아직 모르겠지만 아무튼 그런 돈을 벌겠다고 운전기사가 무리를 해가면서 버스를 굴렸다는 거잖아. 그 결과 사고가 났고 아무 관계도 없는 수많은 사람들이 목숨을 잃었어. 나와 모나미는 이렇게 되어버렸고."

어처구니없는 죽음이네, 라고 그녀는 덧붙였다. 얼음조각처럼 차갑고 날카로운 말이었다.

"내가 밝혀낼게." 헤이스케는 말했다. "가지카와가 그렇게 벌어들인 돈이 어디로 어떻게 흘러갔는지, 확실하게 밝혀낼 거야, 내가."

"됐어, 당신이 그런 일까지 할 건 없어. 미안해, 그냥 잠깐 신세타령을 해본 것뿐이야." 나오코는 미소를 지었다.

이번에는 부자연스러운 웃음이 아니었다.

　"아니, 이대로는 나도 도저히 용납할 수 없어." 헤이스케는 불단에 올린 나오코의 사진을 보며 말했다.

13

　위풍당당하게 말한 것까지는 좋았는데 결국 가지카와 운전기사에 대해 아무것도 알아보지 못한 채 2주일이 지났다. 뭔가 해야 한다고 생각하면서도 그럴 시간이 없었다. 경제가 호황인 모양이라서 헤이스케의 회사도 잔업이며 휴일 출근이 점점 더 늘고 있었다.

　전자식 연료분사장치 제조공장이 현재 그의 직장이다. '전자식'이란 엔진에 송출하는 가솔린의 양을 컴퓨터로 제어하는 것으로, 종래의 카뷰레터를 대체하는 장치다. 고급화의 상징, 이라고 헤이스케는 내심 실감하고 있었다.

　화요일 점심시간, 그는 항상 하던 대로 항상 가는 장소에서 항상 함께하는 멤버와 카드놀이로 신이 나 있었다. 항상 가는 장소라는 건 공장 입구에 자리한 휴게실이다. 회의용 책상과 그것을 에워싸듯이 파이프 의자가 놓여 있다. 항상 함께하는 멤버라는 건 같은 생산라인에서 일하는 동료들이다. 오로지 현장에서만 뛰어온 30년 베테랑이 있는가 하면 스무 살도 안 된 젊은이도 있다. 카드놀이 종목은 세븐 브릿지. 물론 돈을 걸고 한다. 집계는 월말에 하는데 헤이스케는 좋은 꼴을 본 기억이 별로 없었다.

"어이쿠, 또야?" 이제 한 판만 돌면 자신이 딸 차례인데 바로 옆의 젊은 친구가 선수를 쳐버렸다. 입사 2년차의 다쿠로였다. 헤이스케는 카드를 내동댕이쳤다. "자네, 너무 한 거 아냐? 눈치껏 져줄 줄도 알아야지. 나는 당분간 야근도 없는데."

"엇, 우리 팀, 주말부터 야근 아니었어요?" 다쿠로가 물었다. 무스로 각을 잡은 머리스타일이 망가질까 봐 항상 작업모를 뒤로 젖혀 쓰는 친구다.

"나만 빠지는 거야. 후배님들은 다 야근이야. 열심히 뛰어주셔."

"이잉, 왜 팀장님만 빠지는데요?"

"왜냐니, 야근을 못할 사정이 있으니까 그렇지."

그래도 아직 모르겠는지 다쿠로가 다시 부루퉁하게 입을 열었다. 그런 그의 팔을 옆의 나카오 다쓰오가 탁 쳤다. 넌 왜 이렇게 눈치가 없냐, 라는 뜻이다.

"과장님 허락이 떨어졌어?" 나카오가 내처 물었다. 그는 헤이스케보다 두 살이 많다. 초밥식당에서 한동안 일을 배운 경력이 있다는 괴짜다.

"응, 야근 기간에는 대신 B팀 쪽 일을 거들기로 했어."

"그렇군. B팀은 인원이 부족하다니까 헤이스케 씨가 그쪽으로 가면 크게 도움이 되겠네."

그제야 다쿠로도 사정을 이해했는지 조용히 고개를 끄덕였다.

야간근무를 당분간 제외해달라는 신청을 버스 사고 후 처음 출근했던 날에 과장인 고사카에게 올렸었다. 그가 야간근무를 나가면 그 일주일 동안 나오코는 혼자 밤을 보내야 한다. 여자 혼자라는 것만으로도 불안한데 나오코의 겉모습은 초등학생인 것이다.

어떻게든 방법을 찾아보자고 고사카 과장은 응해주었다. 그리고 그 대답이 어제 나온 것이다. 야근 수당이 없어지는 건 뼈아프지만, 혹시라도 일이 터지면 후회해봤자 때늦은 일이다.

"엇, 호랑이도 제 말 하면 온다더니." 나카오가 입구 쪽을 보았다. 고사카가 이쪽으로 걸어오는 참이었다.

"재미있겠네. 누가 땄어?" 득점표를 보면서 고사카가 물었다. 키는 작고 얼굴은 큼지막하다. 머리가 몸에 파묻힌 것처럼 보일 만큼 목이 짧다. "오, 다쿠로야? 헤이스케 씨는 좀 어때?"

매번 똑같죠, 라는 소리가 날아왔다. 모두가 와아 웃었다. 즉 판판이 지기만 했다는 것이다.

"흥, 이제 시작이야. 두고 봐." 헤이스케는 모자차양을 뒤로 돌리고 나눠준 카드를 집어 들었다.

"한창 신나는 참에 미안한데." 고사카가 헤이스케의 얼굴을 보며 말했다. "잠깐 나 좀 보자. 부탁할 게 있어서."

헤이스케는 혀를 끌끌 차며 카드를 내려놓고 일어섰다. "모처럼 좋은 패가 나왔는데."

"아쉬운 건 저예요, 봉이 사라져서."

미운소리를 하는 다쿠로의 머리를 쥐어박는 시늉을 해준 뒤에 헤이스케는 '도박장'을 나왔다. 고사카와 둘이 조금 떨어진 벤치에 앉았다.

"오후에 다바타 제작소에 다녀와야겠어." 고사카가 말했다. "이번에 D형 인젝터 시작품을 그쪽에 맡겼잖아. 근데 노즐 구멍 뚫을 때 위치 잡기가 너무 어렵다나 어쨌다나, 아무튼 골치가 아픈 모양이야. 그래서 생산기술팀 쪽에서 상황을 보러 간다는데 헤이스케 씨도 함께 가서 봐줘야겠어."

"그렇군요. 네, 그런 일이라면 나도 미리 봐두는 게 좋죠."

D형 인젝터는 내년에 본격적으로 생산에 들어갈 제품이다. 현재 그 시제품을 다바타 제작소에서 만들고 있고, 그걸로 빅우드의 연구자들이 테스트를 거듭해 최종 확인하는 것이다. 그리고 정식으로 생산에 돌입하면 헤이스케 팀

이 그 생산을 담당하게 된다. 따라서 시작품 단계에서 드러난 문제점 등은 최대한 파악해둘 필요가 있었다.

게다가 업무 이외의 것도 퍼뜩 떠올렸다. 가지카와 세이코가 다바타 제작소에서 일한다고 했던 것이다.

"응, 헤이스케 씨가 가보는 게 제일 좋지. 그럼 생산기술팀 쪽에 그렇게 말해둘게."

"알겠습니다."

근데 말이야, 라고 과장이 문득 목소리를 낮췄다.

"딸아이는 어때, 이제 좀 안정이 됐어?"

"예, 그럭저럭." 헤이스케는 말을 얼버무렸다. 그 얘기만 나오면 저절로 고개를 떨구게 된다.

"다행이네. 언제까지고 애통해할 수도 없는 노릇이고, 어쩌겠나." 잠시 뜸을 들인 뒤 고사카는 뒤를 이었다. "이게 그렇더라고, 남자 혼자 애를 키운다는 게 여간 어려운 일이 아니야. 특히 딸아이는 더 그렇잖아."

"예, 알고 있습니다." 일단 헤이스케는 그렇게 대답했다. 실제로는 딸아이를 키워야 할 걱정 따위는 없이 아내와 둘이 살고 있는 듯한 느낌뿐이다.

"아직은 성급한 얘기지만, 머지않아 진지하게 고민해야 할 때가 올 거야. 그때는 내가 중간에서 주선해줄 테니까 언제든지 말만 해." 고사카가 헤이스케의 무릎을 툭 치며 말했다.

헤이스케는 어리둥절해서 고사카의 큼직한 얼굴을 마주보았다. "과장님, 무슨 말씀이신지⋯⋯."

"무슨 말이냐니, 당연히 자네 재혼 얘기지. 딸아이를 위해서도 엄마가 필요하잖아."

"예에?" 헤이스케는 입을 헤벌리며 얼굴 앞에서 손을 내저었다. "아이구, 그건 아니죠. 전혀 그럴 생각이 없습니다."

"알았어, 알았어." 고사카가 말했다. "지금이야 그렇지. 아직 거기까지 생각할 겨를이 있겠어? 그러니까 내 얘기는 그냥 머리 한 귀퉁이에 넣어두기만 하라고. 나중에 그럴 마음이 들면 그때 나한테 오면 돼. 알았지, 내 말이 뭔 말인지?"

어깨를 토닥이는 바람에 헤이스케는 "아, 예에"라고 고개를 끄덕이고 말았다.

"그럼 그렇게 알고, 나는 이만." 고사카는 자리에서 일어나 공장을 나갔다. 그 뒷모습을 지켜보며 헤이스케는 두 가지 것을 떠올렸다. 하나는 고사카가 동료 간의 어려움이라면 발 벗고 나서는 성품이라는 것, 그리고 또 하나는 나오코와의 결혼식 때 고사카가 사회를 봐줬다는 것이었다.

그날 오후, 헤이스케는 생산기술팀 담당자 두 명과 회사 차로 다바타 제작소에 나갔다. 둘 다 툭 터놓고 지내는 동료들이다. 기지마라는 담당자는 헤이스케보다 한두 살 어리고, 가와베는 20대 중반이다. 생산라인이 가동되면 지겨울 만큼 얼굴을 마주하게 될 터였다.

다바타 제작소는 후츄 쪽에 있다. 휑한 논밭 한가운데 덜렁 서 있는 듯한 건물이다. 사회과부도에 실린 공장 표시처럼 지붕이 지그재그 모양이었다.

생산라인이 줄줄이 들어찬 빅우드의 공장과는 달리 이곳은 각종 잡다한 공작기계가 설치되어 있다. 물론 마구잡이로 설치해둔 게 아니라 원청회사의 까다로운 주문에 언제라도 응할 수 있는 시스템을 구축해둔 것이다.

헤이스케는 기지마, 가와베와 함께 D형 인젝터의 노즐 구멍 공정을 시찰하고 책임자의 설명을 들었다. 원청회사에서 나왔다는 것 때문에 명백히 헤이스케보다 연상인 팀장이 잔뜩 긴장하고 있었다. 헤이스케는 우리는 그렇게 대단한 사람들이 아니라고 말해주고 싶었다.

트러블에 관한 회의는 한 시간 반 정도로 끝이 났다. 현장 팀장으로서는 참고가 될 의견이 많아서 매우 의미 있는 자리였다. 아직 이것저것 문젯거리는 남았지만 그걸 해결해야 하는 건 생산기술팀이다. 기지마와 가와베는 인스턴트커피를 마셔가며 진지하게 이야기를 나누고 있었다.

잠깐 아는 사람에게 인사나 하고 오겠다고 말하고 헤이스케는 그들과 헤어져 공장 안을 둘러보았다. 천 명이 넘는 작업자의 대부분이 남자였다. 여자들은 주로 사무직이

지만 이 회사도 빅우드와 마찬가지로 파트타임 사무직은
없을 터였다.

현장 작업자 중에 여자가 더 많은 생산라인이라면 우선
코일 팀 쪽인데…….

대략 그렇게 목표를 잡고 찾아보았다. 모터 안에 전자석
이 들어가는데 그 도선(導線)을 코일로 감는 작업은 여자
들이 더 능숙하다.

코일 팀은 공장 구석 쪽에 있었다. 열 명 남짓한 작업자
들이 코일 기계를 마주하고 분주하게 손을 움직이고 있다.
하지만 안전모와 보안경 때문에 얼굴을 알아보기 어려웠
다. 수상쩍게 생각하지 않을 만큼만 접근해서 티 나지 않
게 한 사람 한 사람 얼굴을 확인했다.

그러자 한 여자가 손을 멈추고 그의 얼굴을 올려다보았
다. 헤이스케와 시선이 마주치자 당황한 기색으로 인사를
건넸다. 안전모와 보안경이 유난히 크게 느껴지는 것은 얼
굴이 여윈 탓이리라.

이윽고 그녀는 담당구역을 떠나 책임자인 듯한 남자의
자리로 가서 뭔가 말을 했다. 남자는 헤이스케 쪽을 흘끗
보고는 고개를 끄덕여가며 대답하고 있었다.

그녀가 잰걸음으로 뛰어왔다. 보안경을 벗은 얼굴을 보
니 분명 가지카와 세이코였다.

"안녕하세요, 지난번에는 고마웠어요. 덕분에 무사히 넘

어갔네요." 그녀가 머리를 숙이며 말했다.

"발목은 좀 어떻습니까?"

"이제 다 나았어요. 폐를 끼쳐서 죄송했습니다."

"아뇨, 아뇨. 그보다 괜찮을까요, 자리를 비워도?"

"반장님에게 사정을 얘기했으니까 괜찮아요."

"예에……." 어떤 식으로 얘기했을까, 라고 헤이스케는 마음에 걸렸다.

작업자들을 번거롭게 해서는 안 되겠다 싶어서 큼직한 고주파 전원장치 반대편으로 이동했다. 대형 서랍장 같은 그 네모난 기기는 헤이스케가 본 바로는 금속 샤프트의 고주파 소입(燒入)에 쓰는 것 같았다.

"일 때문에 나온 길에 잠깐 찾아봤습니다." 헤이스케가 말했다.

"그랬군요." 가지카와 세이코는 긴장하고 있는 것 같았다.

"실은 지난번에 해주신 얘기를 다시 생각해봤는데 좀 이해가 안 되는 게 있어서요."

그의 말에 세이코는 얼굴을 들었다. 상처 입은 듯한 표정을 하고 있었다.

"남편분이 열심히 일했는데도 수입이 적었다는 건 뭔가 잘못 알고 계신 것 같아요. 이건 다른 소식통에게서 들은 얘기지만, 부인까지 일하러 나와야 할 정도는 아니었을 겁니다."

"그래도." 그녀는 다시 고개를 떨구었다. "실제로 항상 쪼들렸어요."

"그건 남편분이 돈을 다른 곳에 썼기 때문이 아닌가 싶은데요." 잔인한 의미가 담긴 얘기라는 걸 알면서도 헤이스케는 말했다.

세이코는 흘끗 눈을 들어 그를 올려다보았다. "바람을 피웠다는 건가요?"

"도박이었는지도 모르죠. 혹은 부인이 모르는 빚이 있었다든가."

그녀는 고개를 저었다.

"그럴 리가요. 내가 아는 한, 절대로 그런 일은 없었어요."

남편이 아내 모르게 거액의 빚을 졌다는 건 흔한 얘기라고 생각했지만 헤이스케는 차마 그 말까지는 할 수 없었다.

"급여명세서를 본 적이 없다고 하셨지요?"

"네."

"한 번도 없었어요? 기본급이 어느 정도인지, 물어본 적도 없습니까?"

"죄송해요." 가지카와 세이코는 머리를 숙였다. 선생님에게 꾸지람을 듣는 학생 같았다.

"어떻게 그럴 수 있지요?" 헤이스케는 한숨을 내쉬었다. 본심에서 나온 말이다. 이를테면 나오코의 경우에는 이번

달 월급은 수당 포함 얼마나 나오느냐고 헤이스케가 술술 실토할 때까지 캐물을 것이다.

"그 사람이." 세이코가 불쑥 말했다. "자기 얘기는 거의 안 하는 성격이었어요."

"하지만 몇 십 년을 함께 살아왔잖습니까."

"6년이에요."

"예?"

"6년 됐어요, 결혼한 지."

"아……." 왠지 헤이스케의 머릿속에 이쓰미의 얼굴이 불쑥 떠올랐다. "그러면 따님은?"

"내가 데리고 들어온 아이예요."

"그렇군요. 전 남편과는 이혼을?"

"아뇨, 이쓰미 아빠는 10년 전에 암으로 떠났어요."

"그랬군요."

눈앞에 있는 여자가 더욱더 딱하게 여겨졌다. 동시에 그 이쓰미라는 소녀도 가엾다는 마음이 짙어졌다. 지난 6년 동안 새아버지와 친해질 수 있었을까.

"남편분 쪽은 초혼이었습니까?"

"아뇨, 오래전에 한 번 결혼했었다고 들었어요. 근데 그때 일은 전혀 얘기해준 적이 없어서 나도 잘은 모르겠어요."

"그렇습니까."

내가 지금 뭘 하는 건가, 라고 헤이스케는 생각했다. 이런 곳에서 그녀의 신상 얘기를 듣고 있을 상황이 아닌 것이다.

"아무튼 남편분이 바람을 피우거나 도박을 하지는 않았다는 거죠?"

"그런 일은 없습니다." 작지만 단호한 목소리로 그녀는 대답했다.

너무 오래 자리를 비우게 할 수는 없다. 헤이스케는 손목시계를 들여다보았다. "이제 가봐야겠네요. 작업 중에 죄송합니다."

그러자 그녀가 말했다.

"아, 잠깐만 기다려주세요. 금방 돌아올 테니까요."

"무슨 일인데요?"

"그냥 잠깐만……." 그녀는 잰걸음으로 어딘가로 가버렸다. 코일 팀 작업장과는 전혀 반대 방향이었다.

몇 분 만에 그녀가 돌아왔다. 손에 흰색 상자를 들고 있었다.

"이거, 따님에게 전해주세요. 받아온 것이라서 죄송하지만……."

비디오테이프만 한 크기의 상자였다. 포장지에 적힌 글씨로 무엇인지 알 수 있었다. 화이트초콜릿이다. 아마도 누군가 건네준 홋카이도 여행 선물일 것이다.

"아뇨, 이건 이쓰미에게 주셔야지요. 선물해준 사람도 그럴 생각이었을 텐데."

"괜찮아요, 두 개나 받았으니까. 게다가 우리 이쓰미는 단것을 별로 좋아하지 않아서."

가지카와 세이코는 의외로 강한 힘으로 밀어붙였다. 대차를 밀고 오던 젊은 작업원이 의아한 얼굴로 옆을 지나갔다.

"그렇습니까. 그럼 감사히." 지나치게 거절하는 것도 예의에 어긋나겠다 싶어서 헤이스케는 초콜릿 상자를 받아 들었다.

"이만 가볼게요. 안녕히 가세요." 가지카와 세이코는 자기 자리로 돌아갔다. 큰일 하나를 해냈다고 생각했는지 얼굴빛이 조금 환해져 있었다.

가와베가 운전대를 잡고 일행은 빅우드에 돌아가기로 했다. 차 안에서 헤이스케는 상자를 뜯어 두 사람에게 화이트초콜릿을 권했다. 여기서 다 먹지 못하면, 다른 동료들에게도 나눠줄 생각이었다. 나오코는 단것을 좋아하지만 가지카와 세이코에게서 받아온 것이라고 하면 그리 기분이 좋을 리 없다고 생각했기 때문이다.

"스기타 씨는?" 기지마가 초콜릿 상자를 든 채 말했다.

"아, 나도 하나 먹어볼까." 헤이스케는 장기말 크기의 초콜릿을 입에 톡 넣었다. 그리운 달콤함이 입안에 퍼졌다. 초콜릿을 먹어본 게 몇 년 만인가 싶었다. 그리고 그 순간에 생각이 났다. 충치가 생긴다면서 나오코는 웬만해서는 모나미에게 초콜릿을 사주지 않았던 것이다.

14

헤이스케의 귀가시각은 9시까지 늦어졌다. 되도록 빨리 나오려고 했지만 잔업이 두 시간이나 걸리는 바람에 어쩔 수 없었다.

나오코는 거실에서 텔레비전을 보고 있었다. 헤이스케가 들어서자 "어서 와, 얼른 저녁 차려줄게"라면서 자리에서 일어섰다.

헤이스케는 2층 침실로 올라가 추리닝 바지와 티셔츠로 갈아입고 다시 계단을 내려왔다. 그때는 벌써 주방에서 맛있는 냄새가 나고 있었다.

"오늘 저녁은 닭고기 달걀덮밥?" 코를 킁킁거리면서 헤이스케가 말했다.

"딱 맞혔어." 나오코가 말했다 "플러스 조개 된장국."

오, 좋은데, 라고 말하면서 헤이스케는 밥상 앞에 앉았다. 닭고기 달걀덮밥도 조개 된장국도 그가 특히 좋아하는 요리다.

신문을 가져오려다가 거실 한쪽에 밀어놓은 책이며 노트로 시선이 갔다. 손에 들고 살펴보았다. 수학 교과서와 노트였다. 교과서에 끼워진 흰 종이는 문제지 프린트물이다.

"공부했었어?" 주방을 향해 물었다.

"응, 그거 숙제야." 나오코가 큰 소리로 대답했다. 환풍기 소리가 컸기 때문이다. "내일까지 해야 돼."

"어이구, 고생이 많네."

"그런 소리 할 때가 아니야. 이따가 당신이 도와줘야 해." 나오코가 덮밥 그릇 두 개가 담긴 쟁반을 들고 오면서 말했다. 가느다란 팔이 아슬아슬했다.

"내가?"

"당연하지. 당신 말고 또 누가 있어?" 무사히 덮밥 그릇을 밥상에 차려내고 다시 주방으로 돌아갔다. 된장국을 내오려는 것이리라.

"애들 숙제는 도와주면 안 된다고 했었잖아."

"난 아이가 아니잖아." 된장국을 나르면서 나오코가 말했다. "그보다 잠깐 들여다봐. 진짜 어렵다니까."

"어렵다기보다 반가운데? 이건 사칙연산 문제야." 프린트물을 보면서 말했다.

"척 보면 알아? 역시 고센(高專)* 출신은 다르네."

---

* 정식 명칭은 고등전문학교. 중학교 졸업 후 진학하는 5년제 이공계 교육기관이다. 취직률 백 퍼센트로, 높은 경쟁률의 입시를 거쳐야 입학이 가능하다.

"나오코도 6학년 수학 문제쯤은 풀 수 있잖아?"

"아니, 못해. 단순 계산문제라면 그나마 괜찮은데 문장형 문제나 도형이 나오는 건 진짜 뭐가 뭔지 하나도 모르겠어. 나, 수학은 옛날부터 못했어."

"흐음……."

잘 먹겠습니다, 라고 가볍게 손을 맞대고 헤이스케는 젓가락을 들었다. 덮밥도 된장국도 엄청나게 맛있었다. 나오코의 요리 솜씨는 조금도 시들지 않았다고 다시금 확신했다.

요리를 이렇게 잘하니까 수학쯤은 못해도 괜찮다고 생각했지만, 현실은 꼭 그럴 수만은 없다.

"모나미라면 이 숙제, 어땠을까. 어렵다고 징징거리면서 나한테 매달렸을까?"

"그렇지는 않았을걸. 모나미가 당신을 닮아서 수학을 잘했거든. 그래서 지금 내가 어쩔 줄을 모르겠어." 나오코가 미간에 주름을 잡으며 말했다. 초등학생 얼굴에는 어울리지 않는 표정이었다.

"무슨 일 있었어?"

"무슨 일이 있었다기보다 눈에 보이지 않는 압박감이 느껴지더라고. 다른 아이들은 내가 수학을 잘할 거라고 생각하는데 실상은 전혀 그렇지 않잖아. 오히려 가르쳐달라고 해야 할 판이야. 하지만 갑자기 모른다고 할 수도 없고. 게

다가 선생님까지 모나미라면 이런 문제는 척척 풀 거라는 얼굴로 쳐다보지 뭐야. 그냥 실실 웃으면서 은근슬쩍 넘어가기는 했는데 이제 곧 들킬 걸 생각하면 진짜 어떡해야 할지 모르겠어."

끄응 소리를 내며 헤이스케는 된장국을 후루룩 들이켰다.

"초등학교 수학 문제에 쩔쩔 맨단 말이지."

"그렇게 곱씹어가며 얘기할 거야?"

"아니, 나이가 서른여섯이나 됐는데……." 거기서 헤이스케는 말을 멈췄다. 현재의 나오코를 몇 살이라고 해야 좋을지 알 수 없었기 때문이다.

하지만 그녀 쪽은 서른여섯 살이라는 말을 듣고도 별다른 저항감이 없는 눈치였다.

"몇 살이 됐든 모르는 건 모르는 거야. 초등학생 때 못 풀었던 문제를 나이 먹었다고 저절로 풀 수 있는 게 아니잖아."

"그건 그렇지."

헤이스케는 작은 접시의 장아찌를 집어 입에 넣었다. 텔레비전에서는 2시간짜리 드라마가 막 시작되었다. 출연한 탤런트만 보고도 누가 범인인지 대략 짐작이 갔다.

"그럼 밥 먹고 한숨 돌린 다음에 수학 특별훈련을 시작해볼까."

"걱정이 태산이지만 뭐, 일단 해봐야지." 나오코도 장아

찌를 집었다. 두 사람의 입에서 동시에 뽀도독뽀도독 소리가 났다.

밥을 먹은 뒤에 텔레비전을 끄고 테이블을 책상 삼아 특별훈련에 들어갔다.

하지만 문제풀이를 시작하고 한 시간쯤 지났을 무렵, 의외의 결과가 나왔다.

"뭐야, 간단하잖아?" 숙제 프린트물을 다 끝내고 나오코가 말했다. 눈이 둥그레져 있었다. "수학문제를 이렇게 척척 풀다니, 내 인생 처음이야. 역시 당신, 가르쳐주는 방법도 특별한가 봐."

"아냐, 특별할 것도 없었어. 그냥 남들 하는 대로 가르쳐줬지."

"근데 머리에 쏙쏙 들어오던데? 여태까지 왜 못 풀었는지 이상할 정도야."

"그거, 혹시?" 헤이스케는 그녀의 얼굴을 보았다. 그리고 시선을 살짝 위로 올렸다. "뇌가 바뀌었기 때문인가?"

"헉." 저도 모르게, 라는 느낌으로 그녀는 자신의 머리에 손을 얹었다.

"의식은 나오코지만 뇌는 모나미인 모양이네. 재능이라든가 잘하는 과목 등은 뇌에 의해 결정되는 거니까 당연히 현재의 나오코는 모나미와 동일한 소질을 갖고 있지 않을까?"

"와아, 그런 거였어?" 나오코도 눈이 번쩍 뜨인 듯한 얼굴을 했다.

몸이 바뀐 이상, 당연히 그렇게 될 터였다. 좀 더 일찍 알아차렸어야 할 일이었다.

"하지만 나는 모나미처럼 수학이나 과학이 좋지는 않은데?"

"그건 아직 모를 일이지. 어때, 수학 특별훈련을 받기 전과 후의 느낌은? 뭔가 좀 달라지지 않았어? 지금도 역시 수학이 싫어?"

나오코는 테이블 위에 놓인 자신의 손을 지그시 내려다보았다. 숙인 속눈썹이 길었다.

"아직 잘 모르겠지만." 얼굴을 들었다. "내일 수학 수업 시간을 머릿속에 떠올렸는데도 배가 싸르르 아픈 느낌이 없는 것 같아."

"그럼 전에는 생각만 해도 배가 아팠어?"

"엄청 아팠지." 그녀가 씨익 웃으며 말했다. "당신, 커피라도 내려줄까."

"음, 좋지."

나오코는 한쪽 무릎을 세우고 자리에서 일어서려고 했다. 하지만 그 순간 그녀의 얼굴이 갑작스럽게 흐려졌다. 미간을 좁히고 고개를 갸웃거렸다. "어라, 이상하네."

"왜 그래?"

"이상해."

"글쎄 뭐가 이상하다는 건데?"

"응, 잠깐만……." 나오코는 천천히 몸을 일으켰다. 헤이스케를 내려다보며 몇 번 눈을 깜작거리다가 걸음을 옮겼다. 복도로 나가 화장실로 들어갔다.

역시 배가 아픈가. 내심 걱정하면서 헤이스케는 텔레비전을 켰다. 뉴스가 끝나고 오늘의 프로야구 전적을 알려주고 있었다. 우선 그쪽에 의식을 집중했다. 그는 자이언츠 팬이다.

스포츠 코너가 끝나고 광고가 나왔지만 나오코는 돌아오지 않았다. 그다음의 날씨예보가 시작될 때쯤에야 드디어 그녀는 화장실에서 나왔다.

나오코는 복잡한 얼굴을 하고 있었다. 뭔가 생각에 잠긴 것 같기도 하고, 기묘한 발견을 한 것 같기도 한 표정이었다. 어쨌든 그리 심각한 느낌은 아니어서 헤이스케도 편한 마음으로 물어보았다. "대체 무슨 일이야?"

"으으응." 나오코가 우선 긴 신음소리를 냈다.

"왜, 어딘가 아픈 거야?"

"아니, 아픈 게 아니고." 나오코는 원래 자리에 앉았다. 하지만 어쩐지 불안한 것처럼 보였다. 이윽고 그녀가 헤이스케의 얼굴을 빤히 보면서 말했다. "내일은 팥밥*을 해야

---

* 찹쌀에 팥을 넣은 밥으로, 불교행사나 집안 자녀의 성인식, 초조(初潮), 혼례 등을 축하할 때 지어 먹는 풍습이 전해지고 있다.

할까 봐."

"응?" 한순간 무슨 얘기인지 알아듣지 못했다. 하지만 헤이스케도 그렇게까지 둔감한 사람은 아니다. 곧바로 그 말의 의미를 이해했다. 눈이 둥그레지면서 저절로 몸을 뒤로 젖혔다. "앗, 그건가?"

"응." 그녀가 고개를 끄덕였다. "그러고 보니 우리 모나미, 아직 안 했었어. 친구들 중에 빠른 애들은 5학년 때부터 시작했다는데."

"아……." 헤이스케로서는 어떤 말을 해야 할지 알 수 없는 화제였다. "그래서, 어때?"

"어떠냐니?"

"어딘가 막 아프고 그런가?"

"하하하." 나오코가 뺨을 풀며 웃었다. "심하게 아픈 건 없어. 생리라면 나한테는 익숙한 일이야. 벌써 20년 넘게 함께해왔는데 뭘. 게다가 처음이라서 양이 그리 많지도 않아."

"지금 어떻게 했어?"

"지금? 생리대를 썼지. 내가 쓰던 게 있었으니까. 사이즈가 좀 크지만."

"그래……."

그래, 라는 말밖에 달리 해줄 말이 없구나, 이런 경우에는. 헤이스케는 머리를 긁적였다. 그리고 생각했다. 만일 원래의 모나미에게 이런 일이 생겼다면 자신은 지금처럼 속수무책이었을 게 틀림없다.

"아무튼 축하해."

"고마워." 나오코는 꾸벅 머리를 숙이며 빙그레 웃었다. "이제 모나미의 몸도 조금씩 여자가 되어가겠지? 나처럼 생리통이 심하지 않았으면 좋겠다. 하지만 이것만은 당신을 닮을 수도 없는 일이야."

"그야 그렇지." 그녀의 농담에도 헤이스케는 마음껏 웃을 수 없었다. 그 전의 '여자가 되어간다'라는 말이 계속 머릿속에서 울리고 있었다. 현재 정신적으로 완전히 성인 여성인 나오코가 이번에는 성인 여성의 몸까지 갖게 되는 것이다. 그러면 우리는 대체 어떻게 되는 건가.

15

　헤이스케의 집에서 욕실은 전체 면적에 비해 상당히 넓은 편이다. 욕조는 어른이 다리를 쭉 뻗고 느긋하게 앉아도 될 만큼 길고, 거기에 맞춰 욕조 밖의 몸을 씻는 공간도 여유가 있다. 이전에 살던 사람이 목욕하기를 좋아한 모양이었다. 이 집이 마음에 들었던 가장 큰 이유가 이 널찍한 욕실 때문이었다고 해도 좋을 정도다.

　욕조에 몸을 담근 채 헤이스케는 욕실 안을 둘러보았다. 작은 흡반 고리에는 샤워 캡이 걸려 있었다. 나오코는 지금도 저걸 쓸까, 라고 생각했다. 샴푸며 비누를 올려놓는 선반에는 핑크색 무늬의 안전면도기가 있었다. 헤이스케가 쓰는 물건이 아니다. 자칫하면 살을 베는 통에 그는 매일 아침 전기면도기를 쓴다. 핑크색 면도기는 나오코가 겨드랑이를 밀 때 쓰는 것이었다. 저건 지금은 분명 쓸 일이 없을 거라고 헤이스케는 추측했다.

가족 모두 날마다 목욕을 하기로 정해져 있지만, 오늘 밤은 생리가 시작되는 바람에 나오코는 거르고 넘어갔다. 헤이스케 혼자 욕실에 들어온 것은 나오코가 병원에 입원했을 때 이후로 처음이었다. 버스 사고 전에는 야간근무를 하는 주 이외에는 항상 나오코나 모나미, 둘 중 한 명과 함께 했다. 넓은 욕실을 최대한 활용하기 위해서였다.

하지만 언제까지고 나오코와 욕실을 함께 쓸 수는 없겠다고 그는 생각했다. 물론 일반적인 부부라면 죽을 때까지 함께한다고 해도 상관없다. 하지만 현재의 그녀는 나오코이면서 나오코가 아니다. 겉모습은 딸 모나미인 것이다.

헤이스케의 지인들 중에 모나미 또래의 딸이 있는 사람이 꽤 많았다. 그들은 하나같이 최근에는 함께 목욕을 하지 않는다고 아쉬워했다. 모나미도 이번 사고가 없었다면 이제 슬슬 싫다고 거부했을 것이다. 그렇다면 아무도 보는 사람이 없는 내 집 안에서라도 앞으로 목욕은 따로 해야 하는 건가.

생각하면 할수록 뭐가 뭔지 알 수 없어서 헤이스케는 머리가 멍해져버렸다. 수건을 물에 적셔 이마에 두른 채 욕실을 나왔다.

거실에서는 나오코가 내일 학교 갈 준비를 하고 있었다. 테이블 위에 시간표를 놓고 이따금 들여다보면서 교과서며 노트를 가방에 챙겨 넣었다.

"아까도 생각했었는데 왜 그런 걸 여기 거실에서 하고 있어?" 냉장고에서 350cc 캔맥주를 꺼내면서 헤이스케가 물었다.

"왜, 거실에서 하면 안 돼?"

"아니, 안 될 것까지야 없지만, 모나미 방이 있잖아."

2층의 3평짜리 공간이 모나미 방이다.

"그렇긴 한데……." 나오코가 왠지 말끝을 흐렸다.

"무슨 문제라도 있어?"

"아니, 무슨 문제가 있는 건 아니고, 그냥 그 방은 쓰고 싶지 않다고 할까."

"왜?"

"별 이유는 없어." 나오코가 헤이스케를 보며 말했다. "그 방, 모나미가 살아 있던 때 그대로야."

"응?"

"책상에 꺼내놓은 것도, 침대에 덮인 이불도, 가능한 한 그대로 보존해두고 싶어. 교과서나 노트처럼 꼭 필요한 것을 꺼낼 때는 어쩔 수 없지만, 다른 곳은 최대한 바꾸지 않으려고 조심하고 있어." 그녀는 자신의 손을 가만히 내려다보며 말했다.

헤이스케는 캔맥주를 따르려던 손을 멈췄다. 왜 그런 일을, 이라는 의문은 떠오르지 않았다. 오히려 오늘까지 모나미 방이 어떻게 됐는지 생각도 안 했던 자신의 무신경함을 깨달았을 뿐이다. 나오코는 매일같이 모나미인 척하며 학교에 다니면서도 집 청소를 할 때마다 딸의 방을 어떻게 해야 할지 고민했을 게 틀림없다.

"그랬어?"

"미안해. 내가 생각해도 바보 같은 짓이긴 한데."

"잠깐 올라가볼까." 헤이스케는 엉거주춤 몸을 일으켰다.

"모나미 방에?"

"응."

"그래."

헤이스케가 일어서자 나오코도 따라 나왔다.

2층에는 방이 두 개가 있다. 계단을 올라서면 통로를 끼고 문 두 개가 마주보고 있고, 그중 오른편이 모나미 방, 왼편이 부부 침실이다.

오른쪽 방 문을 가만히 열어보니 희미한 샴푸향 같은 냄새가 났다. 안은 컴컴하다. 전등 스위치가 어디 있는지 몰라 벽을 더듬었더니 옆에서 나오코가 손을 내밀어 딸칵 켜주었다. 형광등이 한 차례 멈칫한 뒤에 방 안을 하얀 빛으로 가득 채웠다.

아, 하는 탄식이 그의 입에서 새어나왔다.

그곳은 틀림없는 모나미의 방이었다. 창가 책상 위에는 표지에 남자 아이돌 그룹이 활짝 웃는 잡지가 올라와 있다. 벽에도 똑같은 아이돌 그룹의 사진을 붙였다. '소년대'

라는 그룹 이름은 바로 최근에 모나미가 알려주었다. 책장에는 순정 만화가 주르륵 꽂혔다. 작은 침대에는 체크무늬 커버가 씌워졌고 베갯머리에는 테디베어 인형—바로 그 테디베어—를 앉혀두었다. 침대 위가 약간 옴폭한 것은 모나미가 털썩 누웠던 자국인가. 손을 대면 체온이 느껴질 것 같았다.

"청소는?" 헤이스케가 물었다.

"바닥에만 잠깐 청소기를 돌리는 정도."

"그러면 점점 먼지가 쌓일 텐데."

"응." 나오코가 고개를 끄덕였다. "언제까지나 이렇게 해둘 수는 없겠지?"

"그렇지." 헤이스케는 짙은 한숨을 내쉬었다. 모나미가 앉았던 의자로 눈길이 갔다. 딸기 무늬가 찍힌 작은 방석이 있었다. 눈에 익은 방석이다. 모나미가 좀 더 어릴 때, 의자가 낮다고 나오코가 손수 만들어준 것이다. 그걸 한참 큰 지금까지 사용했던 모양이다.

"나오코, 잠깐 저기에 앉아봐."

"의자에?"

"응."

나오코는 되도록 손자국을 내지 않으려는 듯 신중하게 의자를 당겨 조심조심 앉았다. 그러고는 헤이스케 쪽을 보았다. "이렇게?"

그는 허리에 손을 짚고 나오코가 앉은 모습을 바라보았다. 그 순간, 그의 세계에 모나미가 되돌아왔다. 그리운 사진을 보는 듯한 느낌이었다. "모나미……." 저도 모르게 중얼거렸다.

남편이 무엇을 보고 있는치 나오코가 모를 리 없었다. "아, 부탁이 있는데"라고 그녀가 말했다. "거울 좀 가져와 줘."

"거울?" 그 즉시 그녀가 무슨 생각을 하는지 알았다. "거울이 어디 있더라."

"되도록 큰 게 좋아."

"알았어." 퍼뜩 한 가지 아이디어가 떠올랐다. "기다려 봐. 금방 가져올게."

헤이스케는 방을 나와 맞은편 침실로 뛰어갔다. 이쪽은 다다미방이다. 벽 쪽에 서랍장 두 개, 그리고 창가에는 나오코의 화장대가 있다. 모두 결혼할 때 그녀가 가져온 것이다.

그는 화장대의 큼직한 거울을 두 손으로 잡고 힘껏 들어올렸다. 그게 분리된다는 건 이사할 때 확인했었다.

거울을 완전히 꺼내 품에 안고 모나미 방으로 돌아왔다.

"와아, 용케 찾아왔네." 나오코도 감탄했다.

헤이스케는 거울을 바닥에 내려놓고 나오코 쪽으로 각도를 맞췄다. "어때?"

"조금만 더 기울여봐. 약간 왼쪽으로. 응, 됐다, 됐어." 나오코도 거울에 딸의 모습을 비추는 데 성공한 모양이다. 한참을 빤히 바라본 뒤, 눈물이 글썽한 눈을 헤이스케에게로 향했다. "사진으로 찍어두고 싶을 정도야."

"카메라 가져올까?"

"아냐, 됐어." 사진으로는 의미가 없다는 뜻이리라. 나오코는 다시 한번 거울 속의 딸을 바라보았다. 이따금 얼굴 방향을 바꾸기도 하고 팔다리를 움직여보기도 했다.

"이 방, 써야지." 헤이스케가 말했다. "청소도 깨끗이 하고……."

나오코는 고개를 떨구었다. 그러고는 얼굴을 들고 "응, 그래야지"라면서 가만히 웃었다.

2층에 올라온 김에 침실에 이부자리를 펴고 그대로 자기로 했다. 결혼 이래로 두 사람은 2인용 이불에서 함께 잤다.

헤이스케가 막 잠이 들려는 참에 어깨를 툭툭 치는 느낌이 왔다. 눈을 뜨자 나오코가 지그시 그의 얼굴을 보고 있었다. "으응, 왜?" 그는 잠에 취한 소리로 물었다.

나오코는 머뭇거리는 모습을 보인 뒤에 말했다. "근데 그거, 어떻게 해?"

"그거라니?"

"글쎄 그거 말이야."

"그거?" 무슨 소린지 선뜻 알아들을 수 없었다. 하지만 알아듣는 것과 동시에 잠이 싹 달아났다. 그는 눈을 크게 떴다. "……그거?"

"응. 어떻게 해?"

"어떻게 하긴 뭘 어떻게 하겠어, 상황이 이런데."

"하면 안 되겠지?"

"당연하지, 무슨 말도 안 되는 소리를. ……딸이고, 게다가 초등학생인데."

"하지만 당신, 참을 수 있어? 전혀 안 해도? 힘들지 않겠어?"

"참을 수 있든 말든, 의식이 나오코라는 건 알지만 생김새가 모나미인데 내가 이상한 마음이 나겠어? 난 변태가 아니야."

"그렇겠지? 그럼 다른 여자하고 할 거야?"

"흐음." 헤이스케는 몸을 일으켜 이불 위에 책상다리를 하고 앉았다. "그런 건 생각도 안 해봤어. 그보다 나오코는 어떻게 하지? 그런 욕구 같은 건 없어?"

이전에는 있다고 했었다. 잘 때 옆구리를 쿡쿡 찌르면서 "여보, 하자"라고 작은 소리로 속삭인 적도 있었다.

"근데 그게, 전혀 그럴 마음이 없어. 그런 걸 상상해봐도 실감도 안 나고. 몸이 반응을 안 해준다고 할까."

"거참, 신기하네. 하지만 그게 당연한지도 모르겠다." 섹

스에 관해 상상하면 몸이 반응해버리는 초등학생이라면 오히려 더 큰 문제일 것이다. "아무튼 그건 어쩔 수 없어. 포기하는 수밖에 없다고."

"그래." 나오코는 떨떠름한 얼굴로 고개를 끄덕였다. "아, 손이나 입을 사용한다는 것도 역시 안 좋겠지?"

"허참, 별소리를 다하네. 제발 부탁이니까 그런 흉한 소리는 하지 마. 당신은 별 생각 없이 얘기하겠지만, 내 눈에는 모나미가 그런 말을 하는 것으로 보인다고."

"아차, 그런가? 미안해. 그럼 그건 없는 걸로."

"응." 헤이스케는 다시 이불에 다리를 밀어 넣었다. 하지만 이불을 덮기 전에 말했다. "내가 한 가지 제안할 게 있어."

"뭔데?"

"서로에 대한 호칭 말인데 지금 집에서 나는 '나오코'라고 하고 나오코는 나를 '당신'이나 '여보'라고 하잖아. 그거, 고치는 게 좋겠다."

"밖에 있을 때처럼 하자는 거야?"

"그렇지. 집에서도 습관을 들일 필요가 있어. 앞으로 살날이 오래 남았잖아."

"그러네……." 나오코는 천장을 보며 잠시 생각에 잠겼다. 그동안 헤이스케는 그녀의 파자마 무늬만 보고 있었다. 고양이 일러스트였다. 화가 난 고양이, 우는 고양이, 웃는 고양이, 새침한 고양이, 여러 가지 표정이다.

"알았어." 이윽고 그녀는 말했다. "나도 그러는 게 좋을 것 같아."

"그래?"

"그럼 오늘 밤부터 여보가 아니라 아빠네?"

"그렇지."

"그럼 잘 자, 아빠."

"잘 자라……, 모나미."

헤이스케는 이불 속으로 기어들었다. 하지만 잠은 어딘가로 달아나버렸다. 잠시 뒤에는 나오코 쪽에서 먼저 규칙적인 숨소리가 들려왔다. 역시 어린아이는 잠드는 게 빠르다.

헤이스케는 말똥말똥해진 눈으로 어둠을 응시하면서 나는 딸과 아내, 어느 쪽을 잃은 것일까, 라고 생각했다.

16

    자리에서 일어선 남자는 뺨 근처를 움찔거리고 있었다. 얼굴이 번들번들한 것이 상당히 멀리서도 눈에 들어왔다. 구운 김을 붙여놓은 듯한 머리칼도 기름이 낀 것처럼 보였다. 골프장에 열심히 다녔는지 넓적한 이마까지 갈색으로 그을렸다. 그나마 창백해진 게 그 얼굴일 것이다.

    4천만 엔에서 4천4백만 엔, 이라고 남자는 말했다. 약간 목쉰 소리였다. 정적을 깨는 한 마디였다. 양측의 공방이 시작되었다는 것을 알리는 신호였다. 헤이스케는 이런 자리에는 별로 참석하고 싶지 않았다. 하지만 도망칠 수도 없었다.

    "······그 정도를 보상액으로 예상하고 있습니다. 남녀와 연령 등에 따라 다소 증감할 필요는 있다고 생각합니다."

    발언에 나선 사람은 다이코쿠 교통 측의 도미이 총무부장이다. 어떻게 처신하든 욕먹을 역할이구나, 라고 헤이스케는 적이지만 동정심이 들었다. 이 사람이 사고를 일으킨 건 아닌 것이다.

피해자와 다이코쿠 교통의 보상 교섭은 매번 그렇듯이 신주쿠의 호텔 안 회의실에서 진행되었다. 사고가 난 지도 3개월이 되어간다. 토요일이기도 해서 피해자 측은 거의 전원이 출석했다. 회사 측에서는 도미이 외에 다섯 명의 대표와 고문 변호사가 나왔다. 회의실 앞쪽에 회사 측 사람들이 옆으로 나란히 앉았고 그들과 마주하듯이 유족용 좌석이 배치되었다. 마치 기자회견 같다고 헤이스케는 생각했다.

"그 액수는 어떤 근거에서 나온 것이죠?" 유족 측의 무카이 변호사가 질문했다.

일단 자리에 앉았던 도미이가 다시 일어섰다.

"과거의 사고 사례 등을 조회해본 결과, 당사에서 내드릴 수 있는 거의 상한선이라고 생각해주시면 되겠습니다. 운수성(運輸省)에서도 최대한의 성의를 보이라는 지시가 내려왔으니까요."

대표 간사 하야시다가 손을 들었다.

"그건 회사 측에 기본적으로 실수가 없었고, 또한 예측 불가능한 사고가 일어났을 경우의 상한선 아닙니까? 이를테면 갑작스러운 기상 악화라든가 다른 차의 주행 방해가 있었다든가 하는 경우지요. 그런데 이번 사고는 그런 게 아니었어요."

"무슨 말씀이신지요?"

"이건 단순한 사고가 아니라 인재라는 얘깁니다. 좀 더 말하자면 과실치사와도 같은 경우로 알고 있어요. 실제로 그렇잖습니까? 휴일도 없이 근무하느라 녹초가 된 운전기사에게 위험한 스키버스의 운전을 맡기면 필연적으로 사고가 일어난다는 건 명백한 사실 아닙니까? 그런 허술한 버스에 요금을 받고 손님을 태우다니, 그건 범죄행위나 마찬가지예요. 승객이야 어떻게 되건 말건 상관없다고 생각했다고 할 수밖에 없어요. 그런 살인과도 같은 짓을 해놓고서 과거의 사고 사례를 운운하는 것은 너무 뻔뻔하지 않습니까?"

흥분한 기색으로 단숨에 말하고 하야시다는 털썩 소리를 내며 의자에 앉았다. 유족 몇몇이 작게 박수를 쳤다.

당연한 일이지만 회사 측 사람들은 씁쓸한 얼굴을 하고 있었다. 과실치사나 살인이라는 말까지 나왔으니 속이 편할 리 없었지만, 그들로서는 대놓고 부정할 수 없는 속사정이 있었다.

바로 며칠 전 노동성에서 다이코쿠 교통의 간부 두 명을 노동기준법 위반 혐의로 도쿄지검에 송치했다는 발표가 나온 것이다. 또한 그에 앞서서 다이코쿠 교통의 특별 보안감사를 실시했던 간토지역 운수국에서는 명백한 과로운

전 방지 위반이며 수송안전 확보에 과실이 있다는 것으로 다이코쿠 교통의 관광버스 8대에 대해 14일간의 사용정지 명령을 내렸다. 감사 결과에 따르면 1개월 가까이 휴일도 없이 근무한 운전기사가 4명이나 있었고 이것은 자동차 운송사업 운수규칙에 따른 운전자의 과로운전 방지 위반에 해당한다고 했다.

나아가 나가노 현경에서 도로교통법 위반으로 다이코쿠 교통의 가택수색과 함께 수사를 하고 있어서 그 결과에 따라서는 새로운 처분이 내려질 가능성도 있었다.

피해자에게는 이른바 '순풍'과도 같은 그러한 처분이 있었기 때문에 하야시다도 좀 더 강경한 발언을 할 수 있었던 게 틀림없다.

"처음부터 치사하게 나왔지요. 제대로 죄를 인정하지 않았잖아요." 헤이스케 옆에 있던 남자가 말했다. 쌍둥이 딸을 한꺼번에 잃은 후지사키였다. "그저께 신문기사를 보니까 운전기사가 과로노동을 하게 된 것은 본인의 잘못이라는 식으로 얘기했다면서요."

"아뇨, 그건 말이죠." 회사 측에서 또 다른 사람이 일어섰다. 운행 관리부장이고 이름은 가사마쓰라는 건 헤이스케도 회의 첫 순서로 소개해줄 때 들었다. "초과근무를 회사 측에서 지시했던 것이 아니다, 강제 사항이 아니었다, 라는 점을 말씀드렸던 겁니다. 특히 그 가지카와 운전기사는 타임차트 담당자에게 자신의 근무시간을 늘려달라고 부탁한 사실이 있었습니다."

헤이스케는 가사마쓰의 얼굴을 지그시 바라보았다.

"그거, 사실이에요?" 후지사키가 의심의 목소리를 올렸다. "아무리 돈이 급해도 그렇지, 전혀 쉬는 날 없이 일하고 싶은 사람이 어디 있습니까?"

"아뇨, 정말입니다. 저희 내부조사 끝에 알게 된 사실입니다." 가사마쓰는 열기 어린 말투였다.

사실인지도 모른다, 라고 헤이스케는 생각했다. 나오코는 운전기사 중 한 명이 다른 한 명에게 "그렇게 많이 벌어서 뭐하려고"라고 말하는 것을 들었다고 했다. 그건 분명 그 말을 들은 운전기사가 스스로 원해서 통상 이상의 근무를 했었다는 뜻이다.

역시 가지카와 운전기사는 돈이 필요했던 것이라고 헤이스케는 생각했다. 하지만 그 돈을 대체 어디에 썼던 것인가.

"설령 그렇다고 해도 회사 측에 책임이 있다는 것은 변함이 없습니다." 유족 측의 변호사 무카이가 발언에 나섰다. "노동기준법은 과로근무를 강제하는 것뿐만 아니라 근로자 본인이 원할 경우에라도 회사에서는 그에 대한 허가를 금해야 한다고 정해져 있으니까요."

"네, 옳으신 말씀입니다." 가사마쓰가 머리를 숙이며 말했다. "그러니까 저희로서는 책임회피를 하려는 것이 결코 아닙니다. 다만 방금 며칠 전 신문 보도에 대해 조금 오해하시는 듯한 의견이 나왔기 때문에 일단 정정해드린 것입니다. 가지카와 운전기사에 한해서만 말씀드리자면 근무를 강제했던 것은 아니라는……."

"하지만 강제한 것이나 마찬가지일 수 있어요." 하야시다가 말했다. 손에 메모지를 들고 있었다. "제가 재작년의 자료를 살펴봤는데 버스 운전기사의 1개월 근무시간이 전 산업 평균보다 60시간 이상이나 많았습니다. 시간 외 근무는 월 평균 50시간으로, 전 산업 평균의 약 3.5배예요. 왜 이렇게 되었는가 하면 결국 기본급이 다른 산업에 비해 낮기 때문입니다. 그러니 잔업수당으로 보충할 수밖에 없겠지요. 특히 교육비가 급증하는 30대, 40대 운전기사에서 이런 경향이 현저한 것으로 나타났습니다. 다이코쿠 교통에도 이런 점이 있었던 거 아닙니까?"

다이코쿠 교통의 간부들은 반론에 나서지 못한 채 입을 꾹 다물고 있었다. 고개를 끄덕이는 자까지 있었다.

"아, 그러면." 이야기가 다른 쪽으로 흘러가자 내내 조용히 앉아 있던 총무부장 도미이가 입을 열었다. "유족 측에서는 대략 어느 정도의 보상액을 생각하고 계십니까?"

하야시다를 비롯한 네 명의 간사와 무카이 변호사가 잠시 귀엣말을 주고받았다. 그들은 따로 한곳에 모여 앉아 있었다. 피해자 모임에서는 기본적으로 모든 교섭을 그들에게 일임하겠다는 의사를 표했었다.

이윽고 무카이 변호사가 말했다.

"보상에 대해서는 남녀나 연령에 관계없이 일률적으로 해달라는 것이 유족 여러분의 일치된 의견입니다. 또한 액수에 관해서는 지금까지 몇 차례 회의를 거듭한 끝에 이 이하로는 양보할 수 없다는 선이 정해졌습니다. 그게 8천만 엔입니다."

그가 말한 액수가 다이코쿠 교통 측 사람들에게는 몹시 묵직한 망치였던 모양이다. 마치 그걸로 얻어맞은 것처럼 간부들이 일제히 고개를 툭 떨구었다. 최고 책임자인 전무는 아예 백발머리를 부여잡았다. 그는 며칠 전 물러난 사장을 대신해 이번에 새로 취임했지만 헤이스케가 지켜본 바로는 승진을 그리 달가워하는 기색은 아니었다.

담판이 앞으로도 한참 길어질 것 같구나, 라고 헤이스케는 새삼 우울해졌다.

그날의 교섭은 다이코쿠 교통 측이 숙제를 들고 가서 검토해보겠노라고 답하는 데 그쳤다. 일이 피해자 측에 유리하게 흘러가는지 어떤지, 헤이스케는 알 수 없었다. 하지만 간사들이나 무카이 변호사의 기색을 보니 일단 한 걸음 나아갔다고 봐도 무방할 것 같았다.

헤이스케가 회의실을 나서자 복도에서 다이코쿠 교통

측 사람들이 자료 정리 등을 하고 있었다. 그 틈에서 운행
관리부장 가사마쓰는 혼자 조금 떨어진 곳에 앉아 파일에
뭔가 적고 있는 중이었다. 헤이스케는 가사마쓰에게로 다
가갔다. "잠깐 실례합니다."

유족이 말을 건네리라고는 예상을 못 했는지 가사마쓰
는 당황한 눈빛을 보였다. 헤이스케의 모습을 발끝에서부
터 머리끝까지 찬찬히 쳐다보고는 "아, 네"라고 대답했다.

"아까 그 얘기, 그러니까 가지카와 운전기사가 자진해서
초과근무를 희망했다는 것 말인데요."

"예에."

"가지카와 씨가 돈이 꼭 필요한 데가 있어서 그렇게 무
리하게 근무했을까요? 뭔가 그런 쪽으로 들은 얘기는 없
습니까?"

"아뇨, 그런 자세한 것까지는 담당자에게서 듣지 못했는
데요." 가사마쓰는 당혹스러움을 감추지 않았다. 왜 유족
이 그런 걸 알려고 하는지 의아했던 것이리라.

그때 헤이스케의 뒤쪽에서 목소리가 들렸다. "스기타
씨!"

뒤를 돌아보니 하야시다가 손짓을 하고 있었다. 헤이스
케는 가사마쓰에게 인사를 건네고 그에게로 갔다.

"스기타 씨, 그러시면 곤란해요. 회사 측과 개인적으로 얘
기하시면 안 됩니다." 대표 간사는 미간을 좁히며 말했다.

"엇, 그렇습니까? 죄송합니다." 헤이스케는 사과하면서도, 개인적인 얘기가 아니라 사고 원인을 알아보려는 것인데, 라고 생각했다.

헤이스케는 보상금 따위는 얼마가 됐든 상관없었다. 아니, 물론 받지 않겠다는 얘기는 아니다. 액수도 많은 편이 당연히 좋다. 하지만 그런 것에 시간과 노력을 들일 마음은 나지 않았다. 그런 것보다 여전히 사고 원인이 명확히 밝혀지지 않은 것에 더 답답한 마음이 들었다. 운전기사가 과로 상태에서 운전 실수를 한 것 같다, 라는 식으로 두루뭉술한 결론이 나왔다. 하지만 왜 굳이 그런 과로 상태에서 운전대를 잡았는가, 라는 점이 여전히 애매하기만 하다. 돈을 좀 더 많이 벌기 위해서? 물론 그럴 것이다. 그렇다면 왜 돈을 그렇게 많이 벌고 싶었던 것인가. 호사스럽게 살고 싶었기 때문인가. 빚이 있었기 때문인가. 따로 여자가 있었기 때문인가. 도박에 빠졌기 때문인가. 헤이스케는 그것까지 밝혀져야 한다고 생각했다. 그것까지 명명백백히 밝혀진 뒤에야 비로소 자신에게 떨어진 지금의 상황을 어떻게든 받아들일 수 있을 것이다.

저쪽에서 후지사키가 무카이 변호사에게 뭔가 말하는 모습이 보였다. 그 말소리가 띄엄띄엄 귀에 들어왔다. 최저 1억 엔이라고 했어도 괜찮았던 거 아니냐. 후지사키는 그런 말을 하고 싶은 모양이었다. 변호사는 곤혹스러운 표

정으로 8천만 엔도 대단한 액수라는 식으로 해명하고 있
었다.

17

집에 가려고 신주쿠역에서 차표를 사다가 동전이 없다는 것을 알았다. 역 안 매점을 찾아갔다. 주간지라도 한 권 살 생각이었다. 지하철을 타고 가는 동안 심심풀이 삼아 읽으면 된다.

하지만 그가 항상 읽는 주간지가 보이지 않았다. 그 대신 남성 잡지의 표지가 눈에 뛰어들었다. 좀 더 구체적으로 말하자면, 매우 관능적인 포즈를 취한 여자의 일러스트였다. 〈쾌락성단〉이라는 제목의 그 잡지가 어떤 존재 가치를 갖고 있는지, 한눈에 보여주는 표지였다.

헤이스케는 그런 포르노잡지는 한 번도 사본 적이 없었다. 회사 로커실에 더러 굴러다니기는 했지만 그것도 집어들고 읽어본 적이 없다.

한번 사볼까, 하는 마음이 불쑥 들었다. 하지만 그런 잡지를 꺼내 계산대에 올려놓는 과정이 그에게는 난관이다.

매점 점원은 푸근한 인상의 50대 여자다. 혹시 자신을 이상한 사람으로 생각하지 않을지 신경이 쓰였다.

머뭇거리다 보니 점점 더 잡지를 집어들기가 힘들어졌다. 헤이스케는 결국 별로 읽고 싶지도 않은 평범한 주간지를 꺼냈다. 그리고 지갑을 열었다.

그때 젊은 회사원인 듯한 남자가 옆으로 다가왔다. 잡지 선반을 스윽 훑어보더니 한 치의 망설임도 없이 〈쾌락성단〉을 꺼냈다. 그러고는 천 엔짜리 지폐를 내밀었다. 점원은 손님이 뭘 사가든 아무 관심도 없는 표정으로 무뚝뚝하게 잔돈을 건넸다.

아, 그냥 당당하게 사면 되는구나.

헤이스케는 이제야 그 잡지를 알아본 척하면서 슬쩍 〈쾌락성단〉을 꺼냈다. 그리고 아까 집어든 주간지와 함께 1만 엔짜리 지폐를 내밀었다. 얼른 이 자리를 뜨고 싶은데 점원은 잔돈을 몇 번이나 확인한 뒤에야 내주었다. 역시 그가 어떤 잡지를 샀는지, 전혀 아무 관심도 없는 기색이었다.

지하철 안에서 그는 일반 주간지를 읽었다. 〈쾌락성단〉은 보상금 교섭 자료와 함께 가방 속에 들어 있다. 사고 싶었던 장난감을 들고 돌아가는 초등학생 같은 심경이었다.

역을 나와 집 근처까지 갔을 때였다. 저 앞에서 하시모토 다에코가 걸어오는 게 보였다. 옅은 갈색의 긴 머리가 바람에 날렸다. 그녀 쪽에서도 헤이스케를 알아본 모양이다. 동그랗게 입을 벌리며 멈춰 섰다. 얼굴에 자연스러운 웃음이 흘렀다.

"선생님, 안녕하세요? 오랜만입니다." 헤이스케는 머리 숙여 인사를 건넸다.

"네, 안녕하세요? 방금 가정방문으로 댁에 갔었거든요. 아무도 안 계셔서 다음에 다시 오려고 돌아가던 길이에요."

"엇, 그렇습니까? 괜찮으시면 다시 가시죠."

"하지만 퇴근길이라 피곤하실 텐데……."

"아뇨, 피곤할 것도 없어요. 자, 가시죠, 가시죠."

"그럼 잠시만 실례할게요."

하시모토 다에코는 몸의 방향을 바꿨다. 둘이 나란히 집으로 가는 모양새가 되었다.

"모나미도 집에 없는 것 같던데, 어디 놀러 나갔을까요?"

"아뇨, 그게 아니라 아마……." 헤이스케는 손목시계를 들여다보았다. 곧 오후 5시다. "저녁 찬거리를 사러 슈퍼에 갔을 겁니다. 마침 장 볼 시간이니까요."

"네에." 하시모토 다에코는 알겠다는 듯이 고개를 끄덕였다. "모나미가 요즘 엄마 대신 살림도 제법 잘하는 모양이네요."

"예, 나름대로 열심히 하고 있습니다."

"정말 기특하네요. 저는 아직도 어머니가 꼬박꼬박 차려 주시는데."

"선생님은 부모님과 함께 사시는 모양이지요?"

"네, 그렇죠. 얼른 결혼하라고 닦달을 하시지만."

"선생님은 마음만 먹으면 금세 상대가 나타나겠지요."

"아이, 그렇지도 않아요. 학교라는 데가 워낙 좁은 곳이 라서." 하시모토 다에코는 얼굴 앞에서 손을 홰홰 저었다. 그 표정이 의외로 진지해 보였다.

그렇다면 제가 입후보해볼까요, 라는 농담이 퍼뜩 떠올 랐지만 입 밖에 내지 않았다. 전혀 센스 있는 농담으로 생 각되지 않았다. 무엇보다 상중(喪中)에 할 소리가 아니었다.

집에 도착하자 헤이스케는 일단 현관 차임벨을 눌러보 았다. 하지만 인터폰 스피커에서 나오코의 목소리는 들려 오지 않았다.

"역시 아직 안 온 모양이네요. 아, 모나미도 옆에 있어야 될까요?" 헤이스케는 물어보았다. 교사라고는 해도 젊은 여 성이 남자 혼자뿐인 집에 들어가는 건 안 좋을지도 모른다.

"아뇨, 오히려 아버님만 계시는 게 더 좋습니다."

"그렇군요. 자아, 그러면 누추한 곳이지만."

헤이스케는 현관문을 열고 그녀를 맞아들였다. 하시모 토 다에코 쪽은 그런 건 전혀 신경 쓰는 기색 없이 실례합니다, 라면서 안으로 들어왔다. 그녀가 옆을 스칠 때 희미하게 샴푸향이 났다.

둘이 1층 거실로 갔다. 이런 때를 위해 주스라도 사뒀어야 하는데, 라고 헤이스케는 냉장고 안을 들여다보며 혀를 찼다. 온통 맥주와 보리차뿐이다. 나오코는 어린아이의 치아에 안 좋다고 전부터 웬만해서는 주스를 사오지 않았다. 그런 습관은 그녀 자신이 아이가 된 지금도 이어지고 있었다.

결국 시원한 보리차를 유리잔에 담아 내갔다. 고맙습니다, 라고 하시모토 다에코가 머리를 숙였다. 그녀는 텔레비전 앞의 방석에 앉아 있었다. 나오코가 결혼 혼수품으로 가져온 손님용 방석이다. 거의 쓸 일도 없었는데 버스 사고 후 조문객이 연달아 찾아와 붙박이장 안에서 꺼내온 것이다. 그때 꺼내지 않았다면 오늘 같은 날, 담임선생님을 현관 앞에 세워둔 채 헤이스케 혼자 방석을 찾느라 진땀깨나 흘렸을 것이다.

"그런데 오늘은 어떤 일로 가정방문을? 혹시 모나미가 학교에서 무슨 문제라도……."

"아뇨, 전혀 아니에요." 하시모토 다에코는 고개와 함께 손도 내저었다. "미리 아버님의 의견을 여쭤봐야 할 일이 있어서, 네, 그래서 잠깐 들른 거예요."

"네에." 헤이스케는 관자놀이를 긁적였다. 하시모토 다에코가 왜 그런지 중언부언하는 것처럼 느껴졌다. "무슨

179

일인데요?"

"실은 며칠 전에 모나미가 저한테 상담을 하러 왔었어
요."

"상담……,"

"사립중학교에 가고 싶다는 얘기였어요."

"예?"헤이스케는 저절로 몸이 젖혀졌다. 잔을 들고 있어
서 하마터면 보리차를 흘릴 뻔했다. "사립중학교라니, 아
자부 중학교나 가이세이 중학교* 말입니까?"

"남학생의 경우에는 그 두 곳이 명문이죠. 물론 좀 더 일
반적이라고 할까, 입학하기 쉬운 사립학교도 있습니다."

가이세이와 아자부는 가기 어렵다는 뜻이구나, 라고 헤
이스케는 해석했다. 그는 그런 쪽으로는 전혀 아는 게 없
었다. 가이세이와 아자부도 예전에 나오코에게서 얘기를
들어서 알고 있을 뿐이다.

"여학생 쪽도 사립이 있어요?"

"물론이죠. 오우인 중학교도 있고, 시라유리가쿠엔 중학
교도 있습니다."

"예에." 관자놀이를 긁적이던 손이 머리로 옮겨갔다. "이
름만 들어도 대단한 학교인 것 같군요."

---

* 아자부 중학교는 도쿄 미나토구, 가이세이 중학교는 아라카와구에 자리한 남학교다. 고
등학교까지 일관교육을 하고, 다양한 동아리 활동과 철저한 서술형 학습 등을 통해 도쿄
대 합격자를 다수 배출해온 명문교다. 여학교 중에서는 오우인, 후타바 중학교가 동급의
명문으로 손꼽힌다. 시라유리가쿠엔 중학교는 가톨릭 수녀회에서 설립한 전통 있는 미
션스쿨이다.

"네." 하시모토 다에코가 고개를 끄덕였다. "수준이 아주 높죠. 최상위권 학생이 아니면 도전하기 어려워요."

"그렇겠지요." 맞장구는 쳤지만 선뜻 감이 오지 않았다. 실은 헤이스케는 요즘 다들 얘기하는 등급 같은 것도 잘 알지 못했다.

몇 초 뒤, 그는 다시 눈이 둥그레졌다. "모나미가 그런 학교에 가겠다고 했습니까?"

"구체적으로 어떤 학교라고 말한 건 아니고요. 아직 정하지는 못했다는 투로 얘기했어요. 중학교 진학에 대해 아버님은 모르셨어요? 저는 아버님과 상의해서 결정한 줄 알았는데요."

"아뇨, 전혀 몰랐습니다."

"그러셨군요. 그럼 모나미 혼자 생각한 모양이네요." 그렇게 말하고 하시모토 다에코는 보리차를 한 모금 마셨다. 그 입가를 헤이스케는 저도 모르게 빤히 쳐다보았다. 유리잔 가장자리에 립스틱이 찍히는 상상이 한순간 머릿속에 떠올랐다. 하지만 그녀가 테이블에 내려놓은 유리잔에 립스틱은 묻어 있지 않았다.

잔에서 눈을 돌리며 헤이스케는 팔짱을 꼈다.

"그 애가 왜 그런 얘기를 꺼냈을까요?"

"장래를 생각해서 내린 결론이라고 했어요."

"네에……."

나오코의 얼굴과 함께 '장래'라는 말을 떠올리자 묘하게 꺼끄러운 느낌이 들었다. 별 생각 없이 넘어갈 문제가 아니었다. 초등학교 6학년 모나미의 모습으로 존재하는 이상, 모나미로서의 장래도 분명 존재한다. 그건 스기타 나오코로서의 장래도 아니고 헤이스케와 함께하는 장래도 아니다. 이미 잘 알면서도 지금까지 외면해왔던 것은 단지 생각하고 싶지 않았기 때문이다. 어떻게든 뒤로 미뤄보려고 했던 것이다. 하지만 나오코는 그렇지 않았다. 그녀로서는 바로 코앞에 닥친 자기 자신의 문제이기 때문에 어찌 보면 당연한 일이었다.

"그게 그러니까, 장래를 생각하면 사립중학교로 진학하는 게 더 좋다는 말인가요?"

"문제는 바로 그거예요." 하시모토 다에코는 헤이스케를 똑바로 마주보았다. 담임선생님의 눈빛으로 바뀌었다. "이것저것 고려해보면 지금 열심히 공부해서 사립중학교로 진학하는 게 장래의 선택지도 많아진다, 라는 게 모나미의 의견이었어요."

"선택지……."

"네에, 모나미가 선택지라고 했어요. 요즘 말투까지 부쩍 어른스러워져서 같이 얘기하다 보면 어린애라는 걸 깜빡깜빡 잊어버리곤 합니다."

그건 그럴 거라고 생각했지만 헤이스케는 시치미를 떼

지 않으면 안 된다.

"아이가 좀 조숙한 것뿐이지요."

"아뇨, 모나미의 경우는 단순히 조숙한 것만은 아닌 거 같아요. 어른인 척하는 게 아니라 실제로 내면에서 배어나오는 안정감 같은 게 있거든요. 지난번에도 우리 반 남학생들이 청소시간에 자꾸 장난치고 떠드니까 모나미가 나서서 혼을 내줬는데 그 말투가 저보다 훨씬 더 카리스마가 있는 게······." 거기서 하시모토 다에코는 멈칫 입을 가렸다. "아, 죄송해요. 얘기가 옆길로 빠져버렸네요."

"아뇨, 아뇨. 그런데 선생님은 어떻게 생각하십니까?"

"저는 사립중학교에 진학한다고 꼭 선택지가 넓어지는 건 아니라고 생각해요. 공립학교도 나름대로 장점이 있으니까요. 이쪽 학군에서라면 제3중학교에 가게 되는데 거기도 학풍이 상당히 훌륭하고 학력 수준도 비교적 높은 편이에요. 하지만 모나미의 의지가 확실하다면 그 뜻을 존중해주고 싶은 마음도 있습니다. 그래서 우선 아버님의 의견을 여쭤보려고 이렇게 찾아온 거예요."

"의견이고 뭐고, 저는 처음 듣는 얘기라서······."

"그러시겠죠. 저도 놀랐어요."

"사립중학교에 가려면 따로 준비해야 할 게 있습니까?"

"이래저래 준비할 게 많죠. 자료를 수집해서 학교도 선택해야 하고, 모나미는 당연히 입시 공부도 해야 합니다.

전국 모의 테스트를 봐두는 게 좋거든요."

"엇?" 헤이스케는 저도 모르게 얼굴을 쓰윽 내밀었다. "입시라니, 중학교인데도 시험을 봐야 합니까?"

"네, 당연히 시험을 봐야죠." 하시모토 다에코는 눈이 둥그레져서 대답했다. 그런 것도 모르느냐는 표정이었다.

"하지만 시험이라고 해도 간단한 지능 테스트 정도 아닌가요? 퀴즈문제 같은 식의."

아뇨, 라고 여교사는 고개를 저었다.

"학교별로 작문만 보는 경우도 있지만 그건 기껏해야 한두 군데뿐이에요. 대부분의 사립은 국어와 수학 시험이 있습니다. 거기에 작문이 붙는 게 일반적이에요. 과학과 사회까지 시험을 보는 학교도 있는데요."

"그러면 고교 입시와 다를 게 없는데요?"

"그렇죠. 그래서 중학교 입시는 고교 입시 때 겪어야 할 경쟁을 미리 치른다는 의미도 있어요. 모나미가 얘기한 선택지 속에 고교 입시는 건너뛴다는 것도 포함되어 있는 셈이죠."

"그렇군요."

나오코는 어느 틈에 그런 것까지 알아봤을까, 하고 헤이스케는 생각했다. 그리고 답은 바로 나왔다. 그가 회사 일로 여념이 없을 때 나오코 혼자 고민했던 게 틀림없다.

"다만 어린 나이에 그런 입시 경쟁에 시달리는 것은 담임인 저로서는 그리 바람직하지 않다고 생각해요. 그래서 모나미에게도 조금 더 고민해보자고 얘기했어요."

"알겠습니다. 찬찬히 상의해봐야겠네요."

"네, 그렇게 해주세요. 주제넘지만 한 말씀 드리자면 모나미가 지금처럼 반 친구들과 함께 어울렸으면 하는 바람이 있어요. 훌륭하게 리더 역할을 하고 있으니까요. 하지만 입시 공부에 쫓기면 친구들과 뛰어놀 시간도 없거든요. 그게 안타깝죠." 하시모토 다에코는 웃음을 지으며 말했다.

그럼 이만, 이라고 그녀가 자리에서 일어섰을 때, 현관문 열리는 소리가 났다. 이어서 "다녀왔습니다"라는 나오코의 목소리가 들렸다.

"모나미가 왔네요." 하시모토 다에코가 헤이스케를 돌아보았다.

그때 다시 나오코의 목소리가 이어졌다. "현관에 왜 구두가 나와 있지?" 그리고 이어서 큰 소리로 말했다. "저기, 슈퍼에 귀한 게 나왔더라고. 토란대야, 토란대. 10년 전이었나, 오사카 이모 집에서 먹었잖아. 그게 딱 눈에 띄더라니까. 도쿄에서는 보기도 힘든 건데……."

말을 하면서 복도를 건너온 나오코는 거실 입구에서 입과 걸음을 동시에 딱 멈췄다. 건전지 떨어진 인형 같았다.

"서, 선생님이 왜 여기에?" 담임교사와 헤이스케의 얼굴을 번갈아 바라보았다.

"아버님과 잠깐 할 얘기가 있어서 왔어." 그렇게 말하고 하시모토 다에코는 나오코가 들고 있는 슈퍼마켓 봉투로 시선을 옮겼다. 지름 2센티미터쯤의 길고 불그죽죽한 토란대가 튀어나와 있었다. "그게 토란대야?"

"네, 토란대."

"와아." 하시모토 다에코는 뭔가 이해가 안 된다는 표정을 하고 있었다.

"그게…… 실은 1년 전에 오사카 친척 집에서 먹어본 거라서 사온 모양입니다." 헤이스케가 서둘러 수습에 들어갔다. "모나미, 뭘 착각한 거야? 방금 10년 전이라고 잘못 말했잖아."

"그랬었나? 실례, 1년 전이에요, 1년 전."

"아, 작년이었구나. 근데 그거 어떻게 해먹는 거야? 샐러드로?"

"아뇨, 삶아야죠. 아린 맛이 있거든요. 별로 어렵지 않아요."

"모나미가 그런 것도 할 줄 알아? 대단하다."

"10년…… 아니, 1년 전에 친척집에서 요리하는 걸 옆에서 거들면서 배웠거든요. 그때 메모해둔 게 어딘가 있을 거예요."

"정말 기특하네. 다음에 선생님한테도 가르쳐줄래?"

"언제든지 좋아요. 요즘 젊은 사람들은…… 아, 저도 그렇지만, 이런 요리는 거의 안 한다니까요."

요리에 대한 화제라서 그런지 말투가 전혀 아이답지 않
았다. 헤이스케는 조마조마한 마음으로 서둘러 끼어들었
다.

"모나미, 선생님이 지금 나가시려던 참이야. 바쁘실 텐
데, 얘기가 길어지면 난처하지."

"네." 나오코는 짐을 든 채 다시 현관 쪽으로 나갔다.

"아까 구두가 왜 나와 있냐고 했던가?" 구두를 신으면서
하시모토 다에코가 나오코를 돌아보며 물었다.

"네, 엄마 것과 똑같아요. 그래서 엄마 구두가 왜 나와
있나 했어요." 나오코가 대답했다.

"이 구두가? 정말?"

"정말이야?" 헤이스케도 묻고 있었다.

나오코는 고개를 끄덕였다. "엄마가 좋아하던 구두예요.
근데 선생님이 훨씬 더 잘 어울리네요. 엄마한테는 너무
화려한 데다 선생님처럼 발목이 가늘지 않아서 별로였는
데."

"아이, 그렇게 찬찬히 쳐다보면 부끄럽잖아." 하시모토
다에코가 뒷걸음질을 치며 헤이스케를 향해 머리를 숙였
다. "그럼 저는 이만 실례하겠습니다."

"예에."

하시모토 다에코가 돌아간 뒤, 헤이스케는 현관문 고리

를 단단히 잠갔다. 나오코는 벌써 안으로 들어가고 없었다. 거실로 가보니 그녀는 주방에서 슈퍼마켓 봉투의 채소들을 꺼내고 있었다.

"사립중학교 간다는 얘기, 나한테는 한 번도 안 했잖아." 그녀의 뒷모습에 대고 말했다.

"차차 얘기하려고 했어." 싱크대를 등지고 나오코가 돌아섰다.

"어떻게 된 거야. 왜 그런 얘기를 말도 없이 정했어?"

"아직 정한 거 아니야. 이제부터 상의해보려던 거였지."

"얘기해봐. 왜 그런 생각을 했는데?"

"우선 첫째로는 꽤 오래전부터 막연히 생각해온 일이라는 거."

"오래전부터?"

"이런 일이 생기기 전부터." 나오코가 양팔을 펼치며 말했다. "모나미가 살아 있을 때부터, 라는 뜻이야. 우리 모나미는 사립중학교에 보내는 게 좋겠다고 생각했었어. 그것도 대학까지 그대로 올라가는 중학교로. 그러면 고입에 대입에 시험 치르느라 고생하지 않아도 되잖아."

"그러니까 나오코가 앞으로 힘들게 공부하는 게 싫어서 일찌감치 편한 길을 선택하겠다는 거네?" 헤이스케의 말에 왠지 비꼬는 느낌이 담겼다.

"글쎄 끝까지 들어봐. 내년이면 중학교 진학이라고 생각했을 때 바로 사립중학교가 떠오른 건 예전부터 그쪽을 염두에 뒀기 때문이야. 하지만 그다음부터는 전혀 달라. 왜냐면 실제로 중학교에 가는 건 모나미가 아니라 나잖아. 나는 또 다른 이유에서 역시 사립중학교에 가야겠다고 마음먹은 거야."

"또 다른 이유라니, 뭔데."

"간단해." 나오코는 싱크대에 몸을 기대고 한쪽 다리를 X로 엇갈렸다. "공부가 하고 싶어."

"뭐?" 헤이스케는 눈이 휘둥그레졌다. 전혀 예상도 못 한 말이었다. 놀란 끝에 웃음이 터졌다. 그는 웃었다. 웃으면서 책상다리를 틀고 앉았다. "진짜야? 초등학생 문제를 술술 풀었다고 도쿄대 합격하는 건 아닙니다요."

하지만 나오코의 얼굴은 흔들림이 없었다. 무표정하게 선언하듯이 말했다.

"나, 지금 진지하게 얘기하는 건데."

차가운 목소리였다. 생김새가 어린애라서 더더욱 차갑게 느껴졌다. 헤이스케의 웃음기가 순식간에 날아갔다.

"내가 이렇게 되고 벌써 석 달이 지났어. 당신은 지금 내가 어떤 느낌일 거 같아? 혼자 끙끙 고민하면서, 왜 이렇게 됐는지 한탄하면서, 하루하루를 보냈을까?"

아니, 라고 그는 고개를 저었다.

"물론 슬퍼질 때도 있었어. 별 보잘것없는 나오코였지

만, 그래도 내 나름대로 열심히 살아왔으니까. 가능하면 그 인생을 계속 살고 싶었어. 무엇보다 당신하고 모나미하고 셋이서 살던 때로 돌아가고 싶었어. 하지만 돌아갈 수 없는데 어쩌겠어? 기왕 돌아갈 수 없게 된 거, 이 두 번째 인생을 어떻게 살아갈지 생각해보는 수밖에 없잖아. 그래서 고민한 거야. 어떻게 하면 좋을지, 날마다 열심히 고민해봤어. 그 결과 나온 답은 딱 한 가지야. 이전과 똑같은 후회는 하지 말자는 거."

"후회라니?"

헤이스케가 묻자 그녀는 빙그레 웃었다.

"당신도 가끔 그런 얘기를 했었잖아. 젊은 시절에 공부를 좀 더 열심히 했으면 좋았을 거라고. 나도 그것과 똑같은 생각이 저절로 들더라니까."

"흠……."

"부모라면 누구라도 내 아이가 꿈을 이뤄주기를 바라잖아. 당신은 어땠는지 모르지만, 나는 모나미에게 기대했던 꿈이 있었어. 그건 이를테면 피아니스트라든가 스튜어디스라든가, 그런 구체적인 것이 아니야. 나는 모나미가 어쨌든 자립적으로 살아가는 여자가 되었으면 했어. 마음뿐만 아니라 경제적으로도. 남자에게 기대지 않아도 살아갈 수 있는 똑똑한 여자로 키우고 싶었어. 그리고 가능하면 최고가 되기를 바랐어." 또릿또릿한 어조로 그녀는 말했다.

"나오코." 헤이스케는 혀로 입술을 축이고 그다음 말을 이었다. "당신, 나하고 전업주부로 사는 거, 불만이었어? 내내 후회했던 거야?"

"그렇지는 않아. 나는 당신의 아내인 게 좋았어. 아주 만족스러웠어. 그러니까 전업주부 일을 내던지고 바깥일을 해보고 싶었다든가, 그런 얘기를 하려는 게 아니야."

"하지만 모나미가 당신처럼 전업주부로 사는 건 원하지 않았다는 얘기잖아."

나오코는 천천히 고개를 저었다.

"그런 게 아냐. 자립적인 여자가 전업주부가 되겠다면 그건 괜찮지. 내가 싫었던 건 자립하지 못한 여자가 어쩔 수 없이 전업주부로 들어앉는 구조야. 남편이 싫어졌는데도—오해하지 마, 이를테면 그렇다는 얘기니까—단지 먹고살기 힘들어서, 나가기가 겁이 나서 사회에 진출하지 못하는 경우가 많잖아. 그런 식으로 사는 건 모나미는 하지 말아줬으면 했던 거야. 남자에게 매달려 살 수밖에 없는 인생이라니, 너무 비참하잖아. 나는 진짜 운이 좋았던 것뿐이야. 당신을 만났으니까. 하지만 당신이 아니라 다른 몹쓸 남자였다면 어땠을까 싶더라고. 결국 내 행복이라고 해봤자 모두 당신에게 걸린 거였어."

"그걸 비참하게 생각했어?" 헤이스케는 물어보았다.

나오코는 한 차례 심호흡을 했다. 그러고는 남편을 똑바로 마주보았다.

"이런 때, 괜히 듣기 좋은 소리 해봤자 별 볼 일 없으니까 확실하게 말할게. 비참하게 생각했던 적이 있었어. 몇 번쯤은."

"그랬구나." 헤이스케는 한숨을 내쉬었다.

"미안해. 당신을 불쾌하게 하려는 게 아니야. 당신은 전혀 잘못한 거 없어. 잘못한 건 나였지. 멍하니 편하게만 살다가 새삼스럽게 비참하네 마네 할 것도 없었어."

"나오코는 평범하게 잘 살았어, 내가 보기에는."

"물론 내가 남들보다 유난히 비참했다고는 생각하지 않아. 그래, 당신 말대로 평범했어. 그걸 비참하다고 생각하느냐 마느냐는 본인이 생각하기 나름이겠지?"

헤이스케는 테이블 상판을 손끝으로 톡톡 쳤다. 어떻게 답해야 할지 알 수 없었다.

"아무튼 그래서." 나오코가 말했다. "나는 모나미를 대신해서 자립적인 여자가 되기로 결심했어. 이렇게 인생을 다시 살아볼 수 있는 기회가 주어지다니, 다른 어느 누구도 누릴 수 없는 일이잖아. 이런 기적을 쓸모없이 흘려보내고 싶지 않아."

열변을 토하는 나오코를 보면서, 옛날에 이런 느낌의 여자애가 있었는데, 라고 헤이스케는 기억을 더듬었다. 중학교 1학년 때 동급생이었던 그 여자애는 3학년 1학기 때 학생회장이 되었다.

"그래, 그건 뭐, 충분히 이해할 만하네." 헤이스케는 말했다. 센스 있는 말이 하나도 떠오르지 않는 게 스스로도 한심했다.

"고마워. 그렇게 생각한 끝에 본격적으로 공부하기 위해서는 거기에 걸맞은 자리에 들어가야 한다는 결론을 내린 거야."

"그게 사립중학교라는 건가?"

"일단은 그렇지. 하지만 사립이라고 어디든 다 좋다는 건 아니야. 최상위 등급의 학교가 아니면 안 돼. 그리고 거기서 고등학교와 대학교까지 자동으로 올라가는 곳이라도 나는 그대로 따라갈 생각은 없어. 그 시점에서 다시 내가 입학할 수 있는 최고 수준의 학교를 목표로 뛰어볼 계획이야."

"흠, 대단한 결심이야. 나는 자꾸 뒤처질 듯한 느낌이 드는데?" 헤이스케는 머리를 긁적이면서 웃는 얼굴을 지었다. 농담처럼 한 말이지만 실은 본심이었다. 숨김없는 본심이라는 것을 그 자신도 알고 있었다.

"단단히 마음먹고 시작해야지. 입시는 전쟁이잖아." 자신의 말에 납득한 듯 나오코는 몇 번이나 고개를 끄덕였다.

"근데 그걸 꼭 중학교 때부터 시작해야 하나? 우선 가까운 공립중학교에 다니다가 고등학교 입시 때부터 열심히 하는 방법도 있잖아. 하시모토 다에코 선생님이 여기 제3 중학교도 나쁘지 않다고 하던데."

"그건 안 돼." 헤이스케의 말에 나오코는 날카롭게 고개를 가로저었다. "하시모토 다에코 선생님은 아직 어려서 현실을 잘 모르는 거야."

"어리다니, 벌써 몇 년째 교사 생활을 해왔을 텐데."

"글쎄 아니라니까. 사람은 참 착하고 좋은데 아직도 순진한 소녀 같은 데가 있더라고. 그래서 현실을 만만하게 보는 거야."

생김새는 초등학생이지만 속내는 서른여섯 살의 성인여성이다. 젊은 여교사에 대해 가차 없이 평가를 내리고 있었다.

"너무 나쁘게 얘기하지는 마. 걱정해서 일부러 가정방문까지 해줬는데."

"어?" 나오코가 고개를 갸우뚱하며 헤이스케를 보았다. "유난히 선생님 편을 드네?"

"내가 뭘." 헤이스케는 입을 툭 내밀었다.

"됐다, 됐어." 나오코는 고개를 홱 돌렸다가 다시 헤이스케를 보았다. "아무튼 그러니까 사립중학교에 진학하는 거, 당신도 인정해줬으면 해. 공립에 비해 수업료가 엄청 비싸서 아빠의 이해와 협력이 필요하거든."

방금 전까지 계속 '당신'이라고 하던 게 갑작스럽게 '아빠'로 바뀌었다. 자기 사정에 따라 편리할 때만 '아빠' 대접을 해주는가, 라고 헤이스케는 생각했다. 하지만 그런 말을 입 밖에는 내지는 못했다.

"원하는 대로 해." 그는 대답했다. 그것 말고 다른 말은 하나도 생각나지 않았다.

"고마워." 나오코는 순수하게 기뻐했다. "열심히 하겠습니다. 자아, 그럼 우선 토란대부터 삶아볼까."

그녀는 싱크대 쪽으로 돌아서서 도마를 손에 들었다.

저녁 반찬은 토란대 나물 말고도 전갱이 소금구이와 껍질콩 무침까지 나왔다. 하나같이 맛있었다. 특히 구수한 육수가 폭 스며든 토란대는 각별한 맛이었다. 10년 전에 한 번 먹어본 요리를 그대로 재현해내는 솜씨에 헤이스케는 다시금 감탄했다. 이런 요리를 할 줄 안다면 군이 고생스럽게 공부해가며 좋은 학교에 갈 필요도 없는데, 라고 생각했다.

저녁식사가 끝나자 나오코는 곧장 설거지를 시작했다. 야간 중계방송을 보고 있던 헤이스케는 그릇 씻는 소리가 마음에 걸렸다.

"뭘 그렇게 급하게 서둘러? 좀 쉬었다가 나하고 함께 하자."

"아냐, 시간이 아까워." 손을 멈추지 않고 그녀는 대답했다.

시간이 아깝다는 말의 의미를 알게 된 것은 설거지가 끝났을 때였다. 그녀는 손을 쓱쓱 닦더니 잠깐 앉아서 쉬는 법도 없이 그대로 계단으로 향했다.

"어디 가?" 헤이스케가 물었다.

"내 방에. 오늘부터 하루에 최소 두 시간은 공부하기로 했어."

"오늘부터? 당장 시작이야?"

"쇠뿔도 단김에 빼라잖아." 열한 살의 생김새와는 어울리지 않는 옛날 속담을 내던지고 나오코는 통통통 계단을 뛰어올라갔다.

별수 없이 헤이스케는 다시 텔레비전 화면으로 시선을 돌렸다. 자이언츠가 히로시마 팀을 상대로 고전을 면치 못하고 있었다. 원아웃에 주자는 2루와 3루. 타석에는 야마모토 고지, 투수는 자이언츠의 에가와 스구루. 다른 때 같으면 마치 야구장에 나가 있는 것처럼 시합에 푹 빠져들었을 것이다. 하지만 오늘은 전혀 집중이 되지 않았다.

그의 눈이 거실 한구석에 던져둔 가방을 포착했다. 그것을 집어다 위를 열었다. 살그머니 아까 사 온 〈쾌락성단〉을 꺼냈다.

표지를 넘기자마자 여자의 젖가슴이 눈에 뛰어들었다. 밥공기 두 개를 나란히 엎어놓은 것 같고 유두는 옅은 핑크색이다. 허리는 가늘고 다리는 길다. 모델의 나이는 갓 스무 살쯤일 것이다.

이 모델의 화보 사진은 여섯 페이지였다. 사진 한 장 한 장이 남자의 욕망을 자극하는 포즈로 찍혀 있었다. 황홀한 듯한 표정은 성행위가 한창인 순간을 연상시켰다.

헤이스케는 어느 틈엔가 발기했다. 손이 무의식중에 아래로 내려갔다.

안 한 지 꽤 오래됐구나, 라고 생각했다. 나오코와 마지막으로 잠자리를 한 것은 분명 버스 사고 전날 밤이었다. 내가 친정 간 사이에 행여 바람피우면 안 된다나 뭐라나 하면서 그녀 쪽에서 헤이스케 옆으로 다가온 것이다.

그는 잡지를 들고 자리에서 일어섰다. 발소리를 내지 않게 조심조심 화장실로 갔다.

슬림한 몸매의 누드모델을 들여다보며 그는 일을 치렀다. 하시모토 다에코의 얼굴을 그 나체에 겹쳐보고 있었다.

18

7월로 접어들었다. 연일 비가 내리더니 오랜만에 아침부터 파란 하늘이 펼쳐진 날이었다.

"오늘 꽤 덥겠다. 다들 좋아하겠네." 아침을 먹던 젓가락을 멈추고 나오코가 밖을 내다보면서 말했다. 반찬은 간밤에 먹다 남은 튀김이다. 평소 같으면 여기에 된장국이라도 나왔을 텐데 오늘 아침에는 그것도 없었다. 나오코가 늦잠을 잤기 때문이다. 하지만 어제 밤늦도록 공부했다는 것을 뻔히 알고 있어서 반찬투정 따위를 할 마음은 없었다.

"더운데 왜 좋아해?"

"오늘, 이거 하거든." 젓가락을 든 채 나오코가 양팔을 번갈아 저었다.

"와아, 좋겠네. 수영이야?"

"응. 근데 몇 년 만인지도 모르겠어. 다 잊어버렸으면 어쩌지?"

"그건 자전거하고 똑같아서 잊어버리지 않는다던데." 헤이스케는 밥을 입에 몰아넣었다. 하지만 퍼뜩 생각난 게 있어서 얼굴을 들었다. "모나미는 수영 잘했지?"

"그럼, 잘했지, 수영스쿨에도 다녔는데. 자유형이든 평영이든……." 말을 하다가 나오코의 얼굴빛이 변했다. "앗, 평영……."

"괜찮겠어?"

"괜찮지 않아." 나오코는 고개를 홰홰 저었다. "큰일 났네."

나오코가 자유형밖에 못 한다는 것을 헤이스케는 알고 있었다. 젊은 시절에 함께 바다에 갔을 때, 얼굴에는 물 묻히기 싫다고 했으면서 막상 바다에 들어가자 철썩철썩 자유형만 했다. 그때 나오코의 몸은 젊고 싱싱했다. 지금과는 다른 의미에서.

"내가 알기로는 모나미는 작년 여름에 교내 수영대회에도 나갔어. 게다가 평영으로."

"진짜 큰일이네. 이제야 갑자기 평영은 못한다고 할 수도 없잖아. 에이, 나도 몰라, 생리 중이라고 해야겠다. 칫, 모처럼 수영하기 딱 좋은 날씨인데." 나오코는 시무룩해졌다. 그런 얼굴을 하고 있으니까 진짜 초등학생 같았다.

집을 나서는 건 헤이스케가 약간 빠르다. 구두를 신고 있는데 나오코가 갑자기 손뼉을 따악 쳤다.

"아차, 깜빡 잊고 말을 안 했네? 어제 저녁에 아빠한테 전화 왔었어."

"누가?"

"가지카와 씨랬어. 그 운전기사의 부인인가 봐."

"가지카와 씨라면 당연히 그 부인이지. 뭐래?"

"용건은 안 물어봤어. 다시 전화하겠대."

"그래?" 무슨 일일까. 전에 다바타 제작소에서 만난 뒤로는 전혀 왕래가 없었다.

"이따 저녁때 전화해보든지." 나오코가 말했다.

"전화번호 물어봤어?"

"안 물어봤어. 아빠가 아는 줄 알고."

"나도 모르는데? 됐어, 나중에 또 전화하겠지." 말을 하면서 가지카와 세이코가 연락해온 이유를 곰곰 생각해보았다. 하지만 아무것도 떠오르지 않았다.

그런데 그날 출근하자마자 고사카 과장이 다시 다바타 제작소에 다녀오라는 것이었다.

"D형 인젝터의 시작품, 지난번 위치 정하는 문제가 해결됐다니까 가서 잠깐 살펴보고 와야겠어. 무슨 특수한 지그를 쓴다니까 그 도면도 받아와야 해. 헤이스케 씨가 정 바쁘면 누구 다른 사람을 보내도 괜찮아."

"아뇨, 제가 갈게요. 자세한 얘기도 듣고 싶고."

"그래주면 고맙지. 그쪽에는 내가 연락할게." 고사카가 안도한 얼굴을 했다. 그러고는 뭔가 생각난 듯 빙글빙글 웃었다. 직장 상사에서 친한 아저씨 얼굴로 바뀌었다. "그나저나 꽤 괜찮은 얘기가 들어왔어."

"괜찮은 얘기라뇨?"

"서른다섯 살이래. 세상 떠난 부인보다 좀 더 어리지? 게다가 초혼이야. 사진을 봤는데 인상이 아주 좋더라고."

무슨 얘기인지 딱 알아듣고 헤이스케는 손을 내저었다. 고개도 함께 저었다.

"그럴 생각, 전혀 없어요."

"알지, 알아. 본인은 다 그런 거야. 그래서 이런 일은 주변 사람들이 서둘러줘야지. 아무튼 한번 만나나봐."

"아뇨, 아무리 그래도 너무 성급한 얘기죠."

"그런가? 자네 생각이 정 그렇다면 억지로 떠밀 수야 없지. 근데 말이야." 고사카는 헤이스케의 귓가에 입을 바짝 댔다. "그거는 어떻게 해결해? 이제 슬슬 힘든 거 아냐?"

그거, 라는 게 무엇인지 헤이스케도 알아들었다.

"그런 거 전혀 없어요. 그럴 마음도 안 납니다."

"어허, 그럴 리가. 못 믿겠는데?" 고사카는 의심스럽다는 듯 고개를 외로 꼬았다.

"아무튼 다바타 제작소는 제가 다녀올게요." 헤이스케는 재빨리 고사카에게서 도망쳤다.

회사 서비스용 차량이 마침 비어서 그걸 타고 다바타 제작소로 향했다. 다른 공장이나 하청업체에 가는 건 좋아하는 편이다. 정확히 말하면 이동하는 시간이 좋았다. 같은 직장에서 같은 동료들과 같은 일을 계속하다 보면 이따금 세상에 뒤처진 듯한 느낌이 든다. 그럴 때 짧은 시간이나마 회사를 벗어나면 자신이 지금 어떤 위치에 있는지 확인할 수 있는 것이다.

다바타 제작소 측과의 회의는 한 시간여 만에 끝났다. 문제가 생긴 게 아니라 해결된 얘기를 듣는 것이라서 마음 편한 업무였다. 그쪽 젊은 담당자도 내심 자랑스러워하는 눈치였다.

회의 뒤에 헤이스케는 코일 팀 쪽으로 나가봤다. 가지카와 세이코에게서 전화가 왔다는 나오코의 전언이 생각났기 때문이다.

하지만 줄지어 앉은 작업자 중에 그녀의 모습은 눈에 띄지 않았다. 헤이스케는 책임자 자리로 갔다. 주임, 이라고 적힌 팻말이 보였다. 각진 얼굴이 험상궂게 보였지만 눈매가 선한 남자였다. 분명 작업자들을 세심하게 배려해주는 성품일 거라고 헤이스케는 짐작했다. 그러지 않고서는 이런 곳의 책임자 일을 맡기가 어렵다.

"그 사람, 요즘 일을 쉬고 있어요." 가지카와 세이코에 대해 물어보자 주임은 즉각 말했다. "몸이 안 좋다고 해서 우리도 걱정하던 참입니다."

"혹시 병원에 입원이라도 한 건가요?"

"그런 자세한 얘기까지는 못 들었어요." 주임이 고개를 갸우뚱했다. "그런데 가지카와 씨에게 무슨 볼일이라도?"

"아뇨, 제가 좀 아는 분이라서." 헤이스케는 인사를 건네고 작업장을 나왔다.

가지카와 세이코의 가녀린 몸과 창백한 얼굴이 머릿속에 떠올랐다. 상당히 무리를 해가면서 일해왔는지도 모른다. 게다가 세상의 차가운 시선도 견뎌야 했을 것이다. 집에 걸려온 욕설 전화의 음습한 목소리가 고막에 되살아났다.

하지만 그런 상황에서 왜 나한테 전화를 했을까. 헤이스케는 점점 더 걱정이 커져갔다.

공장을 나와 헤이스케는 차에 올랐다. 시동을 켜고 기어를 넣으려는 참에 도어포켓에 꽂힌 도로 지도가 눈에 들어왔다. 그것을 꺼내 도쿄 서부의 확대 페이지를 펼쳤다.

조후의 가지카와 세이코의 집은 여기서는 바로 가까운 곳이었다.

그는 손목시계를 확인했다. 오전 11시를 넘긴 시각이다. 지금 회사에 들어가도 금세 점심시간이다.

기어를 넣고 천천히 차를 출발시켰다.

지난번에 택시로 가본 적이 있어서 길은 기억이 났다. 눈에 익은 연립주택 앞 골목에 차를 세웠다.

2층으로 올라가 가지카와라는 문패 옆의 차임벨을 눌렀

다. 인터폰은 달려 있지 않았다.

응답이 없어서 다시 한번 누르려는데 문 너머에서 소리가 들렸다. "누구세요?"

딸 목소리였다. 이름이 분명 이쓰미라고 했다.

"갑작스럽게 미안합니다. 스기타라고 합니다."

문이 살짝 열렸다. 체인이 걸린 채였다. 그 너머로 소년처럼 무뚝뚝한 이쓰미의 얼굴이 보였다.

"잘 있었어? 어머니, 집에 계시니?"

헤이스케가 말하자 잠깐만요, 라면서 그녀는 일단 문을 닫았다. 그런데 곧바로 체인을 풀지 않고 한참을 서 있게 한 다음에야 달칵 하는 금속소리가 났다. 아마 어머니에게 헤이스케가 왔다는 것을 전해준 모양이다.

"들어오세요." 이쓰미가 굳은 표정으로 맞아주었다.

"실례합니다."

그가 현관 앞에 들어서는 것과 동시에 안쪽 장지문이 열렸다. 초췌한 얼굴에 힘없는 미소를 띤 가지카와 세이코가 놀란 기색으로 나타났다. 타월지의 긴 원피스를 입고 있었다.

"스기타 씨가 어떻게 여기까지?"

"다바타 제작소에 볼일이 있어 나온 길에 잠깐 들렀습니다. 어젯밤에 전화를 하셨다고 들었어요. 그런데 댁 전화번호를 몰라서 갑작스럽게 실례를 하게 됐네요."

"그렇군요. 저는 전에 피해자 모임에 나갔을 때 명부를 받아와서 스기타 씨 전화번호도 알고 있었죠."

"아하, 그 명부." 헤이스케는 그제야 이해하고 고개를 끄덕였다. "그런데 회사 일을 쉬고 계신다던데요."

"몸이 좀 안 좋아서……. 어서 들어오세요. 뭔가 시원한 것을 드려야겠네."

"아뇨, 괜찮습니다. 그보다 전화하신 용건이 궁금해서요." 헤이스케는 곧장 본론으로 들어갔다. 여기 오기 전에 집 안에는 절대 들어가지 않기로 결심했었다.

그가 느긋하게 얘기를 나눌 생각이 없다는 것을 눈치챘는지 세이코는 더 이상 권하지 않았다. 고개를 숙인 채, 잠시만 기다리라면서 안쪽 방으로 사라졌다.

그러자 여태 싱크대 쪽에서 뭔가 달그락거리던 이쓰미가 쟁반에 시원한 보리차가 든 유리잔을 내왔다. "드세요."

"오, 고맙다." 헤이스케는 서둘러 유리잔을 들었다. "어머니는 어디가 아프시지?" 작은 소리로 물었다.

이쓰미는 잠시 망설인 끝에 입을 열었다. "갑상선……."

"그렇구나." 뭐라고 대답해야 할지 몰라서 헤이스케는 고개만 끄덕이고는 보리차를 마셨다.

갑상선이라고 구체적으로 말하는 걸 보면 아마도 병원에서 그런 진단이 내려진 것이리라. 하지만 갑상선이 안 좋으면 어떻게 되는지, 어떤 병명이 있는지, 헤이스케는 전혀 알지 못했다. 애초에 갑상선이 몸의 어디에 있는 기관인지도 알지 못했다.

"잘 마셨어. 이쓰미는 오늘 학교 쉬는 날이었어?"

"아뇨, 엄마가 다른 때보다 더 아픈 거 같아서……."

"그래서 학교에 안 갔어?"

이쓰미는 짧게 고개를 끄덕였다. 헤이스케는 저절로 한숨이 나왔다. 불행은 쌍으로 온다더니, 바로 이런 경우구나, 라고 생각했다. 가지카와 모녀는 지금 불행하기로는 세상에서도 다섯 손가락 안에 꼽힐 만한 처지인 게 틀림없다.

가장인 아버지가 불귀의 객이 되고 이제 어머니까지 병으로 쓰러지면 이 아이는 앞으로 어떻게 살아갈까. 생각하니 헤이스케는 가슴이 아팠다.

세이코가 방에서 나왔다. 손에 종이 여러 장을 들고 있었다.

"남편 유품 속에서 이런 게 나왔어요."

헤이스케는 그 종이다발을 받아들었다. 우체국 현금배달 서류의 사본이었다. 받는 사람의 이름은 매번 '네기시 노리코'였다. 찬찬히 살펴보니 대부분 월초와 월말에 보냈다. 액수는 10만 엔에서 20만 엔 사이, 그리고 어쩌다 20만 엔이 넘는 금액을 보낸 경우도 있었다. 가장 오래된 것은 작년 1월이다. 메모지 한 장이 틈새에 끼어 있고, 거기에 삿포로의 주소가 적혀 있었다.

"이건······." 헤이스케는 세이코를 보았다.

그녀는 천천히 턱을 끄덕였다. "네기시라는 이름은 남편에게서 한 번 들은 적이 있어요. 전에 결혼했던 여자예요."

"그럼 전 부인?"

"네, 맞아요."

"남편분이 전 부인에게 다달이 돈을 보냈던 건가요?"

"그런가봐요." 세이코가 고개를 끄덕였다.

그녀의 입에 달라붙은 쓸쓸한 웃음의 의미를 헤이스케는 이해할 수 있었다. 남편의 마음이 자신들 모녀에게만 있었던 게 아니라는 것을 알고 고독과 허탈함에 휩싸인 것이리라.

"남편분이 전 부인과 이혼한 게 언제쯤이라고 했지요?"

"나도 정확한 건 모르지만, 아마 10년 전쯤이에요."

"그럼 그 10년 동안 계속 송금을 했을까요?"

만일 그렇다면 대단한 의리남이다, 라고 헤이스케는 내심 감탄했다. 이혼 때 생활비와 양육비를 매달 보내기로 약속하고도 그걸 1년 이상 지키는 남자가 거의 없다는 얘기를 들은 적이 있다.

"모르겠어요. 다만 내 느낌으로는 최근 1, 2년이었던 것 같은데······."

즉 최근 1, 2년 사이에 부쩍 돈에 쪼들렸다는 얘기를 하려는 것이다.

"남편분이 이런 돈을 보낸다는 얘기를 한 적이 없는 모양이군요."

"네, 못 들었어요, 한 번도." 세이코가 고개를 떨구었다.

"우리보다 그쪽이 더 중요했던 거야." 뒤에서 이쓰미가 불쑥 말했다. 날카로운 말투에 목소리가 음울했다. 이쓰미, 라고 어머니 쪽이 나무랐다.

식탁 의자에 앉아 있던 이쓰미가 덜컹 소리를 내며 일어서더니 안쪽 방으로 들어가 문을 쾅 닫았다.

"죄송합니다." 세이코가 사과했다. 아뇨, 아닙니다, 라고 헤이스케는 손을 저었다.

"아무튼 이걸로 남편이 그토록 무리하게 일했던 이유가 밝혀졌어요. 그래서 우선 스기타 씨에게라도 알려드리려고 전화했어요. 남편이 왜 그렇게 필사적으로 돈을 벌려고 했는지, 지난번에 물어보셔서."

"그렇습니까. 도박이니 불륜이니, 이상한 소리를 해서 죄송했습니다."

헤이스케가 사과하자 아뇨, 라고 그녀는 고개를 저었다. 그리고 뒤를 이었다. "차라리 그런 것이라면 더 나았을지도 모르겠네요."

마음 깊은 곳에서 흘러나온 얘기 같아서 헤이스케는 할 말을 잃고 멍하니 세이코를 보았다. 그녀는 깜빡 허튼소리를 해버렸다고 후회하는지, 입술을 깨물고 있었다.

"네기시 씨라는 전 부인에게서 그 뒤로 연락은 없었습니까?"

"없었어요, 송금이 뚝 끊겨서 그쪽도 곤란했을 텐데."

"사고에 대한 건 알고 있을까요?"

"아마 알고는 있겠죠."

"알고 있다면 향불 하나쯤은 올리러 와도 좋을 것 같은데 말이에요. 이렇게까지 도움을 받았으면서."

"막상 찾아오기가 힘들었겠지요. 남편이 재혼한 건 그쪽에서도 알고 있었을 테니까요."

"아무리 그래도." 분노의 말을 입에 담으려다가 헤이스케는 꾹 참았다. 자신이 분개하는 것도 이상하다고 생각했기 때문이다. 하지만 이해는 되지 않았다. 위 속에 응어리가 남았다.

그는 들고 있던 현금배달 사본에 시선을 떨구었다.

"이거, 한 장만 가져가도 될까요?"

세이코의 눈이 둥그레졌다. "그야 괜찮지만……."

"딸한테 보여주려고요. 운전기사 분이 사고를 일으킨 원인에 대해 알고 싶어 했거든요."

"그렇군요……."

헤이스케는 사본 한 장을 꺼내 메모지에 적힌 주소를 베껴 적고 나머지는 그녀에게 돌려주었다.

"몸은 좀 어떠십니까? 따님이 간병 때문에 학교를 결석

한 모양인데."

"별거 아니에요. 이쓰미가 괜히 엄마 걱정하느라……."
세이코는 얼굴 앞에서 손을 내저었다. 하지만 그 흔드는
손에도 기운이 없어 보였다.

"힘든 일이 있으면 말씀하십쇼. 장보기도 어려우실 것
같은데. 아, 오늘 저녁식사는 괜찮습니까?"

헤이스케의 말에 세이코는 두 팔을 홰홰 내젓기 시작했다.
"아니, 아니, 괜찮아요. 이제 정말로 그렇게 신경 쓰실
거 없어요." 진심으로 곤혹스러워하는 기색이었다. 그 표
정을 보고 헤이스케는 새삼 서로 간의 입장 차이를 떠올렸
다. 그녀로서는 여기서 이렇게 피해자의 유족과 마주하는
것 자체가 고통스러운 것이다.

"그러면 몸조리 잘하시고 이쓰미에게도 인사 전해주십
쇼." 헤이스케는 고개를 숙인 뒤 문 밖으로 나왔다.

"일부러 여기까지 찾아주시고, 정말 고맙네요." 세이코
도 몇 번이나 머리를 숙였다. 울면서 웃는 듯한 그 표정이
헤이스케의 눈꺼풀 속에 낙인처럼 찍혔다.

차로 돌아와 시동을 걸면서 이번에도 또 깜빡 잊고 전
화번호를 묻지 않았다는 게 생각났다. 하지만 그는 그대로
차를 출발시켰다. 또다시 이 모녀를 만날 일은 없겠다고
생각했기 때문이다.

그날 밤, 저녁식사가 끝나갈 즈음, 헤이스케는 나오코에

게 낮의 일을 들려주었다. 그녀는 배달서류 사본을 들여다
보며 그의 얘기를 듣고 있었다.

"……그런 거였어. 가지카와 운전기사가 무리하게 일했
던 이유는 도박도 여자도 아니었어." 헤이스케는 젓가락을
내려놓고 팔짱을 꼈다. 책상다리도 틀고 있었다.

"흐음." 나오코는 사본을 테이블에 내려놓았다. "그랬구
나." 어쩐지 반응이 미적지근했다. 전혀 예상도 못한 일이
어서 실감이 안 나는 건가, 라고 헤이스케는 생각했다.

"이 네기시 노리코라는 사람에게서 아무 연락도 없는 게
영 이상하잖아? 사고에 대해 알고 있다면 최소한 장례식
에는 참석하는 게 인지상정인데."

"글쎄." 나오코는 고개를 갸우뚱하더니 남은 오차즈케*
를 마저 먹었다.

"이 사람에게 편지를 보내볼 생각이야." 헤이스케가 말
했다. "실은 그러려고 사본 한 장을 가져온 거야."

나오코가 젓가락을 멈췄다. 의아한 얼굴로 헤이스케를
보았다. "어떤 편지를?"

"우선 가지카와 씨가 사고로 사망했다는 것부터 알려야
지. 혹시 모를 수도 있잖아. 그리고 한 차례 성묘라도 오는
게 어떻겠냐고 얘기해보려고. 이대로 유야무야 넘어가는
건 말이 안 돼."

---

* 고명을 올린 밥에 녹차를 부어 먹는 음식.

"아빠가 왜 그런 걸?"

"왜냐니, 이대로 넘어가면 어쩐지 꿈자리가 사나울 것 같아. 이왕 내친걸음, 이라는 말도 있고."

나오코는 젓가락을 내려놓았다. 정좌한 무릎을 헤이스케 쪽으로 향했다.

"아빠가 그런 일까지 할 필요는 없다고 생각해. 물론 나도 그 가지카와 세이코라는 아줌마가 딱하기는 해. 남편은 죽고 본인은 병까지 들었으니 얼마나 힘들겠어. 근데 미안하지만 나는 그쪽을 동정할 생각은 없어. 우리 일만으로도 충분히 불행하다고."

"그건 그렇지만, 우리는 그래도 어떻게든 살 만하잖아."

"쉽게 말하지 마. 내가 어떤 심정으로 마음을 다잡았는지 알기나 해?"

나오코의 말에 헤이스케는 보이지 않는 손에 뺨을 세게 얻어맞은 느낌이었다. 더 이상 대꾸할 말이 없어서 시선을 툭 떨궜다.

"미안해." 곧바로 나오코가 사과했다. "그게 원래 아빠 성격인데. 힘든 사람을 보면 그냥 넘어가지 못하는 거."

"그런 멋들어진 거 아냐."

"아니, 내가 알지. 아빠는 균형 감각이 있어. 함부로 남을 원망하지 않잖아. 나처럼 엉뚱한 화풀이는 하지 않아." 나오코는 후우 숨을 토해냈다. "솔직히 말하면, 아까 그 애기 듣고 좀 맥이 빠져서 그랬어."

"맥이 빠져?"

"그 가지카와라는 사람이 도박이나 불륜 때문에 돈이 필요했고, 그래서 무리하게 운전하다가 사고를 냈다는 스토리를 내심 기대했었나 봐. 아, 기대했다는 건 좀 이상하지만 아무튼 그게 더 나았겠다는 게 내 본심이야."

"왜? 그런 것 때문에 사고를 냈다면 용서 못 한다고 전에 말했었잖아."

"그게 왜냐면." 나오코는 희미하게 미소를 지었다. "도박이나 불륜 때문이라면 두말할 것 없이 실컷 욕을 퍼부을 수 있잖아. 슬퍼질 때마다 화풀이를 할 수 있어. 이해가 안 될지도 모르지만 내가 처한 상황을 도저히 견디기 어려울 때는 누군가 원망이나 증오를 퍼부을 대상이 필요한 거야."

"……그건 그렇겠다."

"근데 이혼한 전처에게 계속 송금을 해왔다니, 원망할래야 할 수가 없잖아. 증오를 퍼부을 데가 없어져버렸어. 그래서 아빠에게 엉뚱한 화풀이를 했나 봐."

"나한테 그런 건 괜찮아."

"편지, 보내든지." 나오코가 말했다. "아빠가 그러고 싶다면 원하는 대로 해. 어쩌면 진짜로 그쪽에서는 가지카와 씨가 사망한 것을 모를 수도 있으니까."

"아냐, 됐어. 가만 생각해보니까 너무 오지랖 넓은 짓이다." 그렇게 말하고 헤이스케는 배달 사본을 손으로 꾹꾹 뭉쳐서 휘익 던졌다.

19

학교가 가까워질수록 아이들의 환성이 크게 들렸다. 이따금 스피커를 통해 여자 목소리도 귀에 들어왔다. 하시모토 다에코의 목소리는 아니다. 거기에 〈천국과 지옥〉* 연주곡이 캉캉캉캉 흘러나왔다. 운동회는 옛날하고 하나도 바뀐 게 없구나, 라고 헤이스케는 생각했다.

학교에 도착한 것은 12시 전이었다. 몇 학년인지, 한창 줄다리기를 하고 있었다. 영차 영차, 하는 구령소리도 옛날과 똑같다.

이미 보호자석은 학부모들로 채워져 있었다. 아빠들은 거의 대부분 카메라를 손에 들었다. 그중에는 비디오카메라를 거머쥔 사람도 있었다. 헤이스케는 카메라 쪽이다.

나오코를 찾아보며 천천히 운동장 가를 걸었다. 하늘에

---

* 자크 오펜바흐의 대표작 중 하나로, 특히 무용수들이 캉캉 춤을 추는 장면의 무곡 〈지옥의 갤럽〉이 유명하다.

는 적당히 구름이 떠 있어서 운동을 하기에 딱 좋은 날씨였다. 하긴 나오코는 아침에 집을 나설 때까지도 어떻게든 빠질 궁리만 하고 있었다. 쓸데없이 몸이 피곤해질 일은 하고 싶지 않다는 것이었다.

"운동회는 원하는 애들만 하면 좋잖아. 강제로 참가해야 하다니, 말도 안 돼." 투덜투덜하면서 집을 나섰다.

그녀가 빠지려는 이유를 헤이스케는 알고 있었다. 요즘 날마다 수험 공부로 지쳐버린 것이다. 일요일에 운동회를 위해 아침 일찍 나가기가 힘에 부쳤을 게 틀림없다.

6학년 대기장소를 찾았다. 나오코는 어디 있는지 둘러보았다. 하지만 그녀보다 하시모토 다에코의 모습이 먼저 눈에 들어왔다. 박스 속을 들여다보며 공 던지기용 물품을 점검하는 것 같았다.

시선을 느꼈는지 하시모토 다에코가 얼굴을 들었다. 금세 헤이스케를 알아보고 상큼하게 웃으며 다가왔다. 다른 여교사들은 긴 면바지로 다리를 감췄는데 그녀는 흰색 반바지를 입고 있었다.

"회사, 괜찮으셨군요? 모나미는 아빠가 휴일 출근이 많아서 못 오실 거라고 했는데."

"예, 오늘은 괜찮습니다." 헤이스케는 머리에 손을 얹으며 대답했다.

요즘 그는 밤마다 하시모토 다에코의 얼굴을 떠올렸다.

공상 속에서 그녀와 즐거운 시간을 갖곤 했다. 그런 탓인지 막상 마주하자 그녀의 얼굴을 똑바로 볼 수가 없었다.

"줄다리기가 이제 곧 끝날 거예요. 그다음은 점심시간이에요." 하시모토 다에코는 그렇게 말하고 그의 손을 보았다. 빈손이었다. "혹시 도시락은?"

"그게, 도시락 준비를 못 해서 모나미와 밖에 나가서 먹고 오려고 합니다."

보호자가 함께일 경우에는 점심시간에 외식을 허락해준다는 얘기는 모나미에게서 들었다.

"네, 그러셔도 돼요." 하시모토 다에코는 턱에 손을 대고 잠시 뭔가 생각에 잠겼다.

마침 그때 운동장에서는 줄다리기가 끝이 났다. 오후 1시까지 점심시간입니다, 라는 안내방송이 흘러나왔다.

"모나미 만나면 둘이 여기서 잠깐만 기다려주세요. 아시겠죠?"

"……."

헤이스케가 대답을 망설이는 사이에 하시모토 다에코는 어딘가로 뛰어갔다. 별수 없이 그 자리에 서 있었더니 아빠, 하고 부르는 소리가 들렸다. 빨간색 머리띠를 두른 나오코가 작은 손을 흔들며 다가왔다. "왜 이런 데서 멍하니 서 있어?"

"그게……." 헤이스케는 하시모토 다에코의 지시를 알려주었다. 나오코는 "그래?"라고 할 뿐이었다.

이윽고 하시모토 다에코가 돌아왔다. 하얀 편의점 봉투를 손에 들고 있었다.

"괜찮으시면 이거, 드세요. 제가 만든 거라서 맛은 별로 없지만." 그녀는 봉투를 내밀었다. 아무래도 도시락이 들어 있는 모양이다.

"아뇨, 이건 너무 죄송해서. 선생님 드실 도시락일 텐데요."

"제 도시락은 또 있어요. 이런 일을 대비해 넉넉히 준비해왔죠. 걱정 말고 드세요."

"그렇습니까. 모나미, 어떻게 하지?" 헤이스케는 나오코에게 물었다.

"나는 어느 쪽이든 상관없어." 나오코가 머리를 만지면서 대답했다.

"그럼 감사히 잘 먹겠습니다."

"안에 녹차 캔도 있어요." 그렇게 말하고 하시모토 다에코는 교사석으로 갔다.

"정말 수고가 많으시네. 이런 일에까지 신경을 써주고."

헤이스케의 말에 나오코는 어이없다는 눈빛으로 그를 올려다보았다.

"바보 같기는. 도시락을 여러 개 준비해올 리가 없잖아."

"그래도 방금 선생님이 그렇다고 하셨잖아."

"그렇게 말해야 받아줄 테니까 거짓말을 둘러댄 거야. 선생님은 아마 교직원용 빵이나 드실걸?"

"그래? 이거, 너무 미안하네. 다시 돌려드리고 올까?"

"됐어, 됐어. 지금 돌려주면 오히려 더 이상하지."

나오코를 따라 건물 뒤편으로 갔다. 출입구의 작은 계단에 나란히 자리를 잡았다. 운동장은 전혀 보이지 않는다.

"여기는 운동회 기분이 전혀 안 나는데? 보호자석으로 가자."

"여기가 좋아. 그쪽은 먼지가 부옇잖아. 그보다 녹차 캔이나 줘. 목말라."

헤이스케는 봉투에서 녹차 캔을 꺼내 나오코에게 건넸다. 그리고 그 옆의 플라스틱 도시락 통을 열었다. 작은 주먹밥과 컬러풀한 반찬이었다.

"오, 맛있네!" 주먹밥을 한 입 베어 먹고 헤이스케는 말했다. 안에 명란이 들었다.

"모양새도 뭐, 그럭저럭 괜찮네."

"왜 자기 도시락을 내줬지?"

"글쎄요." 나오코는 차를 꿀꺽꿀꺽 마시고 말했다. "아빠를 좋아하는 모양이지."

헤이스케는 입에 든 것을 뿜을 뻔했다.

"허참, 해도 될 농담과 안 될 농담이 있어."

"농담 아냐. 하시모토 다에코 선생님, 아빠가 상당히 마음에 들었나 봐. 오늘도 아빠 오시냐고 나한테 몇 번이나 확인하더라니까."

"나는 애 딸린 사람이야."

"그래도 독신이잖아. 나이 차이도 별로 많지 않고. 그럼 그다음은 생김새인데……." 나오코는 헤이스케의 얼굴을 위아래로 훑어보았다. "응, 여선생님이 좋아할 만한 얼굴이네."

"말도 안 되는 소릴. 그보다 나오코도 이거 먹어봐." 플라스틱 도시락을 그녀 쪽으로 내밀었다.

"모나미라고 해야지, 오늘은!" 나오코가 주위를 둘러보며 작은 소리로 말했다.

"아차, 미안, 미안. 모나미." 헤이스케는 여전히 그녀를 딸의 이름으로 부르는 게 익숙해지지 않았다.

나오코는 손을 쓱 뻗어 달걀말이를 집었다. 그리고 입에 널름 넣었다.

"달걀말이, 좀 짜다. 음식 솜씨는 별로인가?" 고개를 갸웃거렸다.

하시모토 다에코가 자신을 마음에 들어 한다는 얘기에 헤이스케는 어쩐지 마음이 들썽거렸다. 그런가. 가능성이 있는가. 하지만 다른 한편으로는 다 쓸데없다고 생각했다. 나한테는 나오코가 있다. 들뜬 모습을 그녀에게 내보여서는 안 된다.

"그나저나 운동회 끝나고 어떻게 하지? 함께 갈 거야?" 헤이스케는 급하게 화제를 돌렸다.

"동의서?"

"응, 신주쿠의 그 호텔에서."

사고 보상 교섭이 타결 단계에 접어들었다. 오늘 유족 동의서에 도장을 찍을 예정이었다. 마지막이나마 유족 자격으로 참석해보는 게 어떻겠냐고 어젯밤에 나오코에게 제안했던 것이다.

"난 관둘래." 마시던 녹차 캔을 내밀며 그녀가 말했다.

"......"

"내 목숨 값이 정해지는 순간이라니, 별로 보고 싶지 않아. 아무리 높은 값이라도."

"알았어." 캔을 받아 헤이스케는 시원한 녹차를 꿀꺽 마셨다.

점심시간 종료 안내방송이 흘러나오자 나오코는 서둘러 자리로 돌아갔다. 헤이스케는 도시락의 감사인사를 하기 위해 하시모토 다에코를 찾았다. 입장문 옆에 그녀의 모습이 있었다.

그가 다가가자 반가운 기색으로 뛰어왔다. "도시락, 어떠셨어요?"

"맛있게 잘 먹었습니다. 고맙습니다." 헤이스케는 머리를 깊숙이 숙였다.

"그래요, 다행이네요. 그 도시락 그릇은 저한테 주세요."
그녀가 두 손을 내밀었다.

아뇨, 아뇨, 라고 그는 손을 내저었다. "깨끗이 씻어서
돌려드려야죠. 그러는 게 예의라고, 우리 딸이……."

"모나미가요? 정말 여간 야무진 게 아니라니까요." 하시
모토 다에코가 흐뭇한 미소를 지었다.

좀 더 길게 대화를 나눠야 하는 건가, 라고 헤이스케는
내심 초조했다. 그녀가 그러기를 바라는 눈치였다. 하지만
마땅한 화제가 떠오르지 않았다. 우물쭈물하는 사이에 다
른 여교사가 하시모토 다에코 선생님, 하고 큰소리로 불렀
다. 그녀는 헤이스케를 보며 말했다.

"저는 그럼 이만 가볼게요."

멀어져가는 그녀의 종아리를 헤이스케는 눈으로 배웅
했다.

점심시간이 끝나고 세 번째 경기는 6학년 달리기였다.
헤이스케는 보호자석의 맨 앞으로 나갔다.

출발 총소리와 함께 다섯 명의 선수가 일제히 뛰쳐나왔
다. 거리는 50미터다. 선수들이 보호자석 앞을 지나가게
된다. 부모들은 열을 올리며 큰 소리로 응원에 나섰다.

골인 지점에서 테이프를 들고 있는 교사 중 한 명이 하
시모토 다에코였다. 그녀는 물론 헤이스케 쪽은 쳐다보지
않았다. 힘껏 달려오는 아이들을 정겨운 얼굴로 맞아주고

있었다.

나오코는 한참 나중에야 출발선에 섰다. 키가 큰 편이기 때문이다. 긴장하는 기색은 전혀 없었다. 오히려 달리는 것 자체를 귀찮아하는 것처럼 보였다.

총소리가 따앙 울렸다. 다섯 명의 선수가 땅을 박차고 뛰었다. 두 명이 먼저 앞서가고 나오코는 세 번째였다. 그 위치를 유지하면서 드디어 골인. 그동안 헤이스케는 두 번 셔터를 눌렀다.

그러고 보니 모나미도 항상 그 정도 순위였던 게 생각났다. 정신은 어른이어도 몸은 어린 모나미 그대로니까 같은 결과가 나오는 것도 당연한 일이리라. 골인한 나오코는 헤이스케 쪽을 돌아보며 쓴웃음과 함께 가볍게 손을 흔들었다. 그도 마찬가지로 응해주었다.

마지막으로 그는 다시 한번 카메라를 향했다. 하지만 렌즈 안에 보이는 것은 테이프를 손에 든 하시모토 다에코의 모습이었다. 가을바람이 불어와 옅은 갈색 머리칼이 그녀의 얼굴에 걸렸다. 그것을 한 손으로 자연스럽게 쓸어 올렸다.

그 순간, 헤이스케는 저도 모르게 셔터를 찰칵 눌렀다.

5천2백만 엔……

협정서에 적힌 숫자를 보면서도 헤이스케는 머리가 멍

하기만 했다. 5와 2 다음에 0이 여섯 개. 그저 그것뿐이었다. 그 숫자가 의미하는 게 무엇인지 조금도 실감나지 않았다. 하지만 싸워서 얻어낸 숫자라고 한다. 다이코쿠 교통 측이 과거의 사례와 신 호프만 방식이라는 계산식 등을 통해 제시한 액수는 이보다 훨씬 적은 것이었다.

하지만 싸워서 얻어냈다는 느낌 같은 건 전혀 없었다. 결국 이것으로 사랑하는 사람의 목숨이 삭제된 것에 대해서는 체념하라는 뜻인 것이다.

"동의하시겠습니까?" 맞은편에 앉은 남자가 물었다. 지금까지 한 번도 본 적이 없는 사람이었다. 옆에 있는 사람도 마찬가지다. 헤이스케가 이 별실에 들어서자 두 사람은 자리에서 일어나 공손히 머리를 숙였다. 사죄의 뜻을 표한 것이겠지만 어느 정도나 진심이 담긴 것인지는 알 수 없었다. 사고 후 몇 달 사이에 다이코쿠 교통 측은 사장을 비롯해 직원이 대거 바뀌었다. 이번에 앞에 나선 사람들도 다이코쿠 교통 측 직원이라는 것뿐, 사고에 대해서는 전혀 책임이 없는 사람들이었다.

아마도 이런 식으로 풍화해가는 것이리라. 지금 눈앞에 있는 종이쪽이 비극의 기록으로서 남겨질 뿐이다.

헤이스케는 정해진 곳에 사인을 하고, 옆에 있던 변호사 무카이가 짚어주는 대로 차례차례 도장을 찍었다. 그리고 보상금을 받을 은행 계좌를 기입하자 끝이었다.

"수고하셨습니다. 이제 다 됐어요." 무카이 변호사가 말했다. 입에 웃음이 떠 있었다. 그에게도 큰 일감이었을 것이다. 표정이 조금 환해지는 것도 당연한 일이리라.

"이래저래 고마웠습니다." 헤이스케는 무카이에게 감사 인사를 했다.

그가 자리에서 일어서자 맞은편의 두 사람이 나란히 일어섰다. "진심으로 사죄드립니다." 목소리까지 똑같이 맞췄다.

당신들이 사과할 일이 아니지, 아무 관계도 없으면서. 그렇게 말하고 싶었지만 조용히 고개를 끄덕이고 별실을 나섰다.

피해자들의 조인(調印)이 끝나자 전원이 회의실에 모였다. 무카이 변호사의 세부 사항에 대한 설명이 있었다. 나아가 무카이는 언론 쪽에 어디까지 발표해도 될지에 대해 유족들의 의견을 물었다.

"구체적으로는 보상 액수에 대한 겁니다." 변호사는 말했다. "언론에서 알아내려고 하는 게 바로 그 점이니까요."

"발표를 하면 뭔가 이점이 있습니까?" 피해자 모임의 간사 하야시다가 질문했다.

"앞으로 비슷한 사고가 일어났을 경우에 선례는 되겠지요. 이번 경우는 아마 재판으로는 얻어내기 힘든 액수일 테니까요."

"우리한테는 별다른 이점도 없겠네요."

"네, 뭐, 그건 그렇습니다." 무카이는 눈을 떨구었다.

결국 다수결이 채용되었다. 전원이 보상액은 공표하지 않겠다는 쪽을 택했다.

"그밖에 다른 질문은 없습니까?" 무카이가 유족들을 둘러보며 말했다.

헤이스케는 묻고 싶은 것이 있었다. 그걸 여기서 말해도 될지 망설여졌다. 하지만 앞으로 이런 질문을 할 수 있는 자리는 없다.

"다른 질문이 없으시다면 이것으로……." 무카이가 거기까지 말했을 때, 헤이스케는 손을 들었다. 의외라는 얼굴로 무카이가 그를 보았다. "네, 어떤 질문이십니까?"

"가지카와 씨 측에는 얼마간이라도 보상이 있습니까?" 헤이스케는 물었다.

"가지카와 씨?" 그게 누구인지 변호사는 순간적으로 생각나지 않는 기색이었다.

"운전기사요. 버스의."

아, 하고 무카이는 고개를 끄덕였다. 똑같은 소리를 흘리는 사람이 헤이스케의 주위에도 있었다.

"저는 그건 전혀 듣지 못했습니다. 피해자와는 별개 사안이니까요."

"그렇습니까……."

"아마 위로금 정도는 나갔을 겁니다만, 저는 모르겠어요. 근데 그게 왜요?"

"아뇨, 됐습니다." 헤이스케는 자리에 앉는 수밖에 없었다.

다른 유족들이 의아한 눈빛으로 헤이스케 쪽을 흘끔흘끔 쳐다보고 있었다.

"아니, 사고를 일으킨 장본인인데 뭘." 누군가가 말했다.

7개월에 걸친 보상 교섭은 그렇게 종결되었다. 유족들은 무카이와 간사들에게 감사인사를 하고 그새 친해진 사람들끼리 인사를 나눈 뒤 삼삼오오 떠나갔다. 어느 누구의 얼굴에도 만족감 같은 것은 없었다. 이제 분노의 창을 거둬들여야 하는 아쉬움이 짙게 감도는 것처럼 느껴졌다. 언젠가 나오코가 자신이 처한 상황을 견딜 수 없을 때는 그 원망과 증오를 퍼부을 수 있는 대상이 필요하다고 말했던 것이 생각났다.

호텔을 나서자 바깥은 깜깜해져 있었다. 술 한잔하고 싶다고 그는 생각했다. 하지만 나오코가 혼자 기다리는 것을 생각하면 그럴 수는 없었다.

슈크림이라도 사들고 가자고 그는 역을 향해 걸음을 옮겼다.

20

토해내는 숨이 하얗다. 코트 주머니에 두 손을 찔러 넣고 그 자리에서 발을 동동 굴렀다. 춥기 때문만은 아니었다. 마음이 침착해지지를 않는 것이다.

이렇게 빨리 이런 일을 경험하리라고는 미처 예상하지 못했다. 헤이스케는 투덜거리고 싶은 심정이었다. 빨라야 모나미가 고등학교에 올라갈 때쯤일 거라고 태평하게 생각했었는데.

주위를 둘러보았다. 대부분 부모와 자녀가 함께 나왔다. 부모 쪽은 부유하고 지적 수준이 높아 보였다. 그 자녀들도 영리해 보인다. 자신들만 이 자리에 어울리지 않는 게 아닌가, 하고 불안해졌다.

누군가 눈앞에 포켓티슈를 쏙 내밀었다. 나오코가 빨간 장갑을 낀 손으로 들고 있었다. "콧물 나왔어."

엇, 하면서 헤이스케는 티슈 한 장을 뽑아 코를 닦았다.

쓰레기통이 주위에 없어서 코트 주머니에 쑤셔 넣었다.

"어떻게 그렇게 태연해?" 헤이스케가 나오코의 얼굴을 보며 말했다.

"이제 와서 안달복달해봤자 별 볼 일 없잖아. 이미 결과는 나온 건데 뭘."

"그야 그렇지만."

"게다가." 나오코는 한 차례 고개를 끄덕이며 뒤를 이었다. "괜찮을 거야, 아마."

"자신만만한데?"

"내가 떨어지면 합격할 사람 없어, 절대로."

"그럼 혹시라도 떨어지면 내 탓이겠다. 면접 때, 당황해서 덤벙거렸는데."

지원 동기를 묻는 질문에 미리 생각해둔 이유를 술술 얘기한 것까지는 좋았는데 마지막 마무리를 하는 참에 "그래서 딸과 상의해서 이 학교로 정했습니다"라고 말해야 할 참에 "아내와 상의해서"라고 말해버린 것이다. 면접관도 이상하다는 얼굴을 했다. 헤이스케와 모나미가 아버지와 딸뿐인 가정이라는 건 당연히 그들도 알고 있었다.

"그건 거, 별 상관도 없어."

"그럴까?"

"오히려 플러스가 될걸? 이 학교, 유명인사라면 껌뻑 죽는 거, 알고 있어?"

"껌뻑 죽다니?"

"유명인사에 약하다는 거야. 이를테면 예술가, 시사평론가 같은 사람들."

"근데 그게 왜?"

"아빠의 말실수에 우리가 그 유명한 사고의 피해자라는 걸 다시 떠올렸을 거야. 그러면 차마 떨어뜨리기 어렵지 않겠어? 언론의 눈초리도 신경 쓰일 거고."

"허참, 뭐든 우리 좋을 대로 되는 줄 알아?"

"아무튼 마이너스가 되진 않아. 괜찮아, 괜찮아." 나오코는 헤이스케의 팔을 툭툭 쳤다.

그녀가 도전한 중학교의 합격자 발표 날이었다. 시험은 어제 끝났다. 시험을 보기 전에도 후에도 나오코의 표정에는 변화가 없었다. 그녀가 헤이스케에게 한 말이라고는 입학금을 준비해두라는 것뿐이었다.

이윽고 게시판에 하얀 종이가 나붙었다. 검은 매직펜으로 숫자가 주르륵 적혔다. 주변에서 기다리던 가족들이 일제히 그 앞으로 몰려갔다.

헤이스케는 시선을 집중해서 나오코에게서 들었던 수험번호를 찾아보았다. 236이 그녀의 번호다. 구구단의 '2곱하기 3은 6'으로 외웠다.

"있네." 나오코가 먼저 말했다. 남의 일 같은 말투였다.

"어디, 어디?"

"어딜 보고 있어? 조금 더 왼쪽."

그녀가 가리킨 쪽으로 시선을 돌렸다. 분명 그곳에 236이라는 숫자가 있었다.

"진짜다, 있다, 있어. 오, 합격했어." 헤이스케는 브이 자를 그렸다.

"글쎄 내가 된다고 했잖아. 빨리 입학 수속하고 집에 가자." 나오코는 빙글 몸을 돌려 성큼성큼 걸음을 옮겼다.

헤이스케는 그녀를 뒤따라가면서 김빠진 느낌을 맛보았다. 합격한 사람이 진짜 모나미고 나오코가 나오코로서 이 자리에 있었다면 너무 기쁜 나머지 엉엉 울었을 것이다.

이봐, 당신 너무 변했다, 라고 생각했다.

입학 수속을 마친 뒤에는 둘이서 기치조지로 나갔다. 이번에 그녀가 합격한 중학교가 기치조지 근처였기 때문이다. 쇼핑을 하고 그다음에는 식사를 하기로 했다.

"둘이서 제대로 된 프렌치레스토랑에 오다니, 너무 오랜만이야. 몇 년 만이지?" 테이블 너머에서 나오코가 흐뭇한 듯이 말했다.

"그러고 보니 모나미가 태어난 뒤로는 항상 패밀리레스토랑에만 갔어."

"걔가 햄버거를 좋아했으니까."

헤이스케가 하프보틀의 레드와인을 마시는데 나오코가

자기도 한잔하고 싶다고 말했다.

"술은 못 마셨잖아."

"근데 갑자기 한 잔 마시고 싶다. 게다가 예전과는 몸이 다르잖아. 우리 집안은 술은 입에도 못 대지만 아빠 유전자가 더해졌으니까 마실 수 있을지도 몰라."

"초등학생 주제에."

"이제 중학생이거든요?" 와인 잔을 손에 들고 헤이스케 쪽으로 척 내밀었다. "따라봐."

"취해도 난 모른다?" 주위의 시선에 신경을 쓰면서 큼직한 잔에 아주 조금만 따랐다.

어디서 보고 배웠는지 나오코는 코 밑에서 유리잔을 빙빙 돌리며 향기를 맡는 몸짓을 한 뒤에 붉은 액체를 꿀꺽 마셨다. 곧바로 매실장아찌를 입에 넣은 듯한 표정이 되었다.

"어때?" 헤이스케가 물었다.

"안 달아."

"그야 그렇지. 주스가 아니라고."

"근데." 그녀는 다시 한 모금 마시고 음미하듯이 입을 오물거렸다. "꽤 괜찮은데?"

"그래?"

결국 하프보틀의 3분의 1 이상을 나오코가 마셨다.

레스토랑 앞에서 택시를 탔는데 중간에 나오코가 꾸벅꾸벅 졸기 시작했다. 역시 와인의 술기운이 올라온 모양이다. 하지만 술에 내성이 있는 건 사실인 것 같았다. 헤이스케는 그녀의 잠든 얼굴을 바라보며 신기한 느낌이 들었다. 마음은 나오코지만 이 몸에는 틀림없이 자신의 피가 흐르는 것이다.

집에 도착한 것은 9시 넘어서였다. 헤이스케는 나오코를 안고 2층에 올라가 어렵사리 파자마로 갈아입히고 그대로 침대에 재웠다. 그녀는 잠에 취했는지 술에 취했는지 "헤이스케 씨, 미안해. 헤이스케 씨, 미안해"라고 연거푸 사과했지만 자리에 눕히자 금세 잠든 숨소리를 냈다.

헤이스케는 욕조의 뜨거운 물에 느긋하게 들어앉아 언 몸을 녹였다. 욕실에서 나오자 스포츠 뉴스를 보면서 캔맥주 하나를 비웠다. 자이언츠가 캠프 훈련을 하고 있었다.

잠들기 전에 나오코 방을 들여다보았다. 그녀는 이불에 안긴 듯한 모습으로 자고 있었다. 어깨까지 다독다독 덮어주고 불을 끄고 방을 나왔다.

침실로 가서 헤이스케는 이불 속으로 기어들어가 눈을 감았다. 하지만 잠은 오지 않았다. 결국 베갯머리의 스탠드를 켰다. 옆에 문고본이 있었다. 그 책을 집으려다가 손을 거둬들였다. 이 추리소설은 며칠 전에 다 읽어버렸다. 바로 옆의 책장에도 지금 당장 읽고 싶은 책은 없었다.

몸을 뒤채며 베개에 턱을 얹고 엎드렸다. 멍하니 다다미 무늬를 바라보았다. 이 집에 처음 이사 왔을 때는 푸릇푸릇

새것이던 다다미도 이제는 누렇게 변했다. 그렇게 시간은 확실하게 흘러가버렸다. 그리고 앞으로도 흘러갈 것이다. 다다미는 누런색이 더욱더 짙어지고 나는 늙어갈 것이다.

갑작스럽게 표현할 길 없는 고독감이 엄습했다. 앞이 보이지 않는 깜깜한 터널에 혼자 덜렁 남겨진 듯한 기분이었다. 지금까지 함께 걸어왔던 나오코의 모습은 이제 없다. 단지 그녀의 목소리만 들릴 뿐이다. 그리고 그녀는 이미 다른 세계를 걸어가고 있다. 이곳에 존재하는 건 나뿐이다.

동시에 화가 솟구쳤다. 자신이 부조리한 일에 희생된 것만 같았다. 내 인생은 대체 어디에 있는가. 나는 이대로 죽어가는 것인가.

헤이스케는 오른팔을 이불 밖으로 뻗어 책장 맨 아래 칸에 꽂아둔 《품질관리》라는 책을 꺼냈다. 전문서적이지만 물론 지금 그걸 읽으려는 게 아니다. 뒤표지를 펼치면 사진 한 장이 끼워져 있다. 그 사진을 꺼냈다.

하시모토 다에코가 웃고 있었다. 그 운동회 날, 몰래 촬영한 한 장의 사진이다.

헤이스케의 손이 아래로 내려갔다. 음경이 서서히 팽창하기 시작했다.

내가 사랑 좀 하겠다는데 누가 뭐래, 라고 생각했다. 나도 사랑할 권리가 있다. 왜냐면 나한테는 아무것도 없기 때문이다. 나에게 아내라고는 없다. 성의 기쁨을 서로 나눌 상대도 없다. 내게 있는 것은 단지 기묘하게 일그러진 숙명뿐이다…….

하시모토 다에코의 얼굴을 들여다보며 그는 애써 외설스러운 망상을 머릿속에 떠올리려고 했다. 자위하려고 했다. 사실 이 사진을 보면서 몇 번 그렇게 했던 것이다.

하지만 오늘 밤은 잘 되지 않았다. 그의 손 안에서 그 자신은 급속히 힘을 잃어갔다.

포기하고 사진을 책 틈새에 다시 끼웠다. 그대로 그는 베개에 얼굴을 묻었다.

살갗에 한순간 차가운 공기가 닿는 감촉에 흠칫 놀라며 잠에서 깨어났다. 눈을 뜨자 모나미의 얼굴이 있었다. 스탠드 불빛에 비친 얼굴이 헤이스케를 보며 웃고 있었다.

"미안, 깨워버렸네." 나오코가 말했다. 그녀는 이불 속으로 기어들어와 있었다.

"지금 몇 시?"

"아직 한밤중. 3시야."

"무슨 일이야?"

"왠지 모르겠는데 갑자기 눈이 떠졌어. 나, 얼마나 잔 거야?"

"집에 오는 택시 안에서 잠들었으니까 여섯 시간쯤 잤을

걸." 헤이스케는 긴 하품을 했다.

"진짜 오랜만에 푹 잔 것 같아. 이상하다, 항상 여섯 시간쯤은 잤었는데."

"입시 끝나고 마음이 턱 놓인 모양이지."

"응, 그런 모양이네." 나오코가 찰싹 달라붙었다. 헤이스케의 가슴팍에 뺨을 얹었다. "저기." 슬쩍 올려다보며 말했다. 묘한 꿍꿍이를 털어놓으려는 얼굴이었다. "손으로 해줄까?"

헤이스케는 움찔했다. 한순간, 조금 전의 모습을 들켜버렸나 하고 생각했다.

"그런 농담은 하지 말랬잖아."

"농담 아닌데? 내 얼굴을 보는 게 싫다면 얼굴을 가리면 어떨까?"

"안 된다니까. 정말로 그런 건 안 돼."

"그래?"

"응."

"흐응, 글쎄요." 나오코가 기어 올라왔다. 눈에 익은 모나미의 얼굴이 헤이스케의 코앞으로 바싹 다가왔다. 딸의 얼굴이다. 오랜 세월 딸로서 사랑해온 얼굴이었다.

그녀는 지그시 헤이스케의 얼굴을 들여다보았다. 골똘히 생각에 잠긴 표정이었다. 뭔가 중대한 고백을 하려는 건가, 하고 그는 몸이 바짝 긴장했다.

문득 그녀의 시선이 위쪽으로 향했다. 손을 내밀어 뭔가를 집어왔다. "이게 뭐야, 자기 전에 이런 책을 읽었어?"

《품질관리》였다. 책장에 넣는 것을 깜빡했다. 아차차, 라고 생각했다.

그녀는 헤이스케의 머리 위쪽에서 책장을 팔랑팔랑 넘겼다. 어떤 페이지를 보는지 헤이스케는 알 수 없었다.

"온통 숫자뿐이잖아."

"그렇지? 재미없는 책이야." 헤이스케가 그렇게 말했을 때였다.

돌연 나오코의 표정이 딱 멈췄다. 입을 어중간하게 벌린 채 눈이 한 지점을 응시하고 있었다. 그 눈이 금세 충혈해가는 것을 헤이스케는 보았다.

하시모토 다에코의 사진을 찾아낸 게 틀림없었다. 헤이스케는 순간 온갖 다양한 변명을 떠올렸다. 언제 찍었는지도 모른다, 본인에게 건네주려고 했는데 차일피일 미루다 깜빡했다, 책을 읽다가 책갈피가 필요해서 가까이에 있던 것을 대신 끼웠을 뿐이다…….

하지만 그런 변명들은 필요 없었다. 나오코는 아무 말 없이 책을 덮었다. 그러고는 그의 가슴팍에 얼굴을 묻었다.

1분쯤 그러고 있은 뒤, 그녀는 부스럭부스럭 이불에서 기어나갔다. 그 얼굴에는 웃음이 되살아나 있었다. "곤히 자는데 방해해서 미안해."

"가려고?"

"응. 잘 자."

"잘 자."

나오코가 나간 뒤, 헤이스케는 베갯머리의 책을 보았다. 《품질관리》의 책장은 닫혔지만 사진 귀퉁이가 5밀리미터쯤 삐져나와 있었다.

책을 책장에 쑤셔 넣고 전기스탠드를 껐다.

21

운전기사는 신중하게 차를 몰았다. 마지막까지 결코 방심하지 말자는 마음이 사이드 브레이크를 당기는 동작에도 담겨 있는 것 같았다. 저런 신중함이 그때의 가지카와에게 있었다면, 이라고 생각했지만 이미 때늦은 얘기일 뿐이다.

사고로부터 정확히 1년이 지났다. 1주기를 모두 함께하자고 제안한 사람은 피해자 모임의 그 간사들인 모양이었다. 그들은 다이코쿠 교통 측과 교섭해 유족 전원을 버스로 사고현장까지 태워다주는 것으로 매듭을 지었다. 다이코쿠 교통 측에 불만이 있을 리 없다. 숙박비도 저희 회사에서, 라고 일이 척척 정해졌다.

버스 문이 열리자 가이드 역할의 다이코쿠 교통 측 담당자가 먼저 내렸다. 그는 즉시 되돌아와 마이크를 손에 들었다.

"그러면 앞좌석에 계신 분부터 차례대로 내려주십시오. 서두르시면 안 됩니다. 눈이 쌓여서 미끄러질 우려가 있으니까요. 반드시 손잡이를 잡고 발판을 한 단 한 단 내려오시기 바랍니다."

지시에 따라 앞쪽에 앉은 승객부터 차에서 내렸다. 헤이스케와 나오코 차례도 돌아왔다.

"가자." 창가 자리에 앉은 나오코에게 말을 건넸다. 그녀는 검정색 후드 코트를 걸쳤다.

바깥에는 슬슬 바람이 불고 있었다. 버스의 난방으로 머리가 멍해진 참이었기 때문에 그 찬바람이 처음에는 상쾌하게 느껴졌다. 하지만 금세 뺨이 얼얼해졌다.

"어, 춥네, 역시." 헤이스케는 중얼거렸다. "귀가 떨어질 것 같다."

"겨우 이 정도에?" 나오코가 말했다. 그녀에게는 여기가 고향이라는 게 생각났다.

사고현장은 완전히 복구되었다. 텔레비전과 신문기사 사진으로 자주 봤던 부서진 가드레일은 새것으로 바뀌었다. 헤이스케는 그 새 가드레일 앞에 서서 버스가 굴러 떨어진 계곡을 내려다보았다.

경사면의 각도는 35도에서 40도쯤 될까. 하지만 눈의 착각으로 훨씬 더 무시무시한 급경사로 보였다. 죽음의 미끄럼틀은 몇십 미터나 이어졌다. 그 한참 너머에 작은 강이 있었지만 거의 바로 아래쪽에 있는 느낌이었다.

한낮이라 눈밭이 태양광을 반사해 눈이 시릴 만큼 빛났다. 강물 위도 반짝거리고 있었다. 하지만 사고가 일어났던 시각은 아직 어슴푸레한 새벽녘이었다. 주위의 무성한 숲이 빛을 가로막아 이 계곡은 깜깜한 암흑에 가까웠을 게 틀림없다.

어둠 속을 버스가 데굴데굴 구르는 광경이 머릿속에 떠올랐다. 그것만으로도 벌써 공포가 몰려와 위가 오그라들었다. 그 거대한 관(棺)에 타고 있었던 사람들의 심경은 도저히 상상도 할 수 없는 것이었다.

주위에서 훌쩍훌쩍 우는 소리가 들려왔다. 계곡 밑을 향해 두 손을 합장한 사람도 있었다. 나오코는 그저 조용히 경사면을 내려다보고 있었다.

도쿄에서 함께 온 젊은 스님의 독경이 시작되었다. 유족들은 눈을 숙이고 저마다의 생각에 잠겼다. 흐느낌은 잦아들지 않았다. 헤이스케 옆에서 노부인이 오열을 흘렸다.

독경이 끝나자 각자 손에 든 꽃다발을 계곡을 향해 던졌다. 꽃이 아니라 고인이 좋아했던 유품을 던지는 사람도 있었다. 럭비공이 던져졌을 때는 한층 깊은 탄식이 유족들의 입에서 터져 나왔다. 고인이 대학 럭비 선수였던 것이리라.

계곡을 내려다보던 나오코가 얼굴을 들었다. "내 얘기,

믿어줄 거야?"

"뭔데?"

"그때 나는 이대로 죽는다고 생각했어. 이상한 게 어떻게 죽을지도 순간적으로 머릿속에 떠올랐어. 온몸이 찔리고 갈라지고 머리는 수박처럼 깨져서 죽는 모습이."

"하지 마."

"근데 그건 괜찮다고 생각했어. 절대로 안 될 일은 모나미가 죽는 거였어. 여기서 이 아이를 죽게 하면 나는 헤이스케를 마주할 면목이 없다, 헤이스케에게 너무 미안한 일이다, 라는 생각만 드는 거야. 이상하지? 내가 죽는 판에 그런 걱정을 하다니. 어쨌든 내 딸만은 구해내야 했어. 나를 희생해서라도." 그렇게 말하고 그녀는 다시금 물었다.

"내 얘기, 믿어져?"

"믿고말고." 헤이스케는 대답했다. "그 생각대로 모나미를 구해냈는데."

"어중간한 형태이긴 했지만." 그녀가 어깨를 움츠리며 말했다.

그다음은 내가 맡았다, 라고 헤이스케는 생각했다. 모나미의 몸과 나오코의 마음을 지켜주는 것이 내게 주어진 사명이다…….

"무정한 놈들아!" 누군가 외쳤다. 헤이스케는 소리가 나는 쪽을 보았다. 쌍둥이 딸을 잃은 후지사키라는 사람이었다. 두 손을 메가폰 대신 입에 대고 다시 한번 외쳤다. "무정한 놈들아!"

그에게서 자극을 받았는지 다른 사람들도 그 뒤를 이었다. 외치는 내용은 제각각이었다. 안녕, 이라고 외치는 어머니도 있었다.

헤이스케도 소리치고 싶었다. "편히 쉬어라"라는 말이 떠올랐다. 나쁘지 않다고 생각했다.

계곡을 향해 자세를 잡고 흐읍 숨을 들이쉬었을 때였다. 나오코가 급히 옷자락을 잡아당겼다.

"으, 촌스러."

"엇, 그런가?"

"응. 가자."

나오코가 버스 쪽으로 총총총 걸어가는 바람에 헤이스케도 그 뒤를 따라갔다.

1주년 위령제 여행에서 돌아온 그다음 날이 초등학교 졸업식이었다. 낡은 건물의 강당에서 진행되었다. 뒤쪽에 설치된 보호자석의 중간쯤에 앉아 헤이스케는 졸업생들이 차례로 졸업장을 받는 모습을 지켜보았다.

"스기타 모나미." 헤이스케의 딸이 호명되었다.

네, 라는 시원시원한 대답과 함께 나오코가 자리에서 일어섰다. 다른 졸업생들과 똑같은 코스로 단상에 올라가 졸업장을 받아들고 교장에게 절을 했다. 처음부터 끝까지 그 모든 과정을 헤이스케는 골똘히 지켜보았다.

졸업식이 끝나자 운동장은 이별 인사의 장이 되었다. 특히 나오코는 반 친구들에 둘러싸였다. 사립중학교에 가는 그녀는 더 이상 다른 친구들과 교실에서 만날 일이 없기 때문이다. 그녀가 친구들과 악수를 하고 추억 수첩에 글을 적어주는 것을 헤이스케는 조금 떨어진 곳에서 지켜보았다. 그중에는 눈물을 보이는 여학생도 있었다. 그런 아이의 어깨를 다독거리며 나오코는 위로의 말을 건네는 모양이었다. 그 모습은 동급생이라기보다 엄마 같은 데가 있었다.

나오코보다 더 많은 사람들에 에워싸인 게 하시모토 다에코였다. 그녀는 아이들뿐만 아니라 부모들에게서도 인사를 받고 있었다. 피부가 하얀 그녀의 뺨이 오늘은 조금 붉어진 것처럼 보였다. 하지만 역시나 눈물을 보이지는 않았다.

이별의 말이 한바탕 오고간 뒤에 졸업생과 그 부모들은 교문을 지나 줄줄이 돌아가기 시작했다. 큰 행사를 마친 교사들은 감개무량한 마음과 함께 안도의 한숨을 내쉬는 기색이었다.

나오코가 마침내 헤이스케에게로 달려왔다. 손에는 졸업장을 돌돌 말아 넣은 갈색 통을 들고 있었다.

"오래 기다렸지?" 피곤한 얼굴로 그녀는 쓴웃음을 지었다.

"악수 세례를 받던데?"

"손이 아플 정도야. 아, 그보다." 나오코는 아직 반 친구들이 남아있는 쪽을 돌아보았다. "인사했어?"

"누구한테?"

헤이스케가 묻자 나오코는 살짝 미간을 좁혔다.

"여자 친구. 당연하잖아." 턱을 들어 슬쩍 가리켰다. 그쪽에는 하시모토 다에코의 모습이 있었다.

"아, 담임선생님?" 헤이스케는 목 뒤를 비볐다. "인사를 해야 되나, 역시?"

나오코는 한숨을 내쉬었다. 눈을 돌려 비스듬히 위쪽을 보고 있었다. "얼른 다녀오서. 난 여기서 기다릴 테니까."

"나 혼자 가라고?"

"응." 이번에는 땅바닥을 쳐다본다. 운동장의 마른 흙을 툭툭 걷어찼다. "할 얘기가 있을 거 아냐. 남의 눈치 볼 것 없이 얘기할 수 있는 마지막 기회야."

그 순간, 헤이스케는 깨달았다. 그날 밤 나오코는 역시 책에 끼워둔 사진을 본 것이다. 그 이후 한 마디도 한 적이 없지만 마음속으로는 내내 고민했을 게 틀림없다. 헤이스케의 사랑을 인정해야 할지 말지를.

"좋아." 헤이스케는 말했다. "그럼 함께 가자."

엇, 하고 나오코가 얼굴을 들었다.

"함께 인사하러 가자고." 그는 되풀이했다.

"그래도 괜찮아?"

"괜찮아. 안 그러면 이상하잖아."

어서, 라면서 헤이스케는 오른손을 내밀었다. 나오코는 망설이면서도 그 손을 맞잡았다.

둘이서 하시모토 다에코 선생님에게 인사를 하러 갔다. 그동안 신경 써주셔서 감사합니다, 선생님도 건강하게 잘 지내시기 바랍니다. 평범한 인사말을 그는 늘어놓았다.

"저야말로 부족한 점이 많았는데, 고맙습니다. 모나미 아버님도 건강하게 잘 지내세요." 하시모토 다에코는 웃는 얼굴로 답했다. 학부모에 대한 교사의 표정을 넘어서는 것은 없었다.

학교에서 집까지 헤이스케는 나오코와 손을 잡고 걸었다. 생각해보면 그녀와 이렇게 걷는 것도 오랜만이었다. 묘한 일이구나, 라고 생각했다. 그 사고 전에는 모나미와 함께 다닐 때는 항상 손을 맞잡고 걸었는데.

나오코는 하시모토 다에코에 대한 얘기는 일절 입에 올리지 않았다.

집에 도착하자 우편배달부의 오토바이가 마침 도착한 참이었다. 우편함에 뭔가 넣으려 하고 있었다. 헤이스케가 말을 건네 우편물을 직접 받았다. 속달 엽서였다.

보낸 사람을 보고 흠칫 놀랐다.

"누구한테서 온 거야?" 나오코가 물었다.

"가지카와 이쓰미."

"가지카와라면……."

"응, 가지카와 운전기사의 딸." 헤이스케는 엽서 뒷면을
보았다.

온몸에서 핏기가 가시는 게 느껴졌다. 오소소 소름이 돋
았다.

"왜 그래?" 나오코가 불안한 얼굴로 물었다.

헤이스케는 엽서를 그녀에게 보여주었다.

"가지카와 세이코 씨가 죽었어."

22

가지카와 세이코의 장례식은 그녀가 살던 조후의 한 마을회관에서 치러졌다. 낡아빠진 1층 건물이고 내부도 비좁았다. 길 앞에 그저 시늉 정도로 화환이 서 있었다.

헤이스케가 가지카와 이쓰미의 속달 엽서를 받아든 그다음 날이다. 엽서에는 '오늘 아침, 어머니가 돌아가셨습니다. 장례식은 일요일이 될 것이라고 합니다. 그동안 감사했습니다'라고만 적혀 있었다. 언제 어디서 장례식을 한다는 안내는 없었다.

그래서 즉각 차를 몰아 가지카와 세이코의 연립주택으로 갔다. 하지만 문을 두드려도 응답이 없었다.

다른 집들의 문을 두드려본 끝에 가지카와 모녀의 바로 아래층에 사는 주부에게서 이 마을회관에서 장례식을 한다는 소식을 들었다. 사망 원인에 대해서는 아십니까, 라고 물어보자 그녀는 미간을 좁히며 말했다.

"심장마비라고 하더라고요. 아침에 일하러 가려고 현관 문을 나서다가 쓰러졌다고 하던데."

"일은 어떤 일을……."

"빌딩 청소를 한다고 들었어요."

다바타 제작소 일은 그만둔 건가, 하고 의아해하다가 그 건 아닐 거라고 생각했다. 그만둔 게 아니다. 아마도 그만 두라는 말을 들었던 것이리라.

헤이스케는 집에 돌아와 나오코에게 내일 장례식에 가 도 괜찮겠냐고 물었다. 왜 그런 걸 물어봐, 당연히 괜찮지, 라고 그녀는 대답했다.

마을회관 입구는 큰길에서 조금 안으로 들어간 곳에 있 었다. 헤이스케가 들어서자 앞쪽 왼편에 일흔은 된 듯한 자그마한 노인과 이쓰미가 나란히 서 있었다. 노인이 누구 인지, 헤이스케는 짐작하기가 어려웠다. 부친이라고 한다 면 나이는 얼추 맞겠지만 가지카와 세이코와 얼굴이 전혀 닮지 않았다.

향을 올리는 순서는 금세 돌아왔다. 애초에 조문객이 적 은 것이다.

이쓰미는 중학교 교복 차림으로 눈을 떨군 채 조용히 서 있었다. 손에 하얀 손수건을 움켜쥐고 있었다. 그 손수건 이 이 아이의 눈물을 닦아주는구나, 라고 헤이스케는 생각 했다.

그가 앞을 지나갈 때 이쓰미가 문득 얼굴을 들었다. 그의 기척을 감지한 모양이었다. 시선이 마주치자 그녀는 흠칫 놀란 얼굴을 보였다. 큼직한 눈이 한순간 더 둥그레졌다. 헤이스케도 저절로 발이 주춤했다.

다음 순간, 이쓰미가 말없이 머리 숙여 인사했다. 그대로 얼굴을 들지 않았다. 그래서 헤이스케는 멈춰 서지 않고 앞으로 나갈 수 있었다. 마을회관 안은 향냄새로 자욱했다.

이쓰미에게서 다시 연락이 온 것은 장례식 다음 주의 토요일이었다. 그날 헤이스케는 휴일 근무로 저녁 7시가 넘어서야 집에 돌아왔다. 마치 그것을 알고 있기라도 한 것처럼 8시쯤에 전화가 걸려왔다. 어쩌면 어머니 세이코에게서 토요일에도 근무할 때가 많다고 미리 얘기를 들었는지도 모른다.

"장례식에 와주셔서 고맙습니다." 이쓰미는 여전히 무뚝뚝한 말투였다. 그 소년 같은 표정이 헤이스케의 머릿속에 떠올랐다.

"응, 이쓰미가 이래저래 힘들었겠다." 전화해줘서 다행이라고 그는 생각했다. 장례식에는 참석했지만 결국 어떻게 된 일인지 알지 못한 채 돌아왔다. 이쓰미와도 변변히 얘기를 나누지 못했다.

"저어, 조의금에 답례를……."

"답례?"

"네, 해드리려고요." 이번에는 부루퉁한 말투였다. 하고 싶은 말도 똑똑히 못한다고 자기 자신에게 화가 난 모양이다.

"아니, 그런 건 신경 쓸 거 없어." 헤이스케는 말했다. "아저씨가 그리 많이 낸 것도 아니고, 답례는 안 해도 괜찮아."

"어른들이 그렇게 얘기는 하셨는데……." 이쓰미는 말을 어물거렸다. 어른들, 이라는 것은 장례식을 돌봐준 이들을 가리키는 말일 것이다. 헤이스케는 알지 못했지만 친척들이 왔었는지도 모른다.

"마음만 받을게. 고맙다."

"근데 그래도 드리고 싶어요. 전해줄 게 있습니다."

"전해주다니, 나한테?"

네, 라고 그녀는 대답했다. 어떤 결의가 담긴 듯한 목소리였다.

어떤 것이냐고 물어보려다가 그 질문을 꿀꺽 삼켰다. 일단 대답을 들은 다음에는 받는다고도 받지 않는다고도 말하기가 난처해진다.

"그렇다면 감사히 받아야겠네. 내가 어떻게 하면 되지? 너희 집으로 가면 될까?"

그러자 잠시 숨을 고른 뒤에 이쓰미는 말했다. "그 집은 이제 없어요."

"응?"

"어제, 그 집 비워줬어요. 친척 집에서 살기로 해서."

"그랬구나. 친척 집이라는 곳은 어디지?"

"시키시(志木市)예요."

"시키시라면 사이타마현의?"

"네."

시키시라는 말을 듣고도 헤이스케는 아무 이미지도 떠오르지 않았다. 지명으로는 알지만 지금까지 자신과는 별 관련이 없는 지역이었다. 수화기를 든 채, 그는 옆의 도로 지도를 펼쳤다.

"시키시의 어디쯤이지? 근처에 눈에 띄는 큰 건물 같은 건 없어?"

"저도 잘 모르겠어요. 온 지 하루밖에 안 돼서……." 이쓰미는 침울한 목소리였다.

그렇다면 지금까지 자주 왕래하던 친척은 아니라고 짐작할 수 있었다. 이 아이가 앞으로 겪을 고초를 생각하니 헤이스케는 안타까운 심정이었다.

결국 시키역에서 만나기로 하고 전화를 끊었다.

다음 날인 일요일 오후, 헤이스케는 나오코와 함께 지하철을 갈아타며 도부도조선 시키역까지 갔다. 처음에는 혼자 갈 생각이었는데 나오코가 자기도 가겠다고 나섰다. 이유는 굳이 물어보지 않았다. 나오코 스스로도 이유를 알지 못할 것이라는 생각이 들었기 때문이다.

이쓰미는 개표구 근처 벽에 등을 기대고 서 있었다. 전체가 빨간색에 팔 부분만 하얀 야구점퍼를 입고 있었다. 헤이스케를 보자 꾸벅 고개를 숙였다. 그러고는 나오코에게로 시선을 향했다. 순간, 눈부신 듯한 표정이 되었다.

"어딘가 들어갈까? 배는 안 고파?"

이쓰미는 대답하기 난감한 얼굴로 고개만 갸우뚱했다. 그러자 옆에서 나오코가 말했다.

"지금 시간에는 당연히 배고프지. 맛있는 거 먹으러 가자."

"그런가? 그럼 어디, 식당을 찾아볼까."

시키역 주변은 예상했던 것보다 툭 트여 있었다. 널찍한 도로가 길게 뻗어나가고 그 길가에 대형슈퍼를 비롯해 큼직큼직한 건물들이 줄을 이었다. 역 바로 옆에는 패밀리레스토랑도 있었다. 헤이스케 일행은 그곳에 가기로 했다.

"우리, 실컷 먹어볼까?" 나오코는 이쓰미에게 그렇게 말하고 헤이스케 쪽을 보았다. "아빠, 경마에서 오랜만에 엄청 땄잖아. 그렇지?"

무슨 엉뚱한 소리인가 하고 헤이스케는 나오코의 얼굴을 보았다. 경마 같은 건 해본 적도 없다. 하지만 그녀가 이쓰미에게는 보이지 않는 쪽 눈을 재빨리 찡긋하는 것을 보고 그 의도를 이해했다.

"재미 삼아 마권을 샀는데 어쩌다 큰 게 걸렸어. 공돈은 신나게 써버려야 제 맛이지."

굳어 있던 이쓰미의 표정이 풀어졌다. 그녀는 그제야 메뉴판을 손에 들었다.

그래도 이쓰미가 주문한 것은 카레라이스뿐이었다. 아마 자신이 좋아하는 것 중에서 되도록 가격이 낮은 것으로 주문했으리라. 그러자 다음 차례인 나오코는 햄버그스테이크, 프라이드치킨 등 중학생이 좋아할 만한 것들을 주문하고, 마지막으로 이쓰미를 향해 "디저트로 파르페나 아이스크림 먹을까?"라고 물었다. 이쓰미가 조심스럽게 "나는 뭐든 괜찮아"라고 대답하자 나오코는 망설임 없이 초콜릿 파르페 두 개를 추가했다.

헤이스케는 나오코가 함께 가겠다고 나선 이유 하나를 눈치챘다. 그가 혼자 왔다면 분명 이런 레스토랑에 와서도 한사코 사양하는 이쓰미를 어떻게 대해야 할지 난감했을 터였다.

"어머니 일로 마음고생이 많았겠네. 이제 좀 괜찮아?" 헤이스케가 물어보았다.

이쓰미는 고개를 끄덕이며 말했다. "처음에 좀 깜짝 놀라긴 했어요."

"심장마비였다고 하던데."

"네. 좀 더 어려운 병명을 얘기하셨는데 간단히 말하면 심장마비인가 봐요." 말을 하면서 고개를 갸웃거렸다.

"그렇구나." 헤이스케는 물을 마셨다. 심장마비라는 병명이 없다는 건 그도 알고 있었다.

"아침 먹고 설거지를 하는데 현관에서 쿵 소리가 났어요. 그래서 나가봤더니 엄마가 쓰러져서…… 신을 한쪽만 신고 다른 한쪽은 맨발로."

"구급차는 바로 왔었어?"

"네. 근데 도착했을 때는 이미…… 구급대에 전화할 때부터 이미 어렵겠다고 생각했어요." 이쓰미는 고개를 떨구었다. "잠든 것 같은 얼굴이었는데."

그녀는 어깨에 엇갈려 메고 있던 작은 가방에서 티슈페이퍼로 감싼 뭔가를 꺼냈다. 그걸 테이블 위에 올려놓았다.

"이거예요." 그녀가 말했다.

"조의금에 대한 답례?" 헤이스케가 물었다. 그녀는 고개를 끄덕였다.

그가 손에 들고 티슈페이퍼를 펼쳤다. 안에서 나온 것은 낡은 회중시계였다.

"보기 드문 시계네."

크기는 지름 5센티미터 정도. 은색이었다. 2시 위쪽 부분에 용두(龍頭)가 볼록 튀어나와 있었다.

뚜껑을 열어보려고 했다. 하지만 고리가 뭔가에 걸렸는

지 아무리 힘을 줘도 열리지 않았다.

"뚜껑이 고장 났어요."

"그런 모양이네."

"아빠가 항상 갖고 다니던 거예요. 사고 때도 갖고 있었는데 그때 뚜껑이 고장 났나 봐요."

"그래……." 손 안에서 만지작거리며 헤이스케는 중얼거렸다.

"꽤 가치 있는 시계라고 아빠가 얘기했었어요. 아빠 물건 중에서 가장 값비싼 건 이거라고."

"그렇게 귀중한 것을. 이건 이쓰미가 갖고 있는 게 좋지 않을까?"

그러자 이쓰미는 고개를 가로저었다.

"아빠 물건인 거 들키면 친척들이 당장 내다버리라고 할 거예요."

"설마."

하지만 이쓰미의 지레짐작이 아닌 모양이다. "진짜예요"라고 슬픈 얼굴로 말했다.

헤이스케는 암울한 기분이었다. 아마도 그 친척에게 가지카와 운전기사는 악귀인 것이리라.

"그리고." 이쓰미가 얼굴을 들었다. 뭔가 겸연쩍은 듯한 웃음을 보였다. "스기타 씨에게 뭔가 드리고 싶어서요. 장례식에 와주신 거, 고마워서."

"아니, 근데 그건." 헤이스케가 입을 열자마자 옆자리의 나오코가 테이블 밑에서 그의 허벅지를 쿡 찔렀다. 잔말 말고 받아, 라는 뜻의 찌르기였다.

헤이스케는 회중시계를 손에 쥐었다. "정말 괜찮겠어? 아저씨가 받아가도?"

이쓰미는 꾸벅 고개를 끄덕였다.

"그럼 감사히." 헤이스케는 회중시계를 다시 티슈페이퍼로 꼭꼭 싸서 바지주머니에 넣었다.

때마침 요리가 줄줄이 나왔다.

식사를 마친 뒤, 이쓰미는 헤이스케와 나오코를 역 개표구까지 배웅해주었다. 헤이스케는 헤어질 때 뭐든 센스 있는 한 마디를 해주고 싶었지만 아무 말도 떠오르지 않았다. 의례적인 말을 하면 나오코가 또 촌스럽다고 쿡 찌를 것 같았다.

"그럼 이쓰미, 건강하게 잘 지내라. 씩씩하게." 무난하게 말했다.

이쓰미는 살짝 고개를 끄덕였다. 입을 한일자로 꾹 다물고 있었다.

개표구 안으로 들어온 뒤에 헤이스케는 나오코에게 물었다. "아까 이쓰미가 배고픈 거, 어떻게 알았어?"

나오코는 그의 얼굴을 올려다보며 어휴 하고 한숨을 내쉬었다.

"지금 남의 집에 얹혀살고 있잖아. 식객 세 그릇째는 슬그머니 내민다, 라는 옛말도 있어. 그 집에서는 한 그릇 더 먹겠다는 말도 못 할 거라고."

"아, 그런가."

헤이스케는 뒤를 돌아보았다. 이쓰미는 아직도 개표구 너머에 서 있었다. 그들 쪽으로 진지한 눈빛을 던지고 있었다.

헤이스케는 손을 흔들었다. 나오코도 똑같이 했다.

이쓰미의 얼굴이 눈 깜짝할 사이에 우는 얼굴로 바뀌었다.

23

　나오코의 중학교 생활은 헤이스케의 시선으로 본 바로
는 일단 순풍에 돛단 듯이 순조롭다고 해도 무방할 것 같
았다. 몸과 마음의 어긋남이라는 문제도 능숙하게 조절하
게 된 모양이었다. 부자연스러운 말투는 명문 사립중학교
에 다니는 어른스러운 여학생답다고 받아들여졌다.

　순풍에 돛단 듯이, 라는 말이 들어맞지 않는 부분은 그
녀의 학교 성적이었다. 나쁘기 때문이 아니다. 그 반대였
다. 처음 본 중간고사에서 느닷없이 학년 7등 안에 들더니
그 뒤에도 10위권 밖으로 밀려난 적이 없다. 3학기 기말고
사 때는 드디어 3등으로 치고 올라갔다.

　"어떤 학원에 보내십니까?" 보호자 간담회 때, 헤이스케
는 남자 담임선생님에게서 그런 질문을 받았다. 겉으로는
그저 평범해 보이는 모나미의 성적에 그는 진심으로 감탄
한 기색이었다.

학원에는 다니지 않는다고 대답하자 선생님의 놀람은 더욱 커졌다. 공부방법이며 교육방법에 대해 끈질기게 질문 공세를 펼쳤다. 마지막에는 집안에 학자의 피가 흐르는 거 아니냐는 말까지 했다.

"혼자 열심히 하고 있고, 저는 별로 관여하지 않습니다. 공부하라는 말을 한 적도 없고요. 성적에 대해서는 집에서 별로 얘기도 안 합니다."

헤이스케의 그 말을 아무도 믿어주지 않았다. 분명 비결이 있을 것이다, 특별한 교육방법이나 초일류 가정교사 등이 모나미의 뛰어난 성적의 이유일 거라고 생각하는 모양이었다. 헤이스케는 간담회 때마다 교육열 높은 어머니들의 온갖 질문에 시달렸다.

나오코는 정말로 특별한 건 아무것도 하지 않았다. 다만 평소에 공부하는 양이 여간 많은 게 아니다. 잠시도 게으름을 피우는 일이 없었다. 집안일 틈틈이 공부하고, 공부에 집중하다가 일단락되면 남은 시간은 집안일에 썼다. 물론 텔레비전을 보거나 놀러나갈 때도 있었다. 하지만 그건 그야말로 잠시 긴장을 풀기 위한 것이었다. 이를테면 그녀는 하루에 텔레비전을 보는 시간은 1시간 30분으로 정해두었다. 아무리 보고 싶은 방송이 있어도 그 규칙을 깨지 않았다.

왜 그렇게 열심이냐고 헤이스케가 물어본 적이 있다. 그녀는 사과를 슬슬 깎아가면서 담담하게 다음과 같이 말했다.

"규칙 하나를 깨면 두 번째, 세 번째가 깨지는 건 순식간이야. 결국 엉망이 되겠지. 예전의 내 인생이 그런 식이었어. 결국 초등학교에서 전문대까지 14년씩이나 학교에 다녔으면서도 살아가기 위한 방도를 하나도 배우지 못했어. 나는 그런 짓은 두 번 다시 하고 싶지 않아. 그런 깊은 후회를 되풀이하는 건 절대로 싫어."

그리고 깔끔하게 깎아낸 사과를 네 개로 자르고 포크로 쿡 찍어 헤이스케에게 내밀었다. 그는 그 사과를 먹으면서 예전의 인생이 그토록 후회로 가득했었나, 라고 내심 중얼거렸다.

하지만 공부만이 전부라고 생각하지는 않는 것 같다. 공부 이외의 세계도 소중하다는 인식이 있는 모양이었다. 그녀는 예전에 비해 훨씬 더 많은 책을 읽었다. 먼지를 뒤집어쓴 채 방치되어 있던 미니 오디오를 싹싹 닦아 음악도 들었다.

"이 세상에 멋있는 게 진짜 많아. 돈도 별로 안 들이고 행복해지는 거, 세계관이 확 바뀌는 거, 그런 게 간단히 내 손에 들어와. 왜 지금까지 이걸 몰랐는지, 이상할 정도야." 책을 읽거나 음악을 듣고 감동했을 때, 그녀는 눈을 반짝이며 헤이스케에게 말하곤 했다.

나오코는 친구도 소중하게 생각했다. 당연히 정신연령

이 한참 낮을 텐데도 그녀는 적극적으로 친구를 사귀었다. 성적도 좋고 남을 도와주는 성격이라 친구들 사이에서도 인기가 있는 모양이었다.

일요일이면 친구들을 집에 데려오기도 했다. 그때마다 나오코는 손수 음식을 차려 대접했다. 그 음식 솜씨에 아이들은 하나같이 깜짝 놀랐다.

"우와, 어떻게 이런 걸 차려낼 수 있어?"

"별거 아냐. 이 정도는 너희들도 마음만 먹으면 얼마든지 할 수 있어. 요즘은 편리한 전기제품도 흔하잖아. 예전에는 전자레인지도 부잣집에나 있었어. 일일이 찜통에 데워야 하고, 얼마나 힘들었는지. 진짜 요즘 젊은 엄마들은 세상 편하지."

"모나미, 우리 할머니하고 똑같은 얘기를 한다?"

"아니, 그러니까 그만큼 감사하게 생각한다는 뜻이야." 남들에게 들킬 것 같을 때, 순간적으로 둘러대 자리를 수습하는 데도 능숙해져 있었다.

저 아이들은 내 선생님이야.

어린 친구들이 돌아간 뒤, 나오코가 그렇게 말한 적이 있었다.

"단순히 중학생다운 모습을 배울 수 있기 때문이라는 뜻이 아니야. 아이들과 함께 어울리면 내 안의 낡은 가치관이 갱신되는 듯한 마음이 들어. 그뿐만이 아니지. 나 자신도 그 존재를 알지 못했던 신경의 꽃봉오리 같은 게 팡팡 피어나는 느낌이야. 저 아이들과 접한 뒤에는 틀림없이 세상의 빛깔이 달라 보여."

헤이스케로서는 말의 의미는 알아도 감각으로는 이해할 수 없는 종류의 얘기였다. 매번 "그래, 잘됐네"라는 싱거운 대답만 되풀이했다. 둘 사이에 눈에 보이지 않는 격차가 생기는 것을 인정하지 않을 수 없었다.

인격은 나오코여도 학습능력과 마찬가지로 감성도 차츰 모나미의 젊은 두뇌가 지배하는 것이라고 헤이스케는 해석했다. 10대 때만 보이는 것, 나이를 먹으면 차츰 보이지 않는 것이 분명 지금의 나오코의 눈에는 보이는 것이다.

번거롭게도 그런 감성의 변화를 나오코 자신은 충분히 파악하지 못하고 있었다. 그리고 말할 것도 없이 헤이스케 역시 그런 변화를 따라가지 못했다. 그에게 나오코는, 즉 겉모습은 모나미여도 그 인격만은, 여전히 자신의 아내라고 생각했다.

그날 헤이스케는 평소보다 귀가가 늦어졌다. 새로 입사한 동료 두 명의 환영회가 있었기 때문이다. 2차 도중에 자리를 떴지만 집에 도착하니 밤 11시가 다 되었다. 적당히 술기운이 올라서 기분이 좋았다.

현관에서 신을 벗으면서 "나 왔어"라고 아내에게 말을

건넸지만 대답이 없었다. 손을 씻으러 세면실로 가자 욕실
문 너머에서 샤워하는 소리가 들렸다.

헤이스케는 그 문을 열었다. 나오코의 작은 등이 보였다.

샤워기로 머리를 감다가 소스라치게 놀라면서 돌아보았
다. 그 바람에 손에 든 샤워기를 떨어뜨렸다. 뜨거운 물이
엉뚱한 방향으로 튀어서 욕실 벽을 적셨다. 그녀는 허둥지
둥 샤워기 꼭지를 잠갔다.

"깜짝 놀랐잖아. 갑자기 문을 열면 어떡해?" 나오코가 말
했다. 목소리가 날카로웠다.

"엇, 미안," 헤이스케는 사과했다. 사과하면서, 그러면 새
삼스럽게 노크라도 하라는 거야 뭐야, 라고 생각했다. "방
금 왔어. 목욕 좀 해도 되지?"

"……나 이제 나갈 건데."

"얼른 씻어야겠어. 몸에 담배냄새가 배어버린 거 같아."
그렇게 말하면서 그는 벌써 옷을 훌훌 벗고 있었다.

나오코와 함께 욕실을 쓰는 건 오랜만이었다. 그가 목욕
할 때 그녀는 대개는 공부 중이었기 때문이다.

벌거숭이로 욕실에 들어갔다. 나오코는 얼굴을 씻고 있
었다. 헤이스케는 뜨거운 물을 퍼서 끼얹고 욕조에 몸을
담갔다. 배 속에서부터 중년 남자 특유의 끄으응 소리가
저절로 새어나왔다.

"오늘 진짜 힘들었다." 가슴까지 물속에 잠긴 상태에서

그는 말했다. "과장이 토라졌어. 아무도 술자리 모임에 같이 가자는 말을 안 했던 모양이야. 나를 이렇게 거치적거리는 사람으로 취급해도 되느냐고 씩씩거리더라고. 살살 달래느라 한참 고생했어."

"응, 힘들었겠네." 나오코가 어딘지 건성건성 대꾸하는 것 같았다. 이쪽에 등을 돌린 채 수건을 짜서 머리와 얼굴을 닦고 있었다. 그대로 몸도 닦기 시작했다. 그제야 헤이스케는 뭔가 이상하다고 생각했다.

"욕조에 안 들어오려고? 항상 머리 감고 한 번 더 들어왔잖아."

"응, 오늘은 그냥 나갈래." 등을 돌린 채 그녀는 대답했다.

문을 향해 그녀가 일어섰을 때였다. 얼핏 눈에 띄는 게 있었다.

"엇, 너." 헤이스케는 욕조 안에서 말했다.

왜 그러느냐는 듯이 나오코는 고개만 돌려 이쪽을 보았다.

"거기, 나기 시작했어?" 헤이스케는 그녀의 하복부를 가리켰다. "잠깐 보여줘봐." 욕조 안에서 엉거주춤 일어섰다.

"알 거 없잖아, 그딴 거." 나오코는 반대쪽으로 몸을 웅크렸다.

"왜 그래, 보여주면 어때서?" 그는 팔을 내밀어 그녀의 등을 잡고 돌아 세우려고 했다.

"손대지 마!" 나오코가 그 손을 뿌리치는 참에 어깨까지 확 밀쳤다.

헤이스케는 균형을 잃고 욕조 안에서 엉덩방아를 찧었다. 순간 콧속에 뜨거운 물이 훅 들어왔다.

나오코는 욕실 문을 쾅 닫았다. 그대로 옷도 안 입고 세면실을 나가는 소리가 들렸다.

헤이스케는 잠시 멍해져서 욕조에 쭈그러져 있었다. 무슨 일이 일어났는지, 얼른 이해가 되지 않았다.

어떻게 된 거야. 대체 왜 저러지?

나는 남편이다. 남편이 아내의 벗은 몸을 봤기로서니 그게 무슨 잘못인가.

몸은 모나미 것이라는 얘기인가. 하지만 모나미는 내 딸이야. 내 손으로 기저귀도 갈아줬어.

어이없는 봉변을 당했다는 분노가 잠시 그의 몸속을 휘돌았다. 하지만 이윽고 그것도 사라졌다. 그는 어쩐지 상황이 이해가 되었다. 어떤 상황인지 말로는 잘 표현할 수 없지만, 아무래도 자신이 나오코의 마음속에 쳐진 가느다란 금줄에 발을 걸어버린 모양이었다.

제대로 씻지도 않고 그는 욕실을 나왔다. 그리고 그때서야 갈아입을 속옷도, 목욕 후에 항상 입는 파자마도 미리 챙겨놓지 않은 게 생각났다. 나중에 나오코에게 갖다달라고 할 생각이었던 것이다.

별수 없이 아까 벗어둔 속옷을 대충 걸치고 출퇴근용 바지를 입은 채 세면실을 나왔다.

1층 거실에 나오코의 모습은 없었다. 헤이스케는 2층으로 올라가 침실에서 속옷을 갈아입고 파자마를 입은 뒤에 나오코의 방 문을 조심스럽게 열었다.

나오코는 빨간색 파자마를 입고 방 한가운데서 무릎을 껴안고 앉아 있었다. 그 품안에 테디베어 인형이 있었다. 이쪽에 등을 돌리고 있다. 문이 열린 걸 몰랐을 리 없는데도 그녀의 어깨는 꿈쩍도 하지 않았다.

"저기, 그러니까, 내가 잘못했어." 헤이스케는 머리를 긁적이면서 말했다. "좀 취했었어. 어째 요즘 술이 약해진 거 같아."

하하하, 하고 그는 웃어보였다. 하지만 나오코의 반응은 없었다.

포기하고 그만 나가려고 했다. 그때 그녀의 목소리가 들렸다. "이상하다고 생각했지?"

"응?"

"이상하다고 생각했잖아?" 그녀는 다시 한번 말했다. "겨우 그런 걸로 화낸다고."

"아, 아냐." 그렇게 대답하고는 그다음 말이 생각나지 않았다.

나오코가 얼굴을 들었다. 하지만 반대편을 향하고 있어서 어떤 표정인지 헤이스케에게는 보이지 않았다.

"미안해." 그녀가 말했다. "어쩐지 싫었어."

"손대는 거?"

"손대는 것도 그렇고……."

"쳐다보는 것도?"

"응." 그녀는 고개를 끄덕였다.

"그렇구나." 한숨과 함께 헤이스케는 말했다. 관자놀이를 긁적이고 왠지 그 손끝을 들여다보았다. 기름기가 묻어나 손톱이 번들거렸다. 욕조에는 들어갔지만 얼굴도 안 씻고 나왔기 때문이다. 중년 남자가 추저분하다는 게 이런 거구나, 라고 자조적으로 생각했다.

"미안해." 나오코가 다시 한번 말했다. "왜 그런지 나도 모르겠어. 절대로 아빠가 싫어진 건 아닌데."

헤이스케는 뭐라고 말할 수 없는 기분이었다. 눈앞에 있는 게 아내인지 딸인지 알 수 없게 되었다.

어쨌든 내가 택해야 할 노선은 한 가지밖에 없다고 그는 생각했다.

"알았어. 고민할 거 없어. 앞으로 욕실은 따로 쓰자. 욕실 문을 열거나 하지도 않을 테니까 걱정 말고."

나오코가 훌쩍훌쩍 울기 시작했다. 자그마한 어깨가 가늘게 흔들렸다.

"울 게 뭐 있어?" 애써 환한 목소리로 말했다. "아마 이게 정상일 거야."

나오코가 천천히 돌아보았다. 눈이 빨개져 있었다.

"우리, 이렇게 무너져가는 걸까?"

"무너진 거 하나도 없어. 쓸데없는 소리 하지 마." 헤이
스케는 짐짓 화난 목소리를 냈다.

24

　가지카와 이쓰미에게서 받은 회중시계는 1년 6개월 동안 거실장 서랍에 넣어둔 채였다. 그걸 오랜만에 꺼낸 것은 갑작스럽게 삿포로 출장 지시가 내려왔기 때문이다.

　현장 생산라인의 팀장을 맡은 헤이스케는 웬만해서는 출장이 없었다. 어쩌다 한 번씩 새로 도입된 기술을 견학하러 가는 것뿐이다. 이번 출장도 그런 것이었다.

　헤이스케가 담당한 현장 팀은 컴퓨터의 지시에 따라 가솔린을 엔진 내에 분사하는 노즐을 만들고 있다. 그 노즐이 정확한 양을 분사하는지 어떤지 순식간에 판정 가능한 장치를 이번에 새로 도입하기로 해서 헤이스케와 함께 생산기술팀 기지마와 가와베 콤비가 테스트를 위해 가게 되었다. 그 계측기를 만드는 회사가 삿포로에 있었다.

　"마음만 먹으면 당일치기로 다녀와도 되지만, 출발하는 날이 금요일이니까 서둘러 돌아올 것도 없어. 헤이스케 씨도 한동안 여행은 못했잖아. 가을의 홋카이도는 기가 막히다고 하더라고. 단풍이 정말 예쁠 거야." 과장 고사카는 그렇게 말하더니 목소리를 낮춰 뒤를 이었다. "게다가 삿포로라고 하면 그거가 있잖아."

"그거라뇨?"

헤이스케가 고개를 갸우뚱하자 "허참, 둔하기는"이라고 고사카는 얼굴을 찌푸렸다.

"삿포로라고 하면 스스키노 아니냐고. 당연한 걸 뭘 물어?"

"아, 그렇습니까."

"뭘 맹한 얼굴을 하고 있어? 헤이스케 씨 성격상, 부인이 세상 떠난 뒤에도 그런 데는 전혀 가본 적이 없지? 이봐, 가끔은 재충전을 하는 게 좋다니까." 고사카는 다시 목소리를 낮춰 누런 이를 드러내고 웃으며 말했다. "스스키노 업소에는 미인이 많다더라고."

그런 업소 따위는 생각해본 적도 없지만, 삿포로에 가는 것은 마침 잘됐다고 헤이스케는 생각했다. 아직 홋카이도 쪽에는 가본 적이 없었다.

문제는 나오코였는데 이건 간단히 해결되었다. 헤이스케의 삿포로 출장 날에 맞춰 나가노에서 나오코의 언니 요코가 도쿄에 오기로 한 것이다. 요코의 외동딸이 올 봄에 도쿄의 대학에 입학했기 때문에 전부터 딸이 어떻게 지내는지 한번 보러 오겠다고 얘기했던 것이다.

"언니를 이모라고 불러야겠네? 크크, 재밌겠다." 얘기가 정해지자 나오코는 혼자 빙글빙글 웃고 있었다.

실은 삿포로 출장이라는 말을 처음 들었을 때, 헤이스케는 생각난 게 있었다. 그는 거실장의 자신 전용의 서랍을 뒤적였다. 우선 찾아낸 것이 작게 접은 종이 한 장이었다. 가지카와 유키히로 운전기사가 전처에게 송금했다는 우체국 현금배달 서류의 사본이다. 버릴까 했었지만 결국 그대로 서랍에 넣어두었던 것이다.

삿포로시 도요히라구, 라고 적혀 있다. 지도로 찾아보니 삿포로역에서 그리 멀지 않은 것 같았다.

가지카와 모녀의 일을 헤이스케는 아직도 잊지 못하고 있었다. 가족을 잃었다는 점에서는 그녀들도 다른 유족들과 다를 게 없었다. 하지만 그 모녀에게만은 어느 누구도 도움의 손길을 내밀지 않았다. 그러기는커녕 마지막까지 주위 눈치를 보며 숨을 죽이고 지내야 했다.

가지카와 운전기사는 당시 전처에게 매달 돈을 보냈었다. 그것 때문에 체력의 한계까지 운전 일을 강행했고 결국에는 큰 사고를 일으키고 말았다. 그런데 그 전처는 그가 사망했을 때조차 가지카와 가에 전혀 아무 연락도 없었다. 향불 하나 올리러 오지 않았고 그뿐만 아니라 그의 죽음을 아는지 어떤지조차 확실치 않았다.

헤이스케는 후회가 되는 일이 있었다. 전처에게 돈을 보냈다는 것을 알았을 때, 그 네기시 노리코라는 여자에게 연락을 해봤어야 했던 것이다. 최소한 가지카와 유키히로가 사망한 것을 알고는 있는지, 그것만이라도 확인해봤으면 좋았을 것이라고 후회하고 있었다.

이번에 삿포로에 가는 김에 네기시 노리코라는 여자를 만나보기로 마음먹었다. 만나서 내내 풀리지 않았던 수수께끼를 분명하게 정리하고 싶었다.

하지만 버스 사고 후 2년 반이 흘러갔다. 이제는 쓸데없는 일이라는 생각도 들었다. 아마 별것도 없을 것이다. 그래봤자 가지카와 세이코가 살아 돌아오는 것도 아니고 딸 이쓰미가 행복해지는 것도 아니다. 다만 헤이스케가 자기만족을 얻는 것뿐이다.

그냥 잊어버릴까, 라고 망설일 때 그 회중시계가 생각났다. 그래서 서랍을 뒤져 찾아낸 것이다.

출장이 내일로 다가온 목요일, 헤이스케는 양해를 구하고 정시에 퇴근해 그 길로 오기쿠보로 나갔다. 그쪽 상가의 시계방에 볼일이 있었다.

"오호, 아주 묘한 물건을 갖고 오셨네." 시계방 주인 마쓰노 고조는 쓴웃음을 지으며 시계를 들여다보았다. 뺨에 검은 깨소금을 뿌린 것처럼 수염이 나 있었다.

"제법 가치 있는 물건이라던데요."

"그래? 헤이스케 씨, 이거 어디서 났어?"

"누구한테서 받았어요."

"구입한 건 아니지?"

"산 건 아니고요. 그런데 왜요?"

"아니, 그게……. 어라, 뚜껑이 안 열리네?" 고조는 루페*를 대고 시계를 살펴보았다. "용두 고리가 고장 났구먼."

"그것도 좀 수리해주십쇼." 헤이스케가 말했다.

마쓰노 고조는 나오코의 먼 친척뻘 되는 인물이다. 나오코가 취직을 위해 나가노에서 도쿄에 왔을 때, 이래저래 돌봐줬다는 얘기를 들었다. 나오코의 장례식을 도쿄에서 했을 때도 그는 한달음에 달려왔다. 주름투성이의 얼굴이 더욱더 꾸깃꾸깃해져서 주위의 시선도 아랑곳하지 않고 엉엉 울었던 것을 헤이스케는 기억하고 있었다.

고조에게는 자녀가 없었다. 오기쿠보역에서 5분 거리의 이 작은 점포 겸 살림채에서 나이 든 아내와 단둘이 살고 있다. 시계방 간판을 내걸고 있지만 요즘에는 안경 쪽 일이 더 많다고 한다. 그 이외에 귀금속도 취급했다. 게다가 대부분이 오더메이드다. 티파니 반지 사진을 보여주면서 이것과 똑같은 것을 만들어달라고 주문하면 정확히 응해주는 식이다. 실은 헤이스케와 나오코의 결혼반지도 이 가게에서 만들어준 것이었다.

---

* 볼록렌즈를 사용한 작업용 확대경.

헤이스케가 회중시계를 들고 찾아온 것은 그 가치를 알고 싶었기 때문이다. 만일 상당한 가격의 물건이라면 이번에 네기시 노리코에게 건네줄 생각이었다. "알아봤더니 값비싼 물건이라 내가 갖고 있을 수 없어서 가져왔다"라고 얘기할 수 있다. 즉 네기시 노리코를 꼭 만나야 할 이유가 필요했다. 가장 납득시켜야 할 상대는 다름 아닌 헤이스케 자신이었던 것이다.

"드디어 풀렸네." 작업대에서 망가진 뚜껑을 수리하던 고조가 말했다. 그의 손 안에서 회중시계의 뚜껑이 톡 열려 있었다.

"어때요, 가격이 꽤 나가겠지요?" 진열 케이스 위로 몸을 내밀다시피 하면서 헤이스케는 물었다.

"이것 참." 고조는 고개를 갸웃거렸다. 그러고는 쓴웃음을 지었다. "그렇다고 해야 할지, 아니라고 해야 할지……."

"왜요, 가격을 매길 수 없는 물건인가요?"

"이건 뭐, 굳이 가격을 매기자면 한 3천 엔 정도가 적당할 게야."

"예에?"

"예전에 흔히 나돌던 회중시계거든. 게다가 수리한 흔적도 있어. 미안하지만 이건 골동품으로서의 가치는 없어."

"그렇군요……."

"하지만 다른 가치는 있겠지. 꼭 이 시계가 아니면 안 된다고 할 사람이 있을지도 모르겠어."

"무슨 말씀이세요?"

"덤이 딸려 있거든, 여기에." 고조는 뚜껑이 열린 회중시계를 그에게 내보였다.

찬찬히 보니 열린 뚜껑 안쪽에 작은 사진이 붙어 있었다.

다섯 살 정도의 어린애 사진이다. 가지카와 이쓰미와는 닮지 않았다. 게다가 남자애인 것 같았다.

25

비행기를 타는 게 몇 년 만인가. 헤이스케는 창 아래쪽을 내려다보았다. 바다가 내려다보일 거라고 기대했는데 내내 하얀 구름만 이어졌다. 게다가 날개 바로 옆 좌석이라 시야가 반쯤 가로막혔다.

"스기타 씨는 내일 어떻게 하실 거예요?" 옆자리의 젊은 가와베가 물었다. 그 건너 통로 측 좌석에는 기지마가 앉아 있었다.

"잠깐 들를 데가 있어서 거기 갔다가 모레 아침에 도쿄로 갈 예정이야. 자네들은?"

"저희는 내일 하루 종일 삿포로 관광입니다. 돌아가는 비행기는 모레 저녁 편으로 예약했어요."

"흐흐, 가끔은 이런 행운도 있어야 일할 맛이 나지." 기지마가 옆에서 말했다.

치토세 공항에 차가 마중을 나와 있었다. 검은색 대형

콜택시다. 뒷좌석에 셋이 앉아도 넉넉했다. 정치인이 된 것 같다고 헤이스케가 말하자 다른 두 사람이 웃었다. 조수석에 앉은 이쪽 회사 담당자도 쓴웃음을 지었다.

홋카이도 대학 옆의 영업 센터에서 헤이스케 일행은 도입 예정인 계측기의 테스트에 들어갔다. 별일 없으면 금세 끝날 작업일 텐데 이런 종류의 업무에는 으레 예상치 못한 문제가 튀어나오게 마련이라서 역시나 데이터 수집에 상당한 시간이 걸리고 말았다. 헤이스케 일행은 점차 말수가 줄었지만, 이쪽 회사에서는 어떻게든 고객의 기분을 풀어줘야겠다 싶었는지 점심식사로 풀코스 요리를 준비해주었다. 물론 그런 걸로 헤이스케 일행의 기분이 풀릴 리 없다. 가와베는 "술 한 잔 못 마시는 프랑스요리라니, 꽉꽉하네요"라면서 투덜거리고 있었다.

오후 6시를 지날 무렵에야 가까스로 원하는 데이터를 전량 수집할 수 있었다. 일행은 삿포로 시내의 초밥집에서 저녁식사를 대접받고 오토리 공원 근처의 클럽에서 술자리도 가졌다. 한바탕 큰일을 끝낸 참이라서 그런지 그날 저녁의 술맛은 각별했다. 젊은 호스티스가 바짝 붙어 앉아 헤이스케에게 이런저런 질문을 던졌다. 깊이 파인 가슴팍과 미니스커트 밑으로 드러난 허벅지가 자꾸만 신경 쓰여서 건성건성 대답했다. 오래도록 느껴본 적이 없는 두근거림이었다.

호텔에 돌아오니 12시가 넘었다. 밤늦은 시각이지만 일단 도쿄 집에 전화해보기로 했다. 곧장 나오코가 받아주었다. 아직 잠들지 않았던 모양이다.

"우린 잘 놀고 있어. 이모하고 수다 떨던 참이야." 나오코의 목소리는 신이 나 있었다. "잠깐만, 바꿔줄게."

전화를 건네받은 요코에게 헤이스케는 감사인사를 했다. 당연한 일이지만 요코는 지금 함께 있는 소녀가 자신의 여동생이라는 건 알지 못한다. 다만 이런 말을 했다.

"모나미가 정말 나오코를 쏙 빼닮았지 뭐야. 말하는 것도 그렇고 작은 몸짓까지 똑같아. 아까 내 어깨를 주물러줬는데 그 손짓이 똑같더라니까. 깜짝 놀랐어."

전에도 언니 어깨를 자주 주물러줬다고 나오코가 얘기했던 게 기억났다. 아마 옆에서 나오코는 웃음을 꾹 참고 있을 게 틀림없다.

잘 부탁드린다고 말하고 통화를 끝냈다.

다음 날, 늦은 조식을 먹고 호텔 체크아웃 수속을 한 뒤에 그는 택시를 탔다. 그 배달서류 사본에 적혀 있던 주소를 운전기사에게 말했더니 대략 어딘지 알겠다는 대답이었다.

"혹시 그 근처에 단풍으로 유명한 곳도 있습니까?" 헤이스케는 물어보았다.

초로의 운전기사는 고개를 갸우뚱했다.

"그 근처라면 모이와산이 있긴 한데, 아직 좀 이르죠. 10월 중순은 되어야 단풍이 드니까요."

"그나마 다음 주쯤에 왔으면 좋았겠네요."

"그렇죠, 다음 주에는 물이 들기 시작할 겁니다."

헤이스케는 웬만해서는 자기 쪽에서 먼저 택시 운전기사에게 말을 건넨 적이 없었다. 딱히 단풍을 보고 싶은 것도 아니었다. 단지 긴장을 풀고 싶었을 뿐이다.

여깁니다, 라고 운전기사가 알려준 곳에서 헤이스케는 택시를 내렸다. 작은 가게가 줄줄이 이어진 상점가 안이었다. 그는 번지를 확인하며 쭉 걸어갔다. 이윽고 한 가게 앞에 섰다.

작은 라면집이었다. '구마키치(熊吉)'라는 식당 간판이 나와 있었다. 하지만 가게 문은 닫혀 있었다. 정기휴일이라는 팻말이 보였다. 내려진 셔터 위쪽으로 시선을 던지자 '네기시'라는 문패가 있었다.

헤이스케는 셔터를 두세 번 두드려보았다. 하지만 반응은 없었다. 가게 2층이 거주 공간인 것 같은데 그 창문도 닫힌 채였다.

그는 다시 한번 간판을 보았다. 귀퉁이에 전화번호가 있었다. 어제 데이터 기록용으로 썼던 노트를 가방에서 꺼내 그 표지 한쪽에 전화번호를 베껴 썼다.

마침 택시가 지나가길래 그 차를 잡아타고 오늘밤 묵을

호텔 이름을 말했다. 그런 다음에야 체크인 시간이 아직 한참 남았다는 것을 알았다.

"기사님, 삿포로 시계탑은 여기서 멀어요?"

"시계탑?" 룸미러에 비친 운전기사의 눈이 두어 번 깜작깜작했다. "아뇨, 바로 근처예요."

"그럼 거기로 가죠. 시간 때울 데가 필요해서요."

"아, 예에." 젊은 운전기사는 턱을 긁적였다. "가도 괜찮지만 거기서 시간을 때우기는 좀 어려울 걸요."

"왜요?"

"얘기 못 들으셨어요? 실제로 가보고 실망하는 관광지 1위래요."

"별거 없다는 얘기는 들었는데……."

"가보면 아실 겁니다."

택시는 잠시 뒤 넓은 도로 옆에 섰다. 왜 이런 곳에 세우나 했더니만 "저거예요"라고 운전기사가 길 반대편을 가리켰다.

"아, 저게 시계탑……." 헤이스케는 쓴웃음을 지었다. 분명 사진으로 상상한 이미지와는 큰 차이가 났다. 지붕에 시계가 달린 하얀 서양식 가옥일 뿐이다.

"시간이 남으면 옛 도청에 가보시면 좋아요. 저 길에서 좌회전해서 쭉 걸어가시면 됩니다. 그래도 시간이 남으면 그 방향으로 조금 더 들어가세요. 홋카이도대학 식물원이 있으니까요." 요금을 받으면서 운전기사가 찬찬히 알려주었다.

그 충고가 큰 도움이 되었다. 시계탑 앞에서 10분, 옛 도청에서 20분, 그리고 식물원에서 30분을 구경한 뒤 다시 택시를 타고 호텔로 갔더니 마침 체크인 시각이었다.

방으로 올라가자마자 수화기를 들고 조금 전에 메모해 온 번호를 눌렀다. 호출음이 세 번쯤 울리고 상대가 수화기를 들었다.

"예, 네기시입니다." 남자 목소리가 대답했다. 젊은 남자인 것 같았다.

"여보세요, 저는 도쿄에서 온 스기타라는 사람인데요, 네기시 노리코 씨 계십니까?"

"어머니는 지금 외출하셨어요." 상대 남자가 말했다. 네기시 노리코의 아들인 모양이다.

"그렇군요. 혹시 몇 시쯤 돌아오실까요?"

"저녁때쯤에 올 텐데, 무슨 일이신지……."

남자의 목소리에 경계하는 음색이 섞였다. 스기타라는 이름이 귀에 익지 않은 데다 도쿄에서 왔다고 미리 말한 것도 수상쩍게 느껴진 모양이다.

"실은 가지카와 유키히로 씨 일로 잠깐……." 헤이스케는 솔직히 말하기로 했다.

그 즉시 상대가 침묵했다. 표정이 변하는 기척이 전화선 너머로도 전해져왔다.

"무슨 말씀이신데요?" 남자가 물었다. 목소리 톤이 한층 낮아졌다. "그 사람과 저희는 이제 아무 관계도 없습니다."

"그런 것 같더군요. 다만 꼭 직접 뵙고 말씀드릴 게 있어요. 아, 가지카와 씨가 돌아가신 건 알고 있어요?"

상대는 잠시 말이 없었다. 어떻게 대답해야 할지 생각하고 있는 것 같았다.

"네, 알고 있습니다." 이윽고 상대가 말했다. "하지만 그 사람이 죽은 것도 우리와는 관계가 없어요."

"그래요?"

"……무슨 얘기를 하시려는 건데요?"

"아무튼 어머님을 잠깐 만났으면 합니다. 전해줄 것도 있고. 저녁때쯤 돌아오신다고 했지요? 그러면 그때쯤에 다시 전화 드리지요."

"아, 잠깐만요." 상대 남자가 말했다. "지금 어디 계십니까?"

"삿포로역 옆의 호텔인데……." 헤이스케는 호텔 이름을 말했다.

"알겠습니다. 그럼 저희 쪽에서 전화하겠습니다. 계속 호텔에 계실 건가요?"

"그래요, 전화해주신다면 기다리죠." 헤이스케는 대답했다. 어차피 삿포로 구경은 끝났다.

"전화 왔었다고 전해드릴게요. 아, 성함이 스기타 씨라고 했던가요?"

"맞아요. 스기타."

"알겠습니다." 그러고는 네기시 노리코의 아들은 일방적으로 전화를 끊었다.

헤이스케는 침대에서 잠시 눈을 붙였다. 의미를 알 수 없는 뒤죽박죽 스토리의 꿈을 꾸었다. 그런 그를 전화벨 소리가 깨웠다.

"스기타 씨 계십니까?" 호텔 직원인 듯한 남자 목소리가 들렸다.

"예, 그렇습니다."

"프런트에 손님이 오셨습니다. 네기시 씨라는 분입니다만, 잠깐만 기다려주십시오."

수화기를 건네는 기척이 들렸다. 네기시 노리코가 직접 찾아왔구나, 하고 헤이스케는 당황스러웠다.

"여보세요, 네기시입니다." 그런데 들려온 것은 그 아들의 목소리였다.

"아, 아까 전화했던?" 헤이스케는 말했다. "어머니도 같이 오셨어요?"

"그보다 긴히 할 얘기가 있어서요. 잠깐 1층으로 내려오셨으면 합니다." 아들의 말투는 아까보다 더 딱딱해져 있었다.

헤이스케는 수화기를 고쳐 잡았다. 그 말의 의미를 파악해보려고 했다.

"네기시 노리코 씨가 같이 오신 게 아니고?"

"네, 어머니는 안 오셨어요. 저 혼자예요."

"그래요……. 지금 바로 내려가죠. 어디 있어요?"

"프런트 앞에서 기다리겠습니다."

"알았어요." 헤이스케는 수화기를 내려놓고 급히 욕실로 뛰어들었다. 얼굴을 씻고 머리도 말끔하게 빗고 나가기로 했다.

1층에 내려가 프런트 주위를 둘러보았다. 체크인 손님들이 카운터 앞에 줄을 서 있었다. 그들에게서 조금 떨어진 곳에 한 젊은이가 서 있었다. 흰색 폴로셔츠에 면바지 차림이었다. 키가 크고 얼굴이 갸름하다. 햇볕에 그을려 전체적으로 탄탄하게 보였다. 스무 살 전후의 느낌이다. 틀림없다고 헤이스케는 생각했다.

젊은이는 주위를 둘러보다가 헤이스케 쪽에서 시선이 정지했다. 당신이냐, 라는 표정이 보였다.

헤이스케는 그에게 다가갔다. "네기시 씨?"

"네, 그렇습니다." 그가 말했다. "처음 뵙겠습니다."

"나야말로." 헤이스케도 머리를 숙였다. 그리고 명함을 꺼냈다. 볼펜으로 미리 집주소와 전화번호를 써둔 명함이다. "스기타 헤이스케라고 합니다."

젊은이가 명함을 들여다보았다. "아, 빅우드에 다니시네요?"

"뭐, 그렇죠."

"아, 죄송합니다, 잠깐만."

그는 성큼성큼 프런트로 갔다. 비치된 메모지에 뭔가 써넣더니 이쪽으로 돌아왔다.

"제가 아직 학생이라 명함이 없어서요." 그렇게 말하고 종이를 내밀었다.

라면집 '구마키치'의 주소와 전화번호, 그리고 '네기시 후미야'라는 이름이 적혀 있었다.

옆의 티라운지에 가기로 했다. 자리를 잡자 헤이스케는 커피를 주문했다. 네기시 후미야도 같은 것을 부탁했다.

"업무차 삿포로에 온 김에 한번 뵐까 하고 연락했어요." 헤이스케는 있는 그대로 말했다.

"빅우드에서는 어떤 업무를 하시지요? 연구 쪽인가요?"

아니, 아니, 라고 헤이스케는 손을 내저었다.

"현장 근무예요. 가솔린 분사기를 만들고 있어요. ECFI라는 부품인데."

"ECFI……. 전자제어식 연료 분사장치 말입니까?"

막힘없이 대답하는 젊은이의 얼굴을 헤이스케는 찬찬히 바라보았다. "잘 아시네?"

"대학 자동차부 동아리에서 활동하고 있거든요."

"그렇군. 대학은 어디?"

"호쿠세이 공대입니다."

"몇 학년이에요?"

"3학년입니다."

"아, 그래서……." 헤이스케는 고개를 끄덕였다. 공학계열 대학 중에서는 손꼽히는 곳이다.

커피가 나왔다. 두 사람은 거의 동시에 잔을 들었다.

"그런데 어머님은?" 헤이스케가 먼저 용건을 꺼냈다.

후미야는 입술을 축인 뒤에 말했다.

"실은 어머니에게는 아직 얘기를 안 했습니다. 우선 제가 어떤 일인지 들어본 뒤에 전하려고요."

"엇, 왜……."

"그 사람에 관한 얘기라면 어머니께 전해드리고 싶지 않습니다."

그 사람, 이라고 말할 때의 표정에 분명한 혐오의 기색이 드러났다.

"하지만 가지카와 유키히로 씨는 그쪽 아버님일 텐데요. 그러니까 어머님과는 부부 사이였던 사람이에요."

"그건 이미 오래전 일이에요. 지금은 전혀 그렇게 생각하지 않습니다. 완전한 타인이에요." 후미야의 얼굴이 뻣뻣해져 있었다. 그 탓인지 눈도 조금 치켜 올라간 것처럼 보였다.

헤이스케는 다시 커피 잔에 손을 내밀었다. 어떻게 이야기를 끌고 가야할지, 난감했다. 예상은 했지만 그는 역시 부친에 대해 그리 좋은 인상을 갖고 있지 않은 모양이다.

"스기타 씨는 그 사람과는 어떤 관계입니까?" 후미야 쪽에서 물었다.

"실은 설명하기가 좀 복잡한데." 헤이스케는 커피 잔을 테이블에 내려놓았다. "가지카와 씨가 사망한 것은 알고 있다고 했죠? 그러면 당연히 사망 원인도 알고 있겠네."

"스키버스 추락 사고에 관해서는 이쪽 신문기사로도 크게 나왔으니까요."

"그 버스를 운전한 사람이 가지카와 씨라는 건 바로 알았어요?"

"동성동명인 데다 이쪽에서 살 때도 버스 운전기사로 일했으니까 틀림없다고 생각했습니다."

"그렇군. 이쪽에서도 운전기사 일을……." 헤이스케는 고개를 끄덕였다. 그러고는 젊은이의 눈을 지그시 응시하며 말했다. "나는 그 사고로 아내를 잃었어요."

가지카와 후미야의 얼굴에 놀람과 낭패가 내달렸다. 한 차례 고개를 숙이고 다시 얼굴을 들었다.

"정말 상심이 크셨겠네요. 하지만 아까도 말씀드렸듯이 이제 저희와는 전혀 아무 관계도 없는……."

"아니, 아니." 헤이스케는 웃으면서 손을 저었다. "그쪽
을 원망할 생각은 추호도 없어요. 그런 게 아니라 전화에
서도 말했던 대로 전해줄 물건이 있어서."

그는 상의 안주머니에서 회중시계를 꺼내 테이블에 내
려놓았다. 그리고 시계를 손에 넣게 된 사정을 최대한 간
략하게 설명했다. 후미야는 말없이 듣고 있었지만, 가지카
와 유키히로가 네기시 노리코에게 다달이 돈을 보냈다는
얘기를 했을 때는 깜짝 놀란 소리를 올렸다. 지금까지 전
혀 알지 못했던 모양이었다.

헤이스케는 회중시계의 뚜껑을 열어 안쪽의 사진을 후
미야에게 보여주었다.

"아까 후미야 씨를 보자마자 알았어요. 이 사진 속 아이
는 후미야 씨지요? 가지카와 씨는 아들을 생각하면서 이
렇게 사진을 붙이고 항상 시계를 지니고 다녔어요."

후미야는 잠시 시계에 붙은 사진을 들여다보고 있었다.

"네, 어떤 사정인지는 잘 알겠습니다. 먼 곳까지 일부러
와주시고, 감사합니다."

"회사 업무차 온 김에 들른 거니까 그건 괜찮아요. 자아,
그럼 이건." 헤이스케는 시계를 후미야 쪽으로 밀어주었다.

"하지만." 후미야가 말했다. "이건 받을 수 없습니다. 받
고 싶지 않아요."

"어째서?"

"우리한테는 되도록 잊어버리고 싶은 사람이에요. 이런 걸 받아가도 그다음은 내버릴 일뿐입니다. 그렇다면 받지 않는 게 낫겠죠."

"그렇게 싫은 사람인가?"

"솔직히 말씀드리면 싫다기보다 증오하고 있어요." 후미야는 단호하게 말했다. "어머니와 어린 나를 버리고 어느 날 갑자기 젊은 여자와 사라져버린 사람이에요. 그 뒤로 어머니가 얼마나 고생스럽게 살아왔는지, 누구보다 제가 잘 알고 있어요. 도저히 용서할 마음은 없습니다. 지금이야 작게나마 라면 장사를 하면서 자리를 잡았지만, 한때는 어머니가 공사판에서 막노동을 한 적도 있어요. 저도 고등학교만 졸업하면 바로 취직하려고 했는데 어머니가 대학 등록금은 어떻게든 마련해보겠다면서 재수하는 것까지 뒷바라지를 해줬어요."

헤이스케의 입 안에 씁쓸한 것이 퍼져갔다. 이혼에는 그런 사정이 있었구나, 하고 이제야 이해가 되었다. 하지만 가지카와 유키히로와 함께 달아난 젊은 여자는 어떻게 된 것인가. 상황을 고려해보면 가지카와 세이코는 그 여자가 아니다.

"그래도 두 분이 정식으로 이혼을 했을 텐데요. 그렇다면 어머님 쪽에서도 어느 정도는 이해를 하고 도장을 찍어준 거 아닌가?"

"그게 어떻게 이해가 되겠습니까. 어머니 얘기로는 전혀 알지도 못하는 사이에 이혼서류가 들어갔다는데요. 그건 정식으로 고소하면 간단히 무효처분이 나왔을 텐데 어머니가 그냥 귀찮아서 포기했던 모양이에요. 내가 조금만 더 컸더라면 절대로 그런 식으로 혼자 억울한 일을 당하게 하지는 않았을 겁니다."

들기에도 화가 나는 이야기였다. 그게 사실이라면 후미야가 가지카와 유키히로를 증오하는 것도 이해할 만하다고 헤이스케는 생각했다.

"그러면 다달이 송금했던 것은 최소한의 사죄라도 할 생각이었던 모양이네."

"송금 얘기는 오늘 처음 들었어요. 하지만 그런 걸로 용서해줄 생각은 없습니다. 애초에 아버지로서의 의무를 내팽개친 사람이에요."

"어머님도 그런가?" 헤이스케가 물었다. "어머님도 가지카와 씨를 미워하고, 그래서 가지카와 씨가 사망한 것을 알고도 장례식에조차 와보지 않았던 거예요?"

그 질문에 후미야는 눈을 숙였다. 뭔가 생각을 가다듬듯이 잠시 침묵에 잠긴 뒤에 얼굴을 들었다.

"사고 소식을 들었을 때, 어머니는 장례식에 가겠다고 했어요. 헤어지기는 했어도 한때는 부부였던 사람이니까 향불쯤은 올리고 싶다면서. 생각해보니 송금을 해준 일도 있어서 그런 얘기를 했었는지도 모르겠네요. 하지만 그런 어머니를 내가 막았습니다. 바보짓 좀 하지 말라고."

"바보짓이라……."

후미야의 심정은 헤이스케도 충분히 이해할 만했다. 그러나 가지카와 유키히로가 그들에게 다달이 송금을 하기 위해 자기 자신뿐만 아니라 재혼한 아내와 딸에게까지 얼마나 큰 희생을 치르게 했는지, 당장 이 자리에서 얘기해주고 싶은 심정이었다. 하지만 결국 그 얘기는 마음속에만 담아두기로 했다. 네기시 모자와는 관계없는 일이었다. 게다가 가지카와가 사망한 시점에 후미야는 송금에 대한 건 알지도 못했다. 아마 어머니인 노리코가 말하지 않았던 것이리라.

"그래서 이건 제가 받을 수 없습니다." 후미야는 테이블 위의 회중시계를 다시 헤이스케 쪽으로 밀었다.

헤이스케는 시계를 보고 그런 다음에 다시 후미야를 보았다.

"어머님과 만나게 해줄 수 없겠어요?" 그는 말했다. "잠깐이라도 좋으니까."

"아뇨, 거절합니다. 어머니가 어떤 식으로든 그 사람과 엮이는 건 제가 원하지 않아요. 이제 지난 일은 다 잊어버렸으니까 그냥 이렇게 조용히 살게 해주셨으면 합니다."

그 말투에서 후미야는 애초에 어머니를 만나게 해줄 생

각이 없었다고 헤이스케는 짐작했다.

"그렇군." 헤이스케는 한숨을 내쉬었다. "그렇게까지 말한다면 어쩔 수가 없네."

"한 가지, 여쭤봐도 될까요?"

"그럽시다."

"선생님은 왜 이런 일을 해주시죠? 그 사람은 사고를 낸 장본인이고, 선생님은 그 피해자라고 하셨는데요."

헤이스케는 머리를 긁적이며 쓴웃음을 지었다.

"그걸 나도 잘 모르겠어요. 이왕 내친걸음, 이라는 말이 있죠? 굳이 말하자면 그런 거랄까."

후미야는 여전히 이해가 안 된다는 얼굴이었다. 그를 이해시키기 위해서는 가지카와 모녀와의 얘기를 누누이 밝힐 필요가 있었다. 하지만 그런 걸 여기서 늘어놓아봤자 별 의미도 없다. 제대로 설명할 자신도 없었다.

"이제 그 내친걸음은 멈추시는 게 좋을 것 같은데요." 후미야가 불쑥 말했다.

"응, 아무래도 그런 것 같네."

헤이스케는 회중시계를 집어들었다. 뚜껑을 닫으려다가 다시 생각나는 게 있어서 후미야를 보았다.

"이 사진이라도 가져가면 안 되겠어요? 내가 갖고 있을 이유도 없고, 그렇다고 남의 사진을 내버린다는 것도 썩 기분 좋은 일은 아니니까."

후미야는 거북스러운 얼굴이었다. 헤이스케의 말도 일리가 있다고 생각했는지도 모른다.

"네, 알겠습니다. 그럼 사진은 제가 처분하도록 할게요." 이윽고 그가 말했다.

헤이스케는 자신의 명함 귀퉁이를 이용해 뚜껑 안쪽에서 사진을 떼어냈다. 꺼내고 보니 풀로 붙인 게 아니라 뚜껑 크기에 딱 맞게 잘라서 끼워 넣은 것이었다.

둥글게 잘린 사진을 후미야에게 건넸다.

"가지카와 씨는 한시도 아들을 잊은 적이 없었던 것 같은데."

"그런 건 면죄부가 될 수 없습니다." 헤이스케의 말을 딱 자르듯이 젊은이는 한 차례 날카롭게 고개를 저었다.

 네기시 후미야와 헤어진 뒤 헤이스케는 다시 호텔 방으로 올라와 침대에 털썩 누웠다. 결국 전해주지 못한 회중시계를 손에 들고 딸각딸각 뚜껑을 열었다 닫았다 하고 있었다. 시계방 고조 아저씨가 뚜껑 고리를 말끔하게 수리해 주었다.

 머릿속에서 후미야와의 대화를 곰곰 되짚어보았다. 그에게 말해줘야 할 것이 아직 많이 남아 있다는 생각이 들었다. 앞으로 그 젊은이를 또 만날 일은 없겠지만 헤이스케는 마음속에 쌓인 개운치 않은 응어리를 어떻게든 말로 풀어보고 싶었다.

 가지카와 유키히로가 어떤 생각으로 네기시 노리코에게 다달이 돈을 보냈는지는 결국 알아내지 못했다. 후미야의 얘기만 들어보자면, 제대로 협의이혼을 한 것도 아니었던 모양이다. 그렇다면 양육비와 생활비 등에 대해 당시에 가지카와 유키히로와 네기시 노리코 사이에 서로 얘기가 오고갔을 리도 없다.

역시 속죄를 하려는 것이었나, 라고 헤이스케는 막연한 결론을 내리는 수밖에 없었다. 예전에 자신이 내팽개쳤던 아내와 아들을 위해 나중에야 느낀 바가 있어 다달이 돈을 보냈다……. 그것도 나름대로 이치에 닿는 얘기다.

하지만 그렇다면 가지카와 유키히로에게 세이코와 이쓰미는 과연 어떤 존재였는가. 남은 반생을 보내기 위해 그저 동거인으로 선택한 것에 불과했던가. 헤이스케는 특히 이쓰미가 마음에 걸렸다. 가지카와는 이쓰미에 대해 어떤 생각을 갖고 있었는가. 단순히 함께 살기로 한 여자가 데려온 아이였을 뿐인가. 과거에 내팽개친 친아들과 현재 돌봐주어야 할 의붓딸 사이에서 그는 어떻게 마음의 균형을 유지했을까.

가슴 속에서 모락모락 연기를 피우는 생각들을 제대로 말로 풀어낼 수는 없었다. 헤이스케는 몸을 일으키고 앉아 얼굴을 쓱쓱 비볐다.

그때 전화가 울렸다. 기지마가 걸어준 것이었다. 오늘 밤에 이 호텔에서 묵는다는 건 미리 얘기했었다.

지금부터 식사도 하고 스스키노 근처에서 한잔할까 하는데 나오겠느냐, 라는 전화였다. 기지마와 가와베도 이 근처 호텔에 있는 모양이었다.

헤이스케는 손에 든 회중시계의 뚜껑을 딸깍 닫으면서 "거, 좋지"라고 응했다.

유명한 식당에서 홋카이도 명물이라는 연어 된장찌개로 끼니를 때운 뒤, 가와베가 지인에게서 사전에 정보를 입수했다는 클럽으로 가기로 했다.

"잘 알지도 못하는 곳에 갔다가는 봉이 될 수 있거든요." 걸음을 옮기면서 가와베가 말했다.

두 사람도 오늘은 삿포로의 관광지를 돌아다녔다고 한다. 헤이스케가 시계탑 얘기를 해주자 둘이 똑같이 웃음을 터뜨렸다.

"진짜 그렇더라고. 사진으로 보는 게 훨씬 더 나아." 기지마가 말했다.

"드라마 세트장 같은 거예요. 화면에는 멋지게 나오는데 실제로 보면 비좁고 허술해서 어이가 없을 정도라잖아요."

두 사람은 오늘 가본 곳 중에서는 오쿠라야마(大倉山)가 가장 좋았다고 했다. 리프트를 타고 점프대까지 올라갔다는 것이다.

그런 얘기를 주고받으며 스스키노 거리를 한참 돌아다녔지만 점찍은 클럽이 쉽게 눈에 띄지 않았다. 그러다가 어디서 어떻게 길을 잘못 들었는지, 가게도 뭣도 없는 어슴푸레한 거리가 나왔다.

"아차, 큰일 났네." 가와베가 작은 소리로 말했다.

뭔가 심상치 않은 공기가 감도는 곳이었다. 길가에 수상쩍은 남자들이 서 있는 것이다. 한 패거리는 아닌지 서로 일정한 간격을 두고 떨어져 있었다.

헤이스케 일행이 길 한복판을 지나가자 즉시 한 남자가 다가왔다. 얇은 흰색 블루종을 입은 남자였다.

"출장 오셨어?" 남자가 물었다. 아무도 대꾸하지 않았지만 그는 "잠깐 들렀다 가셔"라고 말했다. "우리가 제일 낫다니까. 지금 시간이면 원하는 대로 불러줄 수 있어."

기지마가 말없이 손을 저었다. 그걸로 남자는 멀어져갔다.

하지만 그 길을 지나가는 동안 다시 두 명이 따라붙었다. 하나같이 말투가 똑같은 것이 흥미로웠다.

"저렇게 호객행위를 하는 걸 보면 출장길에 들르는 사람이 많은 모양이네." 기지마가 말했다.

"나도 회사에서 자꾸 놀리더라고요. 틀림없이 업소에 갈 거라면서." 가와베도 멋쩍게 웃었다.

그게 업소 호객꾼이었구나, 하고 헤이스케도 납득하면서 이번 출장이 정해졌을 때 고사카가 했던 말을 떠올렸다.

드디어 가와베가 점찍은 클럽을 찾아내 세 사람은 나란히 들어갔다. 아담한 가게에 젊은 호스티스가 다섯 명이었다. 헤이스케는 어젯밤보다는 익숙해졌지만 맞은편에 앉은 여자의 초미니스커트는 여전히 당황스러웠다.

흥을 돋우는 역할은 젊은 가와베였다. 도쿄 롯폰기 얘기를 해가면서 여자들의 주목을 받았다. 평소에는 착실한 기술자인데 또 다른 일면을 본 듯한 마음이 들었다.

"스기타 씨는 자녀분이 있으세요?" 옆의 호스티스가 물었다. 몸매가 드러나는 원피스를 입고 있었다.

"있지." 술잔을 한 손에 들고 그는 대답했다.

"아들? 아니면 딸?"

"딸."

"몇 살이에요?"

"중2."

"저런, 가장 다루기 어려울 때네." 그녀가 빙글빙글 웃으며 말했다.

"역시 그런가?"

"당연하죠. 중2라면 지금 열네 살 정도잖아요. 아빠가 슬슬 싫어지는 시기거든요."

"그래?"

"그죠. 뭐랄까, 그냥 옆에만 있어도 짜증 나는 느낌?"

그러자 다른 호스티스도 "맞아, 나도, 나도"라고 말을 끼웠다. "아빠 팬티가 널려 있는 것만 봐도 소름이 쫙 끼쳤다니까. 아빠가 다녀온 화장실은 절대 들어가기 싫고 욕실도 싫었어."

또 다른 호스티스도 대화에 가담했다. 아빠 냄새가 싫었다, 러닝셔츠 차림으로 있을 때 배가 축 늘어진 게 끔찍했다, 아빠 칫솔만 봐도 속이 울렁거렸다……. 험담의 소재가 끝이 없었다.

왜 그렇게 싫었느냐는 헤이스케의 질문에 "왠지는 나도 모르죠"라고 호스티스들은 대답했다. 아무튼 생리적으로 받아들일 수 없다는 것이다.

"스무 살 때쯤까지 그런 느낌이에요. 그때가 되면 아빠도 나이가 드시니까 어쩐지 가엾어져서 다정하게 대해주자는 마음도 생기죠." 옆의 호스티스가 말했다.

"안타깝네." 가와베가 혀가 살짝 꼬인 소리로 말했다. "아빠가 되어봤자 좋을 게 하나도 없는 것 같아. 난 역시 결혼은 관둘까 봐."

"무슨 좋은 걸 보자고 아빠가 되는 게 아니야." 기지마가 말했다. 그는 아이가 둘이다. "어느 날 문득 보면 나를 아빠라고 부르는 애가 있어. 그렇게 되면 더 이상 물러설 수가 없는 거야. 어떻게든 힘을 내서 아빠를 하는 수밖에 없다고. 스기타 씨, 그렇잖아?"

동의를 청하는 바람에 "응, 그런가"라고 애매하게 응했다.

"아빠가 되는 건 간단해. 하지만 계속 아빠로 사는 건 힘들어. 아빠는 피곤하다고." 아무래도 기지마도 술기운이 올라온 모양이다.

기지마와 가와베는 다시 3차를 가겠다고 했다. 둘 다 이미 거나하게 취했지만 그래서 더더욱 이대로 호텔방에 돌아가고 싶지 않은 것이리라. 클럽 앞에서 그들과 헤어지고 헤이스케는 혼자 걸음을 옮겼다.

그런데 얼마 못 가 길을 잃고 말았다. 삿포로의 도로는 알기 쉬운 바둑판 눈금 같은 구조라고 하던데 왜 그런지 어느 방향으로 가는지 알 수 없게 되었다.

발길 닿는 대로 가다보니 낯설지 않은 거리가 나왔다. 호객꾼이 몰려 있던 바로 그곳이다.

헤이스케가 한 걸음 들어서자마자 그중 한 남자가 다가왔다. 살짝 손을 흔들어 거절의 의사를 표하고 지나쳤다. 세 명이 함께일 때에 비해 적잖이 불안했다.

이번에는 작은 몸집의 남자가 따라붙었다. 헤이스케의 귓가에 대고 잽싸게 속닥거렸다. "예쁜 아가씨 있어요. 절대로 후회 안 할 겁니다."

아뇨, 라고 말하고 헤이스케는 손을 저었다.

"에이, 잠깐 들렀다 가셔. 가끔 놀기도 하셔야죠, 아버님." 남자가 말했다.

그 '아버님'이라는 말이 마음에 걸렸다. 헤이스케는 순간 발을 멈추고 호객꾼의 얼굴을 보고 말았다.

가능성이 있다고 생각한 모양이다. 호객꾼은 헤이스케 옆으로 찰싹 붙었다.

"2.5만 내시면 돼요. 진짜 괜찮은 아가씨가 있다니까."

"아니, 나는……."

"모처럼 이런 곳에 오셨는데 즐기고 가셔야죠, 아버님."
남자가 헤이스케의 등을 툭툭 두드렸다.

얼떨결에 헤이스케는 남자와 나란히 걸음을 옮겼다. 빨리 거절해야 하는데, 라고 생각하면서도 말이 나오지 않았다. 그러자 남자가 2만 5천 엔을 요구했다.

그런 곳에는 안 갑니다, 라는 말이 머릿속에 떠올랐다. 하지만 목소리를 내지는 못했다. 또 다른 생각이 그의 입을 막은 것이었다.

가끔은 괜찮은 거 아닌가.

'아버님'에서 해방되어도 괜찮지 않은가.

그는 지갑을 꺼내고 있었다.

야한 간판이 건물 앞에 서 있었다. 지하로 통하는 계단을 남자는 내려갔다. 헤이스케도 그 뒤를 따라갔다.

계단을 내려가자 문이 있었다. 남자가 그 문을 열었다. 정면에 접수창구 같은 곳이 보였다. 남자는 그곳에 몇 마디 건넸다. 창구 옆의 문이 열리고 안에서 뚱뚱한 중년 여자가 나타났다.

두 사람이 뭔가 소곤소곤하고 있었다. 그동안 헤이스케는 주위를 살펴보았다. 어슴푸레한 복도가 오른쪽으로 길게 나 있다. 소리는 없었다.

이윽고 호객꾼 남자는 사라졌다. 중년 여자가 헤이스케

에게 물었다. "손님, 화장실은?"

"예?"

"화장실요. 가고 싶으면 지금 다녀와요."

"아니, 됐어요."

"진짜죠? 진짜 괜찮죠?" 유난히 화장실을 확인했다. 헤이스케의 마음속에 정말로 이제부터 특이한 짓을 하게 된다는 불안감이 밀려왔다.

우선 데려간 곳은 좁은 대기실이었다. 다른 사람을 마주치는 건 싫은데, 라고 생각했지만 다행히 아무도 없었다. 벽에 큼직한 누드 사진이 붙어 있었다.

곧바로 중년 여자가 돌아왔다. 이쪽으로, 라고 손짓을 했다. 문이 주르륵 이어진 복도를 걸어갔다. 그중 한 곳에 멈춰 서더니 문을 열었다. 빨간 목욕가운을 걸친 젊은 여자가 무릎을 꿇고 앉아 있었다. 긴 머리를 한 올도 남김없이 바짝 빗어 올렸다. 고양이 같은 얼굴이었다.

헤이스케가 안으로 들어가자 뒤에서 문이 닫혔다. 젊은 여자는 벌떡 일어나 그의 뒤로 돌아가 상의를 벗겨주었다.

"손님, 여기 사람 아니죠?" 옷을 행거에 걸면서 여자가 말했다.

"응, 도쿄에서 왔는데. 티가 나나?"

"아니, 이 양복, 묘하게 두툼하잖아요. 홋카이도는 엄청 추울 거라고 생각했죠?"

정확히 맞는 말이었다. 실은 호텔 방의 가방 속에는 스웨터도 들어 있다.

"예리하네."

"북녘이라고 북극인 건 아니에요. 속옷, 벗겨드릴까?"

"아냐, 내가 벗을게."

문 바로 앞에 침대가 있고 그 안쪽이 넓은 욕실이다. 그 사이에는 벽도 가림막도 없었다. 헤이스케가 머뭇머뭇 옷을 벗는 동안에 여자는 욕조의 뜨거운 물이 적당한지 손을 넣어 확인하고 있었다. 어느새 벌거숭이였다. 가녀린 몸매다.

권하는 대로 욕조에 몸을 담갔다. 여자는 스펀지를 들고 비누거품을 내기 시작했다. 작은 가슴이 보였다가 가려졌다가 했다. 약간 가무잡잡한 편이지만 젊디젊은 피부가 매끈해보였다.

여자의 벗은 몸을 본 게 몇 년 만인가, 라고 생각했다. 물론 현재 나오코의 몸은 별도다. 예전 나오코의 몸을 본 것이 버스 사고 전날이니까 벌써 2년 반이다.

그동안 나는 남자가 아니었다. 나는 대체 무엇을 해온 것일까.

"이런 곳, 처음이야." 헤이스케는 말했다.

"그래요? 길에 서 있는 아저씨가 데려왔구나?"

"응."

"그럼 2.5쯤 냈겠네?"

"맞아, 2만 5천 엔."

여자가 피식 웃었다. "그중 9천 엔은 그 아저씨가 가져가는데."

"엇, 그런 거였어?"

"다음부터는 직접 와서 에리카라고 지명해주세요. 그러면 1.5만 내면 되니까."

"으응." 헤이스케는 고개를 끄덕이면서 어째서 호객꾼의 수수료는 어중간하게 9천 엔인가, 라고 내심 의아했다.

여자가 몸을 씻어준 뒤 비치 매트에 눕혀졌다. 온몸에 로션을 바르고 몸을 비벼왔다. 아랫배가 헤이스케의 눈앞에 다가왔다. 여자의 성기를 보는 것도 오랜만이었다. 한순간 가벼운 현기증이 느껴졌다. 그러면서도 한편에서는 아, 이런 모양이었나, 라고 차가운 머리로 관찰하고 있었다.

"별로 힘이 없네?"

"아, 미안."

"술 드셨나 봐."

"응, 조금."

"자, 이제 침대로."

침대 옆은 거울을 붙인 벽이었다. 드러눕자 자신의 벗은 모습이 그대로 보여서 창피했다.

베갯머리에 작은 자명종 시계가 있었다. 저걸로 시간을 재는구나, 라고 짐작했다. 이제 시간이 얼마나 남았을까.

그런 것을 생각하자 헤이스케는 갑자기 초조해졌다.

아마 그 초조함이 좋지 않았던 것이리라. 에리카라는 여자가 아무리 서비스를 해줘도 그의 남근은 부풀지 않았다. 술 마신 사람한테는 이게 직방, 이라면서 그녀는 찬물에 적신 타월을 그의 고환에 대췄지만 그것도 별 효과가 없었다.

"손님, 어떻게 된 거야?" 어이없다는 듯이 여자는 말했다.

"아무래도 안 될 거 같다."

"쌓여서 온 거 아니었어?"

"쌓였지." 2년 반이나, 라는 말은 꿀꺽 삼켰다.

"어떻게 해? 이제 시간 별로 없는데."

"그냥 됐어. 미안, 이제 괜찮아." 헤이스케는 몸을 일으켰다. 침대 가에 걸터앉았다. "옷 좀 줄래?"

"진짜 괜찮아요?"

"응."

에리카라는 여자는 뚱한 얼굴로 옷을 가져왔다. 그것을 하나하나 주워 입었다.

"부인은 있어요?" 여자가 물었다.

없다고 대답하려다가 마음을 바꿨다. 나이도 먹을 만큼 먹은 홀아비가 이런 곳에 찾아오고, 게다가 제 구실도 못했다고 하는 건 너무 비참하다는 생각이 들었기 때문이다.

"있어." 그렇게 대답했다.

여자의 입술이 비웃듯이 삐뚜름해졌다. "그럼 부인하고

할 것이지."

굴욕감으로 얼굴이 달아올랐다. 뺨을 때려주고 싶었다. 하지만 물론 그런 짓은 할 수 없다. "응, 그래야겠네"라고 낮게 중얼거렸다.

방을 나서자 다시 그 중년 여자가 나타났다. 올 때는 타지 않았던 엘리베이터 앞까지 안내해주었다. "1층으로 내려가면 올 때와는 반대편 길이 나와요"라고 중년 여자가 알려주었다. 들어올 때보다 나갈 때 얼굴을 내보이는 게 더 창피할 터인 손님의 심리를 배려해주는 방책인 모양이다.

헤이스케는 알려준 대로 1층에서 내렸다. 건물 밖으로 나서자 그런 업소의 분위기라고는 전혀 없는 한적한 골목이었다. 길가에 내놓은 쓰레기를 길고양이가 뒤지고 있었다.

가로등이 적은 데다 오늘은 달도 뜨지 않았다. 그 어둠침침함이 그나마 유일한 구원이었다. 그는 천천히 걸음을 옮겼다.

나는 이제 어떻게 살아가야 하는 건가. 아빠이면서 아빠가 아니다. 남편이면서 남편이 아니다. 게다가 발기조차 안 된다. 즉 남자이면서 남자도 아니다.

한심해서 마음이 파르르 떨렸다.

27

　나오코가 폭탄선언을 한 것은 설날 아침의 일이었다. 밥상 위에는 그녀가 요리한 설음식들이 차려졌다. 새해 복 많이 받으라는 인사를 나누고 도소주(屠蘇酒)* 대신 정종을 서로 따라주었다. 중학교 합격 날 이후로 그녀는 제법 술을 마시게 되었다.

　텔레비전에서는 새해 연휴 스페셜 방송이 흐르고 있었다. 인기 탤런트들이 화려한 설빔을 차려입고 게임도 하고 노래도 한다. 개그맨은 벌칙 게임에, 스포츠선수는 퀴즈에 도전했다. 오늘만은 힘든 일 다 잊고 즐겁게 지내자는 분위기가 전국을 뒤덮고 있다. 헤이스케도 나오코에게서 그 말을 듣기 전까지는 그런 분위기에 푹 빠져 있었다.

　"고등학교 시험?" 헤이스케가 되물었다. 마침 텔레비전

---

* 도라지, 방풍, 산초, 육계 등을 넣어 빚은 술. 설날 아침에 차례를 마치고 세찬(歲饌)과 함께 마시는 찬술로, 나쁜 기운을 물리쳐준다고 한다.

에서 웃기는 장면을 보던 중이어서 입가에 아직 그 웃음이 붙어 있었다.

"응." 나오코는 등을 꼿꼿이 펴고 턱을 당겼다. "고등학교 입시에 도전할 거야. 내년 봄에."

"아, 잠깐. 지금 그 중학교는 성적이 최악인 경우만 빼고는 고등학교 대학교까지 그냥 올라가잖아. 근데 왜 또 시험을 봐?"

"거기 말고 다른 학교에 가려고."

"다른 학교? 지금 그 학교로는 불만이야?"

"불만인 게 아니라 이쪽은 내 목표에 맞지 않아."

"목표라니?"

"장래의 진로라는 게 정확한 말이겠지."

"뭔가 정해진 게 있어?"

"응."

"어떤 건데?" 헤이스케는 재우쳐 물어보며 텔레비전을 껐다.

나오코는 분명하게 대답했다. "의대에 갈 거야."

텔레비전 소리가 갑자기 끊긴 직후여서 나오코의 목소리는 유독 크게 울렸다.

헤이스케는 멍하니 그녀의 얼굴을 보았다. 그녀도 똑바로 마주보았다.

"의대라니, 의사가 되려고?"

"그건 아직 모르겠어. 아무튼 의학 공부를 할 거야. 안타깝지만 우리 학교는 의대가 없어."

"의대……." 헤이스케는 양손으로 자신의 뺨을 비볐다. 선뜻 감이 잡히지 않았다. 의대라는 말 자체가 그에게는 현실감이 부족했다. "왜 또 그런 생각을 했어?"

"내가 정말 하고 싶은 게 뭔지 생각해봤어. 근데 잘 모르겠더라고. 그렇다면 가장 관심이 있는 건 무엇인가. 그랬더니 의외로 간단히 답이 나왔어. 나는 바로 나한테 가장 관심이 있었어. 대체 왜 이런 이상한 일이 일어났는가. 살아 있다는 건 무엇인가. 의식과 육체란 무엇인가. 내가 알고 싶은 건 그런 거야. 이 욕구를 채우기 위해서는 의학을 공부할 수밖에 없다는 결론이 내려졌지."

"의식과 육체……."

역시 나오코도 자신이 처한 기묘한 상황에 대해 고민해왔구나, 라고 새삼 인식했다. 그것에 가장 큰 관심을 갖고 있다는 것도 이해가 되었다.

헤이스케는 팔짱을 꼈다. 심사숙고하는 포즈를 취해본 것인데 구체적으로 뭔가 생각한 건 아니었다. 그는 그저 어쩔 줄 모르고 있었다.

"하지만 그건 대학 얘기잖아. 고등학교는 지금 학교 그대로 올라가도 되지 않나?"

"그게 꼭 그렇지도 않아."

나오코의 설명은 이러했다. 지금 다니는 학교는 분명 수준은 높지만 애써 노력하지 않아도 이미 대학까지 입학이 약속되어 있어서 학생들 사이에 별반 긴장감이 없다. 그런 경향은 고등학교에서는 더욱더 심화될 것이다. 그래서 혼자 의대에 가기 위해 열심히 공부하려고 해봐도 그런 느슨한 분위기에 휩쓸릴 우려가 있다.

"그건 본인 하기 나름이지. 할 마음만 먹으면 열심히 할 수 있을 텐데……." 헤이스케는 말은 그렇게 하면서도 실은 자신이 없었다. 그는 대학 입시에 도전해본 경험이 없다. 중학교에서 곧장 고센에 갔기 때문이다.

"실은 또 한 가지가 더 있어."

"또?"

"남녀공학에 갈 거야."

헤이스케는 말문이 막혔다. 적잖이 충격을 받았다. 하지만 전혀 예상하지 못한 얘기는 아니었다. 고교 입시를 치르겠다는 말을 했을 때부터 어쩐지 그게 머릿속에 있었다. 그래서 더 부정적인 의견을 늘어놓았다고 할 수 있다.

나오코가 남녀공학에 가려는 이유도 설득력이 있었다. 의대 입시의 경쟁자는 대부분 남학생이다, 따라서 그들의 존재를 되도록 가까이에서 지켜봐야 공부에도 의욕이 생기고 자신의 위치를 정확히 파악할 수 있다, 라는 것이다.

그건 그렇겠다고 헤이스케도 받아들이지 않을 수 없었

다. 어떤 일이든 남들과 경쟁하는 이상, 가까이에서 지켜보며 겨루는 게 당연히 유리할 것이다.

하지만 그의 마음속에 탁하게 엉긴 껄끄러움은 사라지지 않았다. 나오코가 한창때의 남학생들과 같은 공간에 있다는 것에 표현할 길 없는 강한 저항감이 몰려오는 것이다.

정말로 공부만을 위해 남녀공학을 원하는 것이냐고 캐묻고 싶은 기분이었다. 젊은 남자와 어울리려고 적당히 이유를 갖다 붙이는 거 아닌가. 모나미의 몸을 빌려 다시 한 번 청춘을 즐겨보자는 속셈이 아닌가.

하지만 그런 생각을 입 밖에 내지는 못했다. 괜한 의심이라고 해버리면 어떤 반론도 내밀 수 없다. 그녀가 순수한 향학열에서 자신의 희망을 말한 것이라면, 남녀공학은 곧 이성관계라고 경박하게 한데 엮어버리는 헤이스케의 발상의 빈곤을 경멸할지도 모른다.

나오코에게서 경멸을 받는 것, 그건 그가 가장 두려워하는 일이었다.

"알았어. 그럼 앞으로 1년 동안 공부 열심히 해야겠네." 그렇게 말하고 헤이스케는 태연한 척하며 잔에 술을 따랐다. 이해 잘해주는 아빠, 아량 있는 남편을 연출한 것이다.

"내 생각만 밀어붙여서 미안해. 하지만 의대에 갈 정도의 여유는 있잖아?" 나오코가 조심스럽게 말했다.

어떤 얘기인지 바로 알아들었다. 보상금에 대한 것이다.

그 돈은 한 푼도 손대지 않고 몇 군데 은행에 나눠서 예금 해두었다. 어떻게 쓰는 게 가장 유효하고, 죽은 모나미의 의식과 나오코의 몸을 위한 공양이 될지 찬찬히 생각해보 자고 전에 둘이 합의했었다. 그 답을 내내 찾지 못했었는 데 나오코가 더할 나위 없을 만큼 적절한 사용처를 생각해 냈다고 해야 할 것이다.

"응, 모나미도 분명 좋아하겠네." 그는 잔에 담긴 술을 단숨에 마셨다.

여태까지 나오코가 보여준 실행력으로 충분히 예상은 했지만 역시나 고교 입시에도 그녀는 빈틈이 없었다. 지금 까지 토요일과 일요일은 쉬는 날로 썼었는데 그것도 없어 졌다. 친구가 집에 놀러오는 일도 없어졌다. 그녀의 말에 따르면 "입시 준비 중이라고 미리 말했더니 어디 놀러갈 때 나는 부르지 않게 됐어"라고 한다. 하지만 그러는 게 일 일이 양해를 구하지 않아도 되어서 속편하다고 덧붙였다.

시험 끝난 뒤에 읽겠다면서 소설책도 사지 않았다. 그 대신 대량의 참고서와 문제집이 그녀의 책장을 차지했다.

유일한 오락은 음악이었다. 레드 제플린의 노래를 들으 면 왠지 수학문제가 잘 풀린다나 어쩐다나. 그게 또 영어는 모차르트, 사회는 퓨전밴드 카시오페아, 국어는 퀸, 과학은 마쓰토야 유미가 딱 좋단다. 덕분에 그녀의 방에서 흘러나 오는 노래만 듣고도 어떤 공부를 하는지 알 수 있었다.

편한 길이 있는데도 굳이 고난의 길을 택해 소중한 시기를 희생해가며 공부에 열중한다……. 그런 자세와 노력에 보답이 따르지 않을 리 없다. 다음 해 봄, 그녀는 원하는 고등학교에 단번에 합격했다. 그때도 헤이스케는 그녀와 함께 발표를 보러 갔다.

　합격자 통지문에서 자신의 수험번호를 발견한 나오코는 중학교 합격 때보다 훨씬 더 기뻐하는 얼굴이었다.

28

　오랜만에 인젝터 공장에 나갔다. 에어컨을 틀어놓은 것은 인간을 위한 게 아니라 기계를 위한 것이다. 정밀기계가 줄줄이 들어차 있기 때문이다.

　헤이스케의 모습을 보자 다쿠로가 컨베이어 위의 손을 멈추지 않고 인사를 건넸다. 여전히 안전모는 뒤로 젖혀 쓰고 있다. 보안경도 회사 지급품이 아니라 자기 스타일로 어디선가 사온 멋내기 안경이다.

　"웬일이시래? 시찰?" 다쿠로가 말을 건넸다.

　헤이스케도 실실 웃으면서 응했다. "뭐, 그렇다고 해둘까. 신혼의 단꿈에 빠져 우리 다쿠로가 얼마나 얼이 빠졌나 보러 왔지."

　"쳇, 다들 나만 보면 신혼, 신혼 한다니까요." 요즘 여기저기서 놀림깨나 받았는지 다쿠로가 얼굴을 찌푸리며 혀를 찼다.

앞에서 나카오 다쓰오가 걸어왔다. 헤이스케를 보고 안경 안쪽의 눈이 둥그레졌다.

"엇, 계장님이 무슨 일이야?"

"별일 아냐. 요즘 이쪽에 통 온 적이 없어서 잠깐 들러봤어."

"그럼 커피라도 한잔할까?" 나카오가 종이컵 드는 시늉을 했다.

"좋지."

자동판매기 커피를 사들고 휴게실에 자리를 잡았다. 창밖이 그새 어두워졌다. 이미 잔업시간이었다. 헤이스케는 미리 타임카드를 찍어두고 왔다.

"헤이스케 씨, 다시 현장으로 돌아오고 싶은 거 아냐?" 나카오가 말했다. 그의 안전모 차양 색깔은 전에는 빨간색이었는데 이제 감색으로 바뀌었다. 그 색깔은 얼마 전까지 헤이스케가 쓰던 것이었다. 즉 팀장이라는 표식이다.

"그런 건 아니고." 헤이스케는 커피를 마셨다. 변함없이 맛없는 인스턴트커피다. 하지만 휴식시간에 이렇게 동료들과 마시는 게 더없이 유쾌하고 맛있었다.

"그쪽 일은 어때? 이제 좀 익숙해졌어?"

"뭐, 어떻다고 할 것도 없더라고."

이번 4월에 사내에서 대폭적인 인사이동이 있었다. 과(課)가 여러 개의 계(係)로 나뉘고 그 상태에서 재편성이 이루어진 것이다. 그 참에 헤이스케는 계장으로 승진했다. 갑작스런 일이었다.

업무 내용은 크게 달라졌다. 지금까지 과장 고사카가 하던 일을 헤이스케가 떠맡은 것이다. 고사카는 각 계를 전체적으로 총괄하는 자리로 올라갔다.

여태까지는 위에서 지시해준 분량의 물건을 제때 틀림없이 만들어내는 것만 생각했었지만 이제 그것만으로는 통하지 않게 되었다. 여러 팀의 상황을 파악하고 보다 효율적으로 기능하도록 관리하는 것이 그의 업무였다. 문제가 발생해도 직접 그 해결에 나서는 일은 없다. 그런 내용을 전반적으로 이해하고 복구의 전망을 세우고 일정을 조정해 위에 보고할 뿐이다.

새로운 생산라인을 가동하기 위한 현장 측에서의 다양한 회의도 헤이스케의 주된 업무 중 하나였다. 연일 그의 책상에는 의사록 사본이 착착 올라왔다. 그가 직접 의사록을 작성하는 일도 있었다.

밑에서 보고를 받아 위에 전달한다. 다른 부서와 업무를 협의하고 그 내용을 다시 어딘가에 연락한다. 날마다 그의 눈앞에서 서류들이 일사천리로 지나갔다. 그것은 전에 생산라인에서 일할 때 컨베이어 위로 제품이나 부품이 지나간 것과는 전혀 의미가 다르다. 서류는 정보인 것이다. 정보에는 실체가 없다. 그런 만큼 취급은 제품이나 부품보다 훨씬 더 어렵다. 그러면서도 실제로 일을 한다는 만족감은 얻기 힘들었다.

"현장 일을 오래하다 보면 괜히 승진할 거 없다는 생각이 들지." 나카오가 말했다. "승진이라고 해봤자 기껏해야 팀장이잖아. 거기서 더 올라가면 잔업 수당도 없어지고 업무는 갑작스럽게 확 바뀌고, 좋을 게 하나도 없는 거 같아."

"응, 맞는 말이야." 헤이스케는 솔직히 말했다.

"근데 그건 어쩔 수 없어." 나카오는 종이컵 안을 빤히 들여다보며 말했다. "회사라는 게 인생 게임이더라고. 회사에서 승진한다는 건 인간이 나이 드는 것과 똑같아. 승진하고 싶지 않다는 건 나이 들고 싶지 않다는 거야."

"그런가."

"누구든 언제까지나 어린애로 살고 싶지. 그냥 바보인 척하고 싶은 거야. 하지만 주위에서 그걸 인정해주지 않더라고. 너는 이제 아빠니까 정신 똑바로 차려, 너는 이제 할아버지니까 점잖아져, 라는 식이야. 아니요, 나는 그냥 한 남자일 뿐이올시다, 라고 해봤자 아무도 봐주지를 않아. 아이가 생기면 아빠고, 손자가 생기면 할아버지야. 그 사실에서는 도망칠 수가 없어. 그렇다면 오로지 나는 어떤 아빠가 될 것인가, 어떤 할아버지가 될 것인가를 생각해보는 수밖에 없는 거 아니겠어?"

내가 이런 소리를 하는 것도 주제넘지만, 이라고 나카오는 덧붙였다.

"나카오 씨, 항상 그런 걸 생각해?"

"에이, 설마. 언뜻 생각나서 해본 말이야. 장남으로서."

"장남?"

"응. 팀장은 장남, 계장은 아버지, 과장은 할아버지야. 그보다 윗자리는…… 뭔지 잘 모르겠으니까 그냥 죽은 사람이라고 할까?" 나카오가 비어버린 종이컵을 쓰레기통에 휙 던지며 말했다.

집 앞에 도착하자 저녁 7시 가까운 시각이었다. 하지만 창문 너머에 불빛은 없었다. 헤이스케는 저절로 미간이 찌푸려지는 것을 자각하면서 현관문 열쇠를 꺼냈다. 집 안 가득 후덥지근한 공기가 고여 있었다. 신을 벗자마자 거실 에어컨부터 켰다.

추리닝 바지와 티셔츠로 갈아입고 텔레비전의 야간경기 중계를 보기 시작했다. 자이언츠와 스왈로즈의 시합이다. 느닷없이 스왈로즈 선수가 홈런을 쳤다. 헤이스케는 식탁 가장자리를 콱 내리쳤다.

하지만 시합 내용이 머릿속에 들어온 건 거기까지였다. 그는 텔레비전 화면보다 벽에 걸린 시계를 보는 일이 더 많아졌다.

7시 반이 지났다. 아직 나오코는 돌아오지 않는다. 대체 뭘 하고 있길래…….

원하던 고등학교에 당당히 합격해서 올봄부터 나오코는 고교 생활을 시작했다. 하지만 한 가지, 헤이스케가 예상하지 못한 일이 있었다. 나오코가 테니스부에 들어간 것이다. 이제는 의대를 목표로 공부에 매진할 터라서 당연히 동아리 활동 따위는 안 할 거라고 생각했었다.

그런데 테니스부 연습으로 요즘 거의 매일같이 귀가시간이 늦어졌다. 8시가 넘어서 오는 일도 있었다. 실은 오늘 헤이스케가 정시 퇴근 후에 인젝터 공장에 갔던 것은 그 시간에 집에 돌아와 나오코가 오기를 안달복달하며 기다리는 게 싫다는 이유도 있었다.

다시 시계를 봤다. 7시 55분. 다리를 달달 떨기 시작했다.

나오코는 테니스부 얘기는 별로 하지 않았다. 그래서 부원이 어떤 아이들이고 어떤 연습을 하는지 헤이스케는 알지 못했다. 아는 것이라고는 부원이 꽤 많다는 것뿐이다. 언젠가 명부를 워드프로세서로 정리해야 한다면서 수십 명의 이름이 적힌 리포트용지를 들고 온 적이 있었던 것이다. 그때 헤이스케는 반 이상이 남학생이라는 것도 확인했다.

테니스복을 입고 라켓을 휘두르는 나오코의 모습을 머릿속에 떠올렸다. 그 날씬한 다리를 남학생들 앞에 드러낸다고 생각하면 저절로 안절부절못하는 심정이 된다. 그녀의 몸, 즉 모나미의 몸은 최근 들어 부쩍 여성스러워진 것 같았다.

8시 정각에 현관문이 열리는 소리가 났다. 다녀왔습니다, 라는 나오코의 목소리도 들렸다.

헤이스케는 몸을 일으켜 방 입구에 서서 기다렸다.

어깨에 큼직한 가방을 메고 품에 테니스 라켓을 안은 나오코가 복도로 건너왔다. 라켓을 들지 않은 손에는 슈퍼마켓 봉지가 대롱거리고 있었다. "엇, 아빠, 거기서 뭐하고 있어?"

"늦었네?" 헤이스케는 말했다. 언짢은 표정을 감추지 않았다.

"늦었나?" 나오코는 복도에 가방과 라켓을 내려놓고 슈퍼마켓 봉투만 든 채 거실로 들어왔다. 바닥에 다리를 뻗고 앉아 허벅지며 장딴지를 주무르기 시작했다. "어휴, 녹초가 됐어. 오늘은 진짜 힘들었다. 미안, 십 분만 기다려. 잠깐 쉬었다가 저녁 차려줄 테니까."

햇볕에 그을린 맨다리가 헤이스케의 눈에는 눈부시게 비쳤다. 시선을 돌리면서 그녀 옆에 앉았다.

"8시가 넘었어. 이거, 어떻게 생각해?"

"그래도 저녁밥은 항상 9시 넘어서 먹잖아. 아빠가 늦게 와서."

"밥은 어쨌건 상관없어. 고등학생이 이런 시간에 돌아오는 거, 이상하지 않냐는 얘기야."

"테니스 연습 때문이지. 1학년이라 뒷정리도 해야 하고, 그다음에 슈퍼에서 저녁거리도 사와야 하니까 아무리 서둘러도 이 시간이 되는 걸 어떡해."

"그래도 날마다 늦는 건 이상하지. 대체 뭐하는 동아리야?"

"그냥 테니스 동아리야." 나오코는 자리에서 일어나 슈퍼 봉투를 들고 주방으로 갔다. 싱크대에서 손을 씻은 뒤, 냄비에 물을 받아 가스레인지에 올렸다.

"의대는? 의대 공부는 어떻게 됐어?" 헤이스케는 그녀의 등을 향해 말했다.

"어떻게 됐냐니?"

"시험 안 볼 거야? 그러려고 그 고등학교에 갔잖아."

"봐야지, 당연히." 나오코는 도마에서 생선을 손질하기 시작했다.

"날마다 테니스나 하면서 의대에 합격할 것 같아?" 내뱉듯이 헤이스케는 말했다.

나오코의 손이 멈췄다. 몸의 방향을 바꿔 조리대를 등지고 섰다. 오른손에 부엌칼이 쥐어져 있었다.

"입시를 치르려면 학교 성적뿐만 아니라 체력도 중요해. 나처럼 남학생들과 경쟁해야 하는 경우에는 특히 더 그렇지. 게다가 아빠는 잘 모르겠지만 우리 학교는 동아리 활동을 한 사람이 그런 거 안 한 사람보다 현역으로 대학 합격률이 더 높아. 왜 그런지 알아?"

알지 못해서 헤이스케는 입을 꾹 다물었다.

나오코는 부엌칼을 휘두르며 말을 이어갔다. "집중력이 다르기 때문이야. 동아리 활동을 안 하면 입시 준비는 더 빨리 시작하겠지만 그만큼 시간이 넉넉하다고 마음을 놓으니까 중간에 게을러지는 경우가 많아. 근데 동아리 활동을 했던 사람은 출발이 늦어졌다는 자각 때문에 입시 당일까지도 긴장을 풀지 않아. 일단 달리기 시작하면 골인까지 내처 달리는 거야. 그럴 만한 체력도 길러뒀어. 결과적으로 더 효율적인 건 동아리 활동을 했던 쪽이야."

"그렇게 계산대로 척척 될 줄 알아?"

"어쨌든 동아리 활동이 입시에 방해가 된다는 건 아무 근거도 없어." 나오코는 다시 도마 쪽으로 몸을 돌리고 요리를 시작했다.

그 뒷모습은 젊은 시절의 나오코를 꼭 빼닮은 모습이었다. 칼질을 할 때는 어깨가 구부정해진다. 게다가 오른쪽 어깨가 살짝 올라간다.

"그 말만 들으면 마치 입시 때문에 테니스를 하는 거 같네?"

"입시 때문만은 아니지만 그런 점도 감안해서 동아리에 가입했어."

"사실은 또 다른 목적이 있었지?"

"또 다른 목적이라니?"

"거기, 남학생이 더 많잖아. 걔들이 여학생이라고 좋아 해주니까 들어갔겠지."

다시 그녀의 손이 멈췄다. 가스레인지의 불을 낮춰놓고 헤이스케 쪽으로 몸을 돌렸다.

"어이가 없네. 그런 생각을 하고 있었어? 바보 같긴."

"뭐가 바보야? 남학생하고 공 치면서 희희낙락하는 건 사실이잖아."

"분명히 말하겠는데 우리 동아리 선배들은 엄청 엄격해. 여학생이라고 봐주는 거 하나도 없어. 물론 아빠가 말한 그런 이유로 가입한 애들도 있지. 하지만 그런 여학생들은 연습이 힘들다고 진즉에 관뒀어. 대학 테니스 동호회 같은 데가 아니라고. 우리 학교 테니스부는 역사 깊은 운동부 야."

"운동부든 뭐든 걔네들이 여학생에게 엉큼한 속셈이 없 겠어? 호시탐탐 어떻게든 해보려고 할걸."

"말도 안 돼, 어떻게 그런 생각을 해?" 나오코는 고개를 절레절레 흔들고는 가쓰오부시 봉투에 손을 푹 넣어 한 움 큼 집어내더니 냄비의 끓는 물에 던져 넣었다. 그 손놀림 에 분노가 담겨 있었다.

"젊은 애들은 여자를 보면 그거 생각밖에 없어. 알아?"

하지만 그런 헤이스케의 말에 그녀는 대구하지 않았다. 대구할 가치도 없다, 라고 그 등짝이 말하는 것 같았다.

그는 옆에 있던 신문을 펼쳤다. 땅값 여전히 상승, 이라는 소제목이 나와 있었다. 하지만 그 기사는 전혀 눈에 들어오지 않았다.

자기혐오가 가슴속에 번져갔다. 그는 입으로 말하는 만큼 나오코에게 화가 난 것도 아니었다. 아니, 분노의 감정은 거의 없다고 해도 틀린 말이 아니다. 오히려 그녀의 해명이 전적으로 옳다고 생각하고 있었다.

귀가가 늦어진 주된 원인이 동아리 활동이 아니라 실은 그다음에 슈퍼에 들렀기 때문이라는 것도 알고 있다. 현재 상황에서 동아리 활동에 꼬박꼬박 참여하려면 강인한 정신력이 필요하다는 것도 잘 알고 있다. 그녀는 다른 친구들처럼 집에 돌아와 피곤한 몸을 침대에 던질 수도 없다. 누군가 저녁식사를 차려주는 것도 아니다. 녹초가 된 몸으로 돌아와서도 집안일을 해야 한다. 그런데도 동아리 활동을 계속하는 것은 그게 지금 자신이 해야 할 일이라고 생각하기 때문이다. 신념을 갖고 있기 때문이다.

그렇게 잘 알면서 그녀를 나무라는 소리를 해버렸다. 그건 어째서인가.

아마도 질투일 것이라고 헤이스케는 생각했다. 젊음을 손에 넣은 나오코를 질투하고 있다. 그런 그녀와 함께 청춘을 즐기는 젊은 놈들을 질투하고 있다. 동시에 그녀에게 연애감정이나 욕정을 품을 수 없는 자신의 처지를 저주하고 있었다.

그날 밤의 식사는 나오코와 결혼한 뒤로 가장 불편한 자리가 되었다. 둘 다 한 마디 말도 없이 묵묵히 밥만 먹었다. 예전에 몇 번 부부싸움을 했을 때와 결정적으로 다른 점은 침묵의 밑바닥에 깔려 있는 것이 분노가 아니라 슬픔이라는 것이었다. 헤이스케는 화가 나지는 않았다. 나오코와 자신 사이에 가로놓인, 결코 채워질 일 없는 틈새의 존재를 인식하고 견딜 수 없이 슬퍼졌을 뿐이다. 그리고 그녀도 똑같은 심정이라는 것을 그 몸이 풍기는 분위기로 알 수 있었다. 우스꽝스럽게도 이런 때만은 부부 특유의 이심전심이 작동하는 것이었다.

29

여름방학 때도 나오코는 테니스 연습을 위해 학교에 나갔다. 하지만 연습시간이 점심때까지여서 헤이스케가 귀가했을 때 집 안의 불이 꺼져 있는 일은 거의 없었다. 어쩌다 한 번씩 컴컴한 창문인 것은 저녁을 차리다가 뭔가 깜빡한 게 있어서 근처 슈퍼에 다녀왔다, 라는 정도였다. 그리고 주말에는 연습이 없어서 헤이스케 혼자 텅 빈 집에 있지 않아도 되었다.

자신이 집에 있을 때는 항상 나오코가 곁에 있어주니까 헤이스케도 별다른 불만이 생길 리 없다. 세탁기 옆 바구니에 매일같이 테니스복이 던져져 있고 그녀의 얼굴과 팔다리가 나날이 초콜릿처럼 그을려가는 것은 약간 마음에 걸렸지만, 자기 쪽에서 테니스에 대한 화제를 입에 올리는 것은 피했다. 그녀에게서 테니스부 얘기를 들으면 당연히 남학생들의 존재가 떠오르게 된다. 그러면 어떻게 해볼 수 없이 비위가 틀어진다는 것을 그는 알고 있었다. 그 바람에 또다시 나오코에게 잔소리를 하게 된다. 그러면 두 사람 사이에 표현할 길 없는 묵직한 공기가 흐를 게 틀림없다. 한번 그런 기류가 형성되면 그다음에 자연스러운 대화가 가능하기까지 며칠씩 걸린다는 건 지난번의 경험을 통해 알고 있었다.

조심조심하는 것은 나오코 쪽도 마찬가지인 모양이었다. 테니스부 얘기를 절대 꺼내지 않았고, 텔레비전에서 중계해주는 테니스 시합도 전에는 자주 봤었는데 헤이스케와 말다툼을 한 이후로는 전혀 안 보고 있었다. 테니스부의 연습 일정표를 테이블에 던져두는 일도, 라켓이 거실에 나와 있는 일도 없어졌다.

거기에 두 사람의 관계 회복에 마침 좋은 일이 있었다. 8월 중순에 헤이스케의 회사가 추석 휴가에 들어가는데 나오코에 의하면 마침 그 기간에 테니스부 연습도 쉰다는 것이었다.

이번에는 꼭 나가노에 가자고 헤이스케는 제안했다. 나가노는 나오코의 본가다. 그 사고 이후로 두 사람은 아직 간 적이 없었다. 사고 1년 뒤에 합동 위령제로 다이코쿠 교통 측이 제공해준 버스를 타고 현장에 갔었지만 그때도 나오코의 본가에는 들르지 못했다.

중학교 입시에 고교 입시까지 걸려 있어서 공부에 쫓겼

던 것도 한 가지 이유였다. 하지만 가장 큰 이유는 나오코
가 아버지 만나기를 두려워했던 것이다. 나가노의 아버지
는 모나미의 속내가 나오코라는 것을 알지 못한다. 당연히
그녀를 모나미로서 대할 터였다. 손녀의 모습을 보고 죽은
딸을 떠올리며 눈물을 글썽거릴지도 모른다. 그런데도 나
오코는 자신이 바로 눈앞에 있다는 것을 아버지에게 털어
놓지 못한다. 털어놓았다가는 나이 든 아버지를 수습할 수
없는 공황상태로 몰아넣게 될 것이기 때문이다. 하지만 아
버지에게 진실을 털어놓지 않은 채 과연 계속 마주할 수
있을지, 자신이 없다고 그녀는 말했다.

　예전에 헤이스케가 삿포로에 출장을 갔을 때, 본가에서
언니 요코가 와줬지만 그때는 아무런 문제도 없었다. 나오
코는 언니를 속이는 것에 쾌감까지 느꼈다는 모양이다. 하
지만 아버지까지 그런 마음으로 대하기는 어렵다는 것이
그녀의 해명이었다.

　언제까지고 그럴 수는 없지 않으냐, 라고 헤이스케는 말
했다. 이대로 영구히 본가와 교류를 끊을 수는 없는 것이다.

　나오코는 꽤 오랫동안 고민했지만 어느 날 저녁식사 중에
말했다. 알았어, 이번 추석에는 나가노에 다녀오자, 라고.

　추석에 처가에 가는 것은 약 10년 만이었다. 듣던 것보
다 훨씬 더 심각한 귀성 정체에 걸려서 녹초가 된 상태로
겨우겨우 도착했다. 이른 아침에 출발했는데 처가에 들어

선 것은 한밤중이었다. 그래도 처가 사람들은 저녁도 안 먹고 기다리고 있었다.

장인 사부로는 함박웃음으로 얼굴이 구깃구깃해졌다. 모나미를 다시 만난 게 좋아서 견딜 수 없는 모양이었다.

"저런, 이제 아가씨가 다 됐네. 키도 그새 이렇게 커버렸어? 할아버지보다 더 큰 거 아니냐? 고등학생이라고? 그렇구면, 그렇구면."

손녀를 찬찬히 바라보며 사부로는 기쁨과 놀람과 반가움의 말을 쉴 새 없이 연발했다. 그가 모나미의 모습을 통해 누구를 떠올리는지, 주위 사람들은 다 알고 있는 눈치였다. 그래도 어느 누구 하나 그 말을 입에 올리지 않았다.

나오코가 어떤 반응을 보일지 헤이스케는 내심 불안했다. 갑작스럽게 눈물보가 터질지도 모른다. 그럴 때는 어떻게 자리를 수습해야 할지도 생각해두었다. 하지만 다행히 그런 일은 없이 그녀는 훌륭하게 조부와 재회한 손녀 역할을 연기했다. 중간에 헤이스케 쪽을 슬쩍 쳐다보며 아무도 눈치채지 못할 정도의 희미한 눈짓으로 괜찮다는 신호를 보내줄 만큼 여유가 있었다.

다만 처음에 잘 풀렸다고 끝까지 잘되리라는 보장은 없다. 그녀의 마음이 아슬아슬한 선에서 가까스로 균형을 유지하고 있다는 점에는 변함이 없었다.

그게 무너진 것은 큰방에서 모두 함께 늦은 저녁을 먹을 때였다.

그날의 요리는 사부로의 장녀 요코와 데릴사위 도미오가 손수 차려준 것이었다. 메밀국수 가게의 포렴을 물려받았을 정도니까 두 사람의 요리 솜씨는 그야말로 프로급이다. 한 사람씩 따로따로 내준 밥상에 웬만한 고급 식당은 따라올 수 없을 만큼 호화롭고 섬세한 요리들이 차려졌다.

식사 중에 사부로가 잠깐 자리를 비웠다. 화장실에라도 가신 줄 알았는데 한참을 기다려도 돌아오지 않았다. 무슨 일인가 하고 다들 두런두런 걱정할 때쯤에 드디어 사부로가 나타났다. 게다가 메밀국수 2인분이 얹힌 쟁반을 손에 들고 있었다.

"뭐예요, 그거?" 요코가 물었다.

"내가 오래전에 모나미하고 약속한 게 있어." 사부로는 나오코를 보며 벙글거리고 있었다.

나오코는 '모나미가 대체 어떤 약속을 했지?'라고 걱정하는 듯한 불안한 눈빛을 보였다.

"어라, 이 녀석, 그새 잊어버린 모양이네? 할아버지가 반죽한 메밀국수를 먹고 싶다고 했었잖아."

아아, 하고 나오코는 입을 헤벌렸다. 얼굴에 안도의 빛이 번졌다.

"모나미는 할아버지 메밀국수를 먹어본 적이 없었던가요?" 도미오가 의아한 얼굴로 물었다.

"응, 어쩌다 보니 그렇게 됐어. 얘, 모나미, 그렇지?"

사부로가 동의를 청하자 나오코는 말없이 고개를 끄덕였다.

"원래 그런 거예요. 내 집에서 파는 음식은 좀체 먹어볼 기회가 없다니까." 요코가 깔깔 웃으면서 말했다.

"나야 오랜만에 온 외손녀에게 내 손으로 반죽한 걸 먹여주고 싶었지. 그런데 우리 나오코가 메밀이라면 이제 질렸다면서 자꾸 다른 걸 챙겨주는 바람에 여태 맛도 못 보여줬어."

두 사람이 본가에 들어선 뒤로 사부로가 나오코의 이름을 꺼낸 것은 그때가 처음이었다. 그 말에는 아무도 선뜻 입을 열지 못했다. 하지만 헤이스케의 눈에 나오코가 한순간 흠칫하는 것이 보였다.

"아무튼 어서 먹어봐라. 모나미를 위해 할아버지가 미리 반죽을 해뒀어. 응, 헤이스케도 어서 먹어봐." 사부로는 나오코와 헤이스케 앞에 소바와 맛간장을 차려주었다.

"아버지, 아까 낮에 가게에 오락가락하시더니만 이거 반죽하느라 그랬구나?" 요코가 말했다.

헤이스케는 사양하지 않고 감사히 먹기로 했다. 생각해보면 그도 장인 사부로의 메밀은 두세 번밖에 먹어본 적이 없다.

메밀 반죽의 명인답게 그의 국수는 쫄깃쫄깃한 찰기가

각별했다. 목을 넘어갈 때는 메밀의 독특한 향이 은은하게 남았다. 저절로 "와아, 맛있어요"라는 탄성이 흘러나왔다.

사부로는 흐뭇한 얼굴이었다. 그 얼굴 그대로 나오코 쪽을 돌아보았다. "모나미, 너는 어떠?"

하지만 그 사부로의 얼굴에 당황한 기색이 떠올랐다. 헤이스케는 나오코를 보았다. 그녀는 맛간장 그릇과 젓가락을 들고 고개를 숙인 채 울고 있었다. 눈물이 뚝뚝 떨어져 방바닥을 적셨다.

"왜, 고추냉이를 너무 많이 넣었어?"라는 둥의 농담으로 얼버무릴 수 있는 분위기가 아니었다. 모두가 할 말을 잃고 그녀를 보고 있었다.

"모나미, 왜 그래?" 이윽고 헤이스케가 말을 건넸다.

나오코는 울면서 입가에 웃음을 지었다. 곁에 있던 가방에서 손수건을 꺼내 눈물을 훔쳤다.

"죄송합니다." 그녀가 꾸벅 고개를 숙였다.

"할아버지가 뭔가 이상한 소리를 했냐?" 사부로가 부쩍 숱이 줄어든 머리에 손을 얹으며 물었다.

"그런 거 아니에요. 죄송해요." 나오코는 손을 저었다. "엄마가 생각나서……. 엄마가 할아버지 메밀국수, 엄청 좋아했거든요. 이거, 엄마가 먹으면 좋을 텐데, 라고 생각했더니 갑자기 눈물이 나서……."

그 즉시 요코가 훌쩍훌쩍 울기 시작했다. 사부로도 눈물까지는 보이지 않았지만 괴로운 듯 얼굴이 일그러졌다.

식사가 끝나고 복도 건너 맞은편 방으로 헤이스케와 모나미는 옮겨갔다. 전에는 옷이며 물건들을 넣어두는 방이었는데 지금은 깨끗이 치워져 있었다. 요코와 도미오가 어디선가 이부자리 두 채를 들고 와서 나란히 깔아주었다.

요코 부부가 나간 뒤, 나오코가 불쑥 말했다. "깜빡 실수를 했네."

"아까 울었던 거?" 헤이스케가 물었다.

응, 하고 그녀는 고개를 끄덕였다.

"그 전까지는 아무렇지도 않았어. 가슴 아픈 것도 별로 없었고. 아버지인데 할아버지라고 얘기하셨을 때는 웃음이 났을 정도였어. 그런데 그 메밀국수……." 그렇게 말하며 나오코는 무릎 위에 놓인 손을 꾹 움켜쥐었다. "그건 진짜 아버지가 반죽해준 메밀이었어. 어려서부터 먹어온 아버지의 맛이야. 그게 입에 닿자마자 나도 모르게 눈물이 쏟아지더라고. 이러면 안 되는데, 안 되는데, 했는데 어쩔 수가 없었어."

나오코의 뺨에 눈물이 주르륵 흘렀다. 턱 끝에서 방울방울 맺혀 떨어졌다.

헤이스케는 그녀에게로 다가가 작은 어깨를 안아주었다. 셔츠 가슴팍이 금세 그녀의 눈물로 젖었다.

"아빠." 그의 품 안에서 나오코가 말했다. "빨리 도쿄로 돌아가자. 이곳은 나한테는 너무 힘들어."

"그래, 그러자." 헤이스케는 말했다. 말을 하면서 나오코에게는 아빠와 아버지가 있구나, 라고 생각했다.

다음 날은 친척들이 찾아왔다. 제사도 있었기 때문이다. 헤이스케와 나오코는 그들과 인사를 나누는 것만으로도 지쳐버렸다. 저마다 나오코를 보고는 "모나미는 커갈수록 나오코를 빼닮는구나"라고 놀란 목소리를 냈기 때문이다. 나오코를 특히 귀여워했던 작은어머니는 "진짜 나오코가 다시 살아 돌아온 것 같네"라면서 눈물을 글썽였다.

모두 함께 제사를 올린 뒤에 간밤의 그 큰방에서 잔치가 벌어졌다. 옆방과 연결된 장지문까지 떼어내서 공간은 거의 두 배로 넓어졌다.

"모나미는 남자 친구 없어?" 나오코의 사촌 여동생이 물었다. 동글동글 통통하고 잘 웃는 여자였다.

"없어요, 그런 거." 나오코가 고등학생다운 말투로 대답했다.

"그래? 이상하네, 모나미처럼 예쁜 여학생을 남학생들이 그냥 놔둘 리가 없는데."

"아뇨, 아닙니다. 아직 나이도 어린데요." 헤이스케가 옆에서 손을 내저었다.

그 말을 듣고 나오코의 작은아버지가 허허 웃었다.

"어리다고 생각하는 건 아빠뿐이지. 딸아이는 할 건 다 하는 법이야. 사부로 형님도 나오코는 아예 남자와는 인연이 없는 아이라고 했었어. 근데 어땠어? 냉큼 도쿄 남자를 찾아 결혼해버렸잖아. 그 결혼식 때, 사부로 형님이 대기실에서 엉엉 울었다니까."

"뭔 그런 쓸데없는 소리를 한다냐? 울긴 내가 언제 울었다고?" 사부로가 불끈해서 말했다.

"아니, 울었잖아요. 신랑을 한 대 때려주고 싶다면서."

엇, 하고 헤이스케는 저도 모르게 자신의 뺨을 두 손으로 감쌌다.

"그런 말 한 적 없어, 없다고. 야야, 자꾸 엉터리 같은 소리 할 거여?"

"저런, 저런, 그만들 하세요."

나이 든 형제간의 스스럼없는 말다툼을 주위의 친척들이 웃으면서 말렸다. 사부로는 한참을 투덜거리고 있었다.

잔치는 8시 넘어서야 끝났다. 친척들은 술을 안 마신 아내 쪽이 운전해주는 차를 타고 각자 집으로 돌아갔다. 잠깐 걸어가면 될 만큼 가까이에 사는 친척도 많았다.

나오코는 목욕을 끝내고 이불 위에 누워 소설책을 읽고 있더니 그 책을 든 채 금세 잠이 들었다. 역시나 피곤했던 모양이다.

헤이스케도 9시 반쯤까지 텔레비전을 보다가 욕실로 나

갔다. 처가는 아직 목제 욕조를 쓰고 있다. 가장자리에 머리를 얹고 두 다리를 한껏 펼 수 있을 만큼 널찍하다. 처음 이 집에 왔을 때의 일이 생각났다. 이렇게 욕조에 몸을 담그고 있는데 창유리를 두드리는 소리가 났던 것이다. 네에, 하고 대답했더니 창문이 살짝 열리고 나오코가 얼굴을 내밀었다.

어때, 물 너무 뜨겁지 않아?

적당하니 딱 좋은데?

응, 잘됐다. 미지근해지면 얘기해, 장작 더 넣어줄 테니까.

엇, 여기서는 아직도 장작을 쓰는 거야?

그럼. 문화유산 같은 목욕탕이거든.

그렇게 말하고 그녀는 창문을 닫았다.

머리와 몸을 씻고 다시 욕조에 들어가자 물이 조금 미지근해져 있었다. 그래서 헤이스케는 밖에 있을 터인 나오코에게 말을 건넸다.

장작 좀 더 넣어줄래?

그런데 대답이 없었다. 나오코, 나오코, 하고 몇 번이나 불러봤지만 여전히 답이 없었다. 별수 없다고 포기했을 때, 그게 눈에 들어왔다. 벽에 재가열 버튼이 있었던 것이다. 장작이라니, 천만의 말씀이었다. 평범한 가스식 욕조였다. 나오코에게 한 방 먹은 것이다.

하지만 그녀가 헤이스케를 속여먹을 생각이었는지 어떤

지는 애매한 데가 있었다. 잠깐만 생각해보면 농담이라는 건 금세 알 일이었다. 무엇보다 그는 욕조 밖에서 샤워기의 뜨거운 물로 몸도 씻고 머리도 감았던 것이다.

그때 그는 목욕을 하고 나와서도 나오코에게 그것에 대해 묻지 않았다. 그녀 쪽에서도 별 말이 없었다. 그래서 그가 창밖을 향해 몇 번이나 소리친 것을 그녀가 웃음을 참아가며 듣고 있었는지 어떤지는 지금도 여전히 밝혀지지 않았다.

목욕탕을 나와 복도를 지나가는데 큰방 쪽에서 "헤이스케냐?"라고 부르는 소리가 들렸다. 장지문을 열어보니 사부로가 위스키 미즈와리*를 마시고 있었다.

"2차 중이세요?" 헤이스케가 말했다.

"아냐, 그냥 자기 전에 나 혼자 한잔하는 중이야. 어때, 자네도 함께 할려?"

"좋지요." 헤이스케는 사부로의 맞은편에 자리를 잡았다.

"미즈와리, 괜찮어?"

"네."

사부로는 그를 위해 미즈와리를 만들었다. 얼음 한가득과 깨끗한 유리잔이 준비된 것을 보니 사부로는 애초에 헤이스케와 한잔할 생각으로 이 방에서 기다린 모양이었다. 잔치 요리는 다 치워졌지만, 그 대신 말린 눈퉁멸 구운 것

---

* 강한 술에 마시기 수월하도록 적정량의 물을 타서 묽게 한 것.

이 접시에 차려져 있었다.

"우선 건배부터 할까."

"네, 잘 마시겠습니다."

유리잔을 가볍게 마주치고 헤이스케는 장인이 만들어준 미즈와리를 마셨다. 지나치게 세지도 연하지도 않아서 목욕 후에 마시기에 딱 좋은 배합이었다. 요리인은 이런 것도 감이 좋구나, 라고 헤이스케는 감탄했다.

"참 잘 왔어. 다들 반가워했네." 사부로가 머리를 숙였다.

"아뇨, 절은 제가 해야지요." 헤이스케는 손을 내저었다.

헤이스케와 나오코는 내일 도쿄에 돌아간다. 그건 이미 사부로 쪽에도 얘기해두었다.

"그나저나 한참 못 본 사이에 모나미가 여간 또릿또릿해진 게 아니야. 저 정도면 이제 괜찮지. 제 엄마가 떠나버렸으니 장차 어찌 될지 걱정을 했더니만 남자 혼잣손에 용케도 저리 잘 키워냈네. 내가 이런 말을 하는 것도 이상할지 모르겠네만 세상 떠난 나오코를 대신해서 감사하다는 인사 한 마디는 꼭 하고 싶었어."

"아뇨, 저는 별로 해준 것도 없습니다. 그저 남들 하는 대로 했는데요."

"그 남들 하는 대로, 라는 게 참 어려운 법이야. 회사 일로도 이래저래 힘들었을 텐데 참말로 장하구먼."

노인은 눈통멸을 먹어가면서 장하다, 장하다, 라는 말을 되풀이했다. 헤이스케로서는 점점 앉아 있기가 민망해졌다.

"그런데 그렇잖은가, 역시 남자 혼자로는 이래저래 불편한 일이 한두 가지가 아닐 게야."

"아뇨, 그렇지도 않습니다. 나오코, 아니, 모나미가 뭐든 제법 잘하니까요."

"하지만 모나미도 앞으로가 큰일이잖아. 아까 잠깐 얘기를 들어보니까 의대를 목표로 공부하고 있다더구만. 그러면 집안일도 그렇게 많이는 못할 거 아닌가."

"그건 네, 그렇지요." 헤이스케는 유리잔 안의 옅은 호박색 액체를 들여다보았다. 장인이 무슨 말을 하려는 것인지 슬슬 감이 잡혀왔다.

"이보게, 헤이스케." 사부로가 정색을 한 어조로 말했다. "나오코한테 그렇게까지 절개를 지킬 건 없어."

헤이스케는 장인의 얼굴을 마주보았다. 역시 그 얘기인가.

"자네는 아직 젊은 사람 아닌가. 내 나이만큼 되자면 앞으로도 몇 십 년이 남았잖어. 그걸 무리해가면서 굳이 혼자 살아갈 건 없어. 만일 그럴 마음이 든다면 누구 눈치 볼 것 없이 재혼하면 돼. 그때는 나도 찬성해줄 것이구면."

"감사합니다. 하지만 아직 그런 것까지는 생각할 겨를이 없습니다."

헤이스케의 말에 사부로는 두어 번 머리를 가로저었다.

"하지만 세월은 화살같이 날아가는 법이여. 방금 내가

자네를 젊다고 했지만, 사실은 그리 여유가 있는 것도 아니지. 이제 슬슬 진지하게 생각해보는 게 좋아."

"그렇습니까." 헤이스케는 애매하게 웃어두었다.

"물론 억지로 하라는 건 아니네만."

헤이스케의 잔이 빈 것을 보고 사부로는 곧장 다음 잔을 만들기 시작했다.

저는 이제 딱 한 잔만, 이라고 헤이스케는 죄송해서 서둘러 말했다.

방으로 돌아올 때쯤에는 땀이 완전히 걷혀 있었다. 에어컨을 켠 것도 아닌데 역시 나가노는 여름에도 시원하구나, 라고 생각했다. 파자마로 갈아입고 이불 속으로 들어갔다.

나오코가 그에게로 몸을 돌렸다. 게다가 눈을 뜨고 있었다.

"아버지하고 얘기하는 것 같던데?"

"응."

"재혼하라고 하셨지?"

"들었어?"

"아버지가 원래 목소리가 크시잖아."

"좀 당황스럽더라고." 헤이스케는 쓴웃음을 지었다.

"재혼, 생각해본 적 있어?" 나오코의 목소리는 진지했다.

"그야 공상쯤은 해봤지." 하시모토 다에코의 얼굴이 한 순간 떠올랐다가 금세 지워졌다. "근데 구체적으로 생각해본 적은 없어."

"생각하지 않도록 하고 있는 거야?"

"그런 건 생각도 안 나는 것뿐이야. 나한테는 나오코가 있잖아."

그러자 나오코는 눈을 숙이고 빙글 반대편으로 몸을 돌렸다. "고마워"라고 작은 소리로 말했다. "근데 정말 그래도 괜찮아?"

"응, 괜찮지." 헤이스케는 그녀의 등에 대고 말했다.

그리고 그뿐, 나오코 쪽에서는 아무 말도 없었다. 헤이스케도 눈꺼풀을 감았다.

이걸로 괜찮은가, 라고 그는 스스로에게 확인해보았다. 나한테는 나오코가 있다. 다른 사람에게는 보이지 않아도 나에게만 보이는 아내가 있다. 그걸로 충분하다. 충분히 행복하다.

의식이 흐릿해져갔다. 이걸로 괜찮아, 라는 마음을 껴안은 채 그는 잠 속으로 떨어졌다.

다음 날 아침 일찍 헤이스케와 나오코는 도쿄에 돌아갈 채비를 했다. 본가에 내려올 때마다 매번 그렇지만 이번에도 이것저것 챙겨줘서 그것만으로도 스프린터 트렁크가 가득 찼다. 뒷좌석에까지 종이봉투와 박스 등이 들어왔다.

"아빠 말씀 잘 들어야 한다. 내년 설에도 꼭 오너라." 조수석 창 밖에서 사부로가 말을 건넸다.

"네, 또 올게요. 할아버지도 건강하게 잘 지내세요."

"응, 고맙네, 고마워." 사부로가 벙글벙글 웃느라 실눈이 되어서 연신 고개를 끄덕였다.

헤이스케의 차가 출발했다. 아스팔트에 쏟아지는 햇볕이 오늘도 무더운 날씨라는 것을 알려주고 있었다. 귀경 정체가 시작되었다는 어젯밤 텔레비전 뉴스가 있었다. 단단히 각오해야겠다고 헤이스케는 생각했다.

본가를 나와 잠시 지난 참에 나오코가 말했다. "잠깐 차 좀 세워줘."

헤이스케는 급히 도로가에 차를 세웠다.

"왜, 무슨 일이야?"

나오코는 뒤를 돌아보며 후우 숨을 토해냈다.

"이제 다시 못 올 거라고 생각하니까 너무 슬퍼서."

"왜? 오고 싶으면 언제든지 오면 되는데."

나오코가 고개를 저었다.

"이제 안 올 거야. 친정 식구들 만나는 거, 너무 괴롭다. 그들에게 나는 이미 죽은 사람이야. 그들의 세계에서 나라는 사람은 이미 이 세상에 없는 것으로 완결되었어. 그런 고향집에 와봤자 나는 유령처럼 떠도는 수밖에 없어." 눈이 순식간에 젖어들었다. 그녀는 손수건을 꺼냈다. "미안, 잠깐 울고 싶었어. 근데 이제 눈물콧물 짜는 거, 그만할래. 자아, 이제 됐으니까 출발하자."

헤이스케는 말없이 기어를 넣고 차를 몰았다.

나만이 이 사람의 진짜 가족이다. 이 세상에서 우리는 단 둘뿐이다.

마음속 깊은 곳에서 그렇게 생각했다.

30

그 전화가 걸려온 것은 일요일 저녁이었다. 나오코는 저녁 찬거리를 사러 나가고 집에 없었다. 헤이스케는 작은 정원의 손질을 끝내고 베란다 앞 쪽마루에 앉아 멍하니 서쪽하늘을 바라보고 있었다. 기막힐 만큼 아름다운 저녁노을로 비늘구름이 빨갛게 물들었다.

오랜만에 한가롭게 보낸 가을날이었다. 내일부터는 다시 신선한 기분으로 업무에 뛰어들 수 있겠다고 헤이스케는 흡족하게 생각했다.

그런 만큼 그 전화소리는 그에게 불길한 예감을 던져주는 것이었다. 집 전화는 평소에 거의 울리는 일이 없다. 나오코가 나오코로서 살았던 무렵에는 나가노의 본가며 그녀의 친구들에게서 뻔질나게 전화가 왔지만 이제 그런 건 모두 없어졌다.

또 부동산 업자인가, 라고 생각하며 자리에서 일어섰다.

원룸 맨션을 사두라는 전화가 시시때때로 걸려오는 것이다.

전화는 거실장 위에 놓여 있다. 그는 수화기를 들었다.

"네, 스기타입니다."

상대는 냉큼 목소리를 내지 않았다. 극히 짧은 그 침묵의 시간에 헤이스케는 불길한 예감이 딱 맞았다는 것을 확신했다. 뭔가 물리적인 사정이 있어서 반응이 늦어진 게 아니라 이쪽의 목소리를 듣고 당황한 것이라고 직감했다.

"여보세요." 남자 목소리였다. "스기타 모나미, 집에 있습니까?"

같은 학교 남학생이다, 라고 단박에 알았다. 환하던 마음에 눈 깜짝할 사이에 검은 구름이 몰려왔다.

"지금 없는데." 그는 대답했다. 언짢은 기분이 고스란히 드러난 목소리였다. 반쯤은 무의식중에, 그리고 반쯤은 의식적으로 낸 목소리다.

"그렇습니까……."

전화기 너머의 남자는 주눅이 든 것 같았다. 이대로 전화를 끊는다면 남의 집에 전화를 걸어놓고 이름도 대지 않고 끊다니 무슨 짓이냐, 라고 호통을 쳐줄 생각이었다. 하지만 상대는 그렇게까지 비상식적이지는 않았다.

"저는 소마라고 하는데요, 모나미 집에 오면 전화 왔었다고 전해주실 수 있을까요?"

"소마? 어떤 소마?"

"테니스부 친구입니다."

또 테니스부인가. 헤이스케의 입 안에 씁쓸한 것이 번졌다.

"급한 일인가?"

"아뇨, 그리 급한 일은 아닙니다."

"그래도 일요일에 전화한 걸 보면 나름대로 긴한 볼일이겠지. 나한테 말하면 모나미에게 그대로 전해줄게."

"아뇨, 얘기가 좀 복잡해서 직접 말하는 게 좋을 것 같습니다. 그냥 전화 왔었다고만 전해주시면 고맙겠습니다."

"흐흠."

"그럼 이만 실례합니다." 소마라는 남학생은 총총히 전화를 끊었다.

수화기를 내려놓으면서 헤이스케의 위에 응어리 같은 것이 생겼다. 그는 시계를 보았다. 나오코는 방금 전에 나갔다. 평소대로라면 한 시간은 걸릴 것이다.

헤이스케는 텔레비전을 켰다. NHK뉴스가 흘러나왔다. 하지만 내용은 하나도 머릿속에 들어오지 않았다. 그냥 화면을 보고 있을 뿐이다.

그는 텔레비전을 켜둔 채 2층으로 올라갔다. 나오코의 방 문을 살짝 열고 안으로 들어갔다.

방은 깨끗이 정리되었다. 조금 어질러진 곳은 책상 위뿐이다. 물리 참고서가 펼쳐져 있었다. 역학 공부를 하는 중이었던 모양이다. 경사면 위에 놓인 물체에 가해지는 힘의 문제. 마찰계수. 작용과 반작용. 몇 개의 용어는 헤이스케의 기억에 남아 있었다.

책상 안쪽에 파일이며 노트, 사전 등이 북엔드로 세워져 있었다. 파일은 모두 합해 다섯 권. 빨강, 파랑, 노랑, 초록, 오렌지의 다섯 가지 색깔이다. 등표지에 항목을 적는 게 아니라 색깔 별로 용도를 나눠둔 것이다.

헤이스케는 전에 나오코가 그 파일을 옆에 놓고 테니스부 친구와 통화하는 것을 본 적이 있었다. 아마도 그 파일은 테니스부 관련 서류를 모아둔 것일 터였다.

분명 빨강이나 오렌지 파일이었다. 뒤가 켕기는 것을 느끼면서도 그는 파일 두 권을 빼냈다. 펼쳐보니 빨강은 요리 레시피였다. 오려낸 잡지 기사 같은 것을 깔끔하게도 넣어두었다.

생각했던 대로 오렌지 파일이 테니스부와 관련된 것이었다. 가을 정기전 일정이라고 적힌 복사용지가 첫 장에 들어 있었다.

휙휙 넘기다가 마지막 페이지에서 손을 멈췄다. 부원들의 이름과 연락처였다.

아까 소마라고 했지…….

이름 부분을 손끝으로 더듬어갔다. 이윽고 '소마 하루키'라는 이름이 눈에 들어왔다. 2학년이다.

헤이스케는 책상 서랍을 열었다. 문구류를 깨끗이 정리해서 구분해두었다. 고양이 일러스트가 그려진 메모 수첩에서 한 장을 떼어내 볼펜으로 소마 하루키의 주소와 전화번호를 베껴 썼다. 목적은 없었다. 그냥 알아두고 싶은 것뿐이었다.

메모를 추리닝 주머니에 넣고 파일은 다시 북엔드 사이에 꽂았다. 나오코에게 전화한 남학생에 관해 조금이나마 정보를 얻어낸 것으로 어느 정도 만족했다.

문을 열고 방을 나왔다. 그리고 뒷손으로 문을 닫는 참에 나오코가 계단을 올라왔다. 그녀는 계단 중간에서 멈춰 섰다.

"뭐야?" 나오코가 물었다. "내 방에 뭔 볼일?" 나무라는 듯한 말투였다.

내가 방에 좀 들어가면 안 되냐, 라는 마음과 사생활을 침해했다는 죄의식이 가슴 속에서 뒤섞였다. 그것은 부자연스러운 거짓말이라는 모양새로 그의 입 밖으로 흘러나왔다.

"아니, 잠깐 빌려볼 게 있었는데 어디 있는지 몰라서 그냥 나왔어."

"뭐가 필요했는데?"

"아, 그거, 책."

"책? 무슨 책?"

"응…….나쓰메 소세키 소설." 대충 둘러대고는 괜히 바보 같은 거짓말을 해버렸다고 헤이스케는 후회했다. 나오코가 어떤 작가의 책을 갖고 있는지 전혀 알지 못해서 우선 나쓰메 소세키라고 말해본 것이다.

"고양이?" 나오코가 물었다.

"고양이?"

"《나는 고양이로소이다》 말이야. 내가 갖고 있는 나쓰메 소세키 책은 그거밖에 없어."

"맞아, 그 책." 헤이스케는 말했다. "아까 텔레비전에서 나오더라고. 그래서 한번 읽어볼까 하고."

"별일이네." 나오코는 퉁퉁퉁 계단을 올라와 자기 방으로 들어갔다.

헤이스케는 문 앞에서 그녀를 보고 있었다. 그녀는 곧장 책장에서 두툼한 문고본 한 권을 빼냈다. "어디를 찾아봤어? 여기 딱 보이는데."

"나는 못 봤어."

말없이 그 문고본 책을 쑥 내밀어서 헤이스케는 받아들었다.

그녀는 그대로 방을 나오려다가 마지막에 딱 한 번 돌아보았다.

"어?" 살짝 미간을 좁히며 나오코는 다시 책상 앞으로 갔다. "책상 위도 손댔어?"

"아닌데?" 뜨끔했지만 태연한 척하며 대꾸했다.

"……."

"왜?"

"아니, 손 댄 거 아니라면 됐어." 그러고는 오렌지 파일과 빨강 파일을 꺼내 자리를 바꿔 다시 끼웠다.

그날 밤, 결국 헤이스케는 나오코에게 소마 하루키의 전화 얘기를 전하지 않았다. 그 남학생에 대해 캐묻고 싶은 마음도 있었지만, 눈치 빠른 나오코가 파일 위치가 바뀐 것과 연결해 의심할 우려가 있다. 마음대로 방을 뒤진 것은 가능하면 들키고 싶지 않았다.

저녁을 먹은 뒤, 나오코의 눈도 있어서 별로 읽고 싶지도 않은 《나는 고양이로소이다》를 펼쳤다. 두 장쯤 읽었을 때 졸음이 몰려왔다. 그다음에는 읽는 척만 하면서 넘어갔다.

다음 날, 헤이스케는 귀가가 좀 늦어졌다. 손목시계의 바늘이 8시 15분을 가리키고 있었다. 하지만 집 창문에서 불빛이 새어나오는 것을 보고 마음이 놓였다. 만일 빈 집이라면 나오코가 올 때까지 또다시 안달복달했을 터였다.

여전히 나오코는 이따금 저녁 늦게 돌아왔다. 하지만 전에 말다툼을 하고 분위기가 서먹서먹해진 경험이 있어서 헤이스케는 되도록 잔소리는 안 하고 있었다. 나오코 쪽도 조심하는지 8시 넘어서 오는 일은 거의 없었다.

현관문을 열고 들어섰다. 구두를 벗으면서 다녀왔어, 라고 말하려고 했다. 하지만 그 전에 속닥거리는 말소리가 그의 귀에 꽂혔다. 나오코가 얘기하고 있었다. 이따금 킥킥 웃기도 했다.

　전화 통화구나. 그는 발소리를 죽여 복도를 건너갔다. 목소리는 거실 쪽에서 났다.

　"글쎄 아리사카 선배한테 들었다니까요? 내 백핸드가 이상하다고 웃었다잖아요. 너무한 거 아니에요?"

　목소리는 틀림없이 나오코의 것이었지만 그 말투는 헤이스케를 대할 때와는 전혀 달랐다. 여고생다운 말투인 것만이 아니었다. 애교를 부리는 듯한 느낌이 실려 있었다.

　"우와, 그래요? 진짜 대박이네. 그러면 선배가 다음에 나하고 더블로 뛰어주실래요? ……진짜요? 우와. ……아이, 싫죠, 그런 건. 내가 왜 그래야 되는데요?" 말을 하면서 나오코는 연신 웃고 있었다. 진심으로 즐거운 모양이다.

　헤이스케는 복도를 몇 걸음 되돌아가 일부러 큰 소리를 내며 다시 걸어왔다. 나 왔어, 라고 목소리를 냈다. 나오코의 모습은 보이지 않았지만 당황하는 기척이 있었다.

　"네, 그럼 내일 봐요. ……네, ……네. 실례할게요."

　헤이스케가 들어가는 것과 그녀가 전화기 앞에서 일어서는 것이 거의 동시였다.

　"어서 와. 바로 밥 먹을 거지?" 나오코는 주방으로 갔다.

평소의 말투로 돌아와 있었다.

"전화하는 중이었어?"

"응, 반 친구한테서. 영어 숙제 때문에."

거짓말도 잘하네, 라고 헤이스케는 마음속으로 욕을 했다. 조금 전의 말투는 동급생을 대하는 말투가 아니었다. 영어 얘기를 했던 것도 아니다. 조금 더 덧붙이자면, 상대는 남학생이다.

"아참, 어제도 전화 왔었어. 테니스부의 소마라는 애한테서."

"……그랬어?"

싱크대 쪽을 향하고 있던 나오코의 어깨가 헤이스케의 눈에는 멈칫 흔들린 것처럼 보였다.

"전화 왔었다고 전해달라고 했는데 깜빡했어. 오늘, 걔 만났지? 뭔가 얘기 안 했어?"

"응……. 신인전 준비 얘기를 했으니까 아마 그것 때문에 전화했던 모양이지. 어제 전화했다는 얘기는 못 들었어."

"일요일에 일부러 전화할 정도면 급한 볼일이었을 텐데."

"급하다기보다 잊어버리기 전에 연락해두자는 거였을걸."

"나야 어쨌거나 상관없지만."

헤이스케는 2층으로 갔다. 옷을 갈아입으면서도 계속 그 전화가 생각났다. 방금 나오코와 통화한 상대는 틀림없이 소마 하루키라는 그 2학년 선배일 것이다. 문제는 왜 나오코가 거짓말을 하느냐는 것이다. 테니스부의 선배 전화다, 라고 왜 말하지 못하는가.

아하, 하고 헤이스케는 짐작이 갔다. 나오코는 오늘도 테니스부 연습에 참가했을 것이다. 실제로 소마와 얘기했다고 말하기도 했다. 그렇다면 왜 또 집에 돌아와서도 그와 전화 통화를 했는가, 라는 당연한 의문이 생긴다. 그녀는 그 의문에 제대로 대답할 자신이 없었던 것이다.

전화는 소마 쪽에서 걸었을 게 틀림없다. 이제 곧 헤이스케가 돌아올 시간에 나오코가 먼저 걸었을 리는 없다.

헤이스케는 추리닝 주머니에 손을 넣었다. 착착 접힌 메모지가 손끝에 닿았다. 소마 하루키의 연락처를 적어둔 메모지다.

내가 전화해볼까, 라고 그는 퍼뜩 생각했다. 아버지로서 당당히 전화해서, 급한 일도 아니면서 우리 딸에게 자꾸 전화하지 마라, 라고 주의를 주면 웬만한 남학생은 기가 죽을 게 틀림없다.

아래층에서 "아빠, 밥" 하고 부르는 소리가 났다. 헤이스케는 알았다고 대답부터 하고 주머니에서 손을 뺐다.

"미리 말해두는데, 다음 주에 나, 계속 늦을 거 같아." 저녁을 먹는 중에 나오코가 조심스럽게 말했다.

"또 테니스?"

"그게 아니라 학교축제 준비 때문에. 다음 주 토요일과 일요일이 학교축제야."

"늦을 거라니, 대체 뭘 하는데?"

"우리 반은 비디오카페를 하기로 했어. 교실에 암막커튼 치고 우리가 직접 만든 비디오를 틀어주면서 커피나 주스 판매하는 거. 그래서 영화 제작도 마무리하고 카페 꾸미기도 다음 주 중에 다 해야 돼."

"그런 건 전원이 다 참가하나?"

"전원 참가해야지. 당연하잖아."

"늦어진다면, 몇 시쯤?"

"모르겠어. 실행위원은 해마다 며칠씩 밤샘작업을 했다던데."

"밤샘작업? 새벽까지 학교에서?"

"그렇지."

"설마 그 실행위원에 선정된 거야?"

"아니, 나는 아냐. 테니스부원은 양쪽 다 하기가 힘들어서 실행위원으로 뽑히지 않아. 동아리 활동을 안 하는 애들은 실행위원이든 아니든 여태까지 준비 작업을 해왔어. 그러니까 동아리 팀들은 다음 주에라도 일을 거들어야지. 다음 주 일주일 동안 테니스부도 활동 중지야."

"학교축제를 뭘 그렇게 열심히 해? 도쿄대 합격률을 다투는 학교가 그래도 되나?"

"열심히 놀고 열심히 공부해라, 재충전의 중요성을 학교 측도 잘 아는 거야. 책상에만 붙어 있다고 도쿄대에 합격하는 거 아니라니까." 나오코가 답답하다는 듯이 말했다.

31

예고했던 대로 다음 주 월요일부터 나오코는 밤늦게야 집에 돌아왔다. 저녁 7시쯤에 헤이스케에게 전화해서, 늦으니까 배달 시켜서 먼저 저녁을 먹으라고 했을 정도다. 별수 없이 그는 근처 라면집에 가서 야채볶음 정식을 먹었다.

결국 나오코가 집에 들어온 것은 9시가 넘은 시각이었다. 한마디 해주고 싶었지만 막상 지쳐버린 모습을 보고는 아무 말도 할 수 없었다. 저녁은 학교 옆 오코노미야키 집에서 먹은 모양이었다.

나오코가 목욕을 하고 2층으로 올라갔을 때였다. 거실장 위의 전화기가 울리기 시작했다. 헤이스케는 깜짝 놀랐다. 11시 가까운 시각이다.

전화를 받으려고 자리에서 일어서는데 호출음이 뚝 끊겼다. 잘못 걸린 전화인가, 하고 한순간 생각했지만 곧바로 그게 아니라는 것을 알았다.

전화기에 달린 작은 램프가 깜빡거렸다. '무선 사용 중' 램프였다. 즉 나오코가 위층에서 무선 전화기로 받은 것이다.

전화기를 유무선 기기로 바꾼 것은 올봄이었다. 2층에서 전화를 받으면 좋겠다는 나오코의 제안에 따른 것이다. 평소에 무선 전화기는 2층 복도 벽에 설치한 충전기에 꽂아둔다.

헤이스케는 그 작은 램프를 빤히 지켜보았다. 단순한 용건이라면 2, 3분이면 끝날 것이라는 게 그의 계산이었다. 하지만 램프는 한참이 지나도 꺼지지 않았다. 그는 일단 텔레비전 쪽으로 시선을 돌려 날씨예보를 다 본 뒤에 다시 확인했다. 램프는 아직도 켜져 있었다.

이런 밤늦은 시간에 상식 없이 무슨 짓인가…….

결국 한 시간쯤 지난 뒤에야 '무선 사용 중' 램프는 꺼졌다. 그동안에 헤이스케는 텔레비전도 보고 신문도 읽었지만, 내용은 하나도 머릿속에 들어오지 않았다.

나오코는 다음 날도 9시 넘어서 집에 들어왔다. 헤이스케는 이틀 연속으로 라면집에서 저녁을 먹었다.

대체 뭘 하느라고? 불신감이 첩첩 쌓여갔다. 축제 준비에 이렇게까지 시간이 필요한가. 기껏해야 놀이 삼아 해보는 카페 장사인데.

텔레비전을 보며 그런 생각을 하고 있을 때였다. 또다시 전화벨이 울리기 시작했다. 그는 반사적으로 시계를 보았다. 10시 50분이다. 어제와 거의 같은 시각이었다.

호출음은 딱 한 번밖에 울리지 않았다. 그 대신 어제처럼 '무선 사용 중' 램프가 깜빡거렸다. 나오코는 아까 자기 방에 올라갔다. 복도로 나오는 기척이 없는 걸 보면 전화가 올 것을 예상하고 미리 무선전화기를 방으로 들고 간 게 분명하다. 즉 누군가 "오늘 밤 10시 50분쯤 전화할게"라고 얘기했던 것이다.

그 누군가가 누구인가.

다리를 달달 떨면서 헤이스케는 텔레비전과 시계와 전화를 번갈아가며 쳐다보았다. 텔레비전에서는 프로야구의 결과가 나오고 있었다. 자이언츠는 진즉에 우승이 정해져서 이제는 일본 시리즈에서 맞붙을 퍼시픽리그*의 승자를 기다리는 것밖에 없었다. 그쪽은 긴테쓰, 세이부, 오릭스가 연일 눈이 핑핑 돌게 순위를 다투고 있었다. 자이언츠 외길 골수팬 헤이스케로서는 올해에는 퍼시픽리그 쪽 결과에도 관심이 쏠리던 참이었다. 하지만 지금은 그런 게 문제가 아니었다.

시곗바늘이 11시 반을 넘어섰을 때, 헤이스케는 복도로 나갔다. 살금살금 발소리를 죽여 계단 밑에서 위를 살펴보았다. 2층 복도에 나오코가 나와 있는 기척은 없었다. 역

---

* 센트럴리그와 함께 일본 프로야구 양대 리그 중 하나. 각각 6개 팀으로 구성되며, 센트럴리그는 요미우리 자이언츠, 도쿄 야쿠르트 스왈로즈 등이 참가하고 퍼시픽리그는 세이부 라이언스 등이 참가한다.

시 무선전화기를 방으로 가져가서 통화하는 것이다.

헤이스케는 도마뱀붙이처럼 네 발을 짚은 자세로 슬슬 계단을 타고 올라갔다. 나오코 방에서 희미하게 목소리가 새어나왔다. 하지만 대화 내용은 전혀 알아들을 수 없었다.

소마 하루키라는 이름이 머릿속에서 번쩍거렸다. 그녀석이 틀림없다. 대체 어떤 놈인가. 무슨 생각으로 나오코에게 뻔질나게 전화질인가.

소리가 들리지 않았다. 헤이스케는 좀 더 문 가까이 가려고 계단에 네 발로 엎드려 팔다리를 슬금슬금 내밀었다.

그때 문이 벌컥 열렸다. 자칫하면 그 문 귀퉁이에 얼굴을 찍힐 뻔했다. 나오코가 그런 그를 내려다보며 짧은 비명을 올렸다.

"뭐해, 이런 데서?"

"아니, 그냥……." 헤이스케는 몸을 일으켜 계단에 앉았다. 식은땀이 났다. 적당한 변명이 얼른 떠오르지 않았다.

나오코는 무선전화기를 손에 들고 있었다. 그것을 복도 벽의 충전기에 꽂으려다가 뭔가 눈치챈 듯 헤이스케를 쓱 노려보았다.

"엿들었어?"

"아니, 그게 아니라, 어제도 그렇고 오늘도 그렇고, 이런 늦은 시간에 전화가 오니까 나도 걱정이 돼서 무슨 일인지 잠깐……."

"그게 바로 엿듣는 거야!"

"무슨 얘긴지는 하나도 안 들렸어. 아니, 그보다 왜 그렇게 길게 통화를 하는데?"

"동아리 친구야." 부루퉁하게 내뱉고 나오코는 무선전화기를 제자리에 꽂았다.

"소마라는 녀석이겠지." 헤이스케는 말했다.

나오코는 잔뜩 토라진 얼굴로 입을 꾹 다물었다. 딱 맞힌 모양이다.

"걔는 2학년이야. 친구가 아니잖아."

"소마 오빠가 2학년이라는 거, 어떻게 알았어?"

이번에는 헤이스케 쪽에서 말문이 막혔다. 나오코가 입을 삐죽거렸다.

"역시 지난번에 마음대로 내 파일을 꺼내봤네. 어째 이상하다 했어."

"보면 안 돼?"

"프라이버시라는 말, 몰라?"

"소마라는 놈, 대체 뭐야? 왜 자꾸 전화하는 거냐고."

"나도 몰라. 그쪽에서 걸어오는데 받아야지 어떡해."

"모르긴 뭘 몰라? 별 볼 일도 없이 사내놈이 자꾸 전화를 한다면 이유는 한 가지밖에 없잖아." 계단에 서서 헤이스케는 소리쳤다.

나오코는 한 차례 한숨을 내쉬었다. 그러고는 그를 내려다보았다.

"좋아, 그럼 솔직히 말할게. 나를 좋아하는 거 같아. 이
번 주에는 테니스부 연습이 없어서 학교에서는 못 보니까
전화했을 거야. 이제 됐어?"

"앞으로는 전화하지 말라고 해."

"어떻게 그런 말을 해? 사귀자고 한 것도 아닌데."

"그러다가 진짜로 사귀자고 할 거라고."

"그때는 거절하면 될 거 아냐."

"실은 좋은 거지? 젊은 놈하고 실컷 얘기도 하고, 엄청
재밌겠네." 말을 하면서 헤이스케는 자신의 뺨이 파르르
떨리는 것을 알았다.

"응, 재미있어." 나오코가 말했다. "근데 나는 재미있으
면 안 돼? 나는 그 정도의 권리도 없어? 기분전환도 하면
안 되는 거야?"

"나하고 얘기하는 것보다 더 재미있다고?"

헤이스케의 질문에 나오코는 대답하지 않았다. 문 손잡
이를 잡았다.

"나 피곤해. 그만 잘래. 잘 자."

잠깐, 이라고 헤이스케는 말하려고 했다. 하지만 이미
그녀는 문을 닫고 들어가버린 뒤였다.

이불 속에 누워서도 헤이스케는 잠들지 못했다. 전화 정
도로 이렇게 난리를 치다니, 자신의 속 좁은 꼴이 한심하

면서도 한편으로는 왜 내 고민은 이해해주지 않는가, 라고 나오코에게 분노를 느끼는 부분이 있었다.

헤이스케는 그녀가 소마 하루키를 '오빠'라고 한 것이 특히 거슬렸다.

겉모습만 보면 분명 학교 선배다. 하지만 정신적인 면에서는 나오코에게 고등학교 2학년 남학생쯤은 아직 어린애일 터였다. 그녀는 초등학생 때, 하시모토 다에코 담임선생님한테도 헤이스케 앞에서는 그 애라느니 아직 어리다느니 했던 것이다.

소마 하루키를 만나면 나오코는 정신적으로도 고등학교 1학년 여학생이 되는 건가. 그래서 그녀에게 소마는 '오빠'라고 부를 수 있는 친한 선배인가.

그 변화가 일시적인 것이기를 헤이스케는 마음속으로 빌었다. 나가노 처가에서의 그날 밤, '나에게는 나오코가 있으니까'라고 말했을 때, 그녀는 '고마워'라고 대답했었다. 그 한 마디가 지금 그의 마음속 유일한 버팀목이었다.

32

　그 수요일 밤부터 3일 동안 나오코는 거의 말을 하지 않았다. 날마다 9시 넘어서 돌아와서는 곧장 제 방에 틀어박혀 욕실과 화장실 갈 때 외에는 나오지 않았다.

　전화벨이 울린 건 수요일 밤뿐이었다. 목요일과 금요일에는 오지 않았다. 나오코가 소마에게 뭔가 말을 했는지도 모른다.

　학교축제 첫날인 토요일 아침, 나오코가 안방으로 왔다. 헤이스케는 아직 이불 속에 있었다. 이거, 라면서 그녀는 종이 한 장을 그의 베갯머리에 내려놓았다.

　손에 들고 잠이 덜 깬 눈을 비비며 읽어봤다. 핑크색 종이에 워드프로세서로 '음료 잔을 손에 들고 멋진 비디오를. 여러분을 기다립니다. 비디오카페 〈언두undo〉'라고 적혀 있었다. 아래쪽에 교내 지도도 있었다.

　"이거 뭐야?"

"마음 내키면 오라고."

"가는 게 좋은가?"

"마음 내키면 오라니까?"

다녀오겠습니다, 라면서 나오코는 방을 나갔다.

헤이스케는 이불 위에 책상다리를 틀고 앉아 한참 동안 그 팸플릿을 들여다보았다.

가고 싶기는 했다. 나오코가 어떻게 학교생활을 하는지 자신의 눈으로 확인해보고 싶었다. 생각해보니 지금까지 나오코의 바깥에서의 얼굴은 거의 본 적이 없다.

하지만 그런 건 보고 싶지 않기도 했다. 솔직히 두려웠다.

그녀가 과연 학교생활을 잘하고 있는지 걱정스러워서 보기가 두렵다는 게 아니다. 현재 그 점이라면 아무 걱정도 없다. 오히려 그 반대였다. 나오코가 육체적으로나 정신적으로나 완벽한 여고생으로 사람들 속에 녹아든 모습을 보는 것이 두려웠다. 그 모습을 보면서 분명 자신이 느끼게 될 상실감, 고독감, 초조감이 두려웠다.

망설이면서도 그날은 가지 못했다. 8시쯤 돌아온 나오코는 그가 오지 않은 것을 나무라지 않았다. 하지만 축제가 어땠는지 얘기해줄 생각도 없는 눈치였다.

다음 날에 나오코는 별다른 말없이 학교에 갔다. 어차피 안 올 거라고 생각했는지도 모른다. 헤이스케도 마음을 정하지 못하고 있었다. 오전에는 이불 속에서 잡지책을 읽었고 오후에는 골프와 야구 중계를 봤다. 야구는 센트럴리그 소화 시합이었다.

가보기로 마음먹은 것은 텔레비전에 유명한 레스토랑이 나왔기 때문이다. 남녀 탤런트가 그런 레스토랑을 돌아다 니며 먹어보는 것뿐인 방송이다.

실은 간밤 식탁에 요리가 차려졌다. 오랜만의 일이었지 만 모두 나오코가 백화점 지하 식품매장에서 사온 반찬들 이었다. 오늘 저녁도 그럴 가능성이 크다. 그런데 자신이 학교축제에 간다면 돌아오는 길에 둘이서 외식을 하는 방 법도 있다는 게 생각난 것이다.

지금 오후 2시다. 팸플릿에 따르면 축제는 5시까지였다. 그는 서둘러 나갈 채비를 했다.

나오코의 학교에 가는 건 합격자 발표 날 이후로 처음이 었다. 그때와는 학교 모습이 완전히 달라졌다. 교문 옆에 화려한 간판이 줄을 섰고 교실 건물 벽에는 포스터가 나붙 었다. 무엇보다 크게 달라진 건 학생들이었다. 합격자 발 표 때는 아직 어린 티가 나는 얼굴이 많았는데 이제 그런 모습은 어디에서도 눈에 띄지 않았다.

학부모인 듯한 중년 남녀도 드문드문 학교 안을 돌아다 녔다. 하지만 행사에는 별 관심이 없는 눈치였다. 축제를 즐긴다기보다 내 아이가 다니는 학교의 분위기를 확인하 러 나온 것 같았다.

1학년 2반 교실 입구는 색칠한 종이박스와 색종이로 꾸며져 있었다. 에이프런을 입은 여학생이 헤이스케를 보고 방긋 웃었다. "어서 오세요."

　"저기……." 헤이스케는 머리를 긁적이며 안을 들여다보았다. 책상을 맞댄 테이블이 여러 개가 있었다. 손님이 제법 북적거렸다. 교실 뒤쪽에 칸막이가 있고 그 너머는 보이지 않았다. 아마 주방으로 꾸민 것이리라. 칸막이에 네모난 구멍이 뚫려 있었다. 쟁반을 든 여학생이 들락날락했다. "스기타 모나미, 여기 있어?"

　"모나미 아버님이세요?" 에이프런을 입은 여학생이 눈을 데굴데굴 굴리며 말했다.

　"응."

　"와아, 어떡해." 그녀는 통통 뛰어서 칸막이 너머로 사라졌다.

　곧바로 나오코가 나왔다. 조금 전 여학생과 똑같은 에이프런을 입었다. 긴 머리는 발레리나처럼 위로 돌돌 묶고 있었다.

　"오늘은 왔네?" 나오코가 말했다. 딱히 반기는 표정은 아니었다. 하지만 싫지는 않은 것 같았다.

　"잠깐 봐두는 것도 괜찮겠다 싶어서."

　"응……."

　그녀는 그를 창가 자리로 안내했다. 바로 옆에 비디오

모니터가 있었다. 모니터는 모두 4대, 각각 기기가 접속되었다. 옮기는 것도 힘들었겠다, 라고 헤이스케는 짐작했다.

"뭐 마실래?" 나오코가 물었다.

"그래, 커피로."

"알았어, 커피." 나오코는 빙글 발을 돌려 칸막이 너머로 사라졌다. 그때야 알아본 것이지만 교복 치마가 평소보다 한층 짧아졌다. 점원 역할을 하는 여학생은 다들 그랬다. 어떻게 줄였는지 헤이스케로서는 알 수 없었다. 몸을 숙일 때 속옷이 보일까 봐 조마조마했다.

비디오 모니터에는 직접 제작한 영상이 느릿느릿 펼쳐졌다. 그저 그런 일상을 담은 영상이었다. 음식물쓰레기 봉지를 헤집는 까마귀와 고양이의 영상에 간사이 조폭 같은 험한 대사가 자막으로 달린 게 우스꽝스러웠다.

"재밌어?" 나오코가 커피를 쟁반에 들고 나왔다. 잔은 종이컵이었다.

"이상하게 웃기는 점이 꽤 재밌네."

"남학생들이 고생고생해가며 만들었어." 나오코가 옆에 앉아 작은 용기의 프림을 커피에 넣어 가볍게 저은 뒤에 그에게 내주었다.

헤이스케는 커피를 한 모금 마셨다. 제법 맛있다는 느낌은 분위기 때문일 것이다.

"저걸 다 학생들이 꾸몄어?" 벽과 창유리에 붙은 색종이며 셀로판지 장식물을 보며 헤이스케가 물었다.

"당연하지. 솜씨는 별로여도 엄청 열심히들 했어."

그렇겠다고 헤이스케는 고개를 끄덕였다. 이 정도면 날마다 귀가가 늦어진 것도 이해할 만하다고 생각했다.

칸막이 너머로 친구들이 헤이스케와 모나미 쪽을 흘끔흘끔 쳐다보았다. 헤이스케의 시선이 그쪽으로 향하자 얼굴들이 쏙 내려갔다.

"다들 우리만 쳐다보네?"

"뜻밖이었나 봐, 아빠가 와준 게. 학교에서는 내가 집 얘기는 거의 안 하니까."

"그래?"

"사실대로 얘기할 수도 없잖아. 거짓말하는 거, 너무 힘들어."

그것도 그렇겠다고 고개를 끄덕이며 헤이스케는 커피를 마셨다.

"축제, 5시에 끝나지?"

"응. 왜?"

"오랜만에 밖에서 식사라도 할까? 끝날 때까지 내가 어디서든 기다릴 테니까."

좋아할 줄 알았는데 나오코는 당황한 표정을 보였다.

"축제는 5시에 끝나지만 그 뒤에도 이것저것 할 게 많아."

"뭐하는데?"

"뒷정리도 해야 하고 캠프파이어도 할 거고."

"캠프파이어……."

그런 게 있었지, 라고 헤이스케는 생각했다. 머나먼 기억 저편의 얘기다.

"그럼 집에는 밤늦게 오겠네?"

"그렇게 늦진 않을 텐데 시간을 확실히 모르겠어."

"그렇군."

"미안해." 나오코가 고개를 숙였다.

"아니, 괜찮아. 저녁은 초밥 배달이나 시켜야겠다. 그러면 나오코 집에 왔을 때, 배고프면 바로 먹을 수도 있고."

나오코는 살짝 고개를 끄덕이다가 그의 귓가에 입을 대고 재빨리 말했다. "나오코라고 하면 안 돼."

"아차, 그렇지. 미안." 그는 얼굴 앞에서 손을 세로로 세웠다.

조금 전의 에이프런 여학생이 다가왔다. "모나미, 잠깐……."

"응, 무슨 일?"

"커피 필터가 떨어졌어."

"어쩐지 부족할 거 같더라니. 우선 페이퍼타월로 내려 봐."

"어떻게 하는지 나, 잘 모르는데."

"아이, 참." 나오코는 자리에서 일어나 에이프런 여학생과 함께 칸막이 너머로 사라졌다.

헤이스케는 허리를 들고 칸막이 뒤를 들여다보았다. 여학생들이 한쪽에서는 샌드위치를 만들고 또 한쪽에서는 주스용 과일을 잘랐다. 나오코는 페이퍼타월을 떼어내 커피메이커에 세팅하는 방법을 곁에 선 친구들에게 알려주고 있었다. 생김새는 또래 친구들과 다를 게 없지만 척척 지시하는 모습이 헤이스케의 눈에는 여학생들의 엄마같이 보였다.

그가 다시 자리에 앉으려고 했을 때였다. 남학생 하나가 옆에 와서 섰다. 키가 크고 햇볕에 그을린 얼굴은 윤곽이 짙었다. 처음에는 자신과 상관없이 서 있는 줄 알았다. 그런데 그 남학생은 헤이스케가 자리에 앉은 뒤에도 곁을 떠나지 않았다.

"저어……." 그가 입을 열었다.

그 목소리를 듣자마자 가슴이 술렁거렸다. 들어본 목소리다.

"모나미 아버님이시지요?"

"응, 그래." 헤이스케의 목소리가 갈라졌다. 피가 역류하는 게 느껴졌다. 몸이 후끈 뜨거워졌다.

"지난번에 죄송했습니다. 테니스부의 소마라고 합니다." 그는 선 채로 머리를 숙였다.

"음……." 헤이스케는 순간적으로 말이 나오지 않았다. 뭔든 말을 하려다가 주위의 시선을 깨달았다. 아이들이 두 사람을 지켜보고 있었다.

아무튼, 이라고 헤이스케는 말했다. "아무튼 일단 앉아."

네, 라면서 소마가 맞은편에 앉았다.

헤이스케는 난감해져서 주방 쪽을 돌아보았다. 나오코와 눈이 딱 마주쳤다. 칸막이 너머로 얼굴을 내밀고 있었던 것이다. 놀란 표정이었다. 소마를 그녀가 불러온 건 아닌 모양이다.

"밤늦게 여러 번 전화해서 죄송합니다. 큰 폐를 끼쳤습니다." 소마는 다시 한번 머리를 숙였다.

"모나미가 뭐라고 얘기한 건가?"

"네, 아버님이 아침 일찍 출근하시니까 밤늦게 전화하는 건 곤란하다고."

"그렇군." 그래서 지난 이틀 동안은 전화를 안 했구나, 하고 이제야 이해가 되었다.

"정말 죄송합니다."

"아냐, 됐어. 그렇게 화가 났던 것도 아니고." 얼굴 마주하고 정식으로 사과를 하니 그렇게 응해주는 수밖에 없었다.

"아, 고맙습니다." 소마는 안도한 모양이었다.

"그 말을 하려고 일부러 왔어?"

"네, 모나미 아버님이 오셨다고 후배가 알려줘서요."

"……."

이건 또 뭔 소린가, 하고 헤이스케는 의아했다. 후배가 왜 그런 걸 알려주는가. 이미 학교 내에서 공인된 커플이라는 건가.

"그럼 저는 이만." 소마가 자리에서 일어섰다. "가보겠습니다."

"응, 잘 가."

소마는 뒤쪽을 향해 슬쩍 손을 흔들고 뭔가 전하듯이 입을 움직였다. 씨익 웃으면서 자리를 떴다. 누구에게 건넨 웃음인지, 굳이 돌아볼 것도 없었다.

곧장 나오코가 헤이스케에게로 왔다. "뭐라고 했어?" 작은 소리로 물었다.

헤이스케는 들은 그대로 말해주었다. 그리고 덧붙였다. "청춘 드라마 같던데?" 반은 비꼬는 소리였고 나머지 반은 솔직한 느낌이었다.

"원래 열정적인 성격이라서."

"커플인 것처럼 얘기하더라고."

"그럴 리가 있어? 바보." 입술을 거의 움직이지 않고 나오코가 나무랐다.

갑자기 차임벨이 울렸다. 15분 뒤에 축제가 종료된다는 안내방송이었다. 주위에서 일제히 안도의 한숨을 내쉬는 소리가 들렸다.

헤이스케는 자리에서 일어났다. "그만 갈게."

"응, 와줘서 고마워."

"너무 늦지 않도록 해." 짧은 잔소리를 남기고 헤이스케는 교실을 나섰다.

5시 전에 학교를 나왔지만 집에 돌아갈 마음은 나지 않았다. 그는 지하철을 타고 신주쿠로 나갔다. 대형 전자제품 매장을 둘러보고 책방에라도 들를 생각이었다. 하지만 전자제품 매장에서 나오는 두 남녀를 본 순간, 그의 발이 뚝 멈춰버렸다.

고등학생 남녀였다. 남자는 머리가 길고 여자 쪽은 화장을 했지만 둘 다 교복 차림이다. 남자는 여자의 어깨를 껴안았고 여자는 남자의 허리에 팔을 둘렀다. 사람들 앞이라는 건 전혀 신경 쓰지 않는지 금세라도 입술이 닿을 만큼 서로 얼굴을 맞대고 있었다.

그 모습에 나오코와 소마의 얼굴이 겹쳐졌다. 헤이스케는 온몸에 소름이 돋는 것을 느꼈다.

그 순간, 머릿속에 번쩍 떠올랐다. 소마 하루키가 교실을 나가기 전에 나오코를 향해 입술만 움직여 뭔가 전했었는데 그게 어떤 말인지 갑작스럽게 깨달은 것이다.

이따 보자……. 그는 그렇게 말했다. 틀림없다. 그 입의 움직임을 영화의 한 장면처럼 정확히 떠올릴 수 있었다.

이따 보자, 라는 건 무슨 말인가. 이따 서로 만날 일이 있다는 건가.

헤이스케는 가만있을 수 없었다. 뭔가에 쫓기듯이 발걸음이 역으로 향했다.

내가 지금 뭐하는 건가, 라고 내내 자문했다. 하지만 헤이스케는 발을 멈출 수 없었다. 문득 깨달았을 때, 그는 다시 학교로 돌아와 있었다. 교문 앞이었다.

해는 완전히 저물었다. 평소 같으면 학교 전체가 정적과 어둠에 감싸일 시간이다. 하지만 오늘은 다르다. 교정 안에 수많은 학생들이 남아 있었다. 어디선가 음악과 노랫소리가 들려왔다. 노래를 하는 건 음악 동아리인가.

헤이스케는 교문으로 들어갔다. 운동장에서 캠프파이어의 불길이 보였다. 그 주위를 둘러싸듯이 학생들이 있었다. 서기도 하고 앉기도 하고 자세는 제각각 다양하다.

한 귀퉁이에 단출한 무대가 만들어졌다. 거기서 여러 명의 밴드가 연주를 하고 있었다. 보컬은 여자다. 검은 에나멜 의상이 불빛을 반사했다. 어른스러워 보이지만 물론 이학교 학생일 것이다.

캠프파이어도 많이 바뀌었구나, 라고 헤이스케는 생각했다. 그는 포크댄스 같은 걸 상상했었다.

대략 둘러본 바로는 일반객의 모습은 없었다. 하지만 아무도 헤이스케 쪽에는 관심을 갖지 않았다. 어둡기도 하고 밴드의 연주에 집중하고 있기 때문이다.

헤이스케는 나오코를 찾아 초목을 헤치듯이 학생들 사이를 이동했다. 여학생은 어찌됐든 남학생 중에는 헤이스케보다 키가 큰 아이가 얼마든지 있었다. 그들 사이로 들어서자 주위가 전혀 보이지 않았다.

밴드의 노래 분위기가 바뀌었다. 그때까지는 발라드풍이었는데 업 템포의 음악이 터져 나왔다. 동시에 학생들도 큰 변화를 보였다.

앉아 있던 아이들이 일제히 일어나 폴짝폴짝 뛰면서 손뼉으로 박자를 맞추기 시작했다.

젊은 애들이 한꺼번에 움직이자 공기가 희박해지는 것 같았다. 헤이스케는 숨을 헐떡이며 그 틈에서 헤매고 있었다.

발이 뭔가에 닿았다. 누군가의 다리에 걸린 모양이다. 그는 무릎이 꺾이면서 맨땅에 두 손을 짚었다. 별수 없이 네 발로 기면서 이동했다. 무수한 발들이 리듬에 맞춰 바닥을 굴렀다. 날리는 흙먼지가 그의 얼굴에 훅훅 끼쳤다.

무대에서 멀어진 탓인지 그제야 아이들의 수가 줄어들었다. 캠프파이어 불길이 가까이에 보였다. 그는 몸을 일으켜 옷에 묻은 먼지를 떨어냈다. 그러고는 얼굴을 들었다.

그때 그의 시선이 나오코의 모습을 포착했다.

그녀는 불길에서 몇 미터 떨어진 곳에 서 있었다. 헤이스케 쪽에서는 옆얼굴이 보였다. 손뼉은 치지 않았지만 눈은 무대를 향하고 있었다.

그리고 그녀 옆에는 소마 하루키가 있었다. 두 사람의
간격이 채 1미터도 안 되었다.

순간 두 사람이 손을 맞잡은 것처럼 보였다. 하지만 그
렇게 봐서 그런 것뿐이었다. 나오코의 두 손은 몸 앞에 가
지런히 포개져 있다.

다른 학생들은 쉴 새 없이 폴짝폴짝 뛰는데 나오코와 소
마만은 미동조차 하지 않았다. 이 시간과 공간을 절절이
음미하는 것 같았다.

헤이스케는 꼼짝도 할 수 없었다. 목소리도 나오지 않
았다.

캠프파이어의 불길이 거세게 타올라 나오코와 소마의
얼굴을 빨갛게 비쳤다. 불길이 화르르 타오를 때마다 두
사람의 그림자도 흔들렸다.

33

12월의 두 번째 토요일, 헤이스케 앞으로 택배가 도착했다. 오사카의 닛폰바시라는 곳에서 온 것이다. 나오코는 학교에 가고 없었다. 테니스 연습도 있어서 저녁때까지는 돌아오지 않는다. 헤이스케는 1층 거실로 택배 박스를 들고 와 비닐테이프를 뜯고 뚜껑을 열었다. 안에서 상자 두 개가 나왔다. 한 개씩 열어 내용물을 확인했다.

하나는 카세트 레코더다. 크기는 손바닥에 얹힐 정도다. 일반적인 레코더와 다른 점은 음성 감응식이라는 점이다. 즉 소리가 들리면 자동으로 녹음이 시작되고 소리가 멈추면 녹음도 스톱 상태가 된다. 회의나 강연 내용을 녹음할 경우에도 빈 녹음은 없게 되는 것이다.

하지만 물론 헤이스케는 그런 것을 녹음하기 위해 이 기기를 주문한 게 아니다.

또 하나의 상자에는 성냥갑 정도 크기의 부품이 들어 있었다. 전자식 텔레폰 피크라는 것이다. 작은 코드가 연결되고 그 끝에는 삽입 잭이 달렸다. 전화용 코드와 두 갈래 플러그가 부속품으로 들어 있었다.

헤이스케는 각각의 취급설명서를 읽으면서 우선 집 전화용 모듈러 플러그를 찾아보았다. 그것은 거실장 옆의 벽에 있었다. 앞에 헌 신문지가 쌓여 있어서 일단 그것부터 치워야 했다. 모듈러 플러그에는 전화기 코드가 꽂혀 있다. 그것을 뽑아내고 대신 두 갈래 플러그를 달았다. 그러고는 두 갈래의 한쪽에 다시 전화기 코드를 꽂았다. 나아가 두 갈래의 다른 한쪽 플러그에는 부속품으로 온 전화용 코드를 꽂는다.

이어서 카세트 레코더에 건전지와 테이프를 세팅했다. 그리고 레코더의 마이크용 잭에 전자식 텔레폰 피크를 접속했다. 그 텔레폰 피크에 방금 설치한 전화용 코드의 한쪽 끝을 연결한다. 그것으로 드디어 작업이 끝났다.

헤이스케는 수화기를 들고 시험 삼아 177 버튼을 눌러보았다. 날씨예보 안내방송이 시작되었다.

"기상청 발표 12월 10일 오후 1시 현재의 기상정보를 알려드립니다. 현재 도쿄 지역에 내려진 주의보와 경보는 없습니다……."

음성 감응식 카세트 레코더가 정상으로 작동하는 것을 확인하고 그는 수화기를 내려놓았다. 되감기를 한 뒤에 재생 버튼을 눌렀다. 방금 들은 안내방송이 그대로 스피커를 통해 들려왔다. 그는 고개를 끄덕이고 테이프를 처음으로 되감았다.

거실장을 살짝 앞으로 빼내고 벽과의 틈새에 레코더와 텔레폰 피크를 밀어 넣었다. 그리고 그 틈새가 보이지 않게 헌 신문지를 앞에 쌓았다. 헌 신문지를 처리하는 것은 헤이스케의 일이다. 나오코가 손을 댈 일은 없다.

그는 빈 제품 상자와 택배 박스를 처리했다. 이런 걸 들켰다가는 죽도 밥도 안 된다.

비열한 짓이라는 자각은 있었다. 하지만 헤이스케는 잡지책에서 이 전화 도청 세트를 발견했을 때, 주문하지 않고는 배길 수가 없었다. 과장해서 말하자면 이 기기가 나를 구원해줄 것이라는 생각까지 했다.

나오코가 밖에서 뭘 하는지, 어떤 사람들을 만나는지, 어떤 이야기를 하는지, 궁금해서 견딜 수가 없었다. 헤이스케와 함께 있을 때의 나오코는 그가 잘 아는 지금까지의 그녀와 전혀 다른 점이 없다. 하지만 그건 그야말로 그녀의 일면에 지나지 않는다는 것을 요즘 들어 그는 깨닫기 시작했다.

생각해보면 당연한 일이었다. 그녀가 헤이스케에게 내보이는 얼굴은 단지 그에게만 통용되는 것이다. 집에서 한 걸음만 나가면 그녀는 스기타 모나미로서 살아가지 않으면 안 된다.

바깥에서의 그 얼굴에 대해 지금까지 헤이스케는 별로 알려고 한 적이 없었다. 모나미인 척하면서 살아가더라도 그녀의 본질은 나오코이고, 나오코는 언제까지나 내 아내라는 믿음이 있었기 때문이다.

그런데 그 믿음이 휘청거리고 있었다. 아니, 믿음 같은 건 완전히 사라졌다고 해도 무방하다. 헤이스케는 그녀를 잃을까 봐 두려웠다. 그럴 가능성이 감지되었기 때문에 두려운 것이다.

잘게 찢은 빈 상자와 박스를 신문지로 감싸 쓰레기통에 버렸을 때, 현관 앞에서 소리가 들렸다. 우편함에 뭔가 넣는 소리였다. 헤이스케는 곧장 현관으로 향했다.

배달된 우편물은 세 통이었다. 헤이스케에게 온 디렉트 메일*과 신용카드 명세서, 그리고 다른 하나는 스기타 모나미 앞으로 온 편지였다.

모나미에게 온 편지봉투의 뒷면을 보았다. 예전에 그녀가 다녔던 초등학교 이름과 '제55기 동창회 간사'라는 글자가 길게 적혀 있었다. 초등학교 동창회를 하는 모양이다. 이건 그 안내장일 터였다.

헤이스케는 거실로 돌아와 우편물을 테이블에 내려놓았다. 그리고 텔레비전을 켰다.

---

* 상품을 홍보하기 위해 특정 고객에게 우편으로 보내는 광고 전단지나 편지 등의 인쇄물.

하지만 모나미에게 온 편지에 자꾸 신경이 쓰였다. 정말로 동창회 안내장일까. 아니, 똑같은 동창회라도 전체 모임이 아니라 친한 친구들 몇몇의 사적인 모임인지도 모른다.

그는 봉투에 적힌 글씨를 지그시 들여다보았다. 이건 명백히 남자 글씨다.

동창회라는 이름을 빌려 혹시 고등학교 남학생이 미팅을 계획한 건 아닐까, 라는 생각이 퍼뜩 들었다. 초등학교 시절의 기억을 되살리거나 아니면 졸업 앨범을 뒤적여 얼굴 예쁜 여고생으로 변신했을 만한 여학생을 점찍어 한 명 한 명에게 이런 편지를 보냈는지도 모른다. 머릿속에 오로지 성에 대한 것밖에 없는 음흉한 고교생이 생각해낼 만한 짓이 아닌가.

일단 그런 상상이 발동하자 헤이스케는 다른 건 전혀 생각할 수 없었다. 그는 주방으로 가서 주전자에 물을 끓이기 시작했다.

미친 거 아닌가, 라고 스스로도 생각했다. 하지만 마음을 억누를 수 없었다.

주전자 꼭지에서 김이 피어올랐다. 헤이스케는 봉투를 가져와 풀로 붙인 곳을 김이 나는 꼭지에 댔다. 금세 종이가 눅눅해졌다.

풀이 충분히 녹자 손톱 끝으로 신중하게 봉투 끝을 벗겼다. 잠시 뒤, 봉투가 완전히 열렸다.

안에는 착착 접은 종이 두 장이 들어 있었다. B5 사이즈의 복사용지였다. 한 장은 지도 복사본으로 어딘가의 회관으로 가는 길이 표시되었다. 또 한 장은 역시 동창회 안내장이었다. 하지만 헤이스케가 상상했던 불순한 것이 아니라 55기 전체 동창회였다. 은사님도 몇 분 참석하신다는 내용이 적혀 있었다.

이거라면 별 문제 없지, 라고 생각하며 헤이스케는 종이를 봉투에 넣었다. 그리고 다시 주전자 꼭지에 대고 풀을 녹여 딱 붙였다.

나오코에게 온 편지를 몰래 뜯어본 것은 이번이 처음이 아니다. 그 전에도 두 번, 오늘과 똑같은 짓을 했다. 평일에도 나오코의 귀가가 늦어질 때는 헤이스케가 우편물을 꺼내오기 때문이다.

맨 처음 뜯어본 편지는 나오코의 중학교 때 친구가 보내준 것이었다. 여학생이었다. 내용도 딱히 문제가 없었다. 고등학교는 서로 달라졌지만 보고 싶다, 건강하게 잘 지내라, 라는 정도의 것이었다.

그 편지도 보낸 사람이 여학생이라는 건 봉투만 보고도 알 수 있었다. 하지만 헤이스케는 그 봉투에서 수상쩍은 분위기를 감지해버렸다. 예쁜 봉투, 여학생이 쓴 듯한 글씨, 너무도 완벽한 것이 오히려 작위적으로 느껴졌다. 혹시 남자 아닐까. 저 소마 하루키가 보낸 편지가 아닐까. 냉정하게 생각해보면 그럴 리가 없었지만 헤이스케는 유독 나오코의 일에는 그 냉정함이 어디론가 사라져버렸다.

그 결과, 또다시 봉투를 뜯어보고 말았다. 그리고 자신의 상상이 완전히 헛된 망상에 지나지 않았다는 것을 확인했다. 자기혐오감이 몰려왔다. 하지만 그보다는 안도감이 더 컸다.

두 번째로 편지를 뜯었을 때는 더욱더 어이가 없었다. 그건 백과사전 광고 전단지가 담긴 디렉트 메일이었던 것이다. 어떻게든 고객의 관심을 끌어보려고 봉투를 개인 편지처럼 꾸며서 보낸 것이었다. 보내는 사람 칸에는 출판사 사장의 이름이 손 글씨체로 인쇄되었다. 물론 출판사 이름도 옆에 적혀 있었다. 그런데도 헤이스케는 남자 이름이라는 것에만 신경을 쓰는 바람에 머리에 바짝 열이 오른 상태에서 봉투를 뜯고 말았다. 컬러사진을 잔뜩 넣은 백과사전 광고 전단지를 본 순간에는 스스로도 어처구니가 없어서 깊은 자조감에 빠졌다.

그리고 세 번째가 이번 동창회 안내장이었다.

죄책감은 있었다. 하지만 나오코에 관한 어떤 문서든 봉인된 상태인 것을 견디기가 힘들었다. 내용을 확인하고 안도하는 방법을 알아버린 탓에 더욱더 참을 수가 없었다. 일종의 마약 같은 것이었다.

그 중독증상은 편지에만 그치지 않았다.

실은 나오코가 집에 없는 사이에 몇 번이나 그녀의 방에 올라갔다. 책상 서랍 안을 살펴보고 책장에 꽂힌 파일이며 노트도 일일이 펼쳐보았다. 이유는 편지를 훔쳐본 것과 똑같다. 그녀에 관한 것은 뭐든 알아둬야 마음이 놓인다는 것 때문이었다.

혹시 나오코가 일기를 쓰는지도 모른다, 라고 퍼뜩 생각났던 게 그 계기였다. 헤이스케의 머릿속에는 여고생이란 으레 일기를 쓴다는 선입견이 있었다. 일단 그런 생각이 들자 더 이상 가만있을 수 없었다. 결국 있는지 없는지도 모르는 일기를 찾기 위해 온 방을 뒤졌다.

일기는 찾지 못했지만 헤이스케는 나오코의 방 어디에 무엇이 있는지 완벽하게 파악하기에 이르렀다. 주소록은 남김없이 베껴놓고 달력에 적힌 일정도 헤이스케의 수첩에 옮겨 적었다. 그녀의 다음 생리 예정일이 언제인지, 생리대를 어디에 두는지도 그는 알고 있었다.

하지만 그래도 불안은 해소되지 않았다. 그를 괴롭히는 최대의 고민은 역시 전화였다.

전화는 매번 늦어도 9시 반 전에 걸려왔다. 그리고 10시 전에는 끊겼다. 분명 소마 하루키의 전화다. 그는 밤늦게 전화한 것에 대해서는 사과했지만, 전화하는 것 자체는 잘못이 아니라고 생각하는 모양이었다.

게다가 더더욱 마음에 걸리는 것이 있었다. 아무래도 나오코 쪽에서도 전화를 하는 것 같았기 때문이다. 다달이 나오는 전화요금을 상세히 따져본 끝에 밝혀진 일이다.

그래서 그는 전화가 오지 않는 날에도 최대한 전화기를 체크하기로 했다. 그녀가 전화하는 경우에도 '무선 사용 중' 램프가 깜빡거릴 것이기 때문이다. 그런데 아직까지는 전화가 걸려왔을 때 외에는 그 램프 불빛을 목격한 적이 없다. 그러면 나오코 쪽에서는 전화를 하지 않았다는 것인가. 하지만 그렇다면 전화요금과의 모순이 해명되지 않는다. 헤이스케는 어딘가에 전화하는 일이 거의 없는 것이다.

상정해볼 수 있는 경우는, 헤이스케가 집에 없는 사이에 나오코가 전화를 한다는 것이었다. 그가 잔업으로 귀가가 늦어질 때, 휴일 근무 때, 이발소에 갔을 때 등이다. 그리고 또 하나, 헤이스케가 집에 있더라도 들키지 않고 전화가 가능한 시간대가 있었다. 그가 목욕을 하는 동안이다. 뜨거운 욕조 물을 좋아하는 헤이스케는 최소한 30, 40분은 욕실에서 나오지 않는다. 그 시간이라면 마음 놓고 통화할 수 있다.

그걸 알아채고 그는 장시간 목욕하는 습관을 끊었다. 샤워만 하고 제대로 몸을 담그지도 않은 채 얼른 나와버린다.

하지만 그걸로는 문제가 해결되지 않는다. 그를 괴롭히는 것은 그녀가 전화를 한다는 것 자체가 아니었다. 그들 사이에 어떤 대화가 오고가는지 알지 못하기 때문에 불안으로 가슴이 답답한 것이다.

전화 도청 세트의 광고를 본 순간, 이제 나는 살았다, 라고 생각한 배경에는 그런 속사정이 있었다.

헤이스케는 시계를 확인했다. 오후 4시 반, 이제 슬슬 테니스부 연습이 끝날 시간이다.

오늘은 날씨가 제법 쌀쌀하니까 '유킨코'에 갔겠네…….

삿포로 라면집 '유킨코'를 그는 머릿속에 떠올렸다. 나오코의 학교 근처에 있는 식당이다. 그녀가 그곳에 자주 간다는 것을 헤이스케는 그녀의 방 쓰레기통에 버려진 영수증을 보고 알았다. '유킨코' 외에 오코노미야키의 '아지후쿠', 카페 '쿠루루' 등의 영수증도 눈에 띄었다. 그밖에도 드나드는 가게들이 더 있겠지만, 고등학생 상대로는 영수증을 발행하지 않는 곳이 많다.

만일 '유킨코'에 갔다면 분명 차슈 된장라면을 먹겠구나…….

그게 나오코가 좋아하는 메뉴고 가격은 660엔이라는 것도 그는 알고 있었다.

34

　욕조에 느긋하게 들어앉아 콧노래도 한 곡 부른 뒤에 밖으로 나왔다. 꽉 짠 수건으로 대충 닦고 욕실을 나와 큼직한 목욕수건으로 다시 머리와 몸의 물기를 꼼꼼하게 훔쳐냈다. 헤어토닉을 바르고 드라이기로 머리를 말리고 파자마를 입고 드디어 탈의실을 나섰다. 거실로 돌아와 시계를 확인했다. 목욕하는 데 약 45분을 썼다.

　전화를 보니 '무선 사용 중' 램프는 꺼져 있었다. 하지만 거실장 뒤에 감춰둔 레코더에서 테이프를 꺼내보니 역시 녹음된 것이 있었다. 분명 헤이스케가 욕실에서 나오는 소리를 듣고 전화를 끊은 것이다. 욕실 문을 열고 닫는 소리가 의외로 크다는 것을 그는 최근에야 알았다. 바로 옆에 계단이 있어서 전성관(傳聲管) 원리에 따라 2층에도 잘 들리는 것이다.

　헤이스케는 테이프를 들고 2층으로 갔다. 당연한 일이

지만 나오코 방에서 말소리는 들리지 않았다. 통화를 끝내고 지금 책상 앞에서 공부하는 중일 것이다.

그는 안방으로 들어가 책장에 올려둔 워크맨을 꺼냈다. 뚜껑을 열고 녹음테이프를 넣었다. 이어폰을 귀에 꽂으면서 테이프를 되감았다.

이 테이프를 듣는 것이 하루의 즐거움이 되었다. 도청을 시작한 지 일주일째다. 나오코가 전화로 누구누구와 어떤 대화를 나누는지, 차츰 윤곽이 잡혔다.

우선 안도한 것이 있었다. 지난 일주일 동안만 말하자면 소마 하루키의 전화는 한 번도 없었다. 나오코 쪽에서 그에게 전화한 적도 없다. 가장 자주 전화한 사람은 가사하라 유리에라는 같은 반 여학생이다. 아마도 나오코와 가장 친한 친구인 모양이었다. 나오코가 전화한 상대도 대부분 그 여학생이었다.

반 친구와 전화하면서 굳이 내가 목욕 중일 때를 노릴 게 뭐야, 라고 헤이스케는 툴툴거렸지만 실은 그게 나오코의 배려라는 것도 알았다. 헤이스케가 쓸데없이 걱정할까 봐 일부러 그때까지 기다렸다가 통화한 것이다.

나오코와 유리에의 대화는 남이 듣기에도 재미있었다. 유리에가 선생님이나 남학생들에 대해 험담을 하고 나오코는 깔깔거리며 들어주는 패턴이 대부분이었지만, 신랄하기 짝이 없는 유리에의 험담은 재치가 넘쳐서 듣다 보면

음울해지기보다 오히려 통쾌한 느낌이 들었다.

두 사람의 대화에는 학교 정보도 들어 있었다. 덕분에 헤이스케는 스가하라라는 교무부장이 가학적일 만큼 교칙 엄수를 강조하면서도 자기 마음에 든 어느 반 여학생에게는 묘하게 너그럽고 살갑게 대한다는 것, 모리오카라는 남학생은 다른 학교 여학생을 임신시켰다는 소문이 돈다는 것 등을 알게 되었다. 해마다 도쿄대 합격률 상위를 차지하는 명문 고등학교라도 그 내부에 다양한 문제를 떠안고 있다는 것을 재인식했다.

테이프의 재생 버튼을 눌렀다. 오늘은 어떤 얘기를 들을지, 기대가 부풀었다.

"……네, 스기타 모나미입니다."

우선 나오코의 목소리다. 전화를 받는 말투니까 상대 쪽에서 건 것이다.

"응, 나야. 소마."

후끈 열이 뻗쳤다. 마침내 놈에게서 전화가 왔다. 여태까지 전혀 전화를 안 했던 건 아닌 모양이다.

"안녕?"

"지금 통화, 괜찮아?"

"응, 괜찮아. 아빠 목욕하는 중."

"모나미 말이 딱 맞네. 엄청 정확하다."

"응, 완전히 습관이 됐어. 아빠는 의식을 못 하는지도 모르지만."

"습관이라니, 정확히 9시 반에 목욕하는 거?"

"그게 프로야구 시즌 때는 보통 9시 반까지 야간경기 중계를 하잖아. 원래는 9시까지인데 30분 연장해서. 항상 그 방송 끝나고 목욕을 하니까 그런 습관이 몸에 밴 거 같아."

"그렇구나. 재미있네."

그러고 보니 그런가, 라고 헤이스케는 생각했다. 분명 목욕은 항상 9시 반이다. 나오코가 지적한 것처럼 야간경기 중계가 끝나자마자 욕실로 직행한다. 그게 프로야구 시즌이 끝난 뒤에도 이어졌다는 건 전혀 의식하지 못했다.

게다가 얘기를 들어보니, 나오코는 전화할 거면 9시 반쯤에 하라고 미리 소마에게 알려준 모양이다.

둘의 통화는 테니스부 얘기로 옮겨갔다. 거의 매일 테니스부에서 만나면서 굳이 또 전화로 이런 시시한 얘기를 하는가, 하고 헤이스케는 영 못마땅했다.

나오코가 선배인 소마에게 존댓말을 쓰지 않는 것도 비위에 거슬렸다. 어느새 이렇게 친해졌는가, 라는 생각에 가슴이 부글부글 끓었다.

"아참, 그거 생각해봤어?"

소마가 문득 목소리 톤을 낮추며 물었다.

"크리스마스이브 얘기?"

"응."

"생각해보긴 했는데……."

나오코가 말끝을 흐렸다. 헤이스케는 이어폰을 끼지 않은 쪽 귀를 꾹 막았다. 한 마디도 놓치면 안 될 대화라고 직감했기 때문이다. 크리스마스이브 날이 뭐가 어떻다는 것인가.

"다른 약속 있어?"

"그런 건 아니고."

"그럼 만나자. 여태까지 데이트 신청 한 번도 안 받아줬잖아. 크리스마스이브 때쯤은 내 부탁을 들어줘야지."

아무래도 크리스마스이브에 데이트를 하자고 조른 모양이다. 헤이스케의 머리에 피가 솟구쳤다. 건방진 놈, 고등학생 주제에. 심장이 급하게 뛰었다.

"학교에서 매일 만나는데 뭘."

그렇지, 그거면 충분하잖아. 헤이스케는 마음속으로 중얼거렸다.

"나, 싫어?"

"그런 문제가 아니잖아. 내가 전부터 얘기했지, 집을 비우기가 힘들다고."

싫다고 분명하게 거절하면 되는데 웬 딴소리인가, 라고 헤이스케는 생각했다.

"그건 나도 알아. 모나미가 집안일 때문에 외출이 힘들다는 거. 근데 아무리 그래도 하루쯤은 빠질 수 있잖아?

모나미도 자신의 시간을 즐길 권리가 있어."

헤이스케는 주먹을 부르쥐었다. 어린 녀석이 건방진 소리를. 지가 뭘 안다고.

"다들 우리가 사귀는 줄 알아. 가끔 물어보더라고. 데이트하러 어디로 가냐, 둘이 뭐하면서 노냐. 아직 데이트한 적이 없다고 하면 다들 이상한 얼굴로 쳐다봐. 그럴 때마다 내가 얼마나 비참한지 알아?"

그래, 이 녀석, 실컷 비참해져라.

"글쎄 그러니까." 나오코가 말했다. "다른 여학생 사귀라고 내가 전부터 말했잖아."

"또 그 얘기야? 그렇게 이쪽 안 되면 저쪽, 이라는 식으로 바꿀 수 있는 문제야? 난 진짜 진지하게 모나미를 생각하고 있단 말이야."

나오코가 입을 꾹 다물었다. 그 침묵에 헤이스케는 분통이 터졌다. 젊은 아이의 말에 나오코의 마음이 흔들리는 것 같았기 때문이다.

"크리스마스이브에 뭐할지 벌써 계획 다 짰어. 어디에 갈지 어디서 식사할지, 다 정했다고. 예약을 해야 하잖아."

"아니, 곤란한데……."

"난 끝까지 포기 안 해. 그러니까 모나미도 조금만 더 생각해봐. 긍정적으로."

"안 되는데……."

왜 딱 잘라 거절하지 않는가. 헤이스케는 으드득 이가 갈렸다. 앞으로 절대 전화하지 말라고 한 마디 해버리면 다 해결될 일 아닌가.

"아참, 아까 텔레비전 보는데 진짜 신기한 동물이 나와서……."

어색한 상태로 전화를 끊고 싶지 않았는지 소마 쪽에서 화제를 바꿨다. 나오코도 거기에 맞춰주며 웃고 있었다. 그런 대화가 몇 분 이어진 뒤, "아빠 욕실에서 나온 것 같아"라는 나오코의 말과 함께 통화 녹음은 끊겼다.

크리스마스이브까지 일주일 동안 헤이스케는 일이 손에 잡히지 않았다. 회사에 있어도 업무에 집중할 수 없었다. 다행히 연말이라 회사 전체가 일을 마무리하는 분위기였다. 그러지 않았다면 건성으로 일하다가 상사 고사카에게 된통 잔소리를 들었을지도 모른다.

그의 머릿속을 점거한 것은 단 한 가지, 나오코는 어떻게 할 생각인가, 라는 것이었다. 그날 밤 이후로 소마 하루키에게서 전화가 온 적은 없었다. 그래서 두 사람이 어떤 결론을 내렸는지 그는 알지 못했다. 어쩌면 학교에서 둘이 얘기했을 수도 있지만, 분명 그렇지는 않을 거라고 헤이스케는 추측했다. 테니스부 연습 중에는 서로 사적인 대화를 나누기 어렵다는 것을 전화를 도청하면서 알았던 것이다.

그것을 반증하듯이 나오코도 그 일주일 동안 뭔가 이상했다. 멍해져 있거나 말을 건네도 대답하지 않는 일이 많았다. 아마도 소마의 부탁을 어떻게 처리할지 고민하고 있는 것이리라.

그녀의 마음속에는 이전의 나오코 부분과 열다섯 살의 모나미 부분이 미묘하게 혼재되어 있는 것이라고 헤이스케는 짐작했다. 어른인 부분은 현실을 파악하고 자신이 해야 할 일을 냉정히 판단할 줄 안다. 그런데 여고생인 부분은 다른 평범한 소녀들과 마찬가지로 지극히 불안정한 정신밖에 갖고 있지 못한 것이다. 그런 격차가 그녀를 망설이게 하는 게 틀림없었다.

마침내 크리스마스이브가 다음 날로 다가온 12월 23일, 소마에게서 전화가 왔다. 매번 하던 대로 헤이스케는 두 사람의 대화를 침실에서 워크맨으로 들었다.

"내일 4시에 신주쿠 기노쿠니야 서점 앞이야. 알았지?"

소마의 목소리에는 절박한 여운이 있었다. 강한 압력으로 느껴질 만한 절박함이다.

"아, 잠깐만. 나, 역시 못 나갈 것 같아."

"왜? 아빠 허락이 필요하다면 내가 직접 가서 말씀드릴게."

"그래봤자 안 된다니까."

"왜 미리 안 된대? 해보지도 않고."

"아무튼 내일은 안 돼."

"다른 볼일이 있는 건 아니잖아."

"아니, 볼일이 있어. 집을 비울 수 없다니까? 미안해."

"거짓말. 모나미는 거짓말을 하고 있어. 나를 속이려고 해도 소용없어."

나오코가 말문이 막힌 듯 침묵했다. 그런 점이 다시금 헤이스케의 신경을 거슬렀다.

"아무튼 난 기다릴 거야. 4시에 기노쿠니야 서점 앞에서 기다릴게. 나오고 싶지 않으면 안 와도 돼. 어쨌든 나는 기다릴 거니까."

"그렇게 말하면 내가 너무 힘들잖아."

"힘든 건 나야. 모나미가 어떤 마음인지 진짜 모르겠어. 그래서 생각하는 건 관두고 그냥 내가 하고 싶은 대로 하기로 했어."

"난 못 나가니까 그렇게 알아."

"그래도 좋아. 어쨌든 난 기다릴 거니까. 4시야, 알았지?"

나오코에게 대답할 틈도 주지 않고 소마는 전화를 끊었다. 어쩌면 그 뒤에 나오코 쪽에서 다시 전화를 했는지도 모른다는 생각에 헤이스케는 테이프를 계속 재생해봤지만 더 이상 녹음된 것은 없었다.

헤이스케는 워크맨을 제자리에 올려놓고 안방을 나왔다. 잠시 망설이다가 나오코 방 문을 노크했다. 네, 라는 대답이 들려왔다. 그렇게 생각해서 그런지 우울한 목소리로 들렸다.

들어간다, 라고 말하고 그는 문을 열었다.

나오코는 책상을 마주하고 있었다. 일단 노트와 참고서는 펼쳐져 있다. 그렇다고 꼭 공부 중이었다고는 할 수 없다.

"아직도 공부해? 아래층에서 잠깐 차라도 마실래?"

"응······. 아니, 괜찮아. 근데 웬일이야, 이런 시간에?"

"그냥 어쩐지 차 한잔하고 싶어서."

"전자레인지 위에 바움쿠헨 있어. 선물 받은 건데, 출출하면 그거 먹든지."

"그럼 그럴까." 헤이스케는 복도로 나오려다가 다시 몸을 돌렸다. "내일이 크리스마스이브지?"

"응." 나오코는 이미 책상 쪽을 향하고 있었다.

"약속 잡힌 거 있어?"

"특별한 건 없는데······."

"그래? 그러면 저녁때 맛있는 거라도 먹으러 나갈까?"

"내일은 어디든 사람들로 붐빌 거야. 크리스마스이브에 토요일이잖아."

"그러면 초밥이라도 배달시켜서 먹자. 우리식 크리스마스로." 그렇게 말하고 그는 복도로 나섰다. 그러자 나오코가 "아, 잠깐"이라고 불러 세웠다.

"왜?"

"나, 내일, 어쩌면 나가야 할지도 몰라." 머뭇머뭇 나오코는 말했다.

"어디 가는데?" 헤이스케는 뺨이 뻣뻣해지는 것을 느꼈다.

"친구가 쇼핑하자고 했거든. 아직 확실하게 약속한 건 아닌데……."

"흠."

헤이스케는 나오코가 어떤 생각을 하는지 짐작할 수 있었다. 아마 그녀도 어떻게 해야 할지 아직 결정을 내리지 못했을 것이다. 그래서 만일의 경우에는 나갈 수 있게 포석을 깔아두려는 것이다.

"나가면 늦게 들어와?"

"그렇진 않을 거야. 금방…… 한두 시간쯤에 끝내려고."

"알았어." 헤이스케는 고개를 끄덕이고 방을 나왔다.

한두 시간이라는 말을 듣고 헤이스케는 조금 마음이 놓였다. 일단 약속장소에 나가더라도 어디선가 잠깐 얘기만 하고 돌아올 생각인 것이다.

그래도 그날 밤 헤이스케는 좀체 잠이 오지 않았다. 나오코를 그대로 소마와의 약속 장소에 보내는 건 중대한 리스크가 따르는 일인지도 모른다. 그녀의 마음속 깊은 곳에 봉인된 뭔가가 갑작스럽게 표면으로 튀어나올지 모른다는 예감이 든 것이다.

좀체 잠이 오지 않았다, 라는 건 적절한 표현이 아니다.

헤이스케는 거의 뜬눈으로 크리스마스이브 날 아침을 맞이했다.

　오늘 데이트를 약속한 커플들을 축복하듯이 하늘은 아침부터 파랗게 개었다. 좁은 마당에 햇빛이 비치는 것을 바라보며 헤이스케는 나오코가 차려준 볶음밥을 먹었다. 점심을 겸한 늦은 아침식사였다. 밤새 잠이 안 오더니 날이 훤히 밝은 다음에야 꾸벅꾸벅 졸다가 결국 10시 넘어서 잠자리를 나왔다.

　"오늘은 창고 정리를 해야겠어." 식후의 차를 마시면서 헤이스케는 말했다. "쓸데없는 물건이 상당히 쌓였잖아. 쓰레기 버리는 날이 올해는 한 번밖에 안 남았지? 오늘 중으로 정리해두는 게 좋겠다."

　"하지만 창고에 있는 건 대부분 대형쓰레기야. 그건 일반쓰레기 버리는 날에 내놓으면 안 돼."

　"그런 건 상관없어. 지금 정리해두면 다음에 버릴 때 편하잖아."

　"바로 버리지도 못하는데 미리 꺼내놓으면 보기 싫지, 이제 곧 설날인데. 연말이라고 꼭 대청소를 할 필요는 없어." 나오코는 헤이스케의 빈 찻잔을 다시 채워주면서 말했다.

　"그런가?" 차를 훌훌 마셨다. 헤이스케도 꼭 오늘 청소를 하고 싶은 건 아니다. 나오코를 집에 붙잡아둘 핑곗거리가 필요했을 뿐이다.

창고 얘기를 하다 보니 머리에 번쩍 떠오르는 게 있었다.

"그건 어디에 뒀어? 트리, 크리스마스트리, 모나미 어릴 때 사준 거 있었잖아."

"아, 그거? 글쎄, 붙박이장 안에 있지 않나?"

"여기?" 말을 하면서 헤이스케는 자리에서 일어나 붙박이장 문을 열었다.

"뭐해? 그런 거, 괜히 꺼낼 필요 없어."

"왜 그래, 크리스마스인데 멋있게 꾸며놓으면 좋지."

붙박이장 안에는 박스며 의류함, 종이봉투 등이 어지럽게 쌓여 있었다. 헤이스케는 그걸 앞에서부터 차례차례 꺼냈다. 나오코는 미간을 찌푸린 채 그가 하는 짓을 지그시 보고 있었다.

안쪽에서 좁고 긴 박스가 나왔다. 반짝거리는 종이가 위로 삐져나와 있었다.

"찾았다!" 헤이스케는 상자를 열었다. 모형 전나무와 장식 전구 등이 들어 있었다.

"그거, 진짜 만들려고?"

"만들어야지. 왜, 안 돼?"

"아니, 안 될 건 없지만……."

그때 나오코가 시계를 슬쩍 보는 것을 헤이스케는 놓치

지 않았다. 낮 12시를 막 지난 참이었다.

한 시간쯤 걸려서 헤이스케는 트리 조립을 끝냈다. 번쩍 들어 거실장 위에 올려놓았다.

"오, 제법 크리스마스 분위기가 나는데?"

"그러네." 주방에서 설거지를 하던 나오코가 흘끗 돌아보며 말했다.

"우리, 잠깐 외출할까?"

헤이스케의 말에 그녀는 움찔한 듯 등을 꼿꼿이 폈다.

"외출이라니, 어디?"

"쇼핑하러 가자. 요즘 새 옷도 못 샀잖아. 내가 사줄게, 크리스마스 선물로. 나간 김에 케이크도 사오고. 크리스마스트리도 만들었겠다, 그럴싸하게 기분 내보는 것도 좋잖아."

하지만 나오코는 곧장 대답하지 않았다. 선 채로 싱크대 안을 멍하니 보고 있었다. 이윽고 천천히 몸을 돌리더니 거실로 나왔다.

"내가 어제 말했었지? 나, 오늘 잠깐 나가봐야 해."

"그거, 확실하게 정해진 거 아니라고 했잖아. 친구한테서 연락도 안 온 것 같고."

"내가 연락하기로 했던 거야. 그래서 지금 전화하려고."

"그럼 못 간다고 해."

"그래도 친구가 기다릴 것 같아."

"함께 쇼핑하는 것뿐이잖아. 못 간다고 하면 다른 친구하고 가겠지."

"그래도……. 아무튼 전화해볼게." 나오코는 거실을 나섰다. 2층 전화를 쓸 모양이다.

"전화, 여기서 해도 돼." 헤이스케가 말했지만 나오코는 계단을 뛰어올라갔다. 그의 목소리가 들리지 않았을 리 없는데도.

그는 거실장 위의 전화기를 노려보았다. '무선 사용 중' 램프가 깜빡거렸다. 실제로 어딘가에 전화를 한 모양이다. 소마의 집에 걸었는지도 모른다.

전화는 몇 분 만에 끝났다. 곧바로 나오코가 내려왔다.

"역시 가봐야겠어. 쇼핑 금방 끝날 테니까 잠깐 다녀올게."

"누군데, 그 친구가?"

"유리에, 가사하라 유리에야."

"어디로 가지?"

"신주쿠. 3시에 만나기로 약속했어."

"3시?"

"응. 그래서 지금 나갈 준비해야 돼." 나오코는 다시 2층으로 올라갔다.

헤이스케는 고개를 갸우뚱했다. 어제 전화 통화 때, 소마는 4시에 신주쿠 기노쿠니야 서점 앞이라고 했었다. 그렇다면 방금 소마에게 전화해서 시간을 변경한 것인가.

방금 그 전화도 녹음이 됐을 터였다. 헤이스케는 당장 듣고 싶은 충동에 휩싸였다. 하지만 레코더를 꺼내다가 혹시라도 나오코에게 들키면 큰일이다.

나오코는 2시쯤 집을 나갔다. 빨간 스웨터에 검은색 후드 달린 코트를 걸쳤다. 살짝 화장도 하고 있었다.

그녀가 나가고 잠시 틈을 두었다가 헤이스케는 레코더를 꺼냈다. 즉시 테이프를 되감아 재생 버튼을 눌렀다.

"여보세요."

"아, 유리에? 나야, 모나미."

"웬일이야, 이런 시간에?"

"실은 부탁할 게 좀 있어서."

"뭔데? 무슨 곤란한 일이라도 있어?"

"곤란하다고 할까, 지금부터 곤란해질 예정이랄까."

"엉? 뭔 말이래?"

"실은 내가 지금 어디 좀 가봐야 하는데, 너하고 함께 쇼핑하러 간 것으로 해줘."

"오호라, 알리바이구나?"

"미안해. 아빠가 유리에한테 전화해서 확인까지는 안 하겠지만, 그래도 혹시 몰라서."

"알았어. 오늘 나는 전화 안 받도록 할게. 아, 엄마한테도 모나미네 아빠가 전화하면 적당히 둘러대라고 미리 애

403

기해야겠다. 우리 엄마가 그런 점에서는 꽤 융통성이 있거
든."

"미안해, 이런 부탁을 해서."

"아이, 다음에 한턱 쏘면 되지. 그보다, 잘해봐."

"잘하긴 뭘?"

"시치미 떼기는. 크리스마스이브에 알리바이 공작이라
면 뻔한 거 아니야? 아, 이런 날에 친구 부탁이나 들어주
어야 하는 난 너무 비참해."

"진짜 미안, 미안."

"미안해하실 거 없네요. 그보다 괜히 꾸물대다가 데이트
에 늦을라."

"응, 그래, 다음에 보자."

전화는 거기서 끊겼다.

나오코는 이번 외출에 대해 헤이스케가 의심할 거라고
예상하고 있었다. 그런데도 외출을 감행했다. 소마를 만나
고 싶었기 때문인지 아니면 언제까지고 기다리겠다는 그
의 말이 걱정스러웠기 때문인지, 헤이스케는 알지 못한다.
확실한 건 오늘만은 그녀의 마음속에서 헤이스케보다 소
마가 더 큰 비중을 차지했다는 것이다.

헤이스케는 책상다리를 틀고 앉아 팔짱을 꼈다. 눈은 시
계로 향했다.

불길한 예감이 그의 마음을 슬금슬금 파먹고 들어왔다.

나오코를 잃을지도 모른다는 공포감이 거대한 그림자가 덮치듯이 그를 휘감았다.

한 시간쯤을 헤이스케는 그러고 앉아 있었다. 난로도 켜지 않았지만 전혀 춥지 않았다. 오히려 이마에 땀이 났다.

그는 자리에서 일어섰다. 계단을 성큼성큼 뛰어올라가 안방에서 급히 외출복으로 갈아입었다.

3시 50분에 신주쿠역에 도착했다. 헤이스케는 총총걸음으로 기노쿠니야 서점으로 향했다. 아직 4시는 안 됐지만 자칫하면 놓칠지 모른다. 두 사람은 일단 만나면 다른 곳으로 옮겨갈 터였다.

기노쿠니야 서점 앞에 도착한 게 3시 55분. 헤이스케는 조금 멀찌감치 서서 지켜보았다. 이 서점 앞은 약속장소로 유명하다. 특히 오늘 같은 날은 온통 젊은이들뿐이다.

네모기둥 바로 옆에 눈에 익은 남학생이 서 있었다. 큰 키에 짙은 감색 더플코트가 잘 어울렸다. 손에 든 종이가방은 아마도 선물일 것이다. 힘없이 고개를 숙인 것은 상대가 나오지 않을지도 모른다는 생각 때문인가.

그 남학생이 쓰윽 얼굴을 들었다. 길쭉한 눈이 뭔가를 포착한 모양이다. 그의 표정은 순식간에 환해졌다.

헤이스케는 남학생의 시선을 따라갔다. 그 끝에 나오코의 모습이 있었다. 그녀는 수줍은 듯한 눈빛으로 그를 보고 있었다. 고등학교 1학년, 열다섯 살 소녀의 표정이었다.

헤이스케는 걸음을 옮겼다. 성큼성큼 뛰다시피 소마 쪽으로 갔다.

소마가 한 걸음 앞으로 나왔다. 나오코도 그를 향해 다가갔다. 둘 사이의 거리는 5미터쯤이었다. 그것이 4미터가 되고 3미터가 되었다.

나오코가 뭔가 말하려고 입을 열었다. "기다렸어?"라는 말이라도 하려던 것이리라. 하지만 그 말은 내뱉어지지 않았다. 그 전에 그녀의 눈이 헤이스케를 발견했기 때문이다.

시간이 딱 멈춘 것처럼 나오코는 발을 멈췄다. 온몸이, 얼굴이, 그리고 표정이 굳어버렸다.

헤이스케는 말없이 다가갔다. 이윽고 소마도 이변을 깨달은 모양이었다. 인형의 목이 돌아가듯이 그가 헤이스케 쪽을 돌아보았다.

파문이 번져가듯이 놀란 기색이 서서히 그 얼굴에 드러났다.

35

이런 장면을 어느 영화에선가 본 듯한 느낌이 들었다. 하지만 그건 착각일 뿐, 지금 이 상황을 헤이스케의 마음 속에 숨은 또 다른 인격이 객관적으로 지켜보는 것인지도 모른다.

주위에 수많은 사람들이 있는데도 헤이스케의 눈에는 나오코와 소마의 모습밖에 잡히지 않았다. 아마 그들 두 사람도 마찬가지였을 것이다. 둘 다 꼼짝도 하지 않고 자신들을 향해 걸어오는 중년 남자의 얼굴을 응시하고 있었다.

헤이스케는 멈춰 섰다. 세 사람의 위치가 거의 정삼각형을 그려냈다.

"아빠." 가장 먼저 목소리를 낸 것은 나오코였다. "어떻게……."

다양한 의문이 담긴 '어떻게'였다. 어떻게 여기서 만나는 걸 알았어? 어떻게 여기에 와 있어?

헤이스케는 그녀의 질문에는 답하지 않고 젊은이의 얼굴을 정면으로 노려보았다.

"소마라고 했지?"

네, 라는 듯이 소마의 입술이 움직였다. 하지만 목소리는 나오지 않았다.

"크리스마스이브에 우리 딸에게 데이트를 청해줘서 고맙다." 헤이스케는 가볍게 머리를 숙였다. 그러고는 다시 소마를 보았다. "하지만 안타깝게도 모나미는 너와 사귈 수 없어. 데이트도 허락할 수 없어."

소마는 눈이 둥그레졌다. 그대로 얼굴을 나오코 쪽으로 돌렸다.

헤이스케도 그녀를 보았다. 그녀는 양쪽의 시선을 번갈아 받아들이고는 말없이 고개를 떨구었다. 입술을 깨물고 있었다.

"그래서 미안하지만 모나미는 내가 데려가야겠다."

헤이스케는 나오코의 뒤로 돌아가 허리춤을 가볍게 밀었다. 그녀는 전혀 저항하지 않았다. 밀린 방향으로 한 걸음 두 걸음 발을 내딛었다.

"잠깐만요." 소마가 불러 세웠다. "왜요? 왜 안 됩니까?"

헤이스케는 젊은이 쪽을 돌아보았다. 설명해주고 싶은 마음은 있었다. 하지만 그럴 수는 없다. 아니, 설령 설명해준다 해도 이해하지 못할 것이다. 자기를 놀린다고 생각해서 화를 낼 게 틀림없다.

"세계가 달라." 별수 없이 헤이스케는 말했다. "나와 우리 딸이 사는 세계와 네가 있는 세계는 완전히 다르단 말이야. 그래서 사귄다고 해도 잘될 수가 없어."

헤이스케는 나오코의 어깨를 안고 걷기 시작했다. 나오코는 솜사탕처럼 가벼웠다.

소마가 어떤 얼굴로 자신들을 지켜보는지 헤이스케는 짐작도 가지 않았다. 멍해져 있을까, 분노하고 있을까, 아니면 아직 뭐가 뭔지 어리둥절하고 있을까. 어느 쪽이든 자신이 해야 할 일은 한시바삐 이 자리를 벗어나는 것이라고 생각했다.

나오코는 마치 몽유병자 같았다. 걷는 것도 멈춰서는 것도 자신의 의지로는 하지 않았다. 단지 헤이스케가 이끄는 대로 움직일 뿐이었다. 지하철을 탔을 때도 마찬가지였다. 말 한 마디 없이 초점이 애매한 눈빛으로 멍하니 바닥만 보고 있었다.

그녀의 손에 들린 백화점 종이가방은 내릴 역에 거의 다 왔을 때쯤에야 눈에 들어왔다. 그게 무엇인지는 굳이 물어볼 것도 없었다. 왜 약속시간보다 한 시간이나 일찍 집을 나섰는지 헤이스케는 그제야 알았다. 소마에게 줄 선물을 사기 위해서였던 것이다.

멍해진 나오코와 함께 헤이스케는 집으로 돌아왔다. 현관

문을 열 때, 옆집 아줌마 요시모토가 인사를 건넸다. 헤이스케는 웃으며 응했지만 무표정한 나오코는 그녀 쪽을 돌아보지도 않았다. 요시모토는 의아한 얼굴을 하고 있었다.

현관에서 느릿느릿 신을 벗고 나오코는 무거운 걸음으로 복도를 건너갔다. 그대로 2층으로 올라가 자기 방에 틀어박히려는 것이다. 헤이스케는 그걸 말릴 마음은 없었다. 한참동안 혼자 있도록 해주는 게 좋을 것이다.

그런데 계단 앞에서 그녀가 문득 발을 멈췄다. 지금까지 푹 숙이고 있던 고개를 번쩍 들었다.

왜 그러냐고 말을 건넬 틈도 없었다. 나오코는 손에 든 가방이며 백화점 종이봉투를 내던지고 거실로 뛰어갔다. 방 한복판에 서서 거실장을 내려다보았다.

헤이스케는 거실 앞에서 그녀를 지켜보았다. 뭘 하려는 것인지 전혀 알지 못했다.

나오코는 거실장으로 다가가더니 전화기를 통째로 집어들었다. 위로 올리자 벽 틈새에서 코드가 길게 딸려 나왔다. 거실장 앞에 쌓인 헌 신문지를 힘껏 밀치는 바람에 작은 광고지 더미가 바닥에 흩어졌다.

그녀가 무엇을 할 생각인지 헤이스케는 깨달았다. 낭패감이 몰려왔다. 하지만 몸이 움직여지지 않았다. 그녀가 하는 대로 멍하니 쳐다보기만 했다. 이제 새삼 나서서 그녀를 말려봤자 때늦은 일이라는 것도 알고 있었다.

마침내 나오코는 찾던 것을 발견한 모양이다. 거실장과 벽 틈새에 손을 넣어 카세트 레코더를 끄집어냈다.

"뭐야, 이게……." 검은 기기를 손에 들고 나오코는 중얼거리듯이 물었다. 서서히 얼굴이 일그러지더니 이번에는 크게 소리쳤다. "뭐야, 이게!"

헤이스케는 대답할 수 없었다. 그저 우두커니 서 있을 뿐이다.

나오코가 레코더를 켰다. 되감기 버튼을 누르고 일단 멈춤, 그리고 재생 버튼을 눌렀다. 스피커에서 목소리가 들려왔다.

"여보세요."

"아, 유리에? 나야, 모나미."

"웬일이야, 이런 시간에?"

"실은 부탁할 게 좀 있어서.

"뭔데? 무슨 곤란한 일이라도 있어?"

"곤란하다고 할까, 지금부터 곤란해질 예정이랄까."

거기서 나오코는 정지 버튼을 꾹 눌렀다. 그 손이 바들바들 떨렸다.

"이런 짓을 하고 있었어?" 목소리도 파르르 떨렸다. "언제부터?"

"2주일……." 목에 담이 걸렸다. 헤이스케는 헛기침을 한 뒤에 다시 말했다. "2주일 전쯤부터."

나오코의 얼굴이 떫게 일그러졌다.

"어쩐지 이상하다 했어. 오늘 약속을 당신이 알 리가 없잖아. 근데 설마 이런 짓을 했다니⋯⋯."

"당신이 걱정됐기 때문이야."

"그렇다고 이런 짓을 하면 안 되지!" 나오코는 레코더를 바닥에 내동댕이쳤다. 뚜껑이 열리고 안의 테이프가 튀어나왔다. "나한테도 사생활이라는 게 있어. 이런, 이런 비겁한 짓을 하고, 창피하지도 않아?"

"그렇다면 묻겠는데, 나한테 거짓말하고 남자 만나러 간 건 비겁하지 않아? 나쁜 짓 아니냐고!"

"괜히 또 걱정할까 봐 그랬어!"

"얼렁뚱땅 둘러대지 마. 그건 바람을 피워도 들키지만 않으면 된다는 얘기나 똑같아."

"그런 거 아냐. 나는 소마하고 데이트할 생각 따위 없었어. 당신도 몰래 엿들었으니까 알 거 아냐. 그 애가 언제까지든 기다린다고 했잖아. 그러면 안 될 것 같아서 일단 약속장소에 나간 거야. 선물만 주고 오려고 했다고. 그렇게라도 안 하면 그 애가 계속 물고 늘어질 것 같아서!"

"혼자 멍청하게 기다리든 말든 내버려두면 되잖아. 그게 더 빠른 해결책이야."

"어떻게 그래? 기다리는 거 뻔히 알면서?"

"애초에 왜 이런 일이 있어났어? 당신이 친하게 대해주

니까 그렇잖아? 뭔가 들어줄 것처럼 빌미를 줬으니까 그
놈도 마음이 동한 거라고. 처음부터 상대를 안 했으면 될
거 아냐."

"그냥 평범하게 대했을 뿐이야. 말 걸어오면 대답하고
전화 오면 얘기한 것뿐이라고. 그게 뭐가 나빠?"

"당신은 평범하게 살 권리 같은 거 없어." 헤이스케는 내
뱉었다.

나오코가 놀란 듯 눈이 둥그레졌다. 어깨가 들먹들먹해
서 숨이 거칠어진 것을 알았다.

그녀의 눈을 노려보면서 헤이스케는 말했다.

"잘 들어, 당신은 내 아내야. 겉모습은 모나미여도 당신
이 내 아내라는 사실에서 도망칠 수 없어. 당신은 젊은 몸
을 손에 넣고 다시 한번 인생을 살아본다는 기분인 모양인
데 그건 어디까지나 내가 허락하는 범위 안에서라는 것을
잊지 마."

나오코는 털썩 주저앉았다. 눈물이 뚝뚝 떨어지기 시작
했다.

"……잊지 않았어."

"아니, 잊어버렸어. 잊어버리려고 하고 있어. 나는 지금
도 당신 남편이라는 마음 그대로인데. 그래서 당신을 배
신해서는 안 된다고 굳게 마음먹었는데. 나, 바람 한 번
안 피웠어. 재혼을 진지하게 생각해본 적도 없어. 초등학

교 때 그 하시모토 다에코라는 선생님, 그 사람을 잠깐 좋아하긴 했지. 사귀고 싶기도 했어. 그래도 나는 전화 한 번 한 적이 없어. 왜 그런 줄 알아? 당신을 배신하고 싶지 않았기 때문이야. 나는 당신 남편이라고 결심했기 때문이라고!"

헤이스케는 두 손을 부르쥐고 나오코를 내려다보았다. 무거운 침묵이 좁은 거실에 가득 찼다. 그의 귀에 흐으윽 하는 기묘한 소리가 들렸다. 바람이 터널을 빠져나가는 듯한 소리였다. 그것이 자신이 내는 소리라는 것을 잠시 뒤에야 깨달았다.

나오코가 자리에서 일어섰다. 망가진 꼭두각시인형의 실이 끌어올려진 듯한 동작이었다. 입을 꾹 다문 채 그녀는 거실을 나갔다. 집에 올 때보다 더 허청거리는 걸음으로 계단을 올라갔다.

헤이스케는 그 자리에 주저앉았다. 허탈함이 흐린 비구름처럼 가슴속에 번졌다. 가야 할 길은 보이지 않고 그렇다고 뒤로 물러설 길도 없다는 절망감이 엄습했다.

그는 카세트 레코더와 테이프를 주워 모았다. 하지만 그걸 다시 설치할 마음은 없었다. 거실장 옆에 손을 넣어 코드를 플러그에서 뽑아냈다.

어디에선가 기묘한 소리가 들려왔다. 피리를 부는 듯한 소리였다. 헤이스케는 귀를 기울이며 복도로 나갔다.

그것은 계단 위 2층에서 들려왔다. 피리소리가 아니라 흐느껴 우는 소리였다.

36

해가 바뀌고 벌써 1월도 중순을 지났다. 오랜만에 인젝터 공장에 나간 헤이스케는 휴게실에서 팀장 나카오와 마주쳤다. 그는 보자마자 헤이스케에게 말했다.

"엇, 부쩍 마른 것 같다?"

"그런가?" 헤이스케는 자신의 뺨을 쓱쓱 비볐다.

"말랐어, 말랐어. 이봐, 그렇지?"

나카오가 물어보자 곁에 있던 동료들도 고개를 끄덕였다.

"안색도 시원찮고, 어디 안 좋은 거 아냐? 일찌감치 병원에 가보는 게 좋아." 나카오가 말했다.

"딱히 컨디션이 나쁘지는 않은데."

"그게 문제라니까. 자각증세가 나타나면 그때는 이미 끝이야. 내 말만 듣고 꼭 의사한테 가보라고. 우린 이제 나이도 있잖아."

"그거야 나도 알지." 헤이스케는 뺨만 비볐다.

몸이 마를 만도 하다. 짐작 가는 게 있었다. 하지만 어디가 아픈 건 아니다. 이유는 간단하다. 요즘 들어 변변히 식사를 못 했던 것이다.

밥을 안 차려주는 건 아니었다. 집에 가면 저녁식사가 차려졌고 휴일에는 하루 세 끼 꼬박꼬박 나왔다. 다만 식욕이 없었다. 나오코와 마주 앉으면 가슴이 답답해지면서 식욕이 사라지는 것이다.

크리스마스이브 이후로 그녀는 거의 말을 하지 않았다. 표정조차 없었다. 집안일을 할 때 외에는 방에 틀어박혀 몇 시간이고 나오지 않았다. 헤이스케는 자기 앞에서만 그럴 거라고 생각했다. 그런데 그렇지 않다는 것을 최근에야 알았다. 학교 담임선생님에게서 전화가 와서, 모나미가 몸이 안 좋은 게 아니냐고 물었던 것이다. 기운이 없는 건 학교에서도 마찬가지인 모양이었다. 게다가 그녀는 해가 바뀌자마자 테니스부에 탈퇴서를 냈다.

크리스마스이브 때의 일로 큰 충격을 받았던 것이리라. 헤이스케는 자신이 한 행동과 말이 그녀를 깊이 상처 입혔다는 건 자각하고 있었다. 하지만 그렇다면 어떻게 했어야 하는가, 라는 물음에는 여전히 답을 내리지 못하고 있었다.

정시 퇴근 차임벨이 울리자 그는 회사를 나섰다. 새해 들어서도 잔업은 하지 않도록 해왔다. 나오코가 걱정되었기 때문이다.

집 현관문을 열자마자 발밑부터 살펴보았다. 나오코의 운동화가 가지런히 놓인 것을 확인하고 일단 마음이 놓였다. 오늘도 탈 없이 집에 돌아온 모양이다.

언젠가 집을 나가 돌아오지 않는 날이 오는 게 아닐까, 라고 그는 걱정하고 있었다. 그가 알지 못하는 곳으로 가버리면 그녀는 평범한 열여섯 살 소녀로 살아갈 수 있다. 사랑도 할 수 있고 결혼도 할 수 있다. 그야말로 완전히 새로운 인생을 살 수 있다.

그녀가 이 집을 떠나지 않은 것은 단지 아직 결심을 못했기 때문인지도 모른다. 먹고사는 것이며 생활비가 걸렸기 때문인지도 모른다. 물론 이미 결단은 내려졌고 이제 남은 건 언제 행동에 옮기느냐는 것뿐이라는 경우도 있다. 당장 내일 헤이스케가 집에 돌아왔을 때, 그녀의 운동화는 더 이상 현관에 없을지도 모른다.

거실에 나오코의 모습은 없었다. 헤이스케는 계단을 올라가 그녀의 방 문을 노크했다. 네, 라는 힘없는 목소리가 돌아왔다.

여기서 다시 한번 헤이스케는 안도의 한숨을 내쉬었다.

실은 가출 이상으로 두려워하는 일이 있었다. 나오코가 혹시 자살하는 게 아닌가 하는 것이었다. 생각해보면 그것이 그녀가 현재의 고통에서 달아날 가장 간단한 길인지도 모른다. 아니, 가장 간단한 길이라고 그녀가 자칫 착각할 우려가 있었다.

하지만 일단 오늘은 그런 슬픈 유혹에 굴복하지는 않은 모양이다.

헤이스케는 문을 열었다. "나 왔어."

"잘 다녀오셨어요?" 나오코는 책상에서 고개도 돌리지 않고 말했다. 책을 읽고 있는 모양이었다. 요즘 그녀는 책만 읽고 있다.

"무슨 책이야?" 헤이스케가 다가가 물었다.

나오코는 대답 대신 손에 든 책이 이쪽에 보이게 슬쩍 물러앉았다. 펼쳐진 책장 왼편 위쪽에 제목이 있었다.

"《빨간 머리 앤》……. 재미있어?"

"그럭저럭. 근데 뭐든 상관없어." 나오코가 말했다. 현실을 잊을 수만 있다면, 이라고 덧붙일 듯한 말투였다. "이제 슬슬 저녁 차려야겠다." 문고본을 덮었다.

"아냐, 그렇게 서두를 거 없어."

쓰레기통 옆에 종이 한 장이 떨어져 있었다. 반으로 접힌 흰 종이였다. 헤이스케가 주워들었다. 나오코가 앗, 하는 작은 소리를 냈다.

펼쳐보니 '1학년 2반 스키투어 안내'라는 문구가 눈에 들어왔다. 워드프로세서로 출력한 것이었다.

"이거, 뭐지?" 헤이스케가 물었다.

"보면 알잖아. 우리 반 애들이 이번 봄방학 스키투어 계획 중이야. 그 참가자를 모집하는 거."

"학교 행사는 아닌 거네?"

"응, 아냐. 그래서 난 참가 안 해. 됐지?" 나오코는 그의 손에서 종이를 채가더니 쭉쭉 찢어 이번에는 쓰레기통에 제대로 넣었다. "밥 차려야 해." 그렇게 말하고 자리에서 일어섰다.

"나오코." 헤이스케가 그녀를 불러 세웠다. "내가 미워?"

나오코는 눈을 숙였다. 고개도 툭 꺾었다.

"미워할 게 뭐 있다고?" 낮게 중얼거리듯이 말했다. "그냥 어떻게 해야 할지 몰라서 그래."

헤이스케는 고개를 끄덕였다. "그렇겠지. 나도 그래. 어떻게 해야 할지 전혀 모르겠다."

둘 다 입을 꾹 다물었다. 공기가 급속히 차가워지는 것 같았다. 창밖으로 겨울바람이 지나가는 소리가 들렸다. 살벌한 황야 한복판에서 단둘이 마주선 듯한 느낌이었다.

헤이스케는 문득 나오코의 얼굴을 떠올렸다. 지금의 나오코가 아니다. 원래 자신의 몸을 갖고 있었던 때의 나오코다. 잘 웃고 재잘재잘 말도 많이 하는 아내였다. 하지만 지금 이 집에 웃음은 없었다.

"저기." 그녀가 불쑥 말했다. "그거, 할까?"

헤이스케는 그녀 쪽을 보았다. 고개를 떨군 채 발밑만 보고 있었다. 윤기 있는 긴 머리칼 사이로 목덜미가 하얗다.

"그거?" 그는 확인하기 위해 물었다.

"결국 그거밖에 해결 방법이 없을 것 같아. 마음만으로는 어떻게도 안 되는 경우도 있어."

"그런가?"

"당신은 역시 내키지 않아?"

"어떨지 모르겠네. 갑자기 그런 얘기를 하니까……. 여보, 당신은 어때?"

말을 한 뒤에야 헤이스케는 흠칫 놀랐다. 여보, 라는 말을 해본 게 너무도 오랜만이었다.

"글쎄……. 내 몸에게 물어보지 않고서는 모르겠어." 나오코는 손을 가슴에 대며 말했다.

"그러게. 나도 그럴 것 같은데." 헤이스케는 목 뒤를 긁적였다.

현재의 나오코를 여자로 봤던 건 사실이다. 그래서 소마 하루키에게 이상한 질투심이 불타올랐던 것이다. 하지만 성적인 것을 원하느냐, 라는 얘기라면 사정이 달라진다. 생각해본 적이 없다기보다 생각하기를 무의식중에 계속 거부해왔다.

"……해볼까." 마침내 그는 말했다.

나오코는 말없이 침대 앞으로 갔다. 그리고 가장자리에 앉았다.

"불 좀 꺼줘." 그녀가 말했다.

헤이스케는 벽의 스위치를 내렸다. 형광등이 꺼지고 순간 방 안은 어둠에 휩싸였다. 하지만 창문 밖의 희미한 불빛에 금세 눈이 익숙해졌다.

나오코는 침대 위에서 벌써 옷을 벗고 있었다. 하얀 등이 부옇게 보였다. 그 등이 깃털 이불 속으로 들어갔다.

"됐어." 그녀가 말했다.

어떻게 해야 하나. 헤이스케는 머뭇거렸다. 일단 옷을 벗을 수밖에 없는가.

속옷 한 장 차림으로 그는 더듬더듬 다가갔다. 책상 의자에 다리가 덜컥 걸렸다.

나오코가 얼굴까지 이불을 둘러쓰고 있었다. 헤이스케는 그 이불 끝을 조심스럽게 들어올렸다. 그녀의 몸이 흠칫 긴장하는 기척이 있었다.

"근데." 그녀가 말했다. "아프지 않게 해줘. 깜빡했는지도 모르겠지만 나, 처음이니까."

"응, 그렇지……."

헤이스케는 잠시 망설이다가 속옷을 벗었다. 그는 아직 발기하지 않았다. 하지만 그럴 것 같은 예감은 있었다.

"아, 저기." 그가 말했다. "그게 없는데, 어떻게 하지?"

"그거라니?"

"콘돔."

"으응." 나오코는 반대쪽을 향한 채 말했다. "나 이제 곧

생리니까 괜찮을 거야."

"그래?"

예전에는 이런 대화를 자주 했었는데, 라고 헤이스케는
생각이 났다.

그는 이불 속에 손을 넣었다. 나오코의 살갗이 손끝에
닿았다. 그녀가 움찔 몸을 떨었다. 그는 좀 더 깊이 손을
넣었다. 그녀의 오른팔에 닿았다.

놀랄 만큼 단단한 피부였다. 부드럽지 않았다면, 그리고
체온이 없었다면 잘 갈아낸 대리석 조각상이라고 생각했
을 게 틀림없다. 그 훌륭한 조형미에 헤이스케는 감동했다.

그 순간 그의 하반신에 변화의 조짐이 있었다. 잠깐 사
이에 커져갔다.

손에 땀이 나기 시작했다. 나오코의 몸이 더욱더 딱딱하
게 굳어갔다.

헤이스케는 손을 움직이려고 했다. 몸의 중심에 가까운
곳으로 이동시키려고 했다.

하지만 팔은 전혀 움직이지 않았다. 그의 마음속 뭔가가
움직이기를 강하게 거부했다.

돌아가, 돌아가, 돌아가! 누군가 크게 소리치고 있었다.

시간만 흘러갔다. 어둠 속에서 헤이스케도 나오코도 완
전히 정지하고 있었다.

"나오코." 헤이스케는 말했다. "관두자."

잠깐 틈을 두고 그녀의 대답이 나왔다. "응."

헤이스케는 이불 밖으로 나왔다. 시선을 집중해서 벗어 던진 속옷을 찾았다. 넘어지지 않게 균형을 잡으며 다시 하나하나 주워 입었다.

창밖에는 여전히 세찬 바람이 불었다. 빈 깡통이 굴러가는 소리가 들렸다.

37

헤이스케의 책상 위 전화에 외선 신호가 들어왔다. 외선은 호출음이 내선과 다르기 때문에 금세 알 수 있다. 마침 하청공장에서 연락이 올 예정이어서 그 전화인 줄 알고 그는 수화기를 들었다. 그런데 교환대의 여직원이 뜻밖의 말을 전해주었다.

"삿포로의 네기시 씨에게서 온 외선입니다."

"네에." 무심코 대답하고는 네기시가 누구였더라, 하고 잠깐 어리둥절했다. 다음 순간, 그 이름과 함께 삿포로에서 본 라면집 간판이 퍼뜩 떠올랐다.

네기시 후미야구나, 라고 생각했다.

"여보세요, 스기타 씨세요?" 하지만 들려온 것은 여자 목소리였다. 약간 나이 든 사람인가.

"그렇습니다. 아, 근데 네기시 씨라고 하셨는데……."

"네기시 노리코라고 합니다. 기억하실지 모르겠는데, 전에 우리 아들을 만나신 적이 있었지요?"

"아, 예." 헤이스케는 수화기를 왼손으로 바꿔 들었다.
"물론 기억하지요. 그게 벌써 몇 년 전이네요."

"그때는 아들이 큰 실례를 했던 것 같아요. 정말 죄송합니다. 저는 최근에야 그런 얘기를 들었어요."

"아뇨, 실례라니, 천만에요. 그 얘기를 최근에야 들으셨다고요?"

"네, 그래서 너무 깜짝 놀라서⋯⋯."

"그러셨군요."

후미야는 헤이스케와의 만남을 어머니에게는 절대로 얘기하지 않겠다고 했었다. 하지만 시간이 지나면서 마음이 바뀐 건가. 그게 아니면 어쩌다 말이 튀어나와버린 건가.

"그래서 제가 꼭 말씀드릴 게 있어요. 스기타 씨, 바쁘시겠지만 잠깐 시간 좀 내주시겠어요?"

"저는 괜찮은데, 지금 삿포로 아니신가요?"

"실은 제가 도쿄에 와 있어요. 마침 친지 결혼식이 있어서요."

"엇, 그래요?"

"30분쯤이면 되니까 오늘내일 중에 시간 좀 내주세요. 장소를 알려주시면 제가 찾아갈게요."

"지금 어디에 계시지요?"

"도쿄역 근처 호텔이에요."

네기시 노리코는 호텔 이름을 말했다. 모레 일요일에 그 호텔에서 결혼식이 있을 예정이라고 한다. 그래서 원래는 내일 도쿄에 왔어도 되는데 헤이스케에게 연락하기 위해 하루 일찍 왔다는 얘기였다.

"그러시면 제가 그쪽으로 가겠습니다. 내일 오후는 어떠세요?"

"저런, 여기까지 와주시면 저야 물론 고맙지만, 그래도 괜찮겠어요? 제가 거기 회사 근처로 가도 되는데요."

"아뇨, 회사 일이 정확히 몇 시에 끝날지도 모르고, 아무래도 찾기 편한 곳으로 약속을 잡는 게 좋으니까요."

"그렇군요. 고맙습니다."

오후 1시에 호텔 티라운지에서 만나기로 하고 전화를 끊었다.

뒤늦게 무슨 일일까, 라고 헤이스케는 생각했다. 후미야가 했던 말에 따르면 네기시 노리코에게 가지카와 유키히로는 다시 떠올리고 싶지 않은 사람일 터였다. 그런데 이제 새삼 일부러 나를 찾아와 무슨 얘기를 하려는 것일까.

사고의 기억은 여전히 풍화되는 일 없이 남았지만 세월이 흐르면서 헤이스케의 마음속을 차지하는 비율은 확실히 줄어들었다. 그러지 않고서는 살아갈 수 없는 일이기도 하다. 한때는 그토록 파헤치고 싶었던 사고 원인도 이제는 솔직히 어찌됐든 상관없다는 느낌이었다. 가지카와 운전기사가 어떤 개인적인 사정 때문에 무리한 초과근무를 했었는지에 대해서도 전처와 아들에게 송금하기 위해서였다고 결론을 내리고 마음을 정리했다. 여전히 미진한 부분이 남았고, 세이코의 딸 이쓰미가 이따금 생각나 어떻게 지내는지 걱정도 했지만, 어쨌든 그 사고는 이제 다 끝난 일이라고 체념하고 있었다.

게다가 지금은 그런 것보다 더 깊은 고민이 항상 마음속을 차지하고 있다.

나오코에게 네기시 노리코를 만난다는 얘기는 하지 않았다. 그런 얘기를 꺼내면 사고 때의 기억이 되살아나고 모나미의 죽음도, 현재의 괴로운 상황도 마치 연쇄반응처럼 줄줄이 떠오를 게 틀림없다. 그러면 또다시 서로 어색한 시간을 보내야 한다. 그런 사태만은 피하고 싶었다.

토요일은 맑은 날씨였지만 바람이 차가웠다. 헤이스케는 머플러를 두르고 집을 나섰다. 나오코에게는 회사에 볼일이 있다고 얘기했다. 개교기념일이라 학교에 가지 않고 고타쓰 앞에 앉아 뜨개질을 하고 있었다. 나오코는 전부터 뜨개질 솜씨가 좋았다. 그러고 보니 요즘 집에서는 거의 공부를 하지 않는다. 의대 입시에 관한 얘기도 뚝 끊겼다. 하지만 어떻게 된 거냐고 캐묻지 않았다. 어떤 대답이 돌아올지 뻔했기 때문이다.

각오를 했는데도 예상보다 바람이 차가워서 한참 걷다

보니 귀가 얼얼했다. 지하철을 타고서야 후우 한숨이 나왔다. 하지만 약속한 호텔까지 가려면 도쿄역에서 다시 몇 분을 걸어야 한다. 역시 다른 곳으로 정할 걸 그랬나, 라고 잠시 후회했다.

오픈스페이스의 티라운지 앞에서 비로소 헤이스케는 자신이 상대의 얼굴을 모른다는 것을 깨달았다. 검은 제복 차림의 점원이 "혼자십니까?"라고 물었다.

"아니, 만날 사람 있어요."

헤이스케가 그렇게 말했을 때였다. 바로 옆 의자에 앉아 있던 호리호리한 여자가 이쪽을 보면서 머뭇머뭇 일어섰다. 위아래 연보라색 니트에 같은 색깔의 카디건을 걸쳤다.

"혹시 스기타 씨?" 여자 쪽에서 말을 건넸다.

"그렇습니다." 헤이스케는 고개를 끄덕이고 다가갔다.

"바쁘실 텐데 미안해요." 그녀가 머리를 숙였다.

"아닙니다. 아, 여기 앉을까요."

네기시 노리코 앞에는 이미 밀크티가 있었다. 헤이스케는 커피를 주문했다.

"아드님은 어떻게, 잘 지냅니까?"

"네, 덕분에."

"그때 대학 3학년이라고 했는데, 이제 취직도 했겠군요?"

"아니, 취직이 아니라 작년에 대학원에 들어갔어요."

"오호." 헤이스케는 저절로 상대의 얼굴을 빤히 보았다. "대학원까지?"

"대학에서 다 못한 공부가 있다네요. 학비는 아르바이트로 어떻게든 마련하겠다고 해서……."

"역시 똑똑한 아드님이었군요."

커피가 나왔다. 헤이스케는 블랙으로 마셨다.

아들이 대학원생이라면 네기시 노리코의 나이는 50대 초반일 터였다. 찬찬히 보니 주름이 많았다. 하지만 어딘지 화사한 분위기여서 나이보다 훨씬 젊어 보였다. 예전에는 상당한 미인이었을 것이다.

"얼마 전에 아들 책상서랍에서 우연히 사진 한 장을 봤어요. 아주 작은 사진이에요. 아들이 네 살 때 찍은 건데 얼굴 부분만 동그랗게 오려냈더군요."

아, 하고 헤이스케는 고개를 끄덕였다. 어떤 사진인지 생각났다.

"그래서 어디서 났느냐고 아들에게 물어봤어요. 처음에는 옛날 앨범에서 찾았다고 둘러댔는데 뻔한 거짓말이었어요. 그 아이의 어릴 적 사진은 한 장도 남은 게 없으니까요. 그런 말을 했더니 그제야 마지못해 스기타 씨 얘기를 하지 뭐예요. 그 얘기 듣고 얼마나 깜짝 놀랐는지. 나는 전혀 몰랐거든요."

"저한테도 어머님께는 말하지 않겠다고 했었어요."

"정말 죄송해요, 그때 만났더라면 좀 더 일찍 자세한 사정을 말씀드렸을 텐데."

"그래도 아드님을 통해 대략적인 얘기는 들었어요. 아버지 가지카와 씨에게 그리 좋은 감정은 아니라는 것도."

"그랬나요? 하지만 그게 전부는 아니에요. 아니, 그보다⋯⋯." 네기시 노리코는 한 차례 고개를 젓고 한숨을 내쉬며 말을 이었다. "사실은 그 아이의 말과 전혀 달라요."

"전혀 다르다니, 무슨 말씀이십니까?"

그러자 네기시 노리코는 일단 고개를 떨궜다가 다시 얼굴을 들었다.

"스기타 씨는 그 사고로 부인을 잃으셨다면서요?"

네, 라고 말하고 헤이스케는 턱을 당겼다.

"그런 힘든 일을 겪으시고⋯⋯. 애초에 그 사고는 저한테도 반은 책임이 있어요. 어떻게 사죄를 드려야 할지 모르겠습니다."

"가지카와 씨가 그쪽에 송금을 하려고 무리하게 근무하다가 사고가 났기 때문인가요?"

"네, 제가 그 무렵에 시작한 장사가 시원찮아서 경제적으로 무척 힘들었어요. 하루하루 먹고사는 건 겨우겨우 메웠는데 아들 대학 자금은 도저히 마련할 길이 없었죠. 그렇게 막막하던 참에 그 사람한테서 연락이 왔어요. 후미야가 고3이 된 걸 알고 때맞춰서 전화해준 거예요. 대학 갈 때가 됐는데 등록금은 어떻게 됐느냐고 묻더군요. 정말 그 사람에게는 기대고 싶지 않았는데 나도 모르게 힘든 사정을 털어놓고 말았어요."

"가지카와 씨가 어떻게든 마련해주겠다고 했던 거군요."

"네, 그 뒤로 다달이 10만 엔 남짓한 돈을 보내줬어요. 저도 후미야 대학 입학 때까지는 신세를 질 수밖에 없다고 생각했죠. 그런데 후미야가 재수를 하는 바람에 결국 그 사람이 1년 넘게 고생했어요. 집안 형편을 생각해 어떻게든 국립대만 가려고 하다 보니……."

"그랬군요. 하지만 그 송금 문제로 네기시 씨가 사과하실 건 없어요. 가지카와 씨가 속죄의 뜻으로 보낸 돈일 테니까요."

"속죄……."

"네, 전에 가정을 버린 데 대한 속죄였잖습니까. 아드님 얘기를 들어보니 그런 사연이 있는 것 같던데."

네기시 노리코가 천천히 눈을 감았다가 다시 떴다.

"그게 전혀 사실과 다른 얘기예요."

"사실과 다르다고요? 아, 속죄라는 말이 너무 거창하다면 아버지로서의 책임이라고 해도 되겠지요. 아들의 학비를 아버지 가지카와 씨가 대준 것은 당연히 해야 할 일이었어요."

네기시 노리코는 고개를 저었다.

"그렇지 않아요. 그 사람에게는 책임이 없었어요."

"엇, 왜요?"

그녀는 입술을 깨문 채 잠시 말이 없었다. 뭔가 망설이는 것 같았다. 하지만 잠시 뒤, 멈추고 있던 숨을 후우 토해냈다.

"왜냐면…… 후미야는 그 사람 아이가 아니니까요."

"예?" 헤이스케는 눈이 둥그레져서 그녀의 얼굴을 보았다.

네기시 노리코는 조용히 고개를 끄덕였다.

"그럼 누구 아들이지요? 네기시 씨의 아드님인 건 분명합니까?"

"네, 그야 내 아들이죠. 내가 낳았는데." 그녀는 약간 표정이 누그러들었다.

"아, 그럼 데리고 들어온 아이? 아니, 하지만 그 친구는 그런 얘기는 안 했는데?"

그 친구, 라는 건 네기시 후미야다.

"호적상으로는 가지카와 유키히로의 아들로 되어 있어요." 네기시 노리코가 말했다.

"호적상, 이라고 하시는 걸 보면 실제로는 그렇지 않다는 건가요?"

헤이스케의 물음에 그녀는 고개를 끄덕였다.

"그 사람과 결혼하기 전에 제가 스스키노 클럽에서 일했어요. 그 무렵에 사귀던 사람의 아이예요, 후미야는."

"예에……." 전에 호스티스로 일했다는 얘기인 모양이다. 그래서 어딘가 화사한 분위기가 있었구나, 라고 헤이스케는 납득했다. "그러면 임신한 상태에서 가지카와 씨와 결혼하신 건가요?"

"그게 좀 애매해요." 그녀는 핸드백에서 꺼낸 손수건으로 입가를 찍어냈다. "그 사람과는 진즉에 헤어졌었어요. 근데 결혼식 얼마 전에 다시 나타나서는 막무가내로 만나자고 조르더라고요. 이미 헤어진 여자라도 다른 남자한테 간다고 생각하니 갑자기 아쉬웠던 모양이죠."

있을 법한 일이라고 생각하면서 헤이스케는 고개를 끄덕였다.

"전혀 그럴 생각이 없다는 것을 알고는, 그렇다면 마지막으로 하룻밤만 함께 해달라고 했어요. 그걸 끝까지 거절했어야 하는데, 한 번만 만나주면 앞으로 절대 나타나지 않겠다고 하는 통에 귀찮아서 원하는 대로 해줬어요."

"그때의 아이가 후미야였군요."

예, 라고 그녀는 작은 소리로 말했다.

"그게 결혼식 3주 전이었어요. 다행히 그 뒤로 다시는 내 앞에 나타나지 않았죠. 그런데 제가 덜컥 임신한 거예요. 그걸 알았을 때는 정말 어떻게 해야 할지 많이 망설였어요. 그 남자 아이일지도 모르니까. 남편에게 비밀로 하고 지워버릴까도 생각했어요."

즉 가지카와 유키히로의 아들일 가능성도 있었다는 얘기다.

"하지만 기뻐하는 남편을 보니 도저히 지울 수가 없었어요. 결국 남편의 아이일 가능성에 걸어보기로 했어요."

네기시 노리코는 어느새 가지카와 유키히로를 '남편'이라고 하고 있었다. 헤이스케도 그게 자연스러운 일처럼 생각되었다.

"가지카와 씨의 아이가 아니라는 건 언제쯤 알았어요?"

"후미야가 초등학교 2학년 때쯤이었나. 회사에서 혈액 검사를 받은 남편이 험악한 얼굴로 집에 와서 대뜸 후미야의 혈액형을 묻더라고요. 그 순간에 아, 역시 아니구나, 하고 알았어요. 나는 A형, 후미야는 O형이에요. 남편은 자신의 혈액형을 정확히 알지 못해서 검사 받기 전까지는 그저 B형이려니 했던 모양이에요. 형제가 둘이 있는데 둘 다 B형이었으니까."

"그런데 B형이 아니었군요."

"네. 검사에서 AB형이 나왔대요. A와 AB에서 O형이 태어날 수 없다는 건 남편도 알고 있었어요."

"그때 네기시 씨는 사실을 밝혔겠군요."

"예에. 하지만 솔직히 나는 별로 놀라지도 않았어요. 나중에 생각해보니 처음 임신했을 때부터 남편 아이가 아니라는 건 알았던 것 같아요. 그걸 내내 모르는 척 외면했던 것뿐이죠. 후미야가 남편을 전혀 닮지 않았다는 것도."

"가지카와 씨에게는 사실대로 얘기했습니까?"

"얘기했어요. 언제까지고 속일 수 있는 일이 아니니까."

"그래서 가지카와 씨가 화가 나서 집을 뛰쳐나갔다는?"

"그것 때문에 집을 나간 건 확실하죠. 하지만 화가 나서 나간 건 아니었어요. 남편은 한 번도 나를 나무란 적이 없어요. 내 얘기를 듣고도 이상할 만큼 침착한 모습이었죠. 술을 마시고 날뛰지도 않았고 험하게 대하지도 않았어요. 후미야에게도 그 전과 다름없이 잘해줬고. 하지만 말수가 부쩍 줄고 집에 있을 때는 창밖만 보면서 고민하더라고요. 남편이 떠난 것은 내 얘기를 듣고 정확히 2주일 뒤였어요. 달랑 짐 하나와 후미야 사진앨범을 들고 사라졌죠."

"남겨둔 편지 같은 것은?"

"있었어요." 네기시 노리코는 가방에서 하얀 봉투를 꺼냈다. 그것을 테이블 위에 올려놓았다.

"제가 좀 봐도 될까요?"

예, 라고 그녀는 대답했다.

헤이스케는 봉투를 손에 들었다. 안에 편지지 한 장이 들어 있었다. 펼쳐보니 큼직한 글씨로 짧게 적혀 있었다. '미안하다. 아버지인 척은 못하겠다.'

"그걸 보니까 정말 눈물이 나더군요." 그녀는 말했다. "떠날 때까지 2주일 동안, 남편은 나를 욕하고 나무라는 게 아니라 후미야의 아빠로서 살 수 있을지 어떨지 고민했던 거예요. 그걸 생각하면 지금도 미안해서 가슴이 미어지는 심정이에요. 몇 년씩이나 그이를 속였던 거, 진심으로 후회했어요."

헤이스케는 고개를 끄덕였다. 나라면 어땠을까, 하고 상상했다. 똑같은 고백을 나오코에게서 들었다면 우선 그녀를 철저히 매도했을 것이다. 어쩌면 폭력을 휘둘렀을지도 모른다.

"아, 잠깐만요. 그러면 가지카와 씨는 자신의 아들이 아닌 걸 알면서도 후미야의 학비를……."

"네, 맞아요." 네기시 노리코는 손수건으로 눈물을 훔쳤다. "그래서 아까 전혀 사실과는 다르다고 했던 거예요. 속죄해야 할 사람은 나였는데도 그이는 우리를 도와줬어요."

"왜 그랬을까요? 아니, 역시 네기시 씨를 사랑했기 때문이겠네요."

헤이스케의 말에 그녀는 고개를 저었다.

"그때 그이에게는 이미 새 아내가 있었잖아요. 아내를 사랑한다고 몇 번이나 얘기했었어요."

"그렇다면 왜……."

"그이가 나한테 그랬어요. 지금 후미야에게 필요한 것은 아버지다, 엄마 형편이 어렵다는데 아버지인 내가 어떻게든 해줘야 할 거 아니냐……. 그래도 당신이 친아버지도 아닌데, 라고 했더니, 그러면 후미야 입장에서 더 행복한 건 어느 쪽이냐고 묻더라고요."

"어느 쪽?"

"친아버지가 내가 아닌 게 더 행복한가, 아니면 아버지는 나라는 것으로 해두는 게 더 행복한가. 그 둘 중에 어느 쪽이냐는 거예요. 내가 한참 생각해보다가 그야 당신이 아버지인 게 더 좋다고 대답했어요. 그랬더니 그이가 말하더군요. 거봐, 그렇잖아, 나도 그렇게 생각해. 그래서 앞으로도 나는 후미야의 아버지로 남기로 했다, 후미야가 힘든 상황이라면 아버지로서 그 고비를 넘도록 도와주고 싶다…… 예전에는 후미야가 내 핏줄이 아니라는 말을 듣고 아버지의 마음이 될 수 있느냐 없느냐는 것만 생각했다. 내가 사랑하는 사람이 행복한 쪽을 선택해준다는 발상이 없었다. 그렇게나 후미야를 아끼고 좋아했는데 그때는 내가 왜 그런 생각을 못했는지 모르겠다……. 그이가 그러면서 전화기 너머에서 울더라고요."

네기시 노리코는 등을 반듯하게 세우고 있었다. 그 말을 하기 위해서는 자세를 바로잡지 않으면 안 된다고 생각하는 것이다. 목소리는 떨렸지만 눈물은 없었다. 우선 전해야 할 것부터 똑똑히 전해야 한다는 의지가 그 표정에서 느껴졌다.

헤이스케는 뭔가 답답해지는 느낌이었다. 심장이 뛰는

게 빨라졌다. 가슴이 아팠다.

"사고 얘기를 듣고 나는 당장이라도 뛰어가려고 했어요. 최소한 향불이라도 올려드리려고. 뉴스에서 사고 원인이 그 사람의 운전 실수라고 얘기할 때는 그냥 소리를 치고 싶더라고요. 그 사람만 나쁜 게 아니다, 그 사람은 우리를 위해 무리를 해가며 일했다, 라고요. 하지만 후미야의 눈도 있고, 나는 아무 관계도 없는 척했어요. 그렇게 큰 신세를 졌으면서도 끝내 모르는 척했어요."

네기시 노리코는 후우 숨을 내쉬었다. 이미 미지근해진 밀크티를 한 모금 마셨다.

"하지만 이번에 후미야에게서 스기타 씨 얘기를 듣고 이걸 언제까지고 묻어둬서는 안 된다고 생각했어요. 후미야에게는 사나흘 전에 다 얘기했어요."

"충격이 크지 않았을까요?"

"그야 뭐, 충격을 받았겠죠." 네기시 노리코는 미소를 지었다. "그래도 얘기하기를 잘했다고 생각해요."

"그렇습니까……."

"스기타 씨에게도 사실대로 얘기해야 한다고 생각했어요. 그래서 이렇게 만나게 됐네요. 재미없는 얘기였는지도 모르지만."

"아뇨, 저도 얘기 들어서 좋았습니다."

"그렇게 말해주시니 만나 뵌 보람이 있네요." 그녀는 테이블 위의 편지를 가방에 챙겨 넣었다. "그리고 실은 한 가지 부탁이 있어요."

"어떤……."

"후미야 얘기로는 그 부인이 돌아가셨다던데요."

"네." 가지카와 세이코 얘기인 모양이다. "그렇습니다. 벌써 몇 년 전이네요."

"아이가 하나 있다면서요, 딸아이가."

"네, 이쓰미라는 딸이 있어요."

"그 아이의 연락처, 알고 있나요? 한번 정식으로 만나서 아버지 얘기도 해주고, 힘닿는 대로 보답도 해줄까 하고." 네기시 노리코가 진지한 눈빛으로 말했다.

"알 수 있을 겁니다. 연하장 받은 게 있으니까요. 나중에 제가 문자로 연락드리죠."

"네, 미안하지만 꼭 부탁드릴게요." 그녀는 명함을 꺼내 헤이스케에게 건넸다. 라면집 '구마키치'라고 가게 이름이 인쇄되어 있었다.

그녀는 핸드백을 여몄다. 그러고는 문득 생각난 듯 유리창 너머로 호텔 정원을 내다보았다.

"어머, 눈이 오네? 내 그럴 줄 알았어."

헤이스케도 창밖으로 시선을 돌렸다. 흰 꽃잎 같은 것이 하늘하늘 날리고 있었다.

38

호텔을 나와 도쿄역으로 향하는 긴 육교를 걸어갔다. 눈은 천천히 똑같은 리듬으로 내리고 있었다.

네기시 노리코가 들려준 얘기가 머릿속을 떠나지 않았다. 만난 적도 없는 가지카와 유키히로의 목소리를 실제로 들은 듯한 느낌이었다. 내가 사랑하는 사람이 행복한 쪽을 선택해준다…….

아니, 나는 당신과는 다릅니다, 가지카와 씨.

나도 당신 같은 처지였다면 그런 멋들어진 말쯤은 할 수 있었겠지. 하지만 지금 나는…….

다시금 가슴이 답답해지는 것을 느꼈다. 몸속에서 뭔가가 치밀어 올랐다. 서 있기가 힘들어져서 헤이스케는 그 자리에 주저앉았다. 목에 두른 머플러가 툭 떨어졌다.

눈은 내리는 족족 젖은 콘크리트 바닥에 녹아들었다. 전혀 쌓일 기미가 없는데도 그러거나 말거나 계속 내리는 눈은 마치 천진한 아이 같았다.

"괜찮으세요?" 누군가 말을 건넸다. 젊은 남자의 목소리였다.

헤이스케는 상대를 처다보지 않고 슬쩍 한 손을 들었다. "아무것도 아니에요. 괜찮아요."

그는 자리에서 일어나 다시 머플러를 둘렀다. 말을 건넨 젊은이는 작은 몸집의 샐러리맨인 듯한 남자였다. 베이지색 코트를 입고 있었다.

"정말 괜찮으세요?" 남자가 다시 한번 물었다.

"예, 이제 괜찮아요. 고마워요."

샐러리맨인 듯한 남자는 멋쩍게 웃더니 헤이스케와는 반대 방향으로 걸어갔다. 그 뒷모습을 눈으로 배웅하고 헤이스케도 걸음을 뗐다.

이미 다 알고 있었어, 라고 그는 생각했다.

굳이 답을 찾을 것도 없다. 내가 어떻게 해야 하는지, 이미 몇 년 전부터 다 알고 있었다……

집에 도착할 때쯤에는 눈이 그쳤다. 그보다 이쪽은 눈이 별로 내리지 않은 모양이다. 길바닥이 보송보송했다.

현관문은 열려 있었다. 나오코의 신발도 가지런히 놓였다. 하지만 거실을 들여다보니 그녀의 모습은 없었다. 헤이스케는 머플러도 풀지 않은 채 계단을 올라가 그녀의 방을 노크했다. 그런데 대답이 없었다.

불길한 예감이 덮쳤다. 그는 왈칵 문을 열었다.

하지만 방 안에도 그녀의 모습은 없었다. 책상 위에 문고본이 펼쳐진 채 놓여 있었다.

화장실인가, 하고 헤이스케는 고개를 갸우뚱했다. 하지만 그런 거라면 화장실 앞에 슬리퍼가 있을 터였다. 그걸 본 기억은 없었다.

헤이스케는 다시 계단을 내려왔다. 역시 화장실에 인기척은 없었다. 그는 거실로 돌아가 주방 쪽을 살펴보려고 했다. 하지만 그때 마당 쪽에서 뭔가 움직이는 게 있었다.

마루 쪽 유리문의 고리가 내려져 있다. 헤이스케는 정원을 내다보았다. 나오코가 한쪽 구석에서 웅크리고 있었다. 그녀 앞에는 고양이 한 마리가 있었다. 연갈색 줄무늬 고양이다. 어느 집에선가 기르던 아이인지 파란색 목줄이 걸렸다. 목 아래 작은 방울도 달려 있었다.

나오코는 어묵을 잘게 찢어 건네주는 참이었다. 고양이는 흐뭇한 듯 받아먹었다.

헤이스케는 유리창을 톡톡 두드렸다. 나오코가 돌아보았다. 그 얼굴은 요즘 통 못 본 환한 표정이었다. 아, 그래, 그녀의 원래 얼굴은 저런 것이었어, 라고 헤이스케는 생각했다.

하지만 나오코의 그 표정은 금세 사라졌다. 그를 보자마자 갓 피어난 꽃봉오리가 그대로 시들듯이 우울한 얼굴로 바뀌었다.

헤이스케는 유리문을 열었다. 어묵을 먹던 고양이가 경계하듯이 몸이 바짝 긴장했다.

"어디 고양이야?" 그가 물었다.

"모르겠어. 요즘 이따금 나타나서."

헤이스케가 목소리를 냈기 때문인지 고양이는 산울타리를 뚫고 후닥닥 가버렸다. 먹다 남은 어묵이 마른 잔디 위에 남았다.

나오코는 샌들을 벗고 헤이스케의 겨드랑이 밑을 빠져나가듯이 안으로 올라왔다. 손에 든 어묵조각을 티슈로 싸서 테이블에 내려놓았다.

"지난번 그 스키 말인데." 헤이스케는 마른 입술을 축인 뒤에 말했다. "가보는 게 어떨까?"

나오코의 몸이 움직임을 멈췄다. 놀란 듯한 멈춤이었다. 헤이스케 쪽을 돌아보는 그녀의 미간이 좁혀졌다. "응?"

"스키투어. 안내장 왔었잖아. 참가해봐."

나오코는 의아한 표정으로 그의 얼굴을 지그시 응시했다. "왜 갑자기 그런 얘기를 해?"

"가면 재밌겠다 싶어서. 가고 싶잖아."

"잠깐 변덕이 나서 하는 말?"

"그런 거 아냐. 정말로 그렇게 생각해서 한 말이야."

나오코는 눈을 몇 번 깜작거리더니 시선을 비스듬히 아래로 떨궜다. 헤이스케의 진의를 머릿속으로 탐색해보는 얼굴이었다.

그녀는 다시 그를 올려다보았다. 고개를 저었다.

"안 갈래."

"왜?"

하지만 그녀는 대답하지 않았다. 무표정한 얼굴로 거실을 나가려고 했다. 그 뒷모습에 헤이스케는 말했다. "모나미."

나오코의 발이 멈췄다. 크게 동요했다는 것을 들먹이는 어깨의 움직임으로 알았다. 그녀는 돌아보았다. 눈이 금세 불그레하게 젖어들었다.

"왜……." 그녀가 중얼거렸다.

헤이스케는 마루로 난 유리문을 닫았다. 그리고 그녀 쪽으로 돌아섰다.

"오랫동안 힘들게 해서 미안하다. 지금 내가 할 수 있는 말은 그것뿐이야."

미안해, 라고 그는 선 채로 머리를 숙였다.

한순간 세계가 멈춰버린 것 같았다. 모든 소리가 소멸한 것 같았다. 하지만 그것도 한순간의 일이었다. 이윽고 그의 귀에 온갖 다양한 소리가 들어왔다. 자동차 지나가는 소리, 아이 우는 소리, 어느 집에선가의 스테레오 소리.

그 속에 흐느끼는 소리가 섞였다. 그는 얼굴을 들었다.
나오코가 울고 있었다. 뺨에 주르륵 눈물 줄기가 생겨났다.

"모나미……." 그는 다시 한번 그 이름을 불렀다.

그녀는 두 손으로 얼굴을 가리고 복도로 뛰쳐나갔다. 그
대로 계단을 올라갔다. 쾅 하고 문이 닫히는 소리가 들려
왔다.

헤이스케는 무너지듯이 주저앉았다. 책상다리를 틀고
앉아 팔짱을 꼈다.

시야 끝에서 뭔가가 움직였다. 내다보니 조금 전의 고양
이가 정원으로 돌아왔다. 잔디 위에 남겨진 어묵 조각을
맛있다는 듯이 먹고 있었다.

별일 아니야, 라고 헤이스케는 생각했다. 하나의 계절이
끝났을 뿐이다.

저녁 때 방에 들어간 나오코는 밤이 되어도 나오지 않
았다. 걱정이 되어서 몇 번 그 문 앞까지 가봤다. 그때마다
훌쩍훌쩍 우는 소리가 들려서 우선은 안도하고 문 앞을 떠
났다.

말을 건넨 것은 딱 한 번뿐이다. 문 밖에서 "저녁 먹어야
지?"라고 물어본 것이다. 그녀는 목쉰 소리로 "난 됐어"라
고 대답했다.

8시 넘어서 혼자 인스턴트라면을 끓여 먹었다. 이런 때

도 꼬박꼬박 배는 고프다는 게 스스로도 우스꽝스러웠다. 그리고 앞으로 요리도 배워두는 게 좋겠다고 생각했다.

식사 후에 목욕을 하고 그다음은 신문도 읽고 텔레비전도 보면서 보냈다. 헤이스케는 이상하게도 마음이 더없이 침착한 것을 자각했다. 어깨 힘이 스르륵 놓이는 게 분명하게 느껴졌다.

유리잔에 큼직한 얼음 두 개를 넣고 거기에 위스키를 2센티미터 정도만 따라 그것을 들고 침실로 올라갔다. 이불 위에 앉아 위스키를 조금씩 홀짝거리면서 그는 가능한 한 머릿속을 텅 비우려고 노력했다. 오늘이 특별한 의미가 있는 날이라고는 생각하지 않도록 했다. 그게 효과가 있었는지 잔이 빌 때쯤에는 적당히 수마(睡魔)가 기어들어왔다. 그는 불을 끄고 이불 속에 몸을 눕혔다.

결국 그날 밤 헤이스케가 나오코의 모습을 보는 일은 없었다. 저녁밥이야 그렇다 쳐도 화장실에도 안 가는 건 이상하지 않은가.

옛날에 나오코와 데이트하던 때의 일이 생각났다. 아직 결혼도 하기 전이다. 낮에 만나 밤늦게 그녀의 집 앞에서 헤어질 때까지 나오코는 한 번도 화장실에 가지 않았다. 어쩌다 하루만 그런 게 아니라 만날 때마다 그랬다. 헤이스케는 그 사이에 적어도 한두 번은 화장실에 갔다. 영화관 화장실이기도 하고 레스토랑 화장실이기도 했다. 어쩌면 자신이 화장실에 간 사이에 그녀도 일을 봤는가 싶기도 했지만, 아무리 생각해도 이건 이상했다. 대개 나란히 화장실에 가더라도 남자 쪽이 압도적으로 빨리 나오지 않던가.

상당히 친해진 뒤에 그것에 대해 물어본 적이 있었다. 그녀는 겸연쩍은 얼굴로 답을 알려주었다. 단순명쾌했다.

"참았지"라고 말했던 것이다.

왜 참았느냐는 질문에도 그녀는 간결하게 대답했다. "너무 현실적이잖아."

너무 현실적이면 왜 안 되느냐는 의문이 여전히 남았지만 헤이스케는 더 이상 캐묻지 않고 넘어갔다. 아마도 그녀 나름의 규칙이 있는 것이리라고 생각했던 것이다.

어둠 속에서 헤이스케는 눈꺼풀을 감았다. 어쩌면 진즉부터 감고 있었는지도 모른다. 눈꺼풀 안쪽에서 검은 입자가 기묘한 도형을 그렸다. 그것을 가만히 바라보는 사이에 빙글, 세계가 반전했다.

묘하게 잠이 깼다. 문득 깨닫고 보니 눈앞이 천장이었다. 언제 눈을 뜬 건가. 영혼이 어딘가 다른 곳을 헤매다 방금 몸으로 되돌아온 것처럼 헤이스케는 잠에서 깨어났다.

부스스 몸을 일으키고 한차례 부르르 떨었다. 추운 겨울 새벽이라는 것을 그제야 알았다.

서둘러 파자마를 벗고 폴로셔츠와 스웨터를 껴입었다.

바지를 입을 때는 엇, 추워, 추워, 라고 연신 중얼거렸다.

침실을 나서자 맞은편 방문이 반쯤 열려 있었다. 헤이스케는 잠시 망설이다가 그 문 틈새로 안을 들여다보았다. 책상 앞에도 침대에도 나오코의 모습은 없었다.

헤이스케는 계단을 내려갔다. 그러자 밑에서 세 번째 계단에 나오코의 슬리퍼 한쪽이 떨어져 있었다. 그리고 복도 중간에는 다른 한쪽이 뒤집힌 채 놓여 있었다.

그는 거실을 들여다보았다. 나오코가 파자마차림으로 멍하니 정원을 내려다보고 있었다.

"모나미"라고 그가 불렀다.

그녀는 천천히 고개를 돌려 그를 보았다. "아빠……."

"그 옷차림으로는 감기 걸려." 그렇게 말하면서 헤이스케는 뭔가 다르다, 라고 직감했다.

나오코는 손끝을 자신의 관자놀이에 댔다. 고개를 조금 갸웃하고 있었다.

"아빠, 나 어떻게 된 거지?"

"응?"

"나, 버스 탔었는데? 엄마하고 나가노에 갔었는데 나, 왜 여기 있어?"

39

귀에 들어온 말의 의미를 얼른 이해할 수 없었다. 이해
는 했지만 미처 받아들이지 못했다고 해야 할지도 모른다.
헤이스케는 두세 걸음 그녀에게 다가갔다.

"뭐라고?"

나오코가 갑자기 얼굴을 일그러뜨렸다. 두 손으로 머리
를 부여잡았다.

"머리가 아파. 아빠. 어떻게 된 거지? 나, 아픈 거 같아."

"모나미." 헤이스케는 그녀의 두 팔을 잡았다. "정신 차
려봐!" 조심조심 앞뒤로 흔들어봤다.

나오코는 멍하니 그의 얼굴을 보고 있었지만 이내 미간
을 찌푸렸다.

"아빠, 얼굴이 달라진 거 같아. 많이 말랐어."

설마, 하고 헤이스케는 생각했다. 설마 그런 일이 일어
난 건가.

그는 침을 꿀꺽 삼켰다. "모나미."

"응, 왜?"

"너 몇 살이지? 지금 몇 학년이야?"

"나? 무슨 소리야, 5학년이지. 이제 곧 6학년 올라갈 거고." 나오코가 태연히 말했다.

온몸이 후끈 뜨거워졌다. 심장이 급하게 물결쳤다. 숨도 가빠졌다.

그는 상황을 이해했다. 돌아온 것이다. 모나미의 영혼이 되살아난 것이다. 하지만 왜 지금인가.

"모나미, 아빠 말 잘 들어. 아참, 아빠는 알지?" 그녀의 어깨를 붙잡고 그는 물었다.

"알지."

"좋아. 모나미는 방금 잠에서 깨어났지? 잠이 깨서 여기로 내려왔지?"

"응, 근데 몸이 흔들흔들해. 아직 잠이 덜 깬 것 같아."

"알았어. 그럼 아빠가 하라는 대로 해야 돼. 우선 여기 앉아봐. 그렇지, 천천히."

헤이스케는 그녀를 방석 위에 앉혔다. 커다란 눈을 데굴데굴 굴리고 있었다.

온갖 생각들이 그의 머릿속에 몰려왔다. 절망적으로 정체된 수도고속도로 같았다. 그 속에는, 나오코는 어디로 가버린 것인가, 라는 의문도 있었다. 하지만 거기까지 생각하면 더욱더 혼란스러울 것 같아서 일단 사고 밖으로 몰아냈다. 지금은 눈앞의 문제를 해결할 때다.

"잘 들어, 모나미, 우선 네 손을 봐. 그리고 다리를 봐."

그녀는 하라는 대로 했다. 두 손을 가만히 바라보고, 그 다음에는 파자마 아래로 드러난 다리를 보았다.

"뭔가 느껴지는 게 있어? 이상하지 않아?"

"이상해."

"어떻게 이상하지?"

"커졌어. 크고, 손톱도 길쭉해."

"그렇지?" 헤이스케는 그녀의 두 손을 잡았다. "아까 모나미는 버스를 탔다고 했지? 실은 그 버스가 사고가 났어. 그래서 모나미가 크게 다쳐서 오랫동안…… 정말 오랫동안 잠들었어. 그 잠에서 방금 깨어난 거야. 그래서 잠든 동안에 몸이 이렇게 부쩍 컸어."

"에엥?" 그녀는 눈을 크게 뜨고 자신의 몸을 살펴보았다. 그러고는 헤이스케를 보았다. "몇 달이나 잠을 잤는데?"

헤이스케는 고개를 저었다. "몇 달이 아니고 몇 년이야. 정확히 말하면 5년……."

그녀는 숨을 헉 삼켰다. 그의 손에서 자신의 오른손을 빼내 얼굴을 더듬었다.

"식물인간처럼?"

"아니, 그게 좀 복잡한데……." 헤이스케는 말문이 막혔다. 어떻게 설명해야 할지 난감했다.

그런데 그녀가 다시 물었다. "엄마는?"

헤이스케는 허둥거렸다. 제대로 말해야 하는데 할 말을 찾지 못해 의미도 없이 입만 달싹거렸다.

"엄마는 어딨어? 사고가 나서 어떻게 됐어?" 그녀가 다시금 물었다.

그러다가 헤이스케가 대답을 못하고 낭패한 표정인 것을 보고 뭔가 알아차린 모양이었다. 그녀는 두 손으로 입을 가렸다. "어떡해, 안 돼, 엄마……." 그대로 바닥에 엎드렸다. 등이 들썩거렸다. 엉엉 우는 소리가 새어나왔다.

"아냐, 모나미, 아빠 말 들어봐. 분명 엄마는 이제 없어. 하지만 그래도 살아 있어. 엄마의 영혼은 살아 있어." 헤이스케는 그녀의 등을 다독이며 말했다.

하지만 그녀는 울음을 멈추지 않았다. 영혼은 살아 있다는 말을 단순한 위로라고 생각한 게 틀림없었다.

"모나미, 잠깐 이리 와봐." 헤이스케는 그녀의 팔을 잡았다.

하지만 그녀는 어린아이가 떼를 쓰듯이 싫다고 고개를 저었다.

"모나미, 아빠 따라와. 엄마 보고 싶잖아?"

그 말에 드디어 그녀의 눈물이 멈췄다.

"그래도, 죽었잖아."

"그러니까 그게, 몸은 죽었어도 마음은 살아 있다니까."
헤이스케는 다시 그녀의 손을 당겼다. 일으켜 세워서 복도
로 나갔다.

그리고 그녀 자신의 방으로 데려갔다.

"여기 모나미 방이지?" 헤이스케가 물었다.

그녀는 쭈뼛쭈뼛 방 안을 둘러보더니 말없이 고개를 끄
덕였다.

헤이스케는 책상 앞으로 갔다. 책장에서 책 두세 권을
빼냈다.

"이거 봐, 고등학교 참고서와 교과서야. 모나미는 지금
고등학교 1학년이야."

그녀는 책을 든 채 멍하니 서 있었다. 잔뜩 겁에 질린 얼
굴이었다.

"그래, 이상하지? 실은 모나미가 잠든 사이에 신기한 일
이 일어났어. 죽은 줄 알았던 엄마의 영혼이 모나미의 몸
에 들어왔어. 그래서 모나미 대신 모나미로 살아온 거야."

"엄마가 나로……?"

"그래, 맞아."

헤이스케는 책장으로 시선을 내달렸다. 사진이 든 작은
파일을 발견하고 얼른 꺼내왔다. 안에 테니스부 사진이 있
다. 모나미의 얼굴이 크게 찍힌 것으로 한 장 빼냈다.

나아가 책상 서랍을 열고 둥근 거울을 찾아왔다.

헤이스케는 사진과 거울을 그녀 쪽으로 내밀었다. "네 얼굴을 봐. 그리고 이 사진과 비교해봐."

"아빠, 무서워."

"괜찮아."

그녀는 손에 든 참고서를 바닥에 내려놓고 거울과 사진을 받아들었다. 머뭇머뭇하면서 우선 거울을 들여다보았다.

어, 하는 소리가 흘러나왔다.

"왜, 왜 그래?"

"그게……." 그녀는 거울을 들여다보며 말했다. "꽤 예쁜 거 같아."

"그렇지?" 헤이스케는 웃었다. "그 사진도 봐."

그녀는 사진과 거울을 번갈아 보다가 얼굴을 들었다. "어떻게 이래?" 혼잣말처럼 중얼거리고 그 자리에 주저앉았다. 무릎을 끌어안고 그 안에 얼굴을 묻었다.

"엄마가 모나미 대신 살아준 거야." 헤이스케는 책상과 벽 틈새에 세워둔 테니스라켓을 꺼내왔다. "공부를 아주 열심히 해서 좋은 학교에도 합격했어. 테니스부에도 들어갔어. 엄마는 정말로 후회가 남지 않는 청춘을 보냈어. 그러니까……."

뒤를 돌아보던 그의 말이 뚝 끊겼다. 그녀가 몸을 웅크린 채 꼼짝도 하지 않았기 때문이다.

"모나미, 모나미!" 헤이스케는 달려가 그녀의 몸을 흔들었다.

눈을 감은 채 그녀는 얼굴을 들었다. 그리고 천천히 눈을 떴다. 그 눈이 그의 얼굴을 포착했다.

"아빠⋯⋯." 그녀는 이상하다는 듯 고개를 갸우뚱했다. "왜 그래? 아⋯⋯." 주위를 둘러보더니 다시 한번 그에게로 시선을 옮겼다. "무슨 일 있었어?"

그 표정과 말투로 헤이스케는 상황을 이해했다. 이건 나오코다. 진한 안도감이 가슴에 퍼졌다. 어쩌면 이제 다시는 돌아오지 않을지도 모른다고 생각했었기 때문이다.

"왜 그러는데?"

헤이스케는 대답했다. "방금 모나미가 나왔었어."

40

그나마 일요일이라서 다행이다. 자신이 회사에 가 있는 동안에 모나미가 소생했다면 수습할 수 없는 일이 벌어졌을지도 모른다.

거실에서 차를 마시며 헤이스케는 나오코에게 어떻게 된 일인지 설명해주었다. 나오코는 얘기를 듣다가 중간쯤부터 부쩍 흥분하기 시작했다.

"그럼 모나미는 죽지 않은 거네? 뭔가의 원인으로 계속 의식이 잠든 채였다는 얘기잖아?"

"응, 아마 그런 것 같아."

"아아." 나오코는 가슴 앞에서 손을 맞댔다. "믿어지지 않아. 믿어지지 않을 만큼 기쁘다. 이런 멋진 일이 다 있다니!"

"하지만 다시 사라졌어."

"일단 나타났으니까 분명 또 나올 거야. 괜찮아. 틀림없이 또 나올 거야." 나오코는 힘주어 말했다. 그 표정은 어제까지와는 크게 달랐다.

"근데 사정을 설명해주기가 여간 힘든 게 아니야. 일단 가장 중요한 얘기는 했는데……."

"이런 상황을 당장 이해하라는 건 무리한 얘기야." 나오코는 잠시 생각에 잠긴 듯 조용히 있다가 얼굴을 들었다. "역시 내가 얘기해주는 게 가장 좋겠다. 그 아이를 가장 잘 아는 사람은 나니까."

"하지만 그건 안 되잖아." 헤이스케가 말했다. "모나미가 나왔을 때는 나오코가 없는데."

"응, 그래서 편지를 쓸 거야. 모나미가 나오면 그 편지를 보여주면 돼."

"오, 그러면 되겠네."

"당장 써야겠어. 그리고 그 편지는 내가 몸에 지니고 있는 게 좋겠지? 모나미가 언제 돌아올지 모르니까."

"만일 내가 옆에 없을 때 모나미가 나오면 어떻게 하지? 이를테면 학교에 가 있을 때라든가."

아무리 나오코가 편지를 몸에 지니고 있어도 다음에 눈을 뜬 모나미는 그것 자체를 알지 못한다. 분명 심한 혼란에 빠질 것으로 예상되었다.

"그래도 어쩔 수 없어." 나오코가 말했다. "그건 어떻게도 해줄 수 없잖아. 아빠가 회사에도 안 가고 계속 내 옆에만 붙어 있을 거야?"

"그, 그건 어렵지." 헤이스케는 이마를 긁적였다.

"그렇지? 모나미가 뭔가 이상한 행동을 했다면 나중에 주위 사람들에게 걔가 노이로제 기미가 있다고 얘기하면 돼."

"그건 좀 별론데." 헤이스케는 떨떠름한 얼굴을 지었다. "뭐, 어쨌든 그렇게 되지 않기를 비는 수밖에 없겠네."

"내 생각에 그럴 걱정은 없을 거 같아."

"어째서?"

"내가 잠들지 않는 한 괜찮아. 아마 잠들었다가 눈을 떴을 때 모나미가 되돌아올 가능성이 높아. 이번에도 그랬지?"

"오, 그럴지도 모르겠다."

"수업 중에 깜빡 졸지 않도록 조심해야겠어."

"그렇지, 맞네." 헤이스케는 나오코와 얼굴을 마주 보며 웃었다. 이렇게 도란도란 웃어보는 게 몇 달 만인가, 라고 생각했다.

나오코의 얼굴이 다시 진지해졌다. 손 안에서 찻잔을 굴리면서 "근데 좀 이상한 느낌이야."라고 말했다.

"그래?"

"모나미의 몸을 나와 그 아이가 공유하는 셈이잖아. 아니면 교대로 사용한다고 할까."

"맞아." 헤이스케는 고개를 끄덕였다. "그런 얘기가 되겠네."

"사실은." 나오코는 헤이스케의 눈을 지그시 응시하며 말했다. "이제 나는 사라져야 하는가 봐."

헤이스케는 그녀의 시선을 피해 고개를 떨궜다.

"그런 말, 하지 마." 그리고 찻잔 바닥에 조금 남은 차를 후룩 마셔버렸다.

저녁에는 작은 파티를 하기로 했다. 나오코는 닭튀김과 햄버그를 만들고 헤이스케는 근처 케이크가게에서 최고로 좋은 쇼트케이크를 사왔다. 모두 다 모나미가 좋아하는 것이었다.

잘 왔다, 모나미, 라고 말하면서 두 사람은 와인으로 건배를 했다.

모나미의 의식은 그 뒤로 한참동안 나타나지 않았다. 헤이스케는 회사에서 돌아오면 가장 먼저 그녀의 얼굴을 보면서 어느 쪽인지 물어봤지만 그녀의 대답은 매번 똑같았다.

"안타깝지만 아직 나야."

한때는 혹시라도 자살할까 봐 걱정했을 만큼 침울하던 나오코도 완전히 명랑해져 있었다. 그 원인이 모나미가 아직 살아 있다는 얘기를 들었기 때문인지 아니면 헤이스케가 철저히 아빠로서 그녀를 대했기 때문인지, 그건 그로서는 알 수 없었다. 물론 어느 쪽이든 상관없었다. 나오코가 즐거워하는 얼굴을 보고 있으면 이대로 모나미가 더 이상 나타나지 않더라도 괜찮지 않은가 하는 생각까지 들었다.

하지만 나오코는 모나미가 다시 나온다고 굳게 믿는 눈치였다. 그녀는 딸에게 보내는 편지를 써서 차곡차곡 모아두었다.

"아빠가 집에 있을 때 모나미가 나오면 양말 속을 보라고 말해줘."

"양말 속?"

"거기에 메모를 감춰두기로 했어. 그 메모에 모나미에게 보내는 편지가 어디 있는지 장소를 표시해뒀어."

헤이스케는 고개를 끄덕였다. 두툼한 편지를 항상 몸에 지니고 다닐 수는 없기 때문이다.

그렇게 엿새가 지나갔다. 다시 일요일이었다.

헤이스케는 어쩐지 예감이 있었다. 그래서 아침에 일어나자마자 파자마에 카디건만 걸치고 나가 그녀의 방문을 두드렸다. 대답은 없었다.

헤이스케는 조심스럽게 문을 열었다. 그녀는 침대에 앉아 이쪽으로 등을 보이고 있었다. 저기, 라고 그는 말을 건넸다.

그녀는 흠칫 놀란 듯 헤이스케를 돌아보았다. 어딘가 멍한 표정이었다. 모나미다, 라고 직감했다.

"몸은 좀 어때?"

그녀는 자신의 손바닥을 빤히 보다가 두통을 견디듯이 그 손으로 이마를 짚었다.

"나, 또 한참 잤나 봐."

"그건 아냐." 헤이스케는 방 안으로 들어갔다. "이번에는 길지 않았어. 일주일 정도야."

"일주일 내내 잠만 잤어?"

"그러니까 그게 아니라, 전에도 아빠가 말했지? 엄마가 모나미의 몸에 살고 있다고."

모나미는 아직도 상황을 파악하지 못한 얼굴이었다. 고개를 갸우뚱하면서 말했다. "아빠, 거울 좀 보여줘."

헤이스케는 서랍에서 거울을 꺼내왔다. 그녀는 겁이 난 듯 머뭇머뭇 들여다보았다.

"진짜 꿈이 아니었네, 내가 금세 커버린 거."

"지난번에 눈 떴을 때 아빠가 했던 얘기, 다 기억하는구나?"

그녀는 고개를 끄덕이면서 말했다. "난 그거 꿈인 줄 알았는데."

"꿈이 아니야. 아참, 엄마가 모나미에게 전해주라는 게 있었어."

"엄마가?"

"다음에 모나미 깨어나면 양말 속을 보라고 전해달라고

했어."

"양말?" 그녀는 주위를 둘러보았다. 침대 가에 여학생들이 신는 헐렁한 흰색 양말이 걸려 있었다. 그것을 가져다 안을 들여다보았다. 뭔가 찾았는지 손을 쓱 밀어 넣었다. "이런 게 들어 있네?" 반듯하게 접은 종이였다.

"엄마가 너한테 보내는 메시지야." 헤이스케가 말했다.

모나미는 그 종이를 펼쳤다. 그리고 헤이스케 쪽으로 내밀었다. 읽어보니 '책장 맨 오른쪽 끝의 노트. 혼자서 읽어볼 것'이라고 적혀 있었다.

헤이스케는 모나미의 얼굴을 보고 그러고는 책장으로 시선을 옮겼다. 그녀도 똑같이 눈을 굴렸다.

모나미가 침대에서 내려와 책장 앞에 쪼그리고 앉았다. 알려준 곳에서 노트 한 권을 꺼냈다. "여기, 이거야"라면서 표지를 헤이스케 쪽으로 내보였다. 고양이 일러스트가 그려진 노트다. 핑크색 사인펜으로 '모나미에게'라고 작게 제목이 적혀 있었다. 나오코의 글씨였다.

"혼자서 읽어보라고 했지?"

그녀는 말없이 고개를 끄덕였다.

"그러면 아빠는 아래층에 내려가 있을게. 혹시 필요하면 즉시 아빠를 부르면 되니까."

그는 방을 나와 문을 닫았다.

아래층에서 기다리는 동안 헤이스케는 안절부절못하고

있었다. 나오코는 모나미에게 어떤 편지를 썼을까. 그리고 모나미는 그것을 어떻게 받아들일까. 어떤 상황이 닥치든 당황하지 않고 대처할 수 있도록 그는 마음의 준비를 했다.

하지만 그렇게 두 시간이 지났는데도 아무 반응이 없었다. 점점 걱정이 되어 상황을 보러 가보자고 자리에서 일어섰을 때, 2층에서 문이 열리는 소리가 났다.

톡, 톡, 톡, 낙숫물이 떨어지듯이 그녀는 계단을 내려왔다. 방에 들어온 그녀는 눈의 초점이 제대로 맞지 않는 모습이었다.

"괜찮아?" 헤이스케가 말을 건넸다.

응, 하고 그녀는 덜퍼덕 주저앉았다. 잠시 방바닥을 응시하고 있었다.

"너무 많은 일이 있었어." 불쑥 그녀가 말했다.

"그렇지. 5년이나 됐으니까. 지난 5년 동안의 일이 전부 적혀 있었어?"

"아니, 한 번에 다 쓸 수 없다고 큰 것만 써줬어. 그래도 다 읽는 거, 힘들었어."

"응, 그랬겠지." 그 편지를 쓰는 건 더 힘들었을 거라고 헤이스케는 짐작했다.

"신기해. 나도 모르게 중학생이 되고, 그 중학교도 졸업해서 고등학생이 됐어."

"엄마는 두 번이나 입학시험을 치렀어."

"그랬다면서? 나, 깜짝 놀랐어."

"모나미 대신 사는 거니까 후회할 일은 하고 싶지 않다고 했어."

"으응……." 갑자기 그녀의 눈꺼풀이 반쯤 감겼다. 머리가 끄덕끄덕 흔들렸다. "자꾸 졸려."

"한숨 잘래?"

"응, 너무 졸려. 아빠, 나 잠들면 엄마가 다시 나올까?"

"그렇겠지."

"그럼 고맙다고 전해줘. 고맙다고……." 모나미는 눈을 감고 천천히 바닥에 누웠다. 그러고는 금세 잠든 숨소리를 내기 시작했다.

그대로 두면 감기에 걸릴 것 같아서 헤이스케는 2층으로 데려가기로 했다. 품에 안으려고 어깨와 다리 밑에 팔을 넣었을 때, 그녀가 번쩍 눈을 떴다.

그녀는 엇 하는 소리를 냈다. 헤이스케도 똑같이 엇 하는 소리가 튀어나왔다.

그녀는 둘레둘레 주위를 살피더니 헤이스케를 올려다보았다. "모나미 나왔었어?"

"방금 잠들었어. 그러더니 이번에는 나오코가 나왔어."

"아, 미안해, 내가 나와버려서."

"아니, 미안할 게 뭐 있어." 헤이스케는 그녀에게서 물러나 다시 자리에 앉았다. "당신의 그 노트, 읽어본 모양이야."

"뭐래?"

"놀란 것 같았어. 그리고 고맙다고 전해달라던데."

"고맙다고?"

"응." 헤이스케는 모나미와 나눈 대화를 나오코에게 알려주었다.

나오코는 연거푸 눈을 깜작거렸다. "얼른 그다음 얘기도 써줘야겠다. 모나미가 아직 모르는 게 너무 많아."

"이상한 얘기는 쓰지 마. 알았지?"

무슨 말인지 그녀도 알아들은 모양이다. 하얀 이를 내보이며 쓴웃음을 지었다.

"알았어. 그런 건 안 쓰지."

"응, 그렇다면 다행이고."

"근데." 나오코가 말했다. "모나미가 돌아와서 당신, 기쁜 거지?"

"당연히 기쁘지." 그는 대답했다. "정말 꿈만 같다."

"그렇지? 나도 너무 좋아." 그렇게 말하고 그녀는 정원으로 시선을 던졌다. 그 고양이가 또 왔나 하고 헤이스케도 내다봤지만 아무것도 없었다. 길게 자란 잡초가 바람에 흔들릴 뿐이었다.

41

기묘한 가족, 이라고 해야 할까. 남들이 보기에는 별다른 변화도 없는 부녀간으로 보일 게 틀림없다. 사고로 아내를 잃은 중년 아버지와 여고생 딸이 나름대로 사이좋게 잘 지내고 있다고 생각할 것이다. 하지만 이 집은 3인 가족이다. 그렇게 표현할 수밖에 없는 하루하루를 보내고 있었다.

3월이다. 모나미가 갑작스럽게 헤이스케와 나오코에게 돌아오고 한 달이 지났다.

"내일 아침에 모나미가 나올 거야." 한창 저녁식사 중에 나오코가 말했다. 얼굴이 약간 굳어 있었다.

"확실해?" 헤이스케가 젓가락을 멈추고 물었다.

"그냥 예감이 그렇다고."

헤이스케는 고개를 끄덕였다. 이런 말을 했을 때는 반드시 모나미가 나오곤 했다. 나오코의 말에 따르면, 뭔가 표

467

현하기 힘든 예감 같은 게 퍼뜩 머릿속에 떠오른다고 한다.

"어떻게 해야지?" 그가 물었다.

"응, 학교에 보내도 돼. 혹시 평일 아침에 깨어나면 그렇게 하라고 미리 알려줬으니까 모나미도 그리 당황하지는 않을 거야."

나오코와 모나미는 그 노트를 교환일기처럼 주고받는 모양이었다. 그걸로 모나미는 지금까지의 과거와 현재 상황을 상당히 자세히 파악할 수 있었다.

"학교 가는 길이라든가 교실 위치, 반 친구들의 얼굴과 이름, 그런 건 괜찮겠지?" 헤이스케는 다시 한번 확인했다.

"일단 다 알려줬어. 모나미도 외웠다고 얘기했고."

"그럼 이제 남은 문제는 수업인데……."

"그것도 괜찮을 거야."

"하긴 모나미도 괜찮다고는 하더라고. 진짜 신기한 게, 지난번에 고등학교 1학년 수학을 여기서 척척 풀었어. 왠지는 모르지만 문제 푸는 방법을 정확히 알고 있고 고등학교 때나 배우는 기호의 의미 같은 것도 생각이 난다는 거야."

"진짜 신기하지?" 나오코도 고개를 갸웃거렸다.

사고 이후 5년 동안의 일들을 당연하지만 모나미는 전혀 알지 못했다. 그런데 놀랍게도 공부처럼 몸으로 익힌 지식에 관해서는 나오코와 동일한 능력을 갖고 있었다. 모나미 입장에서는 방금까지 초등학교 5학년이었는데 왠지 고등학교 문제가 척척 풀리는 것이다. 영어 단어는 배운 적이 없는데도 "어째서 아는지 나도 모르겠어. 아무튼 알아"라면서 영어 문제집을 풀기도 했다.

이 점에 관해서는 헤이스케 나름대로 가설을 세웠다. 아마도 나오코와 모나미는 뇌의 별도의 부분에서 의식이 발생한다. 그래서 각자 별개의 인간이라고 감지할 수 있다. 나아가 그 의식과 관련된 체험 등도 따로따로 저장되어 있다.

그런데 체험과는 기본적으로 관계가 없는 학습 능력 등은 두 개의 의식이 공유한 부분에 저장되어 있다. 그래서 나오코가 얻은 지식을 모나미가 꺼내 쓰는 것도 가능한 것이다.

헤이스케에게서 그런 가설을 듣고 모나미는 "그러면 앞으로도 공부는 계속 엄마가 하고 나는 신나게 노는 것을 맡을래"라고 했다. 그 점에 대해 나오코가 어떤 대답을 노트에 적어줬는지, 헤이스케는 알지 못한다.

"학교에 있을 때 갑자기 서로 바뀌는 일은 없을까?" 헤이스케가 물었다.

"요즘 모나미가 깨어 있는 시간이 점점 길어져서 6교시까지는 너끈히 갈 것 같아. 하지만 혹시 모르니까 졸리면 꼭 점심시간에 자라고 미리 말해야지. 그리고 그때까지 어떤 일이 있었는지 자기 전에 노트에 기록해두라고 할게.

학교에서 갑자기 나로 배턴 터치해버리면 뭐가 뭔지 몰라서 난감할 테니까."

"어휴, 복잡하네. 그 교환노트가 나오코와 모나미의 또하나의 뇌인 셈이다."

헤이스케의 말에 나오코는 진지한 얼굴로 고개를 끄덕였다.

"진짜 그렇다니까. 코르사코프 증후군하고 똑같아."

"무슨 증후군?"

"코르사코프 증후군. 기억력이 극단적으로 저하하는 병이야. 바로 직전의 일도 다 잊어버려. 그런 사람이 일상을 살아가기 위해서는 전적으로 메모에 의지하는 수밖에 없어. 자신이 한 일, 보고 들은 것 등을 하나하나 메모해두는 거야. 그리고 움직일 때마다 반드시 그 메모를 확인해야 돼. 목욕탕에서 나오면 반드시 메모를 해서 자신이 분명히 목욕을 했다는 것을 확인하는 식이야. 그러지 않으면 목욕을 하고 또 하고, 여러 번 반복하는 경우도 있는 모양이야. 나와 모나미가 그런 증상을 가진 사람들과 똑같아. 하지만 둘 중 하나로 사는 동안에는 별 문제가 없으니까 우리가 훨씬 낫긴 하지."

게다가, 라고 나오코는 덧붙였다. "이렇게 번거로운 것도 이제 곧 끝날 거야."

"왜?"

"……그냥 왠지 그런 생각이 들어."

저녁 먹은 그릇을 쟁반에 챙겨 들고 그녀는 주방으로 갔다. 설거지를 하는 모습을 헤이스케는 복잡한 심정으로 바라보았다.

나오코의 그 말이 어떤 의미인지 헤이스케도 잘 알고 있었다. 그녀가 아까 언뜻 내비친 말과 관계가 있다.

모나미가 깨어 있는 시간이 점점 길어졌다, 라는 것이다. 그건 바꿔 말하면 나오코가 깨어 있는 시간이 짧아졌다는 뜻이다. 요즘 모나미는 한번 눈을 뜨면 몇 시간씩 의식이 또렷했다. 그건 그야말로 아버지와 딸로서 지낼 수 있는 시간이었다. 헤이스케로서도 반갑지 않을 리 없다. 하지만 분명하게 잃는 게 있다는 것도 잘 알았다.

헤이스케는 어느 쪽도 잃고 싶지 않았다. 하지만 그건 염치없는 바람인지도 모른다.

모나미의 첫 학교생활은 별 문제없이 지나간 모양이었다. 그날 헤이스케가 집에 돌아오자 나오코는 저녁식사 준비를 하며 그를 기다리고 있었다. 그녀가 얘기해준 바에 따르면, 모나미는 잠드는 일 없이 무사히 집에 돌아왔다. 하지만 몹시 피곤했는지 침대에 누워 잠시 눈을 붙였고 그 참에 나오코와 교대했다는 것이었다.

"수업도 별 어려움 없이 이해가 됐고 반 친구들과 자연스럽게 얘기도 나눴대. 정말 재미있었다고 노트에 적혀 있었어." 나오코는 진심으로 흐뭇한 듯 자세히 얘기해주었다.

그때부터 사나흘에 한 번은 모나미가 학교에 갔다. 얼마 뒤에는 그 간격이 이틀에 한 번으로 짧아졌다. 봄방학이 다가올 때쯤에는 거의 날마다 모나미가 학교에 가게 되었다. 다만 정신적으로 부담이 큰 탓인지 집에 오자마자 잠이 들어버려서 헤이스케가 돌아왔을 때 그를 기다리는 건 매번 나오코 쪽이었다. 헤이스케가 모나미를 만나는 것은 아침의 짧은 시간과 토요일 오후, 그리고 일요일뿐이었다.

이래서야 모나미가 없었던 때와 별반 다를 것도 없다고 헤이스케가 투덜거리자 나오코는 눈썹을 슬쩍 치켜 올리며 말했다.

"당신은 그럴지도 모르지만 나는 진짜 너무 힘들어. 눈만 뜨면 저녁밥 차리고 그게 끝나면 모나미 숙제를 해야 돼. 그러다 자고 일어나면 또 저녁밥 차리고 숙제하고, 계속 그것만 반복하고 있어. 모나미도 좀 도와주면 얼마나 좋으냐고. 애초에 숙제는 모나미가 해야 하는 거잖아."

물론 모나미 쪽에서도 할 말이 많았다.

"나도 텔레비전 보고 싶어. 근데 볼 시간이 없어. 눈만 뜨면 학교 가고 집에 오면 잠자고 다시 눈 뜨면 학교 가고, 계속 똑같아. 날마다 학교에만 가잖아. 너무 귀찮아서 그냥 학교에서 밤을 새워버릴까 했을 정도야. 나 대신 숙제를 하는 건 좀 미안하지만, 엄마는 별로 힘들 것도 없어.

내가 엄청 착실히 수업 들으면서 머릿속에 다 넣어둔 거야. 엄마는 내가 외워둔 것을 답안지에 써주기만 하면 된다고."

신기하다고 할 수밖에 없는 특이한 상황이었지만 헤이스케는 그렇게 양쪽의 불평을 들어주는 것도 즐겁기만 했다. 몸은 하나뿐이라도 충분히 3인 가족의 즐거움과 따스함을 느낄 수 있었다.

그리고 봄방학이 시작되고 며칠 지났을 때 그녀들, 즉 나오코와 모나미는 한 가지 모험을 감행하기로 했다.

그 스키투어에 참가한 것이다. 일정은 3박 4일. 출발일이 기이하게도 그 사고 날짜와 똑같았지만 아무도 그런 말은 꺼내지 않았다.

4일 동안 헤이스케는 혼자 있었다. 걱정스럽기는 했지만, 그녀들의 특수성을 남들에게 들킬 염려는 없다고 생각했다. 둘의 팀워크를 전적으로 믿었기 때문이다. 오히려 모나미 혼자가 아니라 나오코가 곁에 있어서 안심이 되었다. 보호자가 동행한 셈이라서 엄마의 잔소리에 분명 뾰로통해졌을 모나미의 모습을 상상하며 헤이스케는 혼자 피식 웃기도 했다. 스키장에서 저녁마다 전화를 해줬지만 그건 매번 나오코 쪽이었다.

"얘가 진짜 겁이 없다니까. 스키장을 아주 날아다니는가봐. 나는 밤마다 여기저기 쑤셔서 죽을 지경인데. 돈은 또 얼마나 헤프게 쓰는지, 지갑이 금세 텅 비었어. 오늘은 노트로 따끔하게 혼내줘야겠어."

하지만 모나미도 분명 불만이 많을걸, 이라고 헤이스케는 내심 중얼거렸다.

42

그날은 하청업체와 상의할 일이 있어서 치바에 출장을 다녀오는 길이었다. 헤이스케는 문득 생각이 나서 몬젠나카초역에서 내렸다. 예전에 그 근처에 괜찮은 메밀국수집이 있었다.

5월이다. 날씨가 화창해서 노면이 눈부셨다. 메밀국수집에 가기 전에 도미오카 하치만 절에도 잠깐 들러 기원을 드렸다. 이곳에서 모나미의 시치고산*도 했었다.

경내를 나와 상점이 줄줄이 늘어선 길로 접어든 참에 맞은편에서 낯익은 사람이 걸어왔다. 나이는 50대 중반이고 햇볕에 그을린 번질번질한 얼굴이다. 흰색 재킷이 묘하게 몸과 따로 노는 것처럼 보였다. 나오코와 모나미라면 분명 "우웩, 느글거려"라고 질색할 타입이구나, 라고 생각했다.

---

* 7·5·3. 아이의 성장을 축하하는 뜻으로 아들은 3세와 5세, 딸은 3세와 7세가 되는 해의 11월 중에 신께 감사를 올리는 행사.

그쪽에서도 헤이스케의 얼굴을 빤히 보았다. 분명 어디선가 본 사람인데, 라고 기억을 더듬는 것 같았다.

이윽고 헤이스케는 생각났다. 동시에 그쪽에서도 알아본 모양이다.

"그때 그분?" 헤이스케가 말을 건넸다.

"오, 오!" 남자는 악수를 청하듯이 오른손을 내밀며 다가왔다. "오랜만이네. 잘 지냈어요?"

"예, 덕분에 그럭저럭." 덥석 손을 잡는 그를 향해 헤이스케는 고개를 숙였다.

피해자 모임에서 만난 후지사키라는 사람이었다. 인쇄회사를 경영하고 있고, 그 사고로 쌍둥이 딸을 잃었다.

"이쪽에는 자주 나옵니까?" 후지사키가 물었다. 마지막으로 본 게 4년 전이었는데 그때보다 훨씬 몸이 불어난 것 같았다.

"아뇨, 일 끝나고 집에 가는 길에 우연히 오게 됐어요."

"그럼 잠깐 들렀다 갈까요? 우리 회사가 바로 이 근처인데."

"그렇습니까. 아, 근데……."

헤이스케는 말끝을 흐리며 망설였지만 후지사키가 이쪽, 이쪽, 이라고 손짓을 해가며 앞장서는 바람에 따라가기로 했다. 메밀국수는 포기해야겠구나, 라고 생각했다.

이 근처라고 하더니 후지사키는 헤이스케를 자신의 차

로 데려갔다. 벤츠였다. 아직 신차 냄새를 풍겼다. 창유리 옆에 작은 인형들이 대롱대롱 달려 있었다.

"회사는 가야바초예요. 뭐, 5분이면 도착해."

"전에는 고토구 쪽이라고 하지 않았던가요?"

"지금도 거기 있지. 근데 본사는 3년 전에 이쪽으로 옮겼어요."

벤츠는 지하철 가야바초역 근처 빌딩으로 들어갔다. 지하주차장에 차를 세우고 후지사키는 앞장서서 걸음을 옮겼다. 그 등에 자신감이 넘쳤다.

빌딩 1층이 후지사키의 사무실이었다. '세이프 풋'이라는 게 회사 이름이다. 환하고 세련된 분위기의 사무실에는 컴퓨터며 관련기기가 질서정연하게 놓여 있었다. 사원 몇 명이 근무 중인 것 같았다.

그는 가죽소파에 헤이스케를 앉혔다.

"지금은 주로 컴퓨터를 사용한 디자인 관련 업무를 하고 있어요. 출력 서비스도 제법 잘 나가는 편이고." 후지사키가 두 다리를 꼬면서 말했다.

"출력 서비스?"

"이를테면 컴퓨터상의 화면을 출력할 때, 일반 프린터로는 색깔도 예쁘게 안 나오고 세세한 부분은 번져서 만족스럽지 않잖아요. 그럴 때 우리한테 플로피든 MO든, 디스크만 가져오면 완벽하게 프린트해드립니다. 그런 게 출력 서

비스예요. 출력이라는 건 영어로 아웃풋인데 아웃은 영 재수가 없을 것 같아서 세이프로 슬쩍 바꿔버렸어."

"아하, 그래서 세이프 풋……."

"스기야마 씨는 어디 근무하신다고 했더라?" 소파 등받이에 한쪽 팔을 얹고 후지사키가 물었다. '스기야마'가 자신을 가리키는 말이라고 깨닫는 데 몇 초쯤 걸렸다. '스기타'라고 정정해줄까 하다가 귀찮아서 관뒀다.

"평범한 제조회사입니다"라고 헤이스케는 대답해뒀다.

"그래요? 흠, 제조회사도 앞으로 상당히 힘들어질 거예요." 후지사키는 사업가를 자처하는 투로 말했다.

그 뒤에도 헤이스케는 후지사키가 여러 건의 사업으로 성공했다는 얘기를 커피를 마셔가며 한참을 듣고 있었다. 적당한 때를 노려 그럼 이만, 이라고 자리에서 일어섰다.

"서로 간에 열심히 삽시다. 그 계곡을 향해 소리 높여 외쳤던 날을 잊어서는 안 되지요." 입구까지 헤이스케를 배웅해준 후지사키는 그의 손을 붙잡고 묘하게 힘주어 말했다. 사고에 대해 언급한 것은 그때뿐이었다. 1주기 때, 계곡 밑을 향해 그가 "무정한 놈들아!"라고 외쳤던 것을 헤이스케는 떠올렸다.

빌딩을 나와 사거리에서 신호를 기다리는데 한 남자가 옆에 와서 섰다. 작은 몸집에 머리가 벗어진 남자다. 그가 후지사키의 사무실에 있는 것을 헤이스케는 조금 전에 봤었다.

"한참을 붙잡혀 있었죠?" 그가 웃는 얼굴로 말을 걸어
왔다.

"예, 뭐." 헤이스케는 쓴웃음을 지었다.

"저 사장, 한번 제 자랑을 시작하면 끝날 줄을 모른다니
까. 나도 번번이 두 손 두 발 다 들었어요. ……예전의 그
피해자 모임에 함께했던 분이에요?"

예에, 라고 헤이스케는 대답했다. 헤어지는 참에 후지사
키가 했던 말을 들었던 것이리라.

"그 사고로 사장의 운명도 크게 바뀌었죠." 그는 그렇게
말하고 뒤를 흘끔 돌아보았다.

"그렇습니까?"

남자는 고개를 끄덕였다.

"빚 때문에 인쇄회사가 곧 넘어갈 판이었어요. 그런 참
에 사고가 일어났잖아요. 딸 쌍둥이였으니까 보상금도 1
억 엔이 넘었을걸? 뭐, 단번에 기사회생했죠. 덕분에 상승
세를 타면서 지금은 보셨다시피 으리으리해졌죠."

"예에……."

신호등에 파란불이 켜졌다. 헤이스케는 횡단보도를 건
너기 시작했다. 남자도 나란히 걸음을 옮겼다.

"사장이 자꾸 그런 얘기를 한다니까요. 별 볼 일 없는 딸
들이었는데 마지막 순간에 큰 효도를 해줬다, 마누라 먼저

세상을 떠나고 고생도 많았지만 그 나이까지 키워낸 게 다행이었다, 라는 거예요. 진짜 그런 말 듣는 입장에서는 뭐라고 대꾸해야 좋을지."

지하철 입구가 나왔다. 남자는 방향이 다른 모양이다. 그럼 이만, 이라고 말하고 헤이스케는 계단을 내려갔다.

눈에 보이는 것만이 슬픔이 아니다……. 방금 그 사람에게 알려주고 싶었지만 아무 말도 안 한 이유는 실제 속내가 알려지는 것은 후지사키의 뜻이 아닐 거라고 생각했기 때문이다. 헤이스케의 눈꺼풀에는 벤츠 안에서 흔들리던 인형들이 낙인처럼 찍혀 있었다.

인형은 귀여운 여자아이였다. 게다가 두 개, 완전히 똑같은 것이 달려 있었다.

43

집 현관문을 열자 카레 냄새가 났다. 웬일이래, 라고 생각했다. 나오코는 웬만해서는 카레요리는 하지 않는다. 그 사고 이후에는 더더욱 그랬다.

헤이스케는 거실을 지나 안쪽 주방을 들여다보았다. 그녀가 가스레인지 앞에서 큼직한 냄비 안을 젓고 있는 참이었다. 하얀 에이프런 차림이다.

"잘 다녀오셨어요?" 손을 쉬지 않고 그녀는 말했다.

"카레는 정말 오랜만이네." 헤이스케가 코를 킁킁거리며 말했다. "지금 해두면 내일 아침에 모나미도 먹을 수 있겠다. 아마 엄청 좋아할걸."

그러자 그녀는 토라진 듯한 얼굴로 눈을 깜작거렸다. 그게 무슨 의미인지 헤이스케는 얼른 알지 못했다. 눈치를 챈 것은 그녀가 입을 뾰로통하게 내밀었을 때였다.

저절로 엇 하는 소리가 흘러나왔다. "……모나미?"

응, 하고 그녀는 턱을 당겼다. "미안해, 엄마가 아니라 서."

"오늘은 아직 안 잤어?"

"응, 별로 졸리지 않아서……. 멍 때리고 있으면 안 될 거 같아서 얼른 편의점 가서 카레 재료 사왔어."

"그랬구나. 그러고 보니 모나미는 카레 요리를 꽤 잘했지."

"아빠, 카레는 별로야?"

"아냐, 아주 좋아하지."

헤이스케는 2층으로 올라가 늘 하던 대로 추리닝으로 갈아입었다. 개운치 않은 뭔가가 가슴속에 엉겨 있는 느낌이었다. 그 정체가 무엇인지 그는 알고 있었다. 하지만 그런 생각을 하면 공연히 마음이 무거워질 것 같아 애써 의식에서 떨쳐내려고 했다.

텔레비전 가요 방송을 보면서 모나미가 해준 카레라이스를 먹었다. 제법 괜찮은 솜씨였다. 나오코가 해준 요리와 비교해도 손색이 없었다. 그렇게 말했더니 모나미는 흐뭇한 얼굴을 했다.

"내가 요리는 좀 하지. 엄마 요리 메모도 있고, 걱정 없어." 그렇게 말하고 두 손가락으로 V를 그렸다. "근데 아빠하고 저녁밥 먹는 거, 진짜 오랜만이야. 어째 좀 이상한 느낌."

"평소 같으면 모나미가 잠들 시간이라서 그렇지."

"맞아." 그녀는 숟가락을 멈췄다. "아빠는 역시 엄마가 나오는 게 좋아?"

"아니, 그렇지 않아." 헤이스케는 손을 저었다. 그러고는 고개를 갸웃했다. "아차, 그렇지 않다고 너무 강조하면 다음에는 엄마가 토라지겠는데?"

"맞다! 방금 그 말, 못 들은 걸로 할게." 모나미는 깔깔 웃고는 다시 숟가락을 입에 옮겼다.

카레라이스를 먹은 뒤에도 모나미는 텔레비전 앞에 앉아 있었다. 이거, 엄마가 엄청 재미있대, 라면서 요즘 인기 드라마를 본 것이다. 헤이스케는 그동안에 테이블의 그릇이며 숟가락을 걷어다 설거지를 했다. "고마워"라고 모나미는 텔레비전 앞에 앉은 채 말했다.

헤이스케가 설거지를 끝내고 돌아와 보니 모나미는 테이블에 엎드린 채 잠이 들었다. 텔레비전에서는 드라마의 엔딩이 흐르고 있었다.

그가 자리에 앉았을 때 그녀는 눈을 떴다. 몇 초 동안 멍하니 시선이 헤매고 있었다. 그러더니 천천히 몸을 일으키고 양쪽 눈을 꾹 감고 손끝으로 비볐다. 그리고 다시금 눈을 떴다.

"지금 몇 시?" 그녀가 물었다.

"9시쯤 됐을걸?"

"그래? 꽤 오래 잤네."

"아까 회사에서 돌아왔을 때, 아직 모나미여서 놀랐어. 솔직히 말하면 걱정도 됐고."

"이제 내가 안 나올까 봐서?"

"응."

나오코는 그의 시선을 슬그머니 피했다.

"잠든 상태와 깨어난 상태의 정확히 중간지점일 때가 있어. 그럴 때, 평소에는 에잇 하고 일어나는데 오늘은 왠지 그게 잘 안 됐어. 자꾸만 잠의 세계로 빠져들고. 그래서 좀 늦어졌어."

"그런 건가." 헤이스케는 애매하게 고개를 끄덕였다. 알 것 같으면서도 역시 알 수 없는 얘기였다.

"여보." 나오코가 헤이스케 쪽을 향했다. "나, 이제 당신 못 만날지도 몰라."

"왜, 또?"

"이건 내 일이니까 내가 잘 알아. 이렇게 조금씩 사라질 거야."

"그러지 마. 그럴 일 없어."

"근데 이상하게 별로 슬프지도 않아. 어쩔 수 없다 싶어. 아무리 생각해도 지금 이 상태는 이상하잖아."

"이상하든 말든 상관없어. 나는 지금처럼 사는 거, 좋아. 모나미도 재미있어 하잖아. 앞으로도 계속 이런 식으로 가자고."

"고마워. 나도 그럴 수 있으면 좋겠는데……." 나오코가 코를 킁킁거렸다. "카레 했어?"

"응, 모나미가 요리했어."

"그래? 걔가 카레를 잘하지. 근데 다른 요리도 잘해. 어릴 때부터 내 옆에서 거들었으니까."

"모나미도 걱정 없다고 했어. 엄마 요리 메모도 있다면서."

"아, 요리 메모……." 나오코는 고개를 가로저었다. "할 수 있을 때 최대한 많이 써놔야겠다."

"그런 말, 하지 말라니까? 요즘 이렇게 잘 지내왔잖아." 헤이스케는 조금 화난 목소리를 냈다.

"그래, 미안해." 나오코는 빙긋이 웃으며 사과했다.

그날 밤 헤이스케는 가능하면 밤새 깨어 있고 싶었다. 나오코와 최대한 오랜 시간 함께하고 싶었기 때문이다. 하지만 가장 중요한 그녀 쪽에서 자정이 가까워지자 하품을 거듭하는 바람에 어쩔 수 없었다. "졸려서 기절할 것 같아"라면서 그녀는 자기 방으로 사라졌다. 내일 아침에 방에서 나올 때는 나오코가 아니라 모나미가 되어 있을 터였다.

약 3시간……. 그날 나오코가 헤이스케 앞에 나타난 시간이다.

헤이스케는 목욕 후 거실에서 위스키를 마셨다. 한 모금 마실 때마다 목구멍과 위가 뜨거워졌다. 그렇게 그는 눈물을 꾹꾹 참고 있었다.

44

7월 초, 뜻밖의 인물이 헤이스케의 회사에 나타났다. 규슈지방은 장마가 끝났다는 뉴스가 들렸고, 그것을 뒷받침하듯이 도쿄도 비가 그치고 며칠째 무더위가 이어졌다. 그런 날씨에 이 인물은 감색 정장 차림으로 헤이스케의 회사 내객용 홀에 나타났다. 딱하게도 저런 차림으로, 라고 헤이스케는 처음 보자마자 우선 그 생각부터 했다.

홀에는 4인용 사각 테이블이 줄지어 놓였다. 그중 한 테이블에서 두 사람은 마주앉았다.

"지난겨울에 저희 어머니를 만나셨다는 얘기 들었습니다. 바쁘실 텐데 갑작스럽게 연락해서 죄송하고 고마웠다고 전해달라고 했습니다." 네기시 후미야는 말끔하게 손질한 머리를 숙였다. 감색 정장에 7대 3 가르마의 머리스타일이 잘 어울렸다.

"아니, 용기내서 얘기해주셔서 나한테도 좋은 시간이었

어. 덕분에 이런저런 의문이 밝혀졌지."

헤이스케의 말에 후미야는 겸연쩍은 얼굴이었다.

"몇 년 전에 제가 큰 실례를 했었어요. 아무것도 모르면서 섣부른 말을 했습니다. 정식으로 사과드립니다."

"그때는 그럴 만도 했어. 자네는 자세한 내막을 전혀 알지 못했잖아. 자자, 이제 그만합시다, 사과는 이걸로 끝내자고."

헤이스케가 거듭 말하자 그제야 후미야는 네, 라고 고개를 끄덕였다. 손수건을 꺼내 이마의 땀을 닦고 있었다.

"그리고 어머니가 꼭 전해드리라고 했는데요, 이쓰미와 연락이 됐습니다."

"오, 그래?" 이쓰미의 연락처는 그때 전화로 네기시 노리코에게 알려주었다. 하지만 그 뒤 어떻게 됐는지는 아직 얘기를 듣지 못했다. "이쓰미는 지금 어디서 무슨 일을?"

"미용사로 취직했어요. 혼자 따로 나와서 사는데 아직은 형편이 그리 넉넉지 않아서 어머니가 후원해주고 있는 모양이에요."

"그래······."

"그때 그 일의 보답이에요."

"잘했네, 잘했어."

예전에 이쓰미의 부친에게서 은밀히 도움을 받았던 청년의 얼굴을 지그시 바라보며 헤이스케는 몇 번이나 고개를 끄덕였다.

"아니, 그나저나." 헤이스케는 새삼 그의 차림새를 바라보며 고개를 저었다. "후미야 씨가 우리 회사에 지원했다니, 깜짝 놀랐어."

"그렇습니까. 제가 원래 자동차 관련 기업을 희망했거든요."

"그러고 보니 자동차 동아리에서 활동한다고 했었지?"

"네에." 후미야는 턱을 당겼다.

헤이스케의 회사도 벌써 취업 희망자들의 회사 방문이 시작되었다. 이과 출신은 원래 각 대학의 추천을 받아 채용하기 때문에 별 문제가 없는 한, 대부분 그대로 취업이 결정된다. 대학원 석사과정 수료 예정의 후미야라면 더욱더 틀림없을 터였다.

"그럼 단순한 우연인가?" 헤이스케가 물었다.

"네. 실은 자동차 관련기업으로는 추천 인원이 별로 없었어요." 후미야는 넥타이를 매만지며 말했다. "스기타 씨를 만나지 못했다면 이 회사는 선택하지 않았을 거예요."

"엇, 저런." 헤이스케는 손을 머리에 얹었다. "그러면 내 책임이 막중하잖아? 이런 이상한 회사인 줄 몰랐다고 나중에 원망하는 거 아닌가 모르겠네." 그러고는 멋쩍은 웃음을 지었다.

후미야는 오늘 신주쿠의 호텔에서 자고 내일 삿포로로

돌아갈 예정이라고 했다. 그 말을 듣고 헤이스케는 그렇다면 이따 저녁때 우리 집에서 저녁이나 먹자고 청했다.

"그래도 될까요? 힘드실 텐데……"

"힘들 것도 없어. 힘들면 내가 오라고 하지도 않지. 자, 그럼 정해진 거야, 알았지?"

"네, 고맙습니다." 후미야는 등을 반듯하게 세우고 대답했다.

회사 일 끝날 때쯤에 다시 후미야 쪽에서 전화를 하기로 약속하고 일단 헤어졌다. 헤이스케는 오후 5시가 되기를 기다려 집에 전화를 걸었다. 모나미는 이미 학교에서 돌아와 있었다. 손님을 데려갈 거라고 얘기하자 전화 너머에서 당황하는 기색이었다.

"갑자기 그런 얘기를 하면 어떡해. 저녁식사, 어떻게 해?"

"장어덮밥 배달시키면 돼. '야지로베' 식당에 미리 전화만 해줘. 특상품으로 주문해, 생 구이와 간 스프 나오는 걸로."

"진짜 그거면 돼?"

"응, 그 대신 방 청소는 좀 해두는 게 좋겠지?"

전화를 끊고 집에 손님이 오는 게 대체 몇 년 만인가, 라고 헤이스케는 생각했다.

퇴근시간이 되자 후미야에게서 전화가 왔다. 역 앞 서점에서 만나기로 했다.

헤이스케가 서점에 도착하자 그의 모습이 금세 눈에 띄었다. 이런 날씨에 짙은 감색 정장 차림이니 눈에 안 띄는 게 이상하다. 그는 도쿄 지도를 사들인 참이었다.

"무사히 입사한다면 내년 봄부터 도쿄에서 살아야 하니까 미리 알아두려고요." 후미야는 그렇게 말하면서 웃었다.

"처음에는 회사 기숙사에서 지내게 될 거야. 뭔가 필요한 게 있으면 언제든지 나한테 얘기해."

"와아, 든든합니다."

"먹는 게 시원찮다 싶으면 우리 집으로 와. 그러니까 오늘 가는 길을 잘 기억해두라고."

"네, 꼭 기억하겠습니다."

헤이스케는 자신의 말투가 어느 틈에 친하게 풀어진 것을 깨달았다. 무의식중의 일이었다. 앞으로도 이렇게 허물없이 지내자고 마음먹었다. 그게 자연스럽기도 하고, 후미야도 반기는 기색이었기 때문이다.

도쿄 지옥철은 역시나 후미야에게는 힘겨운 모양이었다. 냉방 중인데도 그의 관자놀이에 땀이 맺혔다. 역에 도착해 지하철에서 내릴 때는 어깻숨을 몰아쉬었다.

"도쿄 사람들이 삿포로 쪽 사람들보다 훨씬 체력이 뛰어난 것 같습니다." 농담만은 아닌 투로 그는 말했다.

집에 도착하자 현관문을 열고 안을 향해 말했다. "나 왔어."

통탕통탕 달려오는 소리가 났다. 슬리퍼도 신지 않은 채 모나미가 나타났다. 검정색 티셔츠 위에 에이프런을 입고 있었다. "잘 다녀오셨어요?"

"응, 아까 전화로 말했던 네기시 후미야 씨야. 후미야, 여기는 우리 딸 모나미."

네기시입니다, 라고 말하고 그가 머리를 숙였다.

모나미입니다, 안녕하세요, 라고 그녀도 인사했다.

그리고 두 사람의 시선이 허공에서 마주쳤다. 2, 3초쯤, 헤이스케가 구두 한쪽을 벗는 사이의 일이다. 또 한쪽 구두를 벗었을 때, 이미 두 사람은 각기 다른 곳을 보고 있었다.

거실로 들어서던 헤이스케는 깜짝 놀랐다. 테이블에 요리가 차려져 있었기 때문이다. 샐러드, 닭튀김, 거기에 생선회까지 놓인 멋진 상차림이었다.

"이걸 다 직접 차렸어?" 헤이스케가 물었다.

"아니, 너무 오랜만에 오신 손님이잖아." 모나미가 후미야를 흘끗 보면서 말했다.

"대단해요. 아직 고등학생이잖아요? 와아, 대박."

"너무 찬찬히 보면 안 돼요. 엉성한 거 다 들켜요." 모나미가 손을 내저었다.

"좋아, 얼른 먹어볼까. 배고프네. 모나미, 맥주도 부탁해." 헤이스케가 말했다.

네, 라고 대답하고 그녀는 주방으로 갔다.

"저……." 후미야가 말했다. "저건 항상 닫아두십니까?"

그가 가리킨 것을 보고 헤이스케는 일순 대답할 말이 없었다. 불단이다. 요즘에는 거의 열어놓는 일이 없었다. 공양해야 할 대상이 없기 때문이다. 적어도 지금의 헤이스케에게는.

"아, 그거?" 헤이스케는 머리를 긁적였다. "전에는 아내 사진도 올려놓고 했는데 요즘은 뭐랄까, 좀 번거로워서……."

"향불을 올렸으면 하는데, 안 될까요?" 후미야가 조심스럽게 헤이스케와 모나미의 얼굴을 번갈아보았다.

"아니, 안 된다기보다……." 헤이스케는 말을 어물거렸다.

그러자 모나미가 맥주병을 든 채 말했다. "괜찮잖아?"

"응……. 그래, 괜찮지, 응. 그럼 향을 피워주겠나?"

"꼭 올리게 해주십시오." 후미야는 자세를 단정히 바로 잡고 말했다.

오랜만에 문이 열린 불단 앞에서 후미야는 꽤 오랫동안 합장하고 있었다. 향불 연기가 실처럼 피어올랐다. 헤이스케도 옆에서 후미야와 똑같이 정좌하고 기다렸다.

드디어 후미야가 얼굴을 들었다. 액자 속 나오코의 사진을 새삼 바라본 뒤에 헤이스케와 모나미 쪽으로 몸을 돌렸다. "무리한 부탁을 드려서 죄송합니다."

"아냐, 아냐. 그보다 합장을 꽤 오래 해주셨네."

"네, 사죄드려야 할 것이 많아서요." 후미야가 입가를 풀며 웃었다.

"자, 건배를 위해 자리를 옮길까요?" 모나미가 무거운 분위기를 깨듯이 말했다. "네기시 씨의 취직을 축하하며."

"그래, 그러자." 얼른 달려가 테이블 위의 유리잔을 후미야 앞에 놓았다.

"의대? 훌륭하네!" 후미야가 말끝에 감탄부호를 붙였다.

"그렇지도 않아요. 그냥 희망사항. 합격할지 아닐지, 전혀 모르는 거고."

"아니, 도전하는 것만으로도 훌륭하지. 그것도 여학생이. 아차, 이런 말 하면 성차별이 되나? 뭐, 어쨌거나 대단해." 후미야가 약간 혀 꼬인 소리를 냈다. 맥주를 많이 마셨기 때문이다.

"후미야 씨는 호쿠세이 공대 대학원이잖아요. 그게 더 대단하죠."

"아니, 아니, 전혀 대단할 거 없어. 마음만 먹으면 누구든 갈 수 있어."

"에이, 그럴 리가요. 아참, 후미야 씨는 이과라서 수학은 당연히 잘하겠죠? 나, 잘 모르는 문제가 있는데 좀 물어봐도 돼요?"

"지, 지금? 어쩌지, 취해서 머리가 멍한데."

잠깐만요, 라면서 모나미는 방을 나갔다.

"미안해, 우리 딸이 워낙 수다쟁이야." 헤이스케는 말했다. 그는 두 사람에게서 조금 떨어져 앉아 내내 위스키 미즈와리를 마셨다.

"아뇨, 재미있어요. 모나미 정말 대단해요, 의대라니." 그가 놀랍다는 듯이 고개를 저었다.

"엄마의 유지를 따른 거야." 헤이스케는 말했다.

"그러면 어머님이……" 후미야는 불단으로 시선을 향했다.

"꼭 의대라는 건 아니지만, 뭐든 딸이 후회 없는 인생을 살게 해주겠다는 게 꿈이었어."

"예에……" 후미야는 나오코의 사진을 보고 있었다.

모나미가 내려와 그에게 숙제 프린트물을 보여주었다. "이 문제예요."

"어디 보자, 적분 증명 문제?" 후미야는 술로 붉어진 얼굴을 뒤로 젖히며 말했다. "그래, 이건 꽤 어렵지. 우선 여기 x의 제곱을 이퀄로 놓고 t를 x에 대해서 미분해주면……"

술에 취해 흐려진 눈을 하고서도 자신의 볼펜을 꺼내 답을 쓰기 시작했다. 그런 청년의 옆얼굴을 모나미는 믿음직스러운 듯이 보고 있었다.

네기시 후미야는 11시쯤 돌아갔다. 걸음은 약간 휘청거렸지만 의식은 말짱한 것 같았다. 모나미가 가져온 수학 문제 세 개를 순식간에 풀어줬을 정도다.

"진짜 반듯한 사람인 것 같아. 어디도 굽은 데가 없는 느낌이랄까." 그를 배웅한 뒤에 모나미가 말했다. 그 순간 그녀의 눈이 반짝 빛나는 것을 보고 헤이스케는 한 가지 예감을 품었지만 입 밖에 내지는 않았다.

둘이서 설거지를 했다. 모두 정리했을 때는 자정 가까운 시각이었다. 둘 다 아직 목욕도 못했다. 하지만 약속이라도 한 듯이 거실에 털퍼덕 주저앉았다.

"피곤하지?"

"응, 조금."

"내일이 토요일이라 다행이다. 아참, 그래도 모나미는 학교에 가지?"

"오전수업이니까 괜찮아." 그렇게 말하고 그녀는 아빠를 보았다. "아빠, 오늘 밤에는 엄마 안 나올 거야."

"……그래?"

"응, 오늘 밤에는 안 와."

"그렇구나." 헤이스케는 불단을 보았다. 사진 속의 나오코가 그를 보며 웃고 있었다.

"아빠, 나 부탁이 있어."

"뭔데?"

"내일 학교 끝나고 나랑 함께 갈 데가 있어. 아빠 차로."

"드라이브? 좋지. 어디로?" 모나미가 이런 부탁을 한 것은 처음이라서 헤이스케는 내심 당황스러웠다.

그녀는 잠시 머뭇거린 뒤에 말했다. "야마시타 공원."

"야마시타 공원……. 요코하마의?"

응, 하고 그녀는 고개를 끄덕였다.

차가운 바람이 헤이스케의 마음속에 밀려들었다. 눈 깜짝할 사이에 그의 마음은 깊이 가라앉았다.

"……내일이야?"

"응, 내일."

"알았어." 그는 고개를 끄덕이며 다시 한번 말했다. "응, 알았어."

모나미의 눈시울이 붉어졌다. 입가를 손등으로 가린 채 그녀는 자리에서 일어섰다. 그대로 방을 나가 계단을 올라갔다.

헤이스케는 책상다리를 틀고 앉았다. 고개를 돌려 다시 한번 불단의 사진을 보았다.

야마시타 공원…….

나오코와 처음으로 데이트를 했던 곳이었다.

45

토요일에는 아침부터 바빴다. 우선 주유소에 가서 기름을 가득 채우고 그 참에 세차도 했다. 여기저기 흠집이 난 구형 스프린터지만 깨끗이 닦고 나니 제법 근사해졌다.

주유소 다음은 악기점이다. CD를 몇 장 샀다. 여점원은 웃음을 꾹 참는 얼굴이었다. 그가 고른 CD가 중년 남자에게는 어울리지 않는 것이었기 때문이다. 악기점을 나온 뒤에는 근처 전자제품 매장에 들러 카세트라디오도 구입했다.

그다음은 이발소다.

"방금 이발하고 온 것처럼 보이지 않게 해주세요. 최대한 자연스럽게."

"뭐야, 오늘 선이라도 보는 게야?" 단골 이발소 주인이 헤이스케의 주문에 놀란 표정을 보였다.

"아뇨, 선보는 거 아닙니다. 데이트예요."

"에헤, 데이트는 무슨." 주인이 어이없다는 듯이 웃었다.

농담하지 말라는 표정이었다.

"참내, 농담 아니에요. 우리 딸하고 데이트라고요."

"뭣이? 이거, 큰일 났네." 주인의 손놀림이 갑작스레 진지해졌다. "딸과 데이트는 아빠한테는 평생 한두 번 있을까 말까 한 최고의 날이잖아."

이발소를 나오자 마침 딱 좋은 시간이었다. 헤이스케는 차를 몰아 모나미의 학교로 향했다.

학교에 가는 건 축제 때 이후로 처음이다. 캠프파이어의 불길이 눈꺼풀에 되살아났다. 채 1년도 지나지 않았는데 아주 오래전 일 같은 느낌이 들었다.

이미 수업이 끝났는지 학생들이 교문을 지나 줄줄이 나왔다. 헤이스케는 길가에 차를 세우고 여학생들의 얼굴을 찬찬히 살펴보았다.

이윽고 모나미가 친구 두 명과 나란히 나왔다. 클랙슨을 울릴까 했지만 그녀 쪽에서 금세 알아본 모양이다. 친구에게 뭔가 얘기하고 혼자서 뛰어왔다.

"차가 반짝반짝하네?" 조수석에 타자마자 그녀는 말했다.

"싸악 닦았지."

"엇, 이발도 했어?"

"에헴, 사나이의 단정한 모습이란 게 바로 이런 거야."

"올, 좋은데? 아빠라기보다 파파라는 느낌?"

"파파? 나쁘지 않네." 기어를 드라이브로 넣고 차를 출발시켰다.

처음에는 재미있게 얘기하던 모나미가 이윽고 입을 꾹 다물었다. 내내 창밖만 보고 있었다. 헤이스케도 선뜻 말이 나오지 않았다. 날씨는 좋건만 무거운 분위기의 드라이브가 되었다. 중간에 드라이브스루 햄버거 가게에 들렀다. 모나미는 말없이 치즈버거를 먹고 콜라를 마셨다. 헤이스케도 핸들을 잡은 채 한 손으로 햄버거를 덥석덥석 먹었다.

야마시타 공원에 도착해 주차장에 차를 세우자 짐을 꺼내 들고 걸음을 옮겼다.

"그거, 좀 촌스럽잖아?" 모나미가 카세트라디오를 가리키며 말했다.

"그런가? 신제품인데?"

"신제품이라도 그런 걸 들고 야마시타 공원을 돌아다니면 너무 좀……."

"그럼 차에 두고 올까?"

"됐어. 필요한 거잖아?"

"그건 그렇지."

"그럼 뭐, 어쩔 수 없네."

날씨 좋은 토요일이라서 공원에는 가족과 커플이 많았다. 헤이스케는 바다를 마주하고 나란히 놓인 벤치 쪽으로 갔다. 딱 한 군데, 빈자리가 있었다.

"조금 더 부두 쪽이었는데." 그는 말했다.

"뭐가?"

"엄마랑 처음 데이트할 때 앉았던 벤치 말이야. 좀 더 저쪽이었어."

"그래도 그쪽에는 빈자리가 없으니까 그냥 여기 앉자." 모나미가 벤치에 앉았다. 헤이스케도 옆에 자리를 잡았다. 교복을 입은 여고생과 카세트라디오를 든 중년 남자. 남들 눈에는 어떻게 보일까, 하고 조금 신경이 쓰였다.

둘이 나란히 앉아 한참동안 바다를 바라보았다. 수면은 평온했다. 이따금 배가 지나갔다.

"엄마가 이렇게 하라고 알려줬어?" 헤이스케는 앞을 향한 채 물었다.

"응."

"언제?"

"어제 아침에. 노트에."

"토요일에 가라고 적혀 있었어?"

모나미가 고개를 끄덕이는 것이 헤이스케의 시야 끝에 들어왔다.

"토요일에 아빠한테 야마시타 공원에 함께 가자고 해라. 그러면 거기서……."

"거기서…… 뭐?"

그녀는 고개를 저었다. 말하고 싶지 않다는 의사 표시인 모양이다.

"그렇구나." 헤이스케는 한숨을 쉬었다.

"아빠." 모나미가 말했다. "나, 다시 돌아온 거, 잘한 걸까?"

헤이스케는 그녀 쪽을 향했다. 울음이 터질 듯한 얼굴을 하고 있었다.

"당연하지." 그는 말했다. "엄마도 정말 기뻐했어."

모나미는 안도한 듯 고개를 끄덕였다. 그러더니 눈꺼풀이 스르륵 감겼다. 머리를 기우뚱기우뚱하다가 그대로 벤치에 몸을 기댔다. 마치 인형처럼 그녀는 잠이 들었다.

헤이스케는 카세트라디오의 전원 버튼을 눌렀다. CD는 이미 넣어두었다. 마쓰토야 유미의 노래다. 재생버튼을 꾹 눌렀다.

노래가 흘러나오는 것과 거의 동시에 그녀는 눈을 떴다. 하지만 헤이스케는 성급하게 말을 건네는 일 없이 조금 전 모나미와 있을 때처럼 바다만 바라보았다. 그녀도 같은 방향을 보고 있었다.

"마쓰토야 유미 CD를 어떻게 샀어?" 그녀가 입을 열었다. 침착한 목소리였다.

"그러게 말이야. 어쩐지 창피해서 얼굴이 화끈거리더라고."

"그래도 일부러 사왔구나?"

"나오코가 좋아했으니까."

다시 한참을 말없이 바다만 바라보았다. 수면이 눈부셔서 가만히 응시하고 있으려니 눈이 자꾸만 시큰거렸다.

"마지막으로 다시 한번 이곳에 데려와줘서 고마워." 나오코가 말했다.

헤이스케는 그녀 쪽으로 몸을 돌렸다.

"역시…… 마지막이야?"

그녀는 그에게서 눈을 돌리지 않고 조용히 고개를 끄덕였다.

"세상 모든 일에는 끝이 있어. 그 사고 날, 실은 끝났어야 했어. 그걸 오늘까지 길게 끌어왔을 뿐이지." 그리고 작은 소리로 말을 이어갔다. "이렇게 오래 함께할 수 있었던 거, 당신 덕분이야."

"조금만 더…… 안 될까?"

"안 돼." 그녀는 쓸쓸한 웃음을 보였다. "설명은 못하겠지만 내 일이니까 내가 알지. 이제 이걸로 나오코는 끝이야."

"나오코……." 헤이스케는 그녀의 오른손을 잡았다.

"헤이스케." 그녀가 그의 이름을 불렀다. "고마워. 이제 안녕이네. 나, 잊지 말아줘."

나오코, 라고 다시 한번 불러보려고 했다. 하지만 소리가 나오지 않았다.

그녀의 눈과 입술에 미소가 떠올랐다. 그대로 조용히 눈꺼풀을 감았다. 목이 천천히 앞으로 숙여졌다.

혜이스케는 그녀의 손을 잡은 채 고개를 떨궜다. 하지만 눈물은 나오지 않았다. 울어서는 안 된다고 누군가 귓가에서 계속 속삭이고 있었다.

잠시 뒤 그의 어깨에 손이 얹혔다. 얼굴을 들자 모나미와 눈이 마주쳤다.

"엄마 정말 가버렸어?" 그녀가 물었다.

혜이스케는 말없이 고개를 끄덕였다.

모나미의 얼굴이 일그러졌다. 그의 품에 파고들어 엉엉 울음을 터뜨렸다.

딸의 등을 가만가만 다독거리면서 혜이스케는 바다를 보았다. 저 멀리 하얀 배가 보였다.

마쓰토야 유미는 〈저물어가는 방〉을 노래하고 있었다.

46

"아니, 울걸? 내기를 해도 좋아. 틀림없이 운다니까." 처
가의 형님 도미오가 자신만만하게 말했다.

"허참, 울기는 왜 울어요? 요즘 세상에 딸이 결혼한다고
우는 아버지가 어딨어?" 헤이스케는 손을 내저으며 대꾸
했다.

"이상하게 그런 말을 하는 사람일수록 더 울더라고. 아
버님은 딸을 시집보내는 것도 아니고 나를 데릴사위로 들
이면서도 피로연 때 꺼억꺼억 울었잖아. 그렇죠, 아버님?"

"내가 언제?" 사부로가 뺨을 긁적이며 말했다. 벌써 가문
(家紋)이 찍힌 예복을 차려입고 언제든지 나갈 수 있게 준
비를 끝냈다.

도미오까지 예복을 입었는데 헤이스케는 아직도 파자마
였다. 겨우 세수만 했을 뿐이다.

퉁탕퉁탕 계단을 힘차게 올라오는 소리가 났다. 처형 요

코였다. 예복 옷자락이 아름다웠다.

"아이구, 아직도 그 꼴로 뭐하고 있어? 얼른 옷 갈아입어. 모나미는 벌써 출발했다니까."

"모나미가 지금 출발했으면 아직 한참 여유가 있잖아요? 신부는 준비하는 데 두 시간은 걸린다던데."

"신부 아버지는 손 놓고 노는 줄 알아? 인사도 해야 하고 이래저래 할 일이 얼마나 많은데."

"없어, 없어." 도미오가 손을 저었다. "신부 아버지는 그냥 울먹울먹 하고 있으면 돼."

"안 운다니까, 자꾸 왜 그래요?"

"글쎄 운다니까. 요코, 어때, 안 울 거 같아?" 도미오가 아내에게 물었다.

"제부가?" 요코는 헤이스케의 얼굴을 돌아보더니 깔깔깔 웃음이 터졌다. "그야 당연히 울지. 펑펑 울걸?"

"뭔 소리예요, 처형까지." 헤이스케는 얼굴을 찌푸렸다.

"바보 같은 소리들 그만하고 아무튼 우리는 지금 출발할 거야. 제부는 늦어도 30분 안에는 나와야 해. 신부 아버지가 지각했다는 얘기는 들어본 적도 없으니까 정신 바짝 차려. 아버지하고 당신, 어서 갑시다."

어제부터 집에 와서 이런저런 지시를 내려준 요코는 오늘도 행사 전체를 총괄하는 역할이다. 아버지와 남편을 데리고 우당탕탕 식장으로 출발했다.

갑작스레 조용해진 방 안에 헤이스케는 혼자 남겨졌다. 잠시 멍해져 있다가 느릿느릿 몸을 일으켜 어제 옷걸이에 걸어둔 예복으로 갈아입기 시작했다.

일단 날짜가 정해지자 그야말로 눈 깜짝할 사이였다. 감상에 젖을 여유도 없었다. 하지만 원래 그런 것인지도 모른다. 뭔가를 잃을 때는 언제라도 눈 깜짝할 사이인 것이다.

모나미는 스물다섯 살이 되었다. 대학병원에서 인턴으로 뇌 의학을 연구하고 있다. 너무 연구에만 몰두하는 바람에 혼기를 놓치는 게 아닐까 걱정했었는데 완전히 기우에 그쳤다.

모나미와 나오코 얘기를 하는 일은 이제 거의 없다. 모나미는 그 신비한 체험에 대해 당시와는 조금 다른 생각을 하는 모양이었다. 의대를 다닐 때, 이런 얘기를 한 적이 있다.

"결국 일종의 이중인격이었던 게 아닌가 싶어. 사고 충격으로 내 안에 또 하나의 인격이 생겨났던 거야. 게다가 그 인격은 자신을 엄마라고 믿어버렸어. 과거의 빙의 사례들도 대부분 그런 것으로 설명이 가능해. 본인이 아니면 알지 못하는 것을 알고 있다든가, 전혀 못하던 것을 하게 되었다는 얘기들은 주관적인 것이라서 그다지 신빙성이 없어. 어려서부터 나는 항상 엄마와 함께 있었으니까 엄마답게 행동하는 것은 그리 어렵지 않은 일이었어. 그러다가 시간이 지나고 정신적으로 성인이 되면서 원래의 인격이 얼굴을 내밀었고 또 한쪽은 서서히 사라진 거지. 오컬트 비슷한 빙의라는 것보다 훨씬 설득력 있는 이론이지?"

헤이스케는 굳이 그녀의 말에 반론을 펼치지 않았다. 조용히 듣고 있었을 뿐이다. 그걸로 모나미가 그 일을 받아들일 수 있다면 그녀를 위해 그게 더 나을지도 모른다고 생각했기 때문이다.

물론 헤이스케는 단순한 이중인격 같은 건 결코 아니었다고 단언할 수 있었다. 그녀가 사라지기 전, 5년 동안이나 함께 지냈던 것이다. 진짜 나오코인지 아닌지, 자신이 판별하지 못할 리 없다.

결국 그때의 나오코는 내 마음속에만 살아 있게 되었구나, 라고 헤이스케는 생각했다.

예복 바지의 허리가 꽉 끼는 것 같았다. 나도 그새 뱃살이 쪘나, 하고 슬슬 쓰다듬어봤다.

넥타이를 맨 뒤에 서랍장을 열었다. 그 회중시계를 꺼냈다. 가지카와 유키히로의 유품이다. 오늘은 이걸 가져가자고 전부터 마음먹고 있었다.

그런데…….

태엽을 돌려도 시계바늘이 움직일 기미가 없었다. 귀에 대봤지만 아무 소리도 나지 않았다.

혀를 끌끌 찼다. 하필 이런 때에.

자명종 시계를 보며 시각을 확인했다. 머릿속에서 잽싸

게 계산해보았다. 좋아, 밑져야 본전이다. 일단 들러보자.

헤이스케는 고장 난 시계를 손에 들고 서둘러 집을 나섰다.

식장은 기치조지 쪽에 있다. 그래서 오기쿠보에서는 가깝다. 그는 식장에 가기 전에 오기쿠보의 마쓰노 시계방에 들르기로 한 것이다. 전에 회중시계의 뚜껑을 수리해준 가게다.

시계방 주인 마쓰노 고조는 헤이스케의 옷차림을 보고 눈이 둥그레졌다.

"그러고 보니 오늘이 모나미 결혼식이었지?" 고조가 말했다.

"어떻게 아셨어요?"

"결혼반지, 우리 가게에서 해줬잖아."

"엇, 그래요?"

처음 듣는 얘기였다. 이번 결혼에 대해 헤이스케는 아무 말도 안 했고 예물을 상의한 적도 없었다. 모두 모나미가 정하기로 했기 때문이다.

헤이스케는 회중시계를 고조에게 내보였다. 베테랑 기술자인 그도 미간을 좁히며 난색을 표했다.

"이건 좀 까다롭겠는데? 오늘 중에 수리하기는 힘들어."

"역시 그렇습니까. 고장 난 걸 좀 더 일찍 알았어야 하는데."

"이 시계 들고 결혼식에 가려고 했어?"

"예. 실은 모나미의 신랑이 이 시계 주인의 아들이거든요."

헤이스케의 말에 고조는 흐음, 하고 입이 뾰족해졌다.

"시계 주인은 이미 이 세상 사람이 아니라서 유품이라도 함께하게 해줄 생각이었는데……. 별수 없네요, 고장 난 상태로 참석해야겠어요."

"거참, 아쉽게 됐네. 결혼식 끝나는 대로 꼭 가져와. 고쳐줄 테니까."

"예, 그래야겠네요." 헤이스케는 회중시계를 다시 받아 들었다.

"그러면." 고조가 말했다. "양쪽 다 유품으로 참석하는 셈이잖아."

"예?" 헤이스케가 되물었다. "양쪽 다, 라니, 무슨 말씀이에요?"

그러자 고조는 얼굴을 살짝 찡그리며 입술을 깨물었다.

"이런, 모나미가 말하지 말라고 신신당부를 했는데. 하긴 자네한테는 얘기하는 게 좋을 것 같아. 아주 좋은 얘기거든."

"뭔데요?"

"아까 반지 얘기 했었지? 결혼반지 얘기."

"네."

"모나미가 우리 가게에 반지를 주문하러 왔는데, 실은 그때 나한테 그걸 맡겼어."

"그거라뇨?"

"그 반지 말이야. 자네가 지금 끼고 있는 반지의 다른 한 쪽."

헤이스케는 자신의 손을 들여다보았다. 약지에 결혼반지가 끼워져 있다. 그러고 보니 이 반지도 고조의 가게에서 맞춘 것이다.

"모나미가 나오코의 반지를?"

"응. 그걸 가져와서 새 신부 반지로 디자인만 바꿔달라고 하더라고. 엄마 유품이라면서."

"그 반지를……."

가슴이 한 차례 쿵쾅 뛰었다. 그러고는 심장의 박동이 빨라졌다. 온몸이 후끈 뜨거워졌다.

그럴 리가, 라고 생각했다.

"물론 해달라는 대로 그 반지를 살려서 가공해줬지. 참말로 감회가 새롭더라고. 근데 왜 그런 걸 자네한테는 말하지 말라고 했는지 모르겠어. 모나미가 이유를 알려주지 않더라고. 아무튼 아빠한테는 절대 얘기하지 말라는 거야. 얘기하면 원망할 거라고 다짐까지 하더라니까. 근데 굳이 감출 거 없잖아. 자네, 기분 상할 얘기 아니지?"

어떻게 대답했는지는 기억나지 않는다. 문득 깨닫고 보

니 헤이스케는 가게를 뛰쳐나와 있었다.

그럴 리 없어, 그럴 리 없어……. 걸음을 옮기면서 헤이스케는 내내 중얼거렸다.

그 반지는 테디베어 인형 속에 있었다. 나오코가 넣어둔 것이다.

그걸 왜 모나미가 갖고 있는가. 아니, 그보다 어떻게 그걸 꺼낼 수 있었는가.

그 안에 반지가 있다는 것을 모나미가 알 리 없다. 그건 나오코와 헤이스케, 둘만의 비밀이었다.

나오코가 교환노트로 모나미에게 알려줬을까. 그렇다쳐도 왜 그 반지로 새 반지를 만들었을까. 그리고 그걸 왜 나에게는 감췄던 것인가.

헤이스케는 택시를 잡아탔다. 결혼식장인 호텔 이름을 말했다.

그는 자신이 낀 반지를 만져보았다. 가슴이 뭉클해졌다.

나오코…….

당신, 아직 사라지지 않은 거야? 단지 사라진 척했던 것뿐이야?

헤이스케는 처음으로 모나미가 나왔을 때의 일을 떠올렸다. 그 전날, 헤이스케는 한 가지 결심을 했었다. 그녀를 모나미로만 대하고 나는 오로지 아빠가 되자고 결심했었다. "모나미"라고 부르는 것으로 그런 자신의 의지를 표했었다.

그런 의지를 마주하고 나오코는 어떤 생각을 했을까. 남편이 어떤 각오를 했는지 깨닫고 분명 그녀도 한 가지 결단을 내렸던 게 아닐까.

모나미가 살아 돌아온 것처럼 하고, 앞으로 계속 모나미로 살아가자, 라고.

하지만 그건 갑작스럽게 할 수 있는 일이 아니다. 그래서 한 가지 방법을 선택했다. 그것이 나오코를 조금씩 지워간다는 것이었다.

9년 동안……. 그녀가 연기를 계속해온 햇수다. 그것을 그녀는 죽을 때까지 이어갈 마음인 것이다.

야마시타 공원에서의 일이 생각났다. 그날은 나오코가 사라진 날이 아니라 그녀가 나오코로서 사는 것을 완전히 포기했던 날이었던 게 아닐까. 모나미로서 눈을 뜬 뒤에 큰 소리로 엉엉 울었던 것은 자기 자신을 내버린 슬픔의 눈물이었던 게 아닐까.

나오코, 당신은 아직 살아 있는 건가…….

호텔에 도착했다. 헤이스케는 택시비를 내던지듯이 쥐어주고 뛰다시피 호텔로 갔다. 직원을 발견하고 급하게 장소를 물어봤다. 나이 지긋한 직원은 일부러 그러는지 느릿느릿 대답했다.

엘리베이터를 타고 식장이 있는 층에서 내렸다. 사부로와 요코의 모습이 보였다.

"드디어 나타났네. 뭘 그렇게 꾸물거리고 있었어?" 요코가 말했다.

"모나미는 어디 있어요?" 헤이스케는 숨이 헉헉거렸다.

"내가 안내해줄게."

요코의 뒤를 따라 신부 대기실 앞으로 갔다. 요코가 노크를 하고 안을 들여다보더니 "응, 들어가도 될 것 같아"라고 알려주었다. 그러고는 눈치껏 자리를 피해줄 생각인지 총총히 친지들이 모인 곳으로 돌아갔다.

헤이스케는 한 차례 심호흡을 한 뒤에 문을 열었다.

모나미의 웨딩드레스 차림이 불쑥 눈에 뛰어들었다. 그것은 커다란 거울에 비친 모습이었다. 거울을 통해 그녀는 헤이스케를 지그시 바라보고, 그러고는 천천히 고개를 돌려 이쪽을 보았다. 꽃향기가 자욱하게 나고 있었다.

"이것 참, 와아……."

30여 년 전의 광경이 떠올랐다. 나오코도 웨딩드레스가 무척 잘 어울렸다.

드레스 담당자가 방을 나갔다. 헤이스케와 모나미, 단 둘만 남았다. 두 사람은 서로를 바라보았다.

나오코…….

그 순간, 헤이스케는 깨달았다.

여기서 어떤 말을 해도 부질없다. 물어본들 아무 의미가 없다. 그녀는 결코 인정하지 않으리라. 자신이 나오코라는 것을. 그리고 그녀가 말하지 않는 한, 그녀는 모나미다. 헤이스케에게 딸 이외의 어느 누구도 아니다.

"아빠." 그녀가 말했다. "오랫동안, 정말 오랫동안 고맙습니다." 눈물 섞인 목소리였다.

응, 하고 헤이스케는 고개를 끄덕였다. 영원한 비밀을 인정하는 끄덕임이기도 했다.

그때, 노크소리가 났다. 헤이스케가 응답하자 네기시 후미야가 얼굴을 내밀었다. 그는 신부를 보더니 눈을 반짝였다.

"와아, 예쁘다! 예쁘다는 말밖에 달리 어떻게 표현할 수가 없어." 그리고 헤이스케를 보았다. "그렇죠, 아버님?"

"그딴 건 30년 전부터 알고 있었어." 헤이스케는 말했다. "그보다 후미야, 잠깐 이리 와봐."

"네, 무슨 일이신지."

후미야를 다른 대기실로 데려갔다. 다행히 아무도 없었다.

헤이스케는 이제 곧 모나미와 결혼할 놈의 얼굴을 보았다. 바짝 긴장한 얼굴이다.

"내가 한 가지 부탁이 있는데."

"네, 말씀만 하십쇼."

"별로 어려운 거 아니야. 흔히들 얘기하잖아. 신부 아버지가 신랑에게 꼭 하고 싶다는 거. 그걸 나도 하게 해줬으면 하는데.”

“예? 그게 뭔데요?”

“이거야.” 헤이스케는 주먹을 후미야 앞에 내밀었다. “좀 맞아줘.”

“예에?” 후미야의 몸이 흠칫 뒤로 젖혀졌다. “지, 지금 여기서요?”

“안 되겠나?”

“아, 아뇨, 이것 참, 어떻게 하지, 지금 사진도 찍어야 하는데.” 후미야는 머리를 긁적이더니 이윽고 크게 고개를 끄덕였다. “알겠습니다. 저렇게 아름다운 따님을 데려가는데 그 정도는 감수해야지요. 한 대, 기꺼이 맞겠습니다.”

“아니, 두 대야.”

“두 대요?”

“한 대는 딸을 빼앗긴 몫이고, 또 한 대는…… 다른 한 사람의 몫이야.”

“다른 한 사람…….”

“뭐든 됐어. 눈 꽉 감으라고.”

헤이스케는 주먹을 단단히 움켜쥐었다. 하지만 그 주먹을 휘두르기도 전에 눈물보가 터져버렸다. 그는 그 자리에 주저앉았다. 그리고 얼굴을 가리고 목이 쉬도록 꺼억꺼억 울었다.

비밀
秘密

신이 던져준 미스터리를 인간의 균형추로 꿰맞추다

평온한 일상이란 그 고마움을 실감하기가 어렵습니다. 날마다 사건사고 소식이 여기저기서 들려오는데도 그것이 실제로 나와 내 주위에서 일어난다는 건 상상하기도 싫지요. 인간의 뇌가 무의식적으로 회피하는 것인지도 모릅니다. 그래서 불행은 누구에게나 느닷없는 일이 됩니다. 평범한 가장 스기타 헤이스케에게도 그런 일이 '느닷없이' 닥쳐옵니다. 나가노 산중의 버스 추락 사고를 알리는 텔레비전 뉴스에서 아내와 딸의 이름이 나오는 것을 본 순간, 헤이스케가 여태껏 평온하다고 굳게 믿어왔던 일상은 여지없이 무너집니다. 아내는 사망하고 어린 딸은 식물인간, 이라는 판정은 너무도 잔인해서 어처구니없기까지 합니다. 이런 엄청난 불행은 어떻게 받아들여야 할까요. 신의 장난이라고나 해야 할까요.

그런데 이 불행에 신묘한 현상이 뒤따릅니다. 온몸이 부서진 아내가 마지막으로 딸아이의 손을 잡고 싶다는 간절한 부탁을 하고, 그렇게 가족의 손이 하나로 모아졌을 때, 한순간의 열기와 함께 아내의 영혼이 딸의 몸에 깃든 것입니다. 세상 어느 누구도 믿어주지 않을 영혼과 몸의 교체입니다만, 실제로 일어난 이 일은 남편 헤이스케와 아내 나오코 단둘만의 비밀이 됩니다. 그렇게 신이 던져준 미스터리가 펼쳐집니다.

자신의 영혼이 딸의 몸에 깃들었다는 아내의 말을 믿어주는 것도, 그녀와 하루하루 일상을 회복해나가는 것도 남편의 이름으로 그리고 아빠의 이름으로 사랑하는 사람을 지켜주려는 바탕이 있었기 때문이겠지요. 사고에서 딸을 구하기 위해 자신의 온몸을 던진 아내의 죽음 앞에서 남편은 결심합니다. '그다음은 내가 맡았다. 모나미의 몸과 나오코의 마음을 지켜주는 것이 내게 주어진 사명이다.'

어떻게도 받아들이기 어려운 불행이지만 그 슬픔을 메우는 것은 두 사람이 하나하나 꿰어 맞춰가는 아기자기한 일상입니다. 어떤 불행이 있었건 밥은 먹어야 하고, 아빠는 회사에 가고 아이는 학교에 가야 합니다. 차곡차곡 쌓이는 일상의 힘은 대단하지요. 슬픔은 점점 극복되어갑니다. 혼란과 갈등이 있고 눈물도 있지만 그건 뭐랄까, 성장을 위한 고통의 과정이고 웃음을 품은 눈물입니다. 어눌한 순정파 아빠와 야무진 현실파 아내가 티격태격하는 묘사가 아주 재미있습니다. 딸의 전화 통화를 엿듣기 위해 도 마뱀붙이처럼 계단을 슬슬 타고 올라가 문짝에 귀를 댔다 가 얼굴을 찍힐 뻔한 장면은 특히 압권입니다. 아내와 딸 사이에서 어떻게든 균형을 잡으려고 고군분투하는 모습도 흥미롭습니다. 이야기가 펼쳐질수록 아빠란 원래 이런 것 이구나, 부부가 진심으로 사랑하고 사랑받는 모습은 이런 것이구나, 가슴 뭉클하게 깨닫게 됩니다. 가족이라는 공동 체를 위한 성서, 라고 생각했습니다.

한편으로 버스 사고를 일으킨 가해자에 관한 이야기가 나옵니다. 사고의 원인을 밝히려는 노력은 유족으로서 마 땅히 떠안아야 할 일인지도 모릅니다. 원망과 분노는 당연 히 따르는 것이지요. 하지만 그것으로 슬픔이 극복되는가 하면 그렇지는 않은 것 같습니다. 작가는 여기서 다시 한 번 균형에 대해 얘기합니다. '아빠는 균형 감각이 있어. 함 부로 남을 원망하지 않잖아. 나처럼 엉뚱한 화풀이는 하지 않아'라는 나오코의 말이 의미심장합니다. 유족의 슬픔은 어떤 긴 시간으로도 치유되지 않습니다. 하지만 분노에 차 서 책임 소재를 캐고 가해자를 찾아 비난을 퍼붓는다고 해 도 막상 세상을 떠난 영혼은 치유되지 않는 슬픈 현실이 남습니다. 그래서 '네기시 후미야'라는 인물의 등장은 가 혹한 신을 뛰어넘는 인간의 관용을 보여주기 위한 게 아닐까, 하고 생각해봤습니다. 신이 던져준 부조리한 미스터리를 풀고 그 불행을 훌쩍 뛰어넘는 유일한 방법은 인간다운 균형을 모색하면서 어떻게 일상의 힘을 축적해나가느냐에 달린 것이겠지요.

히가시노 게이고 씨가 함께 일하던 편집자의 결혼식에 참석했는데, 축사를 하면서 자기소개로 '작가 경력은 벌써 몇 십 년이 되었지만, 초반 14년은 팔리지 않는 작가'였노라고 말했다고 합니다. 지금은 일본 추리소설계의 거목으로 우뚝 선 히가시노 게이고 씨도 긴 무명의 시절을 거쳤다는 것이지요. 실제로 1985년 첫 작품《방과 후》출간 이후 14년 동안 쉴 새 없이 36권(!)의 소설을 써냈지만 잘 팔리지 않았습니다. 문학상의 영광도 얻지 못했습니다. 첫 작품《방과 후》로 에도가와 란포상을 받았을 뿐, 14년 동안 열다섯 번이나 후보작에만 오를 뿐 번번이 낙선하는 바람에 '무관의 제왕'이라는 별명이 붙기도 했습니다. 그래서일까요, 그의 작가 생활에서 유일하게 단 한 권도 책을 출간하지 않은 해가 마침 그때쯤인 1997년입니다. 그리고 그다음 1998년, 마침내 이 작품《비밀》이 출간됩니다.

'《비밀》을 쓰기까지 나는 장편을 1년 넘게 출간하지 못했다. 당연히 서평가들은 한동안 나를 다뤄주지 않았다. 하지만 《비밀》은 오랜만에 내는 장편소설이고 내용도 내용인지라 서평가들이 언급해줄 수밖에 없을 것이다, 라는 내 나름대로의 계산이 있었다. 실제로 여기저기서 상당히 이 작품을 얘기해주었다. 결과적으로 많은 독자들에게 받아들여져서 나에게는 자타 공히 인정하는 터닝 포인트 작품이 되었다. 방향을 전환해서 인간의 마음을 써보자, 라고 내내 고심했던 것이 《비밀》에서 결실을 맺었다. 솔직히 다행이다, 라고 생각했다.'

작가라는 이름을 달기는 했으나 15년이 되도록 쓰고 또 써도 세상이 그 이름을 알아주지 않을 때, 어쩌면 글쓰기를 포기하고 싶은 마음도 있었겠지요. 그런 때 문득 어깨 힘을 빼고 예리한 이성이 아니라 따뜻한 감성으로 독자의 눈높이에서 '인간의 마음'을 들여다본 끝에 나온 작품이 《비밀》인지도 모릅니다. 그 결과, 작가의 '계략'대로 단숨에 대히트를 치면서 일약 '출세작'이 되었습니다. 드디어 일본추리작가협회상도 타내서 데뷔 이후 첫 문학상 수상이라는 기록으로 남았습니다. 초안이 된 단편의 원래 제목은 〈안녕, 아빠〉였다고 하는데 이 제목도 고개가 끄덕여지지요. 후에 《독소소설》 문고판 출간에 붙인 작가 교고쿠 나쓰히코와의 대담에서는 웃음 요소가 점점이 박힌 《비밀》에 대해 이런 얘기를 합니다. '처음에는 웃을 수 있는 소설로 쓸 생각이었는데 결국 울 수 있는 얘기가 나왔다. (…) 웃음 스위치를 연달아 누르다 보니 그것과 무관한 눈

물 스위치가 켜져버렸다.' 실제로 불행한 사고를 소재로
다루는데도 웃다가 울다가, 세상살이의 눈물콧물을 홀쩍
거리며 읽게 되는 작품입니다.

　독자의 찬사도 쏟아졌습니다. '영혼이 바뀌는 이야기라
면 다른 책에서도 본 적이 있지만, 이건 그동안 읽은 어떤
것과도 완전히 다르다' '나도 누군가의 몸에 들어가 뭔가
하고 싶다고 생각했다' '우스꽝스럽고 애타는 아빠의 마음
이 잘 표현되었다' '입시 힘내서 잘해줘, 엄마!라고 천국에
서 외치고 싶었다' '강하고 지혜롭고 선한 여성이 매력적
이다' '다시 사는 인생도 여간 힘든 게 아니다' '아빠의 슬
픔, 남편의 슬픔에 가슴이 먹먹해졌다' '읽은 뒤에도 한동
안 여운이 이어지는 심오한 작품' '최고의 부부애' '상실과
재생을 이토록 훌륭하게 그려낸 작품은 다시없다' '인간의
뇌의 신비' '부모와 자녀의 마음이 이어지는, 끊으려야 끊
을 수 없는 비밀' '마지막 데이트의 벤치 장면에서는 눈물
이 멈추지 않았다' '지금까지의 미스터리에서는 찾아볼 수
없었던 인간의 마음, 그 간절한 심정을 능숙하게 써냈다'
등등.

　여세를 몰아 영화도 나왔습니다. 〈심야식당〉의 마스터
로 우리에게 익숙한 고바야시 가오루 씨가 헤이스케 역
을, 그리고 히로스에 료코 씨가 모나미(나오코) 역을 연기
했습니다. 소설 스토리와 아주 잘 어울리는 캐스팅이 아니

었나 싶습니다. 히가시노 게이고 씨도 대학교수 역할로 딱한 장면 출연했다는 뒷얘기도 있습니다. 이어서 드라마도 나오고, 중국에서는 웹드라마, 프랑스에서는 리메이크 영화로 제작되었다고 합니다. 프랑스 영화 쪽은 주로 나오코의 시선으로 '엄마와 딸의 화해'에 중점을 두었다는 시놉시스 소개도 흥미로웠습니다. 역시 이 이야기의 또 하나의 비밀 주인공은 '엄마 나오코'입니다.

요즘과는 다른 시대 풍조 속에서 쓰인 작품이기 때문에 젠더 문제로 눈에 거슬리는 장면도 더러 있습니다. 또는 20여 년 전 이야기인데도 그때로부터 진전된 게 별로 없다는 것이 새삼 놀랍기도 합니다. 다만 그때는 그때 나름대로 남편과 아빠로서, 아내와 딸로서 각자에게 주어진 삶의 모습에서 이상한 불균형을 감지하고 그것을 고민하는 과정이 있었구나, 라는 실감이 들었습니다. 한 시대와 사회를 살아가는 이상, 그 시절이 가진 공통의 편견이나 오류는 어쩔 수 없겠지요. 세월을 건너뛰어 이 책이 새롭게 출간되면서 변화의 걸음은 한 발 한 발 조금씩 앞으로 나아간다는 것을 배울 수 있었습니다. 변화의 출발점은 서로를 세심히 응시하고 배려해주는 사랑이라고 생각합니다. 그것이 서로 다른 시간대를 살아가는 세대의 장벽도, 우리 모두를 덮치는 세월의 무게도 덜어주는 게 아닌가 싶습니다.

신이 던져준 가혹하고도 충격적인 소재가 웃음이 있고

눈물이 있는 따스한 인간의 이야기로 변전(變轉)해가는 마법을 더 많은 독자들과 함께하고 싶은 마음입니다.

2021년 6월
양윤옥

*독자의 이해를 돕기 위하여 《히가시노 게이고 공식 가이드》(고단샤, 2012.),
그밖에 일본어 위키피디아의 '히가시노 게이고', '비밀' 내용을 참고했음을 밝힙니다.

비밀

2021년 7월 21일 1판 1쇄 발행
2024년 11월 20일 1판 8쇄 발행

저　　　자　히가시노 게이고
옮　긴　이　양윤옥
발　행　인　유재옥

이　　　사　조병권
출판본부장　박광운
편 집 1 팀　박광운
편 집 2 팀　정영길 조찬희 박치우
편 집 3 팀　오준영 이소의 권진영 정지원
디자인랩팀　김보라
콘텐츠기획팀　박상섭 강선화
디지털사업팀　김경태 김지연 윤희진
라이츠사업팀　김정미 이윤서 임지윤
영업마케팅팀　최원석 윤이림 이다은
물 류 팀　허석용 백철기
경영지원팀　최정연
외부 스태프　김다솜
발　행　처　(주)소미미디어
인쇄제작처　코리아피앤피
등　　　록　제2015-000008호
주　　　소　서울시 마포구 토정로 222, 502호(신수동, 한국출판콘텐츠센터)
판　　　매　(주)소미미디어
전　　　화　편집부 (070)4164-3960 기획실 (02)567-3388
　　　　　　판매 및 마케팅 (070)4165-6888, Fax (02)322-7665

ISBN 979-11-384-0042-8 (03830)